Staread
星 文 文 化

了不起

未夕——

著

的她们

长江出版社
CHANGJIANGPRESS

图书在版编目（CIP）数据

了不起的她们 / 未夕著 . -- 武汉 : 长江出版社，2021.7

ISBN 978-7-5492-7715-5

Ⅰ . ①了… Ⅱ . ①未… Ⅲ . ①长篇小说—中国—当代 Ⅳ . ① I247.5

中国版本图书馆 CIP 数据核字（2021）第 144428 号

了不起的她们 / 未夕 著

出　　版	长江出版社
	（武汉市解放大道 1863 号）
市场发行	长江出版社发行部
网　　址	http://www.cjpress.com.cn
责任编辑	陈　辉
特约编辑	谢小禾　陈　纯
印　　刷	北京盛通印刷股份有限公司
版　　次	2021 年 7 月第 1 版
印　　次	2021 年 11 月第 1 次印刷
开　　本	700mm × 1000mm　1/16
印　　张	20.5
字　　数	400 千字
书　　号	ISBN 978-7-5492-7715-5
定　　价	49.80 元

版权所有　盗版必究（举报电话：027-82926804）

（如发现印装质量问题，请寄本社调换，电话 027-82926804）

目录
CONTENTS

目录
CONTENTS

第
一
章

　　何倩茹打开了老公周苏豫的手机，开始翻查他的短信。

　　苏豫在浴室里洗澡。一旁的沙发上，放着他脱下来的深灰色西装，上面隐约还有酒气。

　　倩茹想起以前的苏豫——喝一点点儿红酒就会连耳郭都红成透明的苏豫，清秀的脸上满是微醉的羞涩——有片刻的愣神。

　　倩茹回过神来，加紧了手上的动作。

　　苏豫这一天的短信有二十来条，其中大半是来自客户的。翻到第十六条时，倩茹看到了一个最近老出现的名字：张清露。

　　她问过苏豫，这个张清露是他公司里新来的一个大学生，女的，目前在办公室里学着做报关的工作。

　　前些天，这个张清露只是发一些小格言啊、古诗词啊给苏豫，内容说不上暧昧，但还是让倩茹不舒服，恶狠狠地问过苏豫两次。苏豫轻描淡写地答：小姑娘就爱玩儿这个调调，她群发呢，给谁都发。文学女青年嘛。

　　当时倩茹冷笑两声，没有再问。

　　而今天，今天这条短信，则开始露骨了。

　　看看时间，是苏豫刚进家门不久后发的。

　　倩茹想：你不知道周苏豫每天进家门第一件事就是上厕所吧？

　　臭不要脸的。

　　倩茹死死地攥着手机，这一款是她替他新换的，纯钢，光洁精致，细长薄削，一如苏豫。那硬的边硌得倩茹手心生痛。

　　她听见浴室里的水声停了，便把手机放回苏豫的西装口袋。

她坐回到床边，拿出美容杂志，做出看的样子来。

不多会儿，周苏豫穿着雪白的浴袍走了出来。

湿漉漉的头发软塌塌地覆在前额，很像他几年前的发型，一下子让他年轻了许多许多，看上去，他就像个刚刚工作不久的大学生。浴袍宽宽的领口处露出他细长的脖子，拦腰系着的带子使他原本细瘦的腰身显得更为纤细。

他这样年轻，仿佛岁月在他身上停驻不前。

也难怪，倩茹想，他还不到三十。

正是男人最好的年纪。

他坐在沙发上发了一会儿呆，像是累了，又像是一个懒洋洋发着懒的孩子。

一滴水珠沿着他湿的额发滴下来，亮晶晶地缀在眉间。

倩茹不由自主地拿起大毛巾走过去，替他擦拭头发。

苏豫一向不爱用吹风机，倩茹慢慢地替他擦着，凑近看，他耳后的肌肤异常细腻。

倩茹鬼使神差一般地吻了上去。

在他们最好的时候，苏豫告诉过倩茹，他这里最敏感。

此时的苏豫微微一让。

倩茹马上感觉到了，手下也是一滞。

苏豫掩饰地转过头来冲着倩茹说："今天累得很，睡吧，啊？"

何倩茹睡在周苏豫身边，直到天快亮了也闭不上眼。

眼前一次又一次滚过张清露的短信，滚得她心头油煎火燎一般。

早晨七点，苏豫准时醒了。

倩茹刚刚迷糊了一小会儿，朦胧间见苏豫起床披衣，于是问："今天也要去公司？"

今天是周末。

周苏豫没回头看她，只是说："嗯。西安那边来了重要客户，人家公司是总经理亲自出面，我不去不合适。"

"大约什么时候能回来？"

"说不准。说完了正事，吃喝玩乐是免不了的。"

倩茹冷笑道："你一个老总成三陪了。"

苏豫看她一眼，什么也没有说。

他对于倩茹明显的挑衅不予任何反应。

不予反应，意味的并不是退让——也许若干年前是，可是现在不是，一定不是。

只是一种不屑，一种蔑视，一种目中无人。

周苏豫把她何倩茹滚烫的一颗心放到冷水里去淬火，可是她柔软的心，里头满满地盛着爱，盛着暖，却没有想百炼成钢。

倩茹闭闭眼，忍过心头的那一阵恶气，起床披衣给苏豫做早饭。

苏豫的声音柔和下来："你不要起来。冰箱里有牛奶，热一下就可以。"

倩茹说："空腹不能喝牛奶，我从结婚前就一直跟你说。"

她是故意提结婚前的，为什么？应该时不时地提，让他时不时地扪心想一想那个时候有好处，倩茹想。

倩茹走向厨房，不提防在穿衣镜里瞥见一个女人。

身材略显发福，面色青肿，眼泡微突，发髻蓬乱。

她忽然意识到，那个女人，就是她自己！

曾经珠圆玉润、皮肤好到几可掐出水来的何倩茹，几时变成了这镜中的老女人？

她也不过三十五，还未到三十六！

回头看看周苏豫，为什么他可以早起连脸都未洗就这样清新俊朗？

倩茹想起张爱玲的话：低到尘埃里。

从外表上来说，何倩茹在如今的周苏豫面前低到了尘埃里，但是不能开出花来。

而精神上，何倩茹不会允许自己这样低下去。

他把苦恼带给了自己，磨老了她，于是他得到了可以不屑她的可以蔑视她的理由了。

这一念之间，何倩茹暴怒起来："走吧走吧！马上走，快点儿走，你离了这个家就舒坦了！还吃什么早饭？外头有的是大蜜小蜜热好了牛奶撕碎了面包等着喂你！"

突来的怒火并没有让周苏豫有半分的慌张，他甚至微笑了一下，说了四个字：不可理喻。

周苏豫走了之后，何倩茹补了个觉，睡到快十点，爬起来，收拾一下。

她决定出门去找人商量一下短信的事。

当然不是那些全职太太朋友，骨子里，倩茹还是不能把自己与她们等同起来。

　　也不能去找她们，当初她们对她的婚姻就有诸多不满，倩茹从来就不是把话柄送到人嘴边去的傻瓜。

　　她要去找从前在学校里任职时的好友，方宁颜。然后，想约方宁颜去另一个好友魏之芸家。

　　她们总会帮她拿一个主意。

　　关键时候，也只有女人能帮得了女人。

　　当然，得是在没有利害冲突的情况下。

　　她们就没有利害冲突。

　　所以，倩茹急匆匆地出了门。

第二章

何倩茹的好友兼昔日的同事方宁颜的家在师大的教工宿舍楼里。

很普通的公寓，跟倩茹家近二百七十平方米的跃层住宅是没法比的。

倩茹当年在小学教语文，宁颜教英语，她跟李立平结婚后一开始是住在筒子楼里，就是那种一层楼尽头有公共卫生间，家家户户在走道里做饭的楼房。倩茹去过两次，她记得宁颜对那种房子的痛恨，她曾跟倩茹恨恨地说过："板壁这样薄，完全没有个人空间，放个屁隔壁都知道。"

宁颜不是那种嫌贫爱富的虚荣女子，这点倩茹是了解的，她这样说，也不过是因为心中藏着的那一口闷气。好在，李立平因为在师大人事处工作，算是个小小的初级官僚，赶上了最后一次福利分房，分到一小套，买了产权。倩茹知道，他们还在河西新买了房子，期房，真要住上，还是得等些日子。

这当口，正是午饭时间，倩茹在一家像样的饭店里炒了些菜，打包给宁颜带去。有宁颜爱吃的糖醋鱼、新鲜的空心菜，还有孩子爱吃的软炸对虾。

提着几个油渍滴零滴落的塑料盒，爬上宁颜家所在的五楼，宁颜正在给孩子喂饭呢。

说是午饭，不过是稀饭与花卷，孩子面前，多了一小碗蛋羹。

倩茹说："别吃那个了，你不是最讨厌喝稀饭的吗？"

宁颜小倩茹两岁，眉目间依稀还有少女时代的清丽。不过，她所有的神韵今天全淹没在一件旧的男士大 T 恤里了，神情里只留下委顿与焦躁。

宁颜没结婚时曾说过，女人穿男人的衣服，不外乎两种原因：一，她爱他到骨子里，只恨不得分分秒秒呼吸着存有他气息的空气，是以穿着他的旧衣；二，不过是出于节俭，省了居家服的钱，与爱全无关系。

　　显然，倩茹知道，宁颜属于后者。

　　而自己，倒是属于前者，只不过，周苏豫身材清瘦，他的衬衫，倩茹穿来竟有两分紧绷，所以，她没穿过。

　　宁颜和倩茹一起重摆了碗筷，宁颜拣了虾喂到三岁女儿的嘴里："这么大了，还是要喂。"

　　倩茹问："李立平呢？"

　　宁颜冷笑了一声："回老家了。跟他家里那几个狗头军师商议着如何盘剥掉我及我家的最后一块皮。"

　　倩茹赫然："你们……"

　　"我们？对！就是你想象中的那回事。真可笑，我们才买了新房子，倒好像还有一辈子的煎熬似的。"

　　"世界上的夫妻其实都是一样的。"倩茹说，正好将话头引向自己的心事，"不幸的家庭各有各的不幸。这世上还有无快乐美满的夫妻，是一个莎士比亚式的难题。"

　　"你还不是？倩茹，知足吧。"宁颜的声音里有着无限的疲惫，"至少，周苏豫一表人才，至少，他还没有弄几房外室。"

　　"怕是……也差不多了。"

　　"什么？"

　　倩茹慢慢地拨着碗里蓉蓉的米粒，停了一会儿，她不愿老朋友把自己看成是怨妇，她自认还不至于落魄成那样。

　　宁颜居然没有再问，她以前爱听这样的事，不过还好，她很知道分寸，并不八卦，她说她要为写作积累素材。但是今天，她却不问了，依然在给孩子喂饭。

　　小姑娘吃得极慢，一口菜包在嘴里，很长很长时间不咽下去，还不能催，一催就哭。

　　宁颜一边哄她快吃，一边说："你跟苏豫怎么啦？"

　　何倩茹等到了她想要的说话的由头，于是，她开始一五一十地把短信的事儿讲了一遍。其间，被宁颜呵斥女儿的声音打断数次，因而显得不甚连贯。

　　小姑娘把一只虾嚼了半天，最终还是吐了出来，说是里面有壳。

　　宁颜按捺不住，一巴掌就贴了上去。

　　小姑娘尖声尖气地哭了起来。

　　倩茹把她抱到腿上。

宁颜恨恨地说："每顿饭都是这样，足足能吃上两小时，等到我自己可以吃的时候，是饭菜早就冰冰凉，是面条早就糊成一团，日复一日，日复一日，我都过的是这样的日子！"

她的声音哽咽起来。

倩茹发现自己不得不从一个倾诉者变成一个安慰者。

"等孩子大一点儿就好了。女孩子嘛，娇一点儿也无所谓，男孩子要穷养，女孩子要富养。"

"富养？你看看她可有一分那样的清贵气质？"

小姑娘叫缓歌，宁颜起的名，取"缓歌凝而白云遏"的意思。

她的五官完全没有宁颜的清丽明晰，十足十地像了父亲李立平。窄窄的额头，紧凑的眉眼，说实话并不难看，何况她肤色较白，只是，眉宇间那一种不舒展显得十分小家子气，这也像足了李立平。

"没这么说孩子的，这可是你的亲骨肉！"

宁颜把女儿抱过来，细细地端详着，突然说："倩茹，你知道吗？有时候，我看着这副越来越像李立平的眉眼，就恨，我都怕自己会做出什么可怕的事儿来。自己掐自己的手，掐得一大片血紫才能把念头压下去！"

"别瞎说！"倩茹心里吓了一跳，她知道宁颜是有点儿小偏激的，爱憎十分分明，这么多年，她也不肯糊涂一点儿。

小姑娘被吓坏了，小胳膊圈住妈妈的脖子。

方宁颜把头埋在女儿的肩背上，好一会儿，才抬起头来。

已是红了眼睛。

"对不住倩茹，你刚才说的那事儿……"

"嗯？"

"我想，多半，还是你多虑了。现在的女孩子，与我们那时候大不同了。只要苏豫自己能把持得住……"

"你想，你觉得他能把持得住吗？"何倩茹叹道，"宁颜，我从来没有像现在这样深切地体会到，年轻是多么好的一件事。"

宁颜道："的确，周苏豫还年轻。六岁，现在看来，是差得大了些。"

小姑娘的饭终于吃完，宁颜也平静下来，把女儿抱在怀里一下一下地拍着。

倩茹忽然说："宁颜，我想去整容。"

"什么？你发什么疯？"

　　"也不算是疯，现在这种事太普遍了。也不光是明星做，普通人整容的多
的是。"

　　宁颜看着倩茹，半晌才说："这种事，再想想吧。切肤割肉之痛，不是不能
忍，要看值不值。"

　　话是没有错，只是，何倩茹想，人生最为难的，不过是拿捏值与不值的分寸。

第三章

何倩茹把桌上的虾壳、骨头拨到碗里，把桌子收拾了，碗筷拿到水池里去洗。

缓歌已经睡着了，宁颜把她放到卧室的小床上。

这套房子两室一厅，一间做了宁颜夫妻的卧室，大床边摆了一张小床，另一间则是书房，里面依墙打的书架上是宁颜近两万本的藏书。

当年宁颜最大的爱好就是买书、藏书与读书，她几乎每星期都要添上两三本新书。她不像一般的女孩子，她不爱逛街、买衣物什么的，只跑固定的那几家店，看中了差不多了，付了钱就走，颇有男子的干脆与爽利。但是一逛书店，那是不流连到关门不肯出来的。那时候，倩茹、宁颜，还有之芸，每逢暑期学校组织旅游是必去无疑的，同事们笑她们是旅行硬腿子，她们自称"类思铁三角"。每到一地，倩茹热衷于购物，之芸热衷于拍照，宁颜则热衷于淘旧书、泡书店，或是大街小巷地去找老旧的房子看。她们总是认准一个集合的地方，分头行动，到约定的时间再会合。

宁颜轻轻地走过来，倩茹发现她似乎头发从早起就没有好好地梳过，鬓边毛毛的，发梢也枯，用一条颜色混沌的发带扎着。宁颜靠过来，接过倩茹手中的碗，一个一个地擦干净，放在吊柜里。

离得近，倩茹发现她的眼角有细密的鱼尾纹。

老天，宁颜也开始长皱纹了！以前的宁颜，面容年复一年地保持着二十岁的样子，让人几乎怀疑她生活于一个被时间遗忘的角落里。连毕业了的孩子回母校来看望她们时都会说："方老师为什么还是当年的样子？再过两年，我们看起来都要比她显老了。"

倩茹微微地叹气，伸手替她把垂落下来的一缕头发掖到耳后，说："我一个人行了，你去洗把脸，舒服一点儿。"

宁颜黯然一笑："倩茹，洗脸并不能使我的心理状态有一点儿变化。没用的，我也知道，这两年，我老得有多快。快得让我绝望。"

倩茹劝道："也许，一切并没有那么糟糕。不是我说你宁颜，你的性子，多少有些偏激，李立平也不像你认为的那样不堪。"

宁颜低下头："我知道呀，也许外人看来，我们并不算差。李立平在大学，我在小学，有房产，有孩子，各自的家庭也无拖累，比上不足，比下有余。可是，骗得了别人，骗不过自己去。我的心，这么多年，从来没有舒展过。"

她不等倩茹出声安慰，挥挥手在跟前赶一赶，仿佛要赶走一只苍蝇。

"不说我了，没意思。对了，张小然去国外学习回来，带了可可粉，我冲两杯来咱们喝，又浓又香。"

倩茹拦住她："不喝了。咱们歇一会儿，下午去找之芸吧。"

宁颜摇摇头："我不去了，累得很，不想动。想趁李立平不在家好好休息。他一回来，我的神经马上绷起来，说每一句话都要斟酌半天，听他说话更累，每一句都有几层隐含的意思。"

"去吧。我们打车去。咱们好久没聚了。"

宁颜微笑："只怕去了之芸连坐的地方都要现腾给我们呢。"

"怎么？"

"你不知道？她正大张旗鼓地搞装修呢。"

"哦？"倩茹也笑起来，"她终于找到合适的人啦？这么快就决定结婚，买了房子吗？都装修了？也不告诉我，你们两个就瞒着我一个。"

"不是。"宁颜道，"是装她自己的那套小房子，说是好好弄一下，打算住一辈子呢，连家具电器都准备买全新的，还说以后我们再聚会就更舒服了，她留了一个房间打算做成日式榻榻米呢。"

倩茹惊讶道："怎么？她打算要单身一辈子？"

宁颜点点头："她是那么说的。"

倩茹说："这丫头！真是，老天怎么不让她遇到个合适的人呢？再来一个袁胜寒不行吗？"

"再来一个，也不是袁胜寒了。"

倩茹说："那我去看看她吧，好久没有见到她了。你真的不一起去？"

"不去了。"

倩茹临走时期期地问："宁颜，你说我该不该正面会会周苏豫的那个新欢？"

宁颜正色道："千万不要。你并没有确切的证据，贸然捉奸只会坏事，更伤感情。我总是觉得，苏豫，不像是那种人。"

倩茹的声音里有无限的伤感与无奈："人是会变的，宁颜，而且，"她偷眼打量了一下映在窗玻璃上的那个模糊的中年女人的身影，"我老了，宁颜，你说得对，六岁是一个可怕的差距。我已凋零，而他却刚刚盛开。"

宁颜伸手抱抱倩茹的肩。

从宁颜家出来，倩茹又打车到了魏之芸的家。

普通的小区，之芸家在三楼，那是倩茹她们都太熟悉的地方，光线略有些暗，不过布置得很舒服，到处都是厚软的垫子，沙发都是胖而矮的款式，一坐就陷下去，像被人抱住一般，温柔而缠绵。

走进之芸的家，倩茹吓了一跳。

满地堆着装修的木材、瓷砖、石灰、工具，一片狼藉，简直连下脚的地方都没有。房间面目全非，那些旧而软的熟悉的大厚垫子被甩在地上，蹭得肮脏，那拥抱般的沙发不见了踪影，墙上还没有粉刷，上面的装饰画与照片统统被取下，留下一块块白色的印迹，衬得墙壁格外地老旧苍黄。

魏之芸站在屋中间，穿着大大的男式棉布衬衫，头发高高扎起，正在与工人交涉，说着埋线的事儿。

回头看见进来的倩茹，马上招呼她，手忙脚乱地要倒水。倩茹止住她："你干什么？突然想起来装修房子。"

之芸是个挺拔的女子，也许个子并不十分高，可是因为肩背笔挺，显得很高挑，她一向是三个人中最爽朗的那个。

之芸笑着说："其实说突然也不算突然，前两年一直有这个念头。可是你知道，到底是不死心，又蹦跶了这么两年，终于下决心了。"

倩茹拉她到西面的那间很小的屋里，搬过两张凳子，也顾不得掸掸灰，就坐下来。

"你真准备一个人过一辈子？"

"对啊！"之芸笑着答。

"不是说前些日子有人介绍了一个离婚没孩子的？"

"吹了。"之芸淡淡地答。

之芸跟胜寒分开三年了。

这三年里，家里亲朋好友没少给她介绍对象，她是在一次又一次的相亲中度过这三年的。最近的就有两个，其中一个是婶婶女婿的老同学。说起来那也是个可怜人，当年快结婚了，未婚妻突然得了癌症，拖了没三个月，一个花似的女孩子就没了。

第一次见面，那个叫齐敏之的男人提到自己的过往就哭得昏天黑地，弄得之芸也陪着落了泪。虽然他身上没有一丝一毫让之芸认同的地方，但是为着他的这一片深情，之芸微微动了心。毕竟，这年头，这样长情的人不多见了。

两个人于是相处起来，一开始也还好，无非是吃吃饭、看看电影。

齐敏之第三次约之芸时，提出了个奇怪的要求，他求之芸去美发厅，热情地向她推荐一款新的发型。之芸无可无不可地坐上了椅子，让美发师一点一点修短自己的头发。齐敏之在一旁不断地称赞。弄了四五个小时，之芸一头蓬松丰厚、打着细碎卷子的齐腰长发，就打理成了直直的薄削的长短不齐的齐肩发。

之芸也挺喜欢，这发型让她看起来年轻了好几岁，而且，天渐渐热起来，这发型凉快，也好打理些。之芸一回头，看见齐敏之的眼神，染着一种绝望的热烈，仿佛眼中长出了手，一遍一遍地抚摸着她的脸，诚惶诚恐，无限依恋，之芸心里咯噔一下。

往后，齐敏之常会送她衣物、饰品，其实与之芸的爱好相去甚远。之芸喜欢粗犷一点儿、简单拙朴的东西，可是齐敏之送她的，多半是些细致繁复的东西，之芸也穿戴起来。每当这时，就会看见齐敏之那种热烈的仿佛要把她穿透的目光。偶尔，之芸在约会时穿了自己原先的衣服，齐敏之就会一遍一遍地温和而固执地问她，为什么不穿他送的衣服。

之芸不是笨人，越发觉得其中必有缘故，而且事实证明，她猜得不错。可是，当她无意中看到齐敏之钱包里藏着的那张照片时，依然浑身发抖，毛骨悚然。一时间，她几乎分不清照片上的人与她自己，谁是活人谁已成灰。

她与那照片上的女孩子长得并不像，但是穿戴一个风格，发型也是一样的，刹那间，之芸觉得，那死去的，像是自己。而那照片中的人走了出来，褪色的唇边一个淡笑。

之芸落荒而逃。

齐敏之病了，她魏之芸不能赔上后半辈子跟他一起疯。

之芸后来又遇到一个人。

那人叫陈浩宇，医院的医生。这个男人，是这么些年，在袁胜寒之后，唯一走进了之芸心里的人。他离异但是没有孩子。介绍人是类思小学的一位老师，按她的说法，之芸的年纪也不小了，能给条件不错的人填房也是上上之选了，像陈浩宇这样条件的男人，便是想找一个二十来岁的，也是轻而易举的事。这话多少有点儿伤人，但之芸细一想，也不无道理。

陈浩宇家世良好，医学世家，本人高大沉稳，学识渊博，爱好历史，说起来如数家珍。之芸自己是教数学的，一直就想找一个通文史的，可以互补。

那些日子，对之芸而言，宛若初恋。

她甚至在路过一家名叫雪中彩影的影楼的时候进去打听了一下价钱。那时正在推出一个新的套系，十分划算，并且精致美丽，新娘居然有一袭豹纹礼服，乱蓬蓬的头发，站在一片丛林中，面目严峻，深得之芸的心。

之芸想拍结婚照想了二十年，在她还是个小小姑娘时就盼着那样的一天，没想到会等这么久。

她想，这一次要是真的成了，她得去鸡鸣寺烧香，给菩萨供上一大瓶油，还要捐上一千块的香油钱。

然而，就在半个月前，陈浩宇跟她做了一次深谈。

倩茹问："他说了什么？之芸，这么好的条件，不容易遇到，只要不是原则问题，得过且过吧。"

之芸又笑："说的是，可是这问题还真的挺原则的。"

陈浩宇说，他当了太多年的妇科大夫，看见女体已无法有正常男人的冲动了，而他与前一位妻子的婚姻也是因为同样的原因破裂的。

他说，之芸，我们可不可以保持一种纯洁的无性婚姻状态？

之芸不是欲望强烈的人，当然也不是禁欲主义者。

无性婚姻，对一个只有三十三岁的女人而言，也是太残酷了一点儿。

不久，之芸听说陈浩宇结婚了。

她才知道，他同时与几个女人相处着。

之芸不知他是否找到了他理想中的圣洁的妻。

想象中，他穿着刻板的黑色礼服，他身边的女子，瘦削，严肃，便是婚纱也有个扣得密密匝匝的领口，包得严严实实的袖子，美丽里散发着中世纪欧洲禁欲主义者肃穆而哀伤的气息。

之芸并不恨陈浩宇，也不怪他。

她只是灰了心，所以她开始装修房子。

倩茹听完之芸淡淡的叙述，想要开口说出的话全部咽回了肚子里。

她的朋友们，活得跟她一样仓皇缭乱，她们帮不了她。

她只得自己想办法。

告别之前，之芸说，再过两个月，我这里弄好了，咱们又可以在一起聚会了，可以谈通宵。

倩茹走了出来，向家的方向步行。

朋友如同林鸟，大难来时只得各自纷飞，她想。

但是，朗朗乾坤，哪里来的大难呢？

转念又想，爱情，难道不是一场灾难吗？

第四章

一九九八年。

在七年前的类思小学，何倩茹、方宁颜与魏之芸还是有点儿名气的。

这名气指的倒不是教学方面。

而是因为她们三个是类思公认的美女。

各有各的美。

同事们说，最耀眼的是何倩茹，最有青春活力的是魏之芸，最耐看的是方宁颜。

同时，她们的名气还在于她们老大却未嫁作人妇。

魏之芸和方宁颜已经二十六了，而何倩茹已经二十八，对于女人来说，真是到了可怕的年龄。

并且，她们三个，都历经无数次的相亲，却未见任何成果。

按说，这是非常隐私的事情，可是，小学是一个相对封闭的地方，男性少，而且那个时候，女孩子都觉得，找一个小学男老师做老公能有什么出息？所以，小学里当老师的男孩子与女孩子很难有合适的机会遇到合适的人，唯有靠相亲。

因为其中许多次是学校的同事当的介绍人，事后，难免会在茶余饭后拿出来做做谈资。特别是，有些同事觉得自己介绍的那个人物条件相当不错，却意外地被拒，她们颇不以为然。

其中以一位姓姚的老师为最甚。

这位大姐年轻的时候也相当挑剔，直到三十岁才结婚，不过，据说婚姻十分幸福，所以造成她日后热衷于做媒，给倩茹、宁颜与之芸都介绍过，却都被婉拒了。这让她感到十分挫败，悻悻然的。于是在背后就多了几许冷言冷语，是用说笑的口气说的，不过话里净是骨头与刺，冷不丁戳得人生痛。

女人之间的友情，有时是非常奇怪的，当她们在同一状态下时，是最能相互理解相互包容的，一旦其中一方脱离了目前的状态，往往会站到完全对立的立场上，并且，她们的尖酸与刻薄往往切中要害，就像做医生的，若是杀起人来，可真是一刀致命，还不会血溅三尺。

不过老实说，倩茹、宁颜与之芸也不是惯于做小伏低的人，三个人可称得上才貌双全，两分傲气是有的。宁颜比较内向，她的态度就是：不理。她不理人的时候，小脸会挂得老长，眼光下垂，只从眼角露一点儿余光。之芸常笑她七情上脸，所以人缘淡薄。之芸自己比较爽气，哈哈一乐，全不在意，倒显得说闲话的人不厚道爱八卦。倩茹则口齿比较伶俐，面带微笑，一句话便堵住了姚老师的嘴："我正打算向您看齐呢，我也混到三十岁，三十岁是个好年纪，也许我跟您一样，真命天子在三十岁时出现。"

暗地里，三人同笑姚老师的眼光真是不怎么样。有一回她给宁颜介绍的男孩子，居然是斜眼，宁颜第二天向她提出来，她说："那也没什么关系，只要人脾气好就行。"

这三个人们眼中的老姑娘的关系是极好的，几乎每周都要聚会一次，是类思的铁三角，来来去去都是三人行。大家私底下笑说物以类聚啊物以类聚。老姑娘通常都是有点子怪脾气的，也只有她们才受得了彼此。

聚会常在之芸的家里。她父母的单位不错，分了一大套房子，另有家里原先的老房子，格局不大好，好在地势好，朝南，冬天有很好的阳光，之芸又会收拾，挺温馨，有时玩得晚了，三个人就住在一起。

这个周末，三个人又说好了周五住在之芸这里。倩茹买了新近大片《泰坦尼克号》，三个人看得津津有味，宁颜居然哭得稀里哗啦。

之芸笑道："果然还是宁颜最浪漫，还会为爱情故事流泪。"

宁颜也笑："也不是。我是看到那一对年老的夫妻拉着手静静地躺在床上等死时才哭的。"

倩茹道："那不也是为爱情哭？宁颜是理想主义者，信奉白头到老的美丽。"

宁颜点头笑，又伸一个懒腰问："明天睡晚一点儿，下午去淘旧书如何？"

之芸说："你的书快要把你淹了。以后结婚了搬到新房可是个体力活儿。我们家搬家的时候，正好是我弟弟高考那年，那搬家的工人抬冰箱倒是轻松得很，背一个纸箱子却说是差点儿去了半条命。一问，是我弟弟的书箱。"

宁颜躺在地毯上："我真想有一个自己的书房，三面墙全依墙打上书橱，直到天花板，一面装修成落地大窗，窗前放上软绵绵的懒人沙发，下午没事时就窝在里面看书。"

倩茹伸手拍拍她的头："无可救药的天真啊！难怪你容颜不老。"

又问："我明天早上就走。有事儿。"

"哦？"那两个立马来了精神，"相亲？哪里的？有照片吗？"

倩茹笑："我说你们两个，也学人家八卦。俺们老姑娘周末就不能有点儿别样的活动？一准就是相亲不成？"

之芸说："你少跟我们作怪，趁早说出来别叫我们费事。"

倩茹说："是真的。明天我得去我舅公司，接他老人家回我家。明天他生日，我妈要给他做寿。事先也没跟他说，想来个惊喜。"

很多人都说，爱情都缘于一场误会。不过，倩茹后来许多次都会想，就算再错一次，还是希望遇上。

有过总比没有强。丢了找不回来，也不能抹杀曾经有过的事实。

何倩茹第二天果然去了舅舅的公司。

虽然是周末休息日，舅舅还是在忙。

公司不大，生意却不错，做外贸的。原本倩茹的舅舅是外贸公司的业务经理，退下来以后，自己跟大儿子一块儿弄了这个公司，靠着以前的客户关系，有声有色地做了起来，着实赚了不少的钱。

倩茹把来意一说，舅舅果然意外又高兴，说是手边还有点儿事，叫倩茹等他一会儿，一起回去。

倩茹的母亲很小的时候就失去了双亲，是跟着兄弟相依为命长大的，两人的感情厚密得很。舅舅自己有两个儿子，把倩茹疼得像亲生的，倩茹的表哥表弟也都宠着她。

倩茹在舅舅的办公室里待了一会儿，嫌闷，跟舅舅打了招呼，到外头去透气。

舅舅的公司在十八层。走廊的挑高很低，也不见得透气到哪里去，不过视野不错，窗外是难得的秋天碧青的天空，一丝云也没有，往下可以看到秦淮风光带的仿古建筑群。

走廊的尽头忽然响起脚步声，片刻冲过来一个人。

男人，其实不过一个男孩儿，实在是年轻，白着一张脸，个头不顶高，瘦伶伶的。

男孩子开口问倩茹："小姐，请问，裕华公司在招人吗？在哪里登记？"

这事儿倩茹是知道的，舅舅的公司的确在招人，不过不是这一周，是上周的事。

倩茹答："对不住，我们已请到人了，招聘已经结束了。"

男孩儿眼巴巴地看着她，表情宛若受惊的小动物。

然后，他咚的一声就倒下了，手里的东西散了一地。

倩茹吓了一大跳，扎着手站了半天才想起来去叫人。

那天，倩茹叫来了楼层的保安，把那男孩儿抬起来送进了舅舅公司的休息室。

因为是周末，公司只有一两个人在加班，休息室是空的，很静。

倩茹叫保安替男孩子解开领口，又请他去药店买来了葡萄糖。

那个男孩儿，就是周苏豫。

周苏豫睁开眼的时候，看见面前的这个女子。

他脑子还晕乎乎的，一时不知身在何处。

女子递了一杯水过来："醒了吗？把这个喝了。"

周苏豫茫然地接过水杯，喝一口，微甜，真是渴着了，咕咚咕咚一气就喝干了。

倩茹看着那男孩子，穿着白衬衫，打着的领带已拿下来，普通的深色西裤，典型的求职时的打扮，非常年轻，发型让倩茹想起上初中时同班的男生们。

那个时候，染发的还不多，把头发弄得五彩缤纷是一件匪夷所思的事情，大家都热衷于焗得乌黑。这男孩子的头发却有点儿黄，显见的是营养不良造成的。

周苏豫垂着头，嗫嚅着问："请问……我好像听您说，招聘结束了？"

倩茹说是。

周苏豫越发磕巴起来："我……我学经济的，其实半年前就……就到处找……找工作了。我……我还是……还是有一定的能力的……也愿意学习。"

"可是已经招到人了，真不好意思。"

男孩儿再抬起眼时，又把倩茹吓了一跳。

他的眼眶里全是眼泪，打着转不肯落下来，显得眼睛特别黑。

"我母亲，糖尿病，好多年了，这几年发展得很严重，昨天又发病，我送她去医院……就错过了面试的时间……我找了好几家公司……都不成……"

倩茹想一想，没有作声。

男孩把空杯子递过来，小声地道歉，站了起来。

他眼睛里的水光已然干了，鼻头有点儿红，受了委屈的孩子似的，倒是笑了一下，转身往外走。

"等一下。你把你的简历给我一下。"

男孩颇感意外，还是照做了。

倩茹叫他稍等，进了舅舅的办公室。

过了一会儿，开了门招呼那男孩子进去。

倩茹自己则在门外等着，这种分寸她还是有的，所以舅舅才会格外喜欢她。

过了挺久，男孩儿出来了。

倩茹迎上去。

男孩儿捏着包的一角，对着倩茹笑起来。

他的牙不太齐，有一颗斜侧到一边，让他看上去异常地稚气。

这就是何倩茹与周苏豫的初遇。

有点儿戏剧性，也可以叫狗血。话说回来，古代话本里，可也不少富贵小姐救落难秀才的桥段。没有什么装束，比长衫与儒巾更能衬出一个男人的柔和与脆弱，而脆弱，有时候，也是一种武器。

在以后的日子里，倩如常常这样想。

第五章

　　倩茹遇到周苏豫那年已经二十八岁了，不是女人最好的年纪，但是，倩茹长得美。

　　倩茹有浓密的黑发、雪白的皮肤、明媚的眼睛和丰润的嘴唇，宛若拉斐尔画中的女子。她的身上混合着少女与成熟女人的气息，是个吸引人的女子。

　　如果没有后来再一次的偶遇，周苏豫，这个清瘦苍白的年轻男孩子也只会如一部电影或是一本小说中让人难忘、怜爱的角色一样，在倩茹的心里留下一点儿淡淡的痕迹，再随着生活里诸多的小事淹没在记忆里。

　　可是，老天到底还是给了他们再一次相遇的机会。

　　倩茹他们教育系统，每年给老师们发三百元钱的医疗周转金，等这三百元用完了，再凭各人的工作年限按百分比报销医疗费。

　　对于许多老师来说，三百元还不够看一次病的，但是，倩茹年轻，身体一向结实，一年也不进一次医院，有点儿头疼脑热、感冒发烧的，吃点儿药睡一觉就好，所以，她总是拿这三百元去医院找当医生的学生家长开一些常用的药在家里备着。

　　这一天，她正好又去医院开药。

　　忽然后面有人在叫："小姐，小姐。"

　　倩茹回头，看见了那个年轻人。

　　他抱了一堆药，神情有一点儿拘谨，微微笑着。

　　倩茹想起来了，说："哦，你……你是……"

　　其实她并不知道他的名字。

　　"我叫周苏豫。"他依然微笑着。倩茹发现自己很喜欢那种很稚气单纯的笑容，心情没来由地好起来。

"你好！你也来看病？身体哪里不舒服？"

周苏豫心里对这个美丽的女子的好感又增加一分，她可爱的脸庞非常有亲和力，她那么有涵养，帮了自己那么大的一个忙，开口却没有问："你怎么样？新工作还好吧？"她只是说："身体哪里不舒服？"没有一点儿挟恩求报的意思。

"不，我没有不舒服，我替我妈来拿药的。"

倩茹说："哦，对了，你说过你妈妈身体不好的，记得你好像说是糖尿病，对吧？"

苏豫意外地点点头，她居然记得他说过的话。

周苏豫说："你呢？你生病了吗？"

"不是，只是来开点儿药。我很少生病的，简直像铁人一样呢。"倩茹晃晃手中装着药的塑料袋。

苏豫听倩茹用这样轻松的语气说话，原先的那一点儿隔膜一下子消失了。

"可不可以，坐一会儿？"

倩茹含笑说："我们到外头花园里去坐吧，这里的气味不大好。"

两个人在医院附设的小花园的水泥长条凳上坐下来。

苏豫说："还没有问小姐你贵姓呢。"

倩茹说："我叫何倩茹。"

苏豫又说一遍："我叫周苏豫。"

两个人像小朋友那样地自我介绍。倩茹觉得很有趣，笑起来："苏豫？江苏的苏，河南的简称那个豫？"

倩茹眨眨眼睛："我姑且猜一猜，你爸爸是江苏人，妈妈是河南人？"

苏豫说："实际上，我爸妈都是江苏人，但是爸爸在河南读的书，所以给我起了这个名字。"

"你父亲身体还好吧？"倩茹问。

"他不在了。"

"啊，真对不起。"

苏豫摇头："很多年前的事儿了，那时候我十岁，日子久了，我都快记不得他的样子了。对了，"他转了话题，"你在公司的哪个部门？我一直……想找到你，对你说声谢谢，可是，都没有碰见你，又……不太好意思问人。"

倩茹又笑："我不是裕华的人。实际上我是裕华总经理的外甥女。那天我是去找舅舅的。"

倩茹并不是傻瓜，一个小小公司总经理的外甥女，并不是庞大家族企业董事长的千金，没有必要遮掩造作。

"其实我是教师。"

苏豫的眼睛睁得圆圆的："做老师的？真的？"

倩茹可爱地转转眼睛："怎么，你觉得教师是庞然怪物吗？"

苏豫红了脸，连连摇头："不是不是。告诉你，我第一次见到你时就想，她真像一个老师。原来你真是老师。"

倩茹也讶道："真的哦？"

两个人都突然意识到这么说话十分孩子气，都笑起来。

"你教中学？高中？"

"不，小学。类思小学，听过没有？"

苏豫说："我的天！"

倩茹不解地看着他像个小男生似的摇头晃脑。

"我就是那里毕业的啊！"

"真是小世界啊。"倩茹叹道。

"我还记得那个时候的校长是个中年人，男的，早早地秃了顶，大家都偷偷叫他'地中海'。"

"他已经退休了，'地中海'早成'撒哈拉'了。"

苏豫又露出他不太齐整的牙，笑了。

"那个……何小姐，我想，改天，可不可以，请你吃饭？我想，好好地谢谢你。要不是你，我不可能找到这份工作。"

倩茹笑而不答。

苏豫有点儿害羞起来，天知道，他这是第一次主动请女孩子吃饭。以前上学时，他只顾着打工，在学校与医院之间来回地跑，不是没有他喜欢的和喜欢他的女孩子，但是，他从来没有足够的时间，恰当的机会与心情。

苏豫有点儿磕磕巴巴起来："我……现在，我……得回去给我妈打针了。"

倩茹惊讶："你会打针？"

苏豫点头："十五岁我就学会了，给妈妈打了好几年了。现在手法已经很好。"

倩茹的眼光柔软下来："那快回去吧。下次见。"

苏豫直到上了车才后悔起来，忘记问那女孩子要电话了。

看样子，她比自己要大一点儿，是温和明理的好女子，并且，她有一种磊落与宽和的气质。但是，不知道电话，难不成跑到人家单位去约人吃饭吗？

苏豫叹气再叹气，他是真的想谢谢她，也是真的想再见到她。

苏豫也没有想到，机会那么快地就又光临到他身上。

那天是端午，公司给每个人发了两百元的苏果超市购物票，苏豫想着妈妈反正也不能吃粽子，决定买些米与油。付款的时候，他看见了倩茹。

他叫："何小姐！是你！"

声音里的惊喜实在明显。

倩茹也挺高兴："苏豫。"喊完了才略觉不妥，平时跟宁颜、之芸她们喊惯了，也不管合不合适就冲口而出了。

倩茹抿嘴笑而不言。

苏豫手上拎了好多沉东西，整个左肩都被坠得微微倾斜。

可是苏豫还是说："那天，说了想请你吃饭谢你的。"

"现在吗？"倩茹问。

苏豫低头看看手上的东西，又开始有点儿不好意思。倩茹说："咦，我想起来一个办法。"

他们走到储物柜前，足足占了六个箱位，把两个人买的东西全装了进去。

倩茹理一理手中的存储小票，仔细地收在皮夹里："看，一下子轻松了，只要在晚上十点半以前来取走就行。"

苏豫皱皱鼻子："真是聪明的法子，就是……我们一下子占了六个位子，不要紧吗？"

"那只能说明我们买的多，对超市的繁荣做出了贡献。哎呀，走啦走啦。"

真是有趣的女孩子，苏豫想。

"你想吃什么？"

"不知道你的口味是什么样的？我很喜欢前面不远那家的兰州牛肉面，很多小冷盘，我每次去都点好多种，翻着花样吃。"倩茹笑嘻嘻地说。

也许，周苏豫对何倩茹的动心，就在那一瞬间，她是这样体贴地维护着他的自尊，不动声色，但是，有足够的关怀。

苏豫也不矫情了，点点头说："那么，请何小姐带路。"

倩茹忽然笑了："何小姐？"她重复，调皮起来，"你不如叫我何姐姐。"

这下子，连苏豫也淘起来，一本正经地叫："何姐姐。"

　　这一顿饭吃得很愉快。苏豫爱细银丝面，倩茹却偏爱韭叶宽的面，厚厚的浇头，浓香的汤汁，小菜也很好，两个人几乎是抢着吃光了那冒尖的一盘凉拌山珍。

　　倩茹从不节食，她胃口健康，身材匀称，脸庞红润光洁。

　　去取东西时，不过八点。倩茹说："这么多的东西，我们不如合伙打车。"

　　是苏豫先到的家。临分手时，倩茹从车窗里探出头来，递一包东西给苏豫："这个送你！"

　　是一包五芳斋的袖珍小粽，一个个只一口大小。

　　倩茹与苏豫在回去的路上都在想一个问题：原来世上，真有一见钟情这回事。

第六章

男女之间的状态，不捅破那层窗户纸时最美妙。

周苏豫与何倩茹都是水晶心肝玻璃人，很是明白这一番道理。

同时，他们也各自有各自的卑怯。

周苏豫的卑怯来自何倩茹的美与好，这样一个漂亮的、家庭条件好、工作也不错的女孩子，而他周苏豫只是一个刚刚毕业、一文不名的穷小子，没有存款与房子，只有一个重病的老妈。

而倩茹的卑怯，来自周苏豫的小。他那样年轻，文雅清秀，没有什么名牌服饰，就只普通的棉衬衫与牛仔裤已经够青春够吸引，而自己，整整比他大了六岁。

六岁是什么概念？是一个齐腰高的小孩子，是一段几可称为代沟的距离。

那一年，在之芸家中，三个人一起看《泰坦尼克号》时，宁颜说："男女主角真是美，好般配。"

之芸说："美是肯定的，般配却不见得。露丝看上去可比杰克大着好几岁，如长姐弱弟。"

那时候的倩茹尚能自如地调笑说，这种搭配在十年之内会流行开来。

轮到自己头上，却不能不犹豫。

但是，这并不妨碍两个人用一种和缓舒服的方式接触着。

苏豫偶尔会打电话过来，只说几句话，比如，天热，办公室里的空调响得像拖拉机，老板人很好，说是马上要换新机子。可是大家说，换掉以后会想念那种声音的，就像小孩子想念去世老祖父的咳嗽声。

比如，今天立夏，今年夏天说是会很热。

有时候，他会跟她说一则听来的笑话，甚至有的时候，就只说一说午饭的菜谱。他像个小孩子，跟喜欢的大人絮絮地说许多许多无关紧要的事情。

倩茹听得多说得少，往往隔开好久也会打一个电话给苏豫，但是每一回苏豫的来电都会让倩茹心情好上好几天。苏豫有时也写信来，也是这般的琐事，倩茹一封一封收好，锁起来，自觉少女般幼稚，却甘之如饴。

一日降了暴雨，室外三米之内已不辨景物。苏豫打来电话："倩茹，有没有带伞？"

倩茹道："带了。我妈妈每天早上都会听天气预报。"

苏豫在那一端笑："那就好。"

倩茹问："你呢？"

苏豫道："一样。我妈不爱看电视，却爱听广播，尤其喜欢听天气预报。"

两下里无话，只余窗外淋淋的雨声。

倩茹忽然觉得心软得很，说："苏豫，我最喜欢雨夜读书到很晚，你呢？"

苏豫"嗯"了一声，答："我不行，有时候……累得很。"声音里突然多了一点儿委屈，也只是片刻之间。

倩茹想，是啊，他不过二十出头，许多同龄人衣食尚要父母安排操持，可是他却从十来岁就负起照顾母亲的重任。

倩茹说："饿了就吃，累了就睡，小小年纪不要搞坏了自己的身体，妈妈也会不安的。"

那边苏豫的声音却又活泼起来："是啦，何姐姐。"

倩茹暗想：哟，这可坏了。

男女之间，若是调起情来，离情也不远了。

什么时候想起苏豫的话什么时候就笑起来。倩茹的弟弟说："妈，我姐有点儿不对劲。"

"哪里不对劲？"何妈妈问自己儿子。

"红鸾星动。"

"顾好你自己！脚踏几只船，小心掉河里。"倩茹笑骂弟弟。

何弟弟说："掉进水里我再爬上另一艘船，河里船多的是。湿淋淋的一副倒霉相，也增两分无助的魅力。"

倩茹边呸他边大笑。

何弟弟面容英俊阳光，十分得女人缘。

倩茹与苏豫第一次约出去玩，是打着参观新开的一家书吧的幌子。

　　苏豫骑了辆旧旧的自行车来，一脚踩在地上，对着倩茹笑。

　　他穿着简单的 T 恤与布裤、休闲鞋，都甚为陈旧，不过，跟他清风一般舒缓的气息十分贴服，许多女孩子经过他身边时都会回头再看一眼。

　　苏豫说："何姐姐何姐姐，上来我带你。"

　　倩茹说："警察会抓的。"

　　"不会不会，我们从小街里穿。"

　　倩茹说："你带不动我的，我是一个胖子。"

　　"何姐姐，你非常匀称。"说完，苏豫脸倒红起来，"我……我踩三轮车带我妈去看病，我其实，很有劲的。"

　　倩茹笑着上了车。苏豫说："这个很环保。出发啦！"

　　倩茹简直止不住自己的笑，她有多少年没有这样被人用自行车带着出去了。父亲一向身体不好，她十一二岁时，他就再也带不动她了；弟弟是疯头疯脑的，他的车，倩茹从不敢坐；舅舅在她小时候常带她出去玩，自从开了公司后，他也再没有时间了。而倩茹这个时候已经长大成人了。

　　倩茹的心情很好，在后座上轻快地晃着腿。这个年轻的男孩子，总让她有重回少女时代的幻觉。

　　苏豫骑得轻快稳当，果然只拣小巷走，拐弯的时候，他反手扶住倩茹的手臂，手势纯熟自然，看来是习惯了。

　　他的手隔了衣服滚烫地熨在倩茹的皮肤上。

　　那一天，他们过得很愉快，并没有太多的交谈，各自拿了喜欢的书读。倩茹请苏豫喝咖啡，苏豫请倩茹吃简餐。如果不是那一通突来的电话，这一天原本该很圆满。

　　苏豫只看了手机上的号码，倩茹就发现他的脸色变了，他急急地问："什么？什么时候的事？好，我马上就回来，多谢你！"

　　苏豫告诉倩茹："我妈在家摔了一跤，现在腿动不了了。邻居在看着。对不起，我得回去。"

　　倩茹看他的手在发抖，果断地说："我跟你一块儿去。别骑车子了，车子回头再来拿，我们打车去，快，也安全些。"

　　两个人打车到苏豫家楼下时，倩茹略微犹豫了一下，她这么上去，算什么？

不过何倩茹向来不是扭捏的人，略一想，也就跟了上去。

邻居告诉周苏豫，他母亲是在卫生间里滑了一下摔倒的，怕是伤了骨头。倩茹帮着苏豫把老太太往背上背。

那是一位有些虚胖的老妇人，浮肿的面孔，依稀可见与苏豫相似的眉眼轮廓。

在这种情形下，苏豫也没有忘了介绍："妈，这是我的朋友何小姐。"

老太太没有任何反应。倩茹想，她一定很痛。她不断地在呻吟。

也许是错觉，倩茹觉得，老太太看向她的那一瞬间，目光非常尖刺，也就是那么一晃，那一线犀利就过去了，老太太别过脸，趴在儿子的肩头继续呻吟。

老太太的肩背尚比苏豫的宽厚，因为脚伤，她完全使不上劲儿，所有的重量完全落在苏豫的背上。倩茹很怕苏豫被压得倒下去。出乎意料地，苏豫走得很稳，而且挺快。每走到楼梯拐角处，他总伸出手在墙上扶一下。他们家住在五楼，等到下到平地，倩茹看到，苏豫的额头上全是汗。

院子里，早有邻居把小三轮推了出来。

到医院一检查，是骨裂。不过看老太太的光景，脸上全是痛苦至极的表情，似乎要比实际情况严重得多。

直到苏豫把妈妈在病房里安顿好，倩茹才向苏豫道别。

苏豫直把她送到医院门口。

过了两天，倩茹不放心，打电话问苏豫情况。苏豫说没什么大事。

他的声音里全是疲惫，倩茹还是不放心，去医院找他。

她发现苏豫的神色很委顿。

老太太睡着了。倩茹把苏豫拉到走廊上，坐着说话。

倩茹安慰道："别担心，医生不是说了不要紧吗，慢慢养着就好。"

苏豫久久不语。倩茹看见他的手不停地在抖，忍不住拍一拍他的手背："不怕的，苏豫。"

苏豫转过脸来对她笑了一下，把额头贴在交握着支在膝盖的双手上。

倩茹觉得不对劲，伸手一摸，才发现苏豫的额头一片火烫。

"你在发烧。"

苏豫说："一点点儿，前两天陪床着凉了。"

倩茹拉他起来："趁着你妈妈在睡，你得去看医生，苏豫。"

苏豫的手心也烫得吓人，顺从地跟着倩茹走。

医生说："这样的热度，是一定要挂水的。"

倩茹租了一张躺椅，让苏豫躺得舒服些。

苏豫说："我妈觉浅，一会儿就要醒。"

倩茹说："放心，我去守着她。"

苏豫突然伸手拉住她："别告诉她。"

"好。"倩茹答应了，就要走。

然而苏豫并没有放手，反而摩挲着倩茹的手指，好一会儿手才松开，说："多谢。"

老太太醒来的时候发现病房里的倩茹，非常地诧异，开口便问苏豫呢。

倩茹告诉她苏豫公司有点儿急事。老太太"哦"了一声，又闭上眼，微微跳动的眼皮表明她并没有再睡，但这是一个太明显的拒绝的姿态，倩茹只好坐在一旁不再说话。

过了好一会儿，老太太又睁眼："何小姐，麻烦你打电话，看苏豫什么时候能回来。"

倩茹只得掏出手机，正要打，苏豫推门进来了。

老太太精神立刻好起来，要茶要水，面色活泛起来。

老太太对苏豫说："太麻烦人家何小姐了，苏豫，送何小姐走，不能总辛苦人家。"

苏豫与倩茹刚走出病房，未及说话，老太太又在病房中叫他。

等到苏豫再走出来时，天都黑了，医院走廊里的灯已亮起来。

他发现倩茹还坐在走廊的椅子上没有走。

苏豫在她身边坐下来，望了她好一会儿。

倩茹道："我问了医生，你的水还没有吊完。等你妈妈睡了，去把吊针打完吧。发高烧不是闹着玩儿的。"

苏豫突然伸手圈住她的肩，这是他第一次用这样亲热的姿势对她。

他的头贴着她的，一连声低低地叫："倩茹，倩茹。"

倩茹慢慢地回手抱住他的腰。

第七章

在何倩茹与周苏豫感情尚未完全明朗化的时候，方宁颜也认识了后来成为她丈夫的李立平。

这一年宁颜二十六，李立平大她四岁，正好三十。

比起倩茹来，他们俩认识的过程全无浪漫，倒有点儿特异。

那个时候的宁颜，清秀细巧，看起来就像是少女，外校来访的老师或是学生的家长初见她时，莫不奇怪，学校怎么会收未成年人做教师。

宁颜是一个有点儿奇怪的女孩子，在二十岁以前，她没有跟任何一个男孩子深交过，甚至连话都没怎么说过。

宁颜上中学的时候，男女生是不讲话的，心里再蠢蠢欲动，表面上也跟仇人似的。开班干部会议时，几个班级精英商议起班级计划来也是字条来字条去的。那个年代，男生与女生的交往还十分隐蔽，是一件有点儿羞耻的事情。只有那些完全不想学习的被老师认定注定很快要成为社会人的女生才会与男生搭腔，而且，成绩好的男生也是不屑搭理她们的。

宁颜是晓庄师范最后一届中专师范生，此后晓师就升为大专院校，后来又升格为晓庄学院，培养师范类本科生。当年中考，是母亲帮宁颜填的志愿，因为她虽文科十分出色，数学却不太强，母亲断言她是不可能考到好的大学的。

更重要的是，她不愿意宁颜离开家到外地去读书，她并不希望女儿有太大的出息。

上了师范，一个班上，二十五个学生，二十四个是女生，唯一的那个男孩子，宁颜在参加口试的时候还看过一眼，肤白微胖的普通模样，可是报到的时候却不见踪影。

于是，宁颜那个班就成了女生班。

那个一面之缘的男生成了一个苍白的影子，很快地消失在大家的记忆里。

方宁颜的少女时代里没有半个异性的影子，她简直就如中世纪英国的修道院学校走出来的孩子。

宁颜的家教也极严，母亲不许她跟任何异性做朋友，久而久之，宁颜有一点儿精神上的洁癖，上街闲逛时，有男子无意碰她一下也会觉得很不舒服，会下意识不停地拍打被碰到的一处。这种奇怪的状态在她身上延续了很久，她不自知，也没有人提点她。

工作之初，她也封闭得很，不大与同事们打招呼。她来校不过一个月，就有人向校长反映，新来的这个小姑娘有一点儿清高啊，不大理人。

可是谁也不知道，她其实微有些近视，又不愿意戴眼镜，看不清同事们的脸，一派单纯全掩在那微仰起无甚表情的面孔下。

直到她配了隐形眼镜，她才终于开始与同事们有了比较正常的交往。并且，慢慢地跟何倩茹与魏之芸越走越近了。

在大家的认识中，这个小姑娘有一点子古怪，但是人还不错，工作也很努力。在工作的第二年，宁颜就开始一边工作一边攻读她的专科与本科文凭。

在这一点上，宁颜颇有一点儿先见之明，她聪明，有着过目不忘的本事，参加江苏省自学考试，一年的工夫，拿下了专科文凭，这两年，她又开始考本科文凭。而这个时候，小教界已开始兴起学历提升的潮流，像类思这个级别的示范学校，开始要求普及大专。而宁颜因为拥有大专文凭且本科在读，教学上又颇有灵气，开始在市小学外语教学界崭露头角。

在这个过程中，宁颜慢慢地迈进了老姑娘的行列。

二十六岁，算不得太老，但是，按同事们闲聊时的话，到这个年纪还不急着找人，可就要来不及了。

一个比宁颜还小两岁但是已经成了家的女同事有次无意跟宁颜说：你要抓紧啦！

内向而略有些小心眼儿的宁颜闷气了好多天。

宁颜终于开始相亲了。

其实在这之前，宁颜喜欢过一个人。

宁颜长到二十来岁，居然不会骑自行车。

她学过无数次，无不以失败告终。

有一回，借了同事的车在操场上练习，已骑得相当不错时，同事好心鼓励说："看，你不是骑得很好吗？这辆车还是二六的呢。"

话音刚落，宁颜就跌了下去。

那一跤摔得够狠，宁颜从此绝了学自行车的念头，一般出去玩，都是之芸用车带着她。

她每天步行上下班，好在单位离家不远，宁颜很享受这一段过程。

她每天都要经过同一个路口，那里有一个交通岗亭，是这个城市里仅剩的还未拆除的岗亭之一。

岗亭里，有一个值班的小交警。

那个小交警每天看着她从街口路过。

有一回，学校组织青年老师与二大队的交警们搞联欢。

宁颜站在角落里。忽然有一个瘦高个儿的小交警走过来，他好像是刚刚下班，来得晚些，制服都没有来得及脱，他站到宁颜的面前说："我见过你。天天都能看见。"他把眼睛移开去，又补充了一句，"不过你从来没有注意过我。"

那个人有着非常俊秀的五官，微黑的脸孔，高大而整洁，制服袖口露出的衬衫是雪白的。从此，宁颜每天下班都无端地快乐起来，步履轻松，心情有一种隐秘的雀跃，整个小脸都被照亮了似的。

那个年轻交警看到宁颜走过来，会探出头来向她挥挥手。宁颜发现，他的岗亭里多了一盆花。

终于有一天，他打电话约她出去。

宁颜总是还记得跟他出去的那一个晚上他的拘谨，还有临分手时他说过的一句话。

那天，他把宁颜送回家，天已经很晚了，这一带很难打到车，宁颜问他怎么回去，他说，走呗。黑暗里，他的牙显得特别白。

宁颜说："那么远。"

他说："不怕的，农村的孩子，走点儿路怕什么。"

他不怕走路，可是，他怕别的。

宁颜的妈妈知道她与这个小交警出去，断然地说："他不行的。我跟你说，你别犯糊涂。这个人不行。"

母亲的一句话是一个方面，更叫宁颜断了想头的，是那人的态度。他在约了她一次之后突然地再也不打电话来了。宁颜等了许久，她也没有打过去，她知道他退缩了，他改了主意。

一段恋情，未及开始就戛然而止。

宁颜常想，如果当时他或者她足够勇敢，也许事情会完全不一样。

他很快就不再找她了，宁颜上下班也换了一条路走。

很快，那个交通岗亭也拆掉了，全市的交通系统改为电子控制。

在以后的许多年里，宁颜常常想起他的话：农村的孩子，走点儿路怕什么。

那个人的名字里头有一个"诚"字，过了很多年，宁颜一直都记得他。

他的形式虚幻了，她用她的想象丰富了他，塑造了他，他原本不过是她的情感世界里匆忙的过客，但是在岁月里，在她的想象里，他成了佛前的一盏长明的灯，给了她晦暗的人生一方小小的永恒的亮。

然后，宁颜开始在母亲的安排下与许多人相亲。大多是她或是母亲没有看上人家，也有人没有看上她。她记得有一个人，在相亲过后托介绍人带来话：这个女孩子不行，她的腿都没有我的胳膊粗。太弱了，我不喜欢。

那些人在宁颜的生活里，来了，又去了。

宁颜疲倦得很。

这个疲惫冗长而无结果的过程唯一的好处就是，它奇迹般地治好了宁颜的精神洁癖。

宁颜觉得自己渐渐地变成了一根老油条。

有一天，母亲与父亲很神秘地跟宁颜说，这次再给她介绍一个男孩子，是个大学讲师。

宁颜随口问，是哪位阿姨介绍的。

父亲含糊其词。母亲说："告诉她也不要紧，这也不是什么丢人的事儿。"说着，拿出一封信来。

宁颜看见那信封，觉得有点儿奇怪，上面的地址与收信人姓名是用毛笔写的，真是很少见。字不见得多出色，但是细长端正。

宁颜心里隐隐地有了一点儿意识。

母亲说："我跟你爸商量过了，这么多日子，也没见有人介绍过什么合适的人，毕竟我们接触的人也少，不如试试报纸上的征婚广告。"母亲说着，面容生动起来，"你别说，还真有不少条件不错的。我跟你爸选了一个，给他去了信，没想到回得这么快，你看看。"

信是一个叫李立平的人写来的。他介绍说，他是一个大学讲师，学化学的，因为当年做学生时表现比较出色所以留了校。希望能够和来信提及的女孩子见一面。

信的最后，加了一小段。

他写道：我的家庭来自一个小镇子，还比较落后，家境也比较一般，如果女孩子揪住我的出身不放，那么也就没有必要见面了。

母亲又给宁颜看了登有李立平征婚启事的那张报纸，缩在密密麻麻的一堆征婚启事的一角，言简意赅：男，三十岁，大学讲师，貌俊，一米七五。诚征文教系统未婚女，谢绝领证未婚。

约会是宁颜母亲一手安排的，在一家街心公园里。因为没有介绍人，约定了各自手拿一份当天的《扬子晚报》。

那是一个湿暖的夜晚。

母亲帮宁颜选了条半新的连衣裙，母亲说，这样端庄但又不显得过于郑重其事。

宁颜准时到了小公园，远远地就看见一个男人的背影。

中等个儿，比较瘦。双手背在身后，握着一卷报纸。

宁颜忽然觉得有点儿荒唐，几乎生了转身逃走的心。

那人正好回过头来。

宁颜把与李立平相识相处的经过全部写进了她的日记里。后来宁颜想，这是她千不该万不该最最不该做的一件蠢事。

第八章

两个原本完全陌生的人，因为一张小小的报纸相识，这种事对于方宁颜来说，有一点儿荒唐，有一点儿无聊，也有一点儿隐蔽的好奇。

公园里的这一个角落挺黑，宁颜没有看清那个男子的样子，她猜他也没有看清她的样子。

那个人先开的口："你好！你是方小姐吧？"

宁颜点点头。

"我就是那个李立平。"他说。

他的语调柔和低沉，略有些外地口音。

两个人就自然地顺着公园里的小路走起来，气氛略有些尴尬。

李立平说："方小姐，我想先解释一下，我之所以会选择报纸征婚这个形式找对象：第一，不是因为找不到对象，只是找不到合适的，想扩大一下选择的范围；第二，我是一个很正派的人，如果找到合适的，就绝对不会再与若干个女孩子同时保持联系，这一点请你相信。"

宁颜实在不知道该如何开口回答，就含糊地应了一声。

李立平并不健谈，但也并不少语，保持着十分得体的语速与交流的频率，给宁颜挺舒服的感觉。

公园不大，到处是一对对的情侣，头靠着头窃窃私语着，黑暗处还有一些急促的喘息声。李立平觉察出宁颜的不适，很快把她带了出来。

那些年，南京的夜晚并不繁华，几乎所有的商店都在六点钟左右关门，而那些酒吧又隐藏在街巷里。他们走的，是一条颇为宽阔的林荫道，两个人暴露在一片明亮里，都有些不自在，各自低头慢慢地走路。

宁颜有一瞬很想说再见，还未出口，两个人来到了一家大型商场门口。商场居然没有关门，两个人走进去，迎面是艺术品专柜。李立平指着挂着的条幅开始评讲。宁颜想起他信封上的毛笔字，问："那么你练的是什么体？似乎有一点儿像瘦金。"

李立平笑了一声说："我练的是李体。"

这句话引得宁颜回头好好看了看说话的人。

宁颜第一次把他看了个清楚，略瘦长的脸，窄窄的额头，肤色很白，茶色的宽宽的近视眼镜，穿着十分整洁。宁颜发现他也在观察她，两人的眼光一对上，就各自转开了。实在是太尴尬了。宁颜想起学校里一位男教师说过的话：你想相亲吗？那你得皮厚才行。

显见的，这位李立平与宁颜一样，不是皮厚的人。

一个柜台里，放置着一溜儿微雕作品，这给了两个人一个靠近的机会。他们一同凑上去细看那些美丽的小巧鼻烟壶里雕刻的细致得不可思议的图案。

李立平的身上有很洁净的气息，这给了宁颜很好的印象。

这初次的见面结束时，两个人都不知道怎么开口道别。

宁颜心里有点儿矛盾，她不知他会不会再一次地约她。李立平心中与她一样没底，这个女孩子，在李立平看来，秀美文静，然而，有点儿捉摸不透。

这是李立平见的第五个女孩子，前面四个，他不是太满意。他母亲在知道他要登报征婚时曾对他说：儿子，你一回你就放开手脚好好地去挑一个。可是，李立平发现，事情并不像他想象的那样，他会有很宽广的选择面。事实上，他收到了近五十封来信，光是工作条件就被他自己淘汰掉了一半，剩下的，有几个女孩子附了照片，却不料弄巧成拙，被李立平淘汰掉——他不喜欢女孩子的艺术照，他以为那种照片水分实在太大。而另有一个眉目美丽的女孩子，他又觉得过于丰满了一些，看上去比自己还要宽上一轮，李立平心中好不遗憾。

李立平喜欢的是清秀娇小的女孩子，有细目长发，骨架小巧，不能过于张扬，宁颜符合他对妻子的全部想象。然而，李立平想，他依然还有选择的余地，一个男人如果已经三十岁了，不是很有钱，也不是非常有地位，并且，身世背景至为平常，那么他总该给自己多留条后路。

李立平问宁颜要联系方式，宁颜想了想，也就给了他。

宁颜回到家里的时候想：你看，这也不难嘛。征婚与相亲，实质上差不了多少，只是形式有一点点儿不同而已。人是一种多么容易适应环境的动物啊。

往后的一个星期里，宁颜几乎忘记了这一场相亲，她正好要参加自学考试，正在为她的本科文凭做着最后的努力。

等她考完了，李立平的第二封信也来了。

他的信不是寄给她的，是寄给她的父亲的。

当初的应征信也是宁颜的父亲写的，他用了化名，请一个可靠的朋友转的信。李立平并不知道这位充当了中间人的男士就是宁颜的父亲。

李立平写道，他很满意方小姐，希望能够和方小姐建立恋爱关系。如果方小姐也无意见，请接受他的约会，在某日某地。随信附了两张电影票。信的最后，李立平请中间人转告方小姐，他已回绝掉其他的应征者，请方小姐及家人放心。

宁颜奇怪这个李立平为什么不直接给自己打电话，而要拐上这么一个弯子。倒是宁颜的母亲明白，她说：很简单啊，他这么做一是表明态度，二是留有余地。

就这么着，方宁颜与李立平开始了他们的恋爱进程。

其实也无非是看看电影、逛逛公园。

有一回，在电影结束的时候，宁颜惊骇地发现，自己的父亲正坐在他们后面的座位上，此刻正起身随着稀稀拉拉的观众一起退场。

宁颜注意到父亲刻意地看了李立平好几眼。

回到家里，宁颜问妈妈怎么回事。母亲笑笑说："征婚不同有人介绍的，连张照片也无，我们当然不放心。你爸的眼光还不错，就让他去看看。哎，说起来，你到底看得如何？"

这话是冲着宁颜的爸爸方静言说的。

方爸爸略犹豫了一下，说："我觉得那人长得似乎不怎么好，倒不是说五官有多么难看，只是额窄，面相很有点儿狭隘之相，我怕他有点儿小心眼儿。这种人，可能不怎么好相处。个头倒还般配。"

母亲听了方爸爸的话，微微皱了皱眉头，说："这样啊。不过，他条件还可以。当然，我们的意见只供你参考，主要还是看你自己的看法。"

宁颜忽然觉得无趣起来，说："既然这样，那我下次回掉他好了。"

母亲摆摆手说："再处一处再说吧。你爸也没说他难看。"

宁颜很想跟母亲说不是难不难看的问题，她只是觉得无趣，可到底还是没有说出口。

于是，方宁颜继续与李立平不温不火地谈着恋爱。

逛公园，看电影，看电影，逛公园。

母亲笑说："你们别总是去看电影，闷着头看电影两个人还怎么交流？"

于是约会的内容改作上茶馆，时间也改作周日。

宁颜周六还有补习班要上，所以，周日一直是宁颜真正得以休息的日子。她通常会跑到魏之芸那里，看书、喝茶，之芸负责做饭，或是干脆一个人待在家里，看书写日记，或是泡书店。

如今多了个李立平，倒像是多出来一件不得不做的事——约会。宁颜渐渐地感到身心都有些疲累，越发生了跟李立平分手的心。

她看着何倩茹眉宇间那一抹遮不住的快乐，看着她时常发愣微笑的神情，宁颜的心里有细微的酸楚与妒意，倩茹那个，才是恋爱吧。

关于周苏豫，倩茹对两个好友说得不多，但宁颜多少知道一点儿。可惜，宁颜想，自己从未有过这样浪漫的邂逅，人跟人的差别，真是太大了。

宁颜羡慕倩茹的奇遇，也羡慕之芸的自在，下决心与李立平说，不想再处下去了。

宁颜想不到的是，李立平足够聪明，已经察觉了她的动摇。李立平真的开始慌起来。

李立平其实并没有说谎，他真的与其他的应征者完全没有了联系。

在宁颜之后，他又陆续见了好几个女孩子，都不似宁颜给他留下那样良好的印象。有一个女孩儿，见面不到三分钟就追问了若干次他的经济状况，也有问他什么时候可以购房、有无出国机会的，把李立平吓住了。

李立平决定把握住方宁颜。

但是他敏感地发觉，方宁颜这个女孩子，对他并不像他对她。

一个月相处下来，李立平基本上已摸准了方宁颜的性格，她并不像他最初想的那样不可捉摸，她其实单纯无害，有些古怪，但是性子温顺，耳根绵软，沉静守旧，是好妻子的人选。但是，她的冷淡是毋庸置疑的。有一个晚上，李立平与方宁颜出去，经过一道阶梯的时候，李立平假借挽扶的名义，握住了方宁颜的手，可是这女孩子居然挣开了他的手，宁可扶着道边的树一步一步慢慢地往台阶下挪。

李立平觉得应该想想办法。他不想再征一次婚，这种事，一次就够了。

宁颜这种女孩子，李立平想，对恋爱与婚姻都有不切实际的幻想，骨子里沉迷于风花雪月的东西，要应对起来，也不难。

有一晚，李立平又约方宁颜出去。那是一个仲秋的晚上，李立平比往常显得沉默一点儿，神色间很有些忧郁，宁颜想说的关于分手的话，完全出不了口。

临分开时，宁颜衣襟上别着的一对白兰花突然落下来一朵，被李立平接住了。他把那花托在手心，看了好一会儿。

当晚约会回去，宁颜刚上床躺下，李立平的电话就到了。

"宁颜，"李立平说，"你衣襟上掉下来的花，我把它放在宿舍的桌上，香得不可思议。"

然后是一片沉默。

沉默里，宁颜听见自己的心怦地跳了一下。

第
九
章

李立平刻意地开始了与方宁颜浪漫的恋爱。

他不再约她去看电影，或是坐茶馆。

他带她远远地跑去江边，在寒风里看那墨墨的一江流水，听那哗哗的水声。他和她一起去城里很偏的角落，寻找老房子，李立平略微能画上两笔，总背一个画夹去写生，然后把画订成册，送给宁颜。他带她去自己的校园，师大号称江南最美的大学，有曲径通幽。图书馆有年头了，但还未老到让人生敬畏的心。木地板与花窗，老式的供暖，环境让人非常舒服，晚上人也不少，他们占据一个角落，各自读一本书。宁颜最大的遗憾就是没有上大学，斯情斯景给了她一种恍惚的幸福，她可以想象着，她与李立平是师兄妹，他们是一对校园中的恋人，这样想着，宁颜就会微笑起来。

李立平对方宁颜体贴入微，雨天会悄悄地在宁颜的学校门房丢下一把伞，冷了会脱下外套披在她身上，言语间，时而会称呼她为小孩子。

李立平在书上看到过，一个男人或是女人若是被异性称为孩子，莫不驯服。

果然如此，他想。

宁颜的经历，使她固执地阻止自己心智的成长，仿佛这样，她才可以少一点儿遗憾。

她常常梦想这样的情景：夜晚，有碎石打在她的窗玻璃上，她推开窗，皎皎的月光下，挺拔的少年仰起英俊的脸，黑眼睛殷殷切切地望着她，无声地招呼她：下来，下来！

有一个晚上，李立平送宁颜回了家，宁颜洗漱了准备睡觉，习惯地开了小半扇窗——宁颜有胸闷气短的毛病，只要不是大冬天，总会开一点儿窗。

那天正好有很好的月光。月光地里，立着一个人，中长的风衣，戴着围巾，是李立平。他还没有走，看见宁颜开窗，抬手对她招了招。

　　月光替他的面容镶上一道极柔和的微光，他显得异常年轻英俊。

　　宁颜觉得心里那一角的遗憾在慢慢地愈合。

　　李立平在这种缓慢的恋爱进程中，有时会有些不耐烦。他与她，这么长时间，完全没有实质性的进展。他迎合宁颜的趣味与心境，不免有些焦躁起来。在她看不到的时候，在她看不到的地方，他会微皱了眉头。他做着那些浪漫的温情的事情的时候，会想，什么时候是个头？

　　但是他还是愿意忍耐的，他是真心想娶她为妻。

　　李立平握住方宁颜的手，是在他们相识三个月以后。

　　李立平说："这一次，我感觉，不一样。当然，你可能无所谓。"

　　宁颜说："你怎么知道我无所谓？你有所谓吗？"

　　李立平说："……这种事情，不好说。"

　　"对，"宁颜说，"你这么说我就理解了。"

　　"理解了就好，那我就不用说了。"

　　"你不用说，我也不用说了。"

　　"好的。"李立平非常非常温柔地说，"不说了。"

　　这以后，他们算是正式地明确了恋爱关系。

　　李立平问宁颜："我什么时候可以上你家去，拜访一下伯父伯母？"

　　宁颜含混地应了一声，赶紧转了话题。

　　李立平提了两三次以后，宁颜回去问了母亲。

　　母亲笑笑说："是他提出来的？这可不行，才三个月就上门，不大好吧？当然，我随你的意思。"

　　宁颜说："那就再等等。"

　　宁颜家是很老派的人家，总认为只有已经定下来的准女婿才可以上门的。

　　母亲又笑一下说："我跟你说呀女儿，你可不要带着他到处去学校啦，朋友那里啦，老同学聚会啦，要不，万一这恋爱要谈不成，你可就被动了。再说……"

　　宁颜心里有点儿不舒服，说："再说什么呀？做什么说一句留一句的？"

　　母亲微微变了脸色，也有些不高兴："不要给你一点点儿建议就不乐意，给感情冲昏了头，做妈的说什么也都是为了你好。再说什么？再说你们俩站在一起，有点儿像叔叔跟侄女，人家背后会议论也说不定。当然啦，大主意还是你自己拿，你要是愿意让人家议论，让人家说你男朋友换了一个又一个，也随你。"

宁颜鼻子都酸胀起来："我哪里一个一个地换男朋友啦？"

母亲说："你跟我对嘴是没有意思的。你要让他来家里我也不反对，但是我是不会招待的。"

一场母女谈话，有点儿不欢而散。

妥协的，到底还是方宁颜。她真的不让李立平去她的学校，不带他见朋友，连关系那样好的那样亲近的倩茹与之芸问起她与李立平的事情来，她也是含糊其词的。

李立平敏感地觉察了，他想他可不能再许她这么耗下去。

李立平干脆找了个借口不请自来了。

那天，正好宁颜在学校里出了点儿小事故，她抱着一沓本子上楼的时候被一个冲下楼的高年级男生撞得跌倒，幸好抓住了扶手没有倒栽下去，可是扭伤了脚。

同事们送她去医院治疗后她就打车回家休息了。

宁颜躺在床上，记起这一晚她和李立平还有约会，就打了通电话给他说去不了了。

宁颜一家独住在一个典型的南方小院落里，有院子有堂屋，宁颜的卧室在最里一进，外头的动静全然听不到。

重躺回到床上没多一会儿，母亲推门进来了，问她："你叫李立平来看你的？"

宁颜一下子紧张起来："没有。我只跟他说今晚不能出去了。"

母亲意味深长地看了宁颜一眼说："他来了。你坐起来整整衣服弄弄头发吧，别太不像样子。"

宁颜心里咯噔一下。奇怪的是，她心里并无快乐甜蜜，她首先想到的是，妈不会以为是我暗示他过来的吧？

李立平拎了一袋子水果走了进来。母亲很快也跟了过来。

李立平把水果交给宁颜母亲，很有礼貌地叫了伯母。母亲微笑着道谢，说："宁颜伤也不重，叫你破费。"话里有隐隐的生分。

母亲倒来了茶，李立平站起来双手捧过。

他穿了件休闲款的西装，成色很新，宁颜没有看他穿过，里面的毛衣却是半旧的。

母亲刚走出房门，他便伸手在宁颜额上试了一试。

宁颜说："我不是生病。哎，你去把房门打开。"

李立平走过去将房门开了一条小缝。

宁颜说："你怎么过来了？"

李立平说："我听说你受了伤。怎么，我这么过来是不是有点儿冒昧？"

宁颜笑笑："不是。"

李立平接着说："我以为这样比较好，不那么正式。"他看着宁颜，"你说呢？"

宁颜说："是。"

李立平又说："你不高兴吗？"

宁颜说："不是。"

李立平被她是与不是的句式弄得微微有些不快。直到吃饭的时候，他才明白为什么宁颜会是这么一个态度。

宁颜妈妈说："时候也不早了，小李就留在这里吃便饭吧，我随便弄点儿，你别见怪。"

说是随便，其实宁颜的母亲是很能干的，不过一个多小时，愣是弄了满满一桌子的菜，盘子与碗筷也极精致，成套的，显出一种显而易见的重视，重视里头，也有着一点子疏离。

李立平的表现还是很不错的，他言语得体有致，逢宁颜妈妈拣了菜过来必双手捧碗迎上去。他其实已准备好了，如果他们要问起他的家庭或是工作前途来该如何作答，可是宁颜的父母半句话也没有问，让李立平有着在水里踩不到实处的恐慌。

宁颜爸爸很沉默，宁颜妈妈很客气，面上始终有笑容，请字不离口，怎么看怎么像请一个朋友吃饭，或是请一个远房亲戚吃饭，或是请一个同事，就只不像请女儿的男朋友。

这一顿饭，全堵在李立平的胃里，石块儿似的无法消化。

而宁颜这一顿饭也吃得完全不是滋味，她很紧张，拿碗筷的手都有些发抖。

饭后不久，李立平就告辞了。

宁颜等他一走，就央求似的对母亲说："妈，真的不是我暗示他来的。"

出乎宁颜的意料，母亲倒放软了声气说："知道知道，这也不是什么要紧的事儿，你受了伤，他过来看看也合情合理。这个人，还挺有礼的。"

宁颜松了一口气，就听得母亲又笑着加了一句："就是好像有点儿小气。"她拎起李立平带来的那一小袋子水果亮了亮。

宁颜尴尬地笑笑。

过了一天，宁颜妈妈对她说："我跟你爸爸商量过了，李立平这个人不算十分理想的对象，但也有不少可取之处，你们就先处处看吧。他对你好吧？"

宁颜说："他挺关心我的。"

母亲说："对你好就行。"

过了见父母这一关，宁颜的心境陡然地轻松起来，跟李立平相处起来，也活泼自在了许多。

李立平想，棋出险招，有时候也可出奇制胜的。

这件事过了没多久，又有了一点儿变故。

跟方宁颜认识的时候，李立平是生物系的助教，正准备考讲师的职称。这个时候，学校突然来了调令，把他调入学校人事处任人事干事。

这种事，对任何人来说都不能算坏，可是，落到宁颜那里，反倒成了不利于李立平的一个因素。

宁颜的父亲自己是做学问的，总想让女儿也找一个有专长的对象，他对李立平的专业还是挺满意的。宁颜母亲也是这个意思，她总说：荒年饿不死手艺人。李立平调入人事处，也就意味着他必得放弃原先的专业。他们的态度又开始犹疑起来。

李立平非常地诧异，宁颜父母的态度完全出乎他的意料。他进入了学校至关重要的阶层，虽是个小小的干事，可是谁都知道这个位置在学校里是很有前途的，李立平有李立平的想法。

这个时候的大学，一个本科生想走上讲台已十分困难，实际上，这个学期，系里头没有给他排课，只让他担任了辅导员的工作。这件事，他并没有告诉宁颜，只笼统地说他还在系里任教。

李立平知道，这一回想评上职称也是千难万难的，想要在专业上有所作为，只有一条路，就是考研。但是李立平也知道，这几年，自己没正经地好好看过书，来来回回就只教那么一门课，早已滚瓜烂熟，而且，自己的英语水平也很羞于见人，考研实在是有点儿吃力。走仕途倒是一条好路子，同系的师兄弟们没有不羡慕的，话里话外一派醋意。

他只是没有想到，宁颜的父母会因此而对他与宁颜的关系产生了动摇的态度。

李立平于是主动出击，在饭桌上当着宁颜父母的面说："我现在真是很苦恼，我不想放弃专业，将来还是准备走专业这条路子的。我考研名都报好了，很快就要考试了，现在出这么一档子事儿，我已跟学校闹了，坚决不离开生物系。"

李立平嘟着嘴，脸上挂着年轻人的倔强与任性。

方宁颜的父亲有一点儿读书人的呆气，说："小李啊，可不能跟学校翻脸，你以后还要在那里工作很多年的。"

宁颜妈妈闲闲地说："不要紧的，小李还是很有头脑的。"

只有宁颜全然信了李立平的话，她也是希望他能够在专业上有所成就，宁颜不太喜欢坐机关的人。

过了几天，正式的调令下来了，李立平进入学校人事处。

李立平对宁颜说："不要紧的，明年我还会去考研，考上了就还回生物系。只是，我的英语不太好，还要靠你帮我呢。"

宁颜也就信了。

他们就这样继续地相处了下去。

处得久了，日子长了，总有两分真心生出来。

但是有一个人，开始不快起来。

第十章

何倩茹成了老姑娘，是因为曾经受过感情的创伤，那创伤很深重，让倩茹怕了爱情。

方宁颜成了老姑娘，多半因为她性格过于内向，心思太重。

而魏之芸之所以也成了老姑娘，则是因为她太能干了。

按类思男老师的话说：哪个男人能够忍受一个女人万事都做得比自个儿出色？

魏之芸一进类思，从领导到普通老师很快就都发现了，这个女孩子实在是很能干。

魏之芸写一手漂亮的粉笔字，她教数学，画圆从来不用圆规，随手一绕，便是一个规规整整滴滴溜溜的圆。一个区的数学老师基本功竞赛，之芸永远拿一等奖第一名。

她能唱会跳，健美操跳得极棒，业余时间在区文化馆里兼职。

她能写会画，摄影作品上了大众报刊。

她会理发，有小气的男教师舍不得进美发厅，一年四季，头发都是拜托魏之芸给理的，渐渐地，所有的男老师都会在中午午休的时候来找她理发。后来之芸干脆买了一套理发工具放在办公室。她还会用染发剂给年纪大的女老师染头发。

她做得一手好菜，还擅长腌制冬天的腌菜，她腌的菜，到了春分的时候从缸里拿出来还雪白清香，都说她有一双好手。

她会剪会裁，冬天的呢子大衣都自己做。有一年，她一气儿做了同款不同颜色的三件漂亮大衣，送了何倩茹与方宁颜，三人穿上参加区里的元旦庆祝会，吸引无数目光。

她毛活儿织得也好，每逢学校有老师生了孩子，之芸总会织一整套小孩儿的衣服做贺礼。

更令人惊讶的是，她居然会做电工，老师们都知道，学校哪个办公室的电路出了问题，找魏之芸比找后勤电工管事儿，修得又快又好。

魏之芸是类思第一个拿到驾照的——那个年代，拥有私家车对大多数人而言还是一个遥不可及的梦。一次，学校组织老师外出短途旅行，中途司机突然犯了肠胃炎，是之芸把车开到目的地的。

电脑开始进入学校以后，魏之芸又是第一个掌握了主机拆装的人。学校的那几台机子一有毛病，老师们就要来叫魏之芸。学校终于有了网站的时候，魏之芸理所当然地成了管理员。

大家笑谈的时候会说：你不要问魏之芸会做什么，你应该问她还有什么不会的。

却不料，不知为什么，她的能干成了她恋爱与婚姻的障碍。

学校里曾有一个男老师，也教数学，喜欢过之芸，最后，到底还是打了退堂鼓，说是在之芸面前，还未开口先自矮了半截。

两三年前，有人给之芸介绍了一个在区政府工作的男孩子。那男孩身长玉立，气宇不凡，谈吐有致，与之芸相处十分合拍，两个人站在一处也非常相配。两个人相互见了家长，全校上下尽人皆知，谁知过了没半年，男孩子提出了分手。

原因说起来挺荒唐。之芸与男孩子一块儿参加老同学聚会，卡拉OK机坏了，男孩子鼓捣半天没有修好，之芸上去略一检查，没一会儿就修好了。

男孩子在分手前说："我觉得，在你面前，我的压力实在是大，我觉得你好像完全不需要我。"

之芸表面很潇洒，分了也就分了，暗地里想起来，不是不委屈的。

倩茹气得说："这个男人是二百五，将来有的是他悔断了肠子的时候！"

之芸说："现在悔断了肠子的是我。"

之芸开始收敛她的能干，但是，还是晚了。

三个姑娘说笑的时候，都说她们真是同命好姊妹，新近认识男人的时间都相差不到一个月。

在何倩茹与周苏豫相识，宁颜与李立平开始相亲的时候，学校里的一位姓陈的老大姐级别的老师也给魏之芸介绍了一个对象。

对方是一个兽医，在一个部队研究所工作，也过了三十岁了，一心想找一个小学老师做妻子。据陈老师介绍，男方相当好，人大方又会做事，性格又开朗，算是她家先生的挂名弟子，关系不错。

之芸去见了，约会了两次以后，倩茹她们再问起来，之芸就说分手了。

还未等倩茹与宁颜问个为什么，陈老师已经气得来问了。

她面色不善，气呼呼地直问到之芸脸上来："小魏，你不同意跟人家处朋友可以好好说嘛，干吗要这样？你叫我跟老贺（陈老师的老公）面子怎么下得来嘛。"

倩茹、宁颜等她气冲冲转身走了之后问之芸怎么得罪了人家。之芸挽挽袖子说："那家伙，刚约第二次，就对我动手动脚的，在公园呀，就乱发情。"

倩茹问："你把那家伙怎么了？"

之芸终于忍不住大笑出声："也没怎么，我就给了他一个过肩摔！靠！我就不信，还是才刚过三十岁的男人呢，只一摔就散架子啦？"

正说着，又有老师来对之芸说："小魏，我们教室的电灯又出问题了，麻烦你去看一下。"

之芸说："好，马上就去。"

倩茹说："你怎么不长记性啊！男人们都喜欢女人这样……"说着，她站起身来，斜斜懒懒地靠在门边，说，"真讨厌！电灯又坏了呀，怎么办呢？讨厌死啦！"

之芸大笑起来。

倩茹说："谁叫你卷起袖子爬高上梯地去修灯！"

这段短暂的恋爱的结果就是，陈老师从此与魏之芸交恶，言语之间总是怪腔怪调的。

这一学期，类思来了几个区进修学校的年轻人，来基层学校挂职锻炼的。

分到类思的是两男一女，女的是语文专业的，两个年轻男子是区里信息中心的老师。

其中一个，就是袁胜寒。

这一年，袁胜寒二十八岁。

袁胜寒是一个大个子，站在那里比教体育的苏剑还高上一个头尖儿，瘦长身材，他一来便给人留下了极深刻的印象，因为他实在是有点儿邋遢。衣服都是不错的料子与款式，可是无一不脏迹斑斑；头发永远热腾腾地冒着湿热气；裤子半点儿折缝也看不见；脚上踩了高统的靴子，靴筒上溅了半截泥点子。

有老师开玩笑地说："小袁啊，衣裳该换换啦！"

袁胜寒咧开大嘴笑，把衣袖抻了伸到那老师的眼前："居老师啊，这衣服昨天新换的呀，我干的是蓝领的活儿，衣裳容易脏。"

说的也是，袁胜寒虽然只是来挂职，可是但凡学校有搬桌子或是表演时抬钢琴这类体力活儿，他从来都是第一个站出来。

袁胜寒注意到魏之芸是因为她的聪明。

来的第二个星期，袁胜寒开始给类思的老师做电脑培训，教他们用 Animator 做动画。

袁胜寒发现，这个姓魏的丫头实在是聪明，每回他刚一讲解完，她的效果动画就已经做出来了，在屏幕上一遍一遍地播放着，她坐在那里一边摇着椅子一边悠闲地嚼口香糖，还不时地歪过头去帮其他的人。

袁胜寒走过去，看见她做的小动画，不完全与他的一样，她还自己摸索着加了一些特别的效果。

袁胜寒笑着说："了不得，再过一周你就要赶上我了。真是教会徒弟，饿死师父。"

之芸大方地答："饿不死你的，师父，徒弟请你吃饭。"

果然培训课下来，之芸就请了老师们加上袁胜寒一起去吃饭。

袁胜寒和魏之芸等几个年轻老师一起，给学校做了许多电子课件，年轻人相处也越来越愉快。

有一回，之芸开玩笑地说袁胜寒是麻秆儿身材。胜寒不服气地说："那个是表面现象。当年我可是学校里的运动健将，国家二级运动员。"

"吹吧。"之芸说。

说着，袁胜寒把衣袖直卷上去，露出胳膊，"来来来，"他说，"不介意的话来摸一下。"

几个年轻的女老师嘻嘻哈哈看着，不好意思伸手。

之芸拍拍掌说："摸就摸一把，怕什么？"说着真的摸上去。

胜寒的上臂肌肉结实如同顽石。之芸笑说："好家伙，还真有料！"

另几个年轻女老师也一个个上前，在胜寒的胳膊上摸来捏去。一旁的老教师们边笑边叹：要死要死！

为了不耽误工作，学校把青年教师的电脑培训课安排在了周末，不许迟到、缺席和早退，引起一片怨言。胜寒说，上完课请大家吃饭唱歌以作补偿。

果然，上完课，一群年轻人在胜寒的带领下去了一家很火的酸菜鱼店。

那一年，南京正流行吃重庆酸菜鱼，大街小巷都飘着那一股子酸辣交加、热气腾腾的味道。

一进包间，胜寒不等菜上齐，就卷起袖子，用山东腔说："喝酒喝酒！"

啤酒一下子上了两箱，一伙人，四男六女开始斗起酒来。

之芸一开始只埋头苦吃，她早上没来得及吃早饭，正饿得慌。

这当儿，胜寒已放倒了类思的那几个男老师，正兴头头地向女士们挑战。

那几个女孩子，像宁颜之类的，哪里是他的对手，胜寒摇头晃脑，好不高兴。

之芸吃了个八成饱，一拍桌子站起来："喝就喝，不喝的话，你当类思没人了呢。"

说话的当儿就一杯下了肚。

胜寒想起一个说法，女的要么不喝，能喝的就真是能喝的，男人不是对手。

胜寒嚷嚷起来："这不公平吧？我刚喝了半天了，你才开始。行，咱们男子汉让让女士也很应该，来来来！喝酒喝酒！"

之芸反倒喝下一杯，笑说："你也不让我，我也别让你，酒桌上无大小，也不分男女。这么着吧，你一杯，我两杯！"

众人不喝了也不吃了，围过来看他们两个斗酒。

两箱啤酒很快喝完了。胜寒还要叫，之芸说："这么着吧，袁老师请我们喝啤酒，我回请你喝白的。"说着就叫了两瓶洋河。

胜寒转头就走。大家起哄："逃了逃了！"

胜寒回头挥挥手："俺从来没有做过逃兵，我去清空一下五脏庙，回头我们再战他两个回合。"

最后醉掉的，是袁胜寒。

之芸根本没事人似的。胜寒却站都站不直了，趴在一个男老师的肩上呜呜装哭："败给小女子了，丢死人，我不要活了。"

之芸以为第二天这家伙会一副灰头土脸的样子，谁知他还是精精神神地来上班了。

那一天正下着雨，胜寒居然没有打伞，之芸站在走廊上看他远远地走来，像披着一身的阳光，雨丝在他身边纷飞而过，仿佛是他分开雨雾而来。

胜寒夸之芸："见过女的能喝的，没见过你这么能喝的，佩服佩服。"

之芸问："口服还是心服？"

胜寒说："心服心服！下回咱们再喝。"

之芸说："酒不是什么好东西，喝过量了不好。再说，你不可能有胜算的。"

胜寒转过来拦住要走的之芸："我还就真不信邪了，一定要再比试一回。"

之芸说："我告诉你一个秘密。我对酒精不过敏，喝酒和喝水对我来讲没有分别。"

胜寒睁大了眼睛："真的？"

之芸说："不哄你，两千个人里有一个。"

"两千分之一？"

"两千分之一！"

胜寒咧了嘴，冲着走过去的之芸叫："两千分之一啊！怎么就叫我给碰上啦！"

上班，并快乐着。

那是一种美妙的心灵状态，如果一个人在这样的一种状态下，一定是出于对工作本身无比的热爱。

或者是，工作中有什么让你快乐，让你不自觉地要微笑出来的。

比如，一个人。

袁胜寒和魏之芸都在这样一种状态中。

类思是最早建立学生电脑教室的学校之一，袁胜寒在这里锻炼的这段时间，类思进了一大批学生用电脑。因为人手紧张，电脑公司只派了一名工作人员。整个电脑教室的布线、电脑的安装调试，全都是袁胜寒、许之远（另一位挂职锻炼的老师）和魏之芸他们用午休与下班的时间做的。

开始的时候，只有胜寒他们在做，魏之芸实在忍不住好奇帮了一回忙，就被胜寒拉着加入了。胜寒说："摆着这么个能干人不用，是一种资源浪费。"

加班很辛苦，但也很有趣。

袁胜寒看上去似一介书生，实则非常跳脱，爱耍宝，甚至有点儿搞怪。一边手里片刻不闲地做活儿，一边嘴里滔滔不绝地说俏皮话，语速飞快，像水下冒出的一朵一朵小水泡。他一边装机一边说："人与人之间关系只有三种：一，他跟你骂我；二，你跟我骂他；三，我跟他骂你。"

一边布线一边又说："做弱者，多不得好活；做强者，多不得好死。"

搬着沉得如同石头一般的实木桌子一边还说："一个男人……嘿，若……嘿，爱一个女人，不到万不得已……是不会……不会开口找她……借钱的。靠！这桌子真沉！呼呼！"

他看见之芸穿着男式衬衫，袖子挽得高高的，一把长而蓬松的头发随意地卷起，没有发钗，她居然从厨房拿了一根筷子别上，汗水把刘海儿打湿了全贴在额上，不知怎么的，心情格外地愉悦，弥漫着幸福，仿佛这时光长得再也不会有尽头。

他逗之芸："小姐，说说话说说话。同志啊，要埋头工作，也要抬头说笑！做人不要像痰盂一样保持沉默，要学会像伟大的马桶，能溅起自己的水波！"

之芸笑得蹲到地上，摇着手说："快把这个人叉出去，成心不叫人干活儿。"

胜寒大笑。许之远也笑，眼光在之芸与胜寒之间飞过来，又飞过去。

空调还未装上，电脑房里十分闷热，十月底的天气，胜寒只穿一件短袖 T恤，汗沿着额角滴答往下淌。虽然同样是加班，可是他从不让之芸做一些粗重的活儿，看见她在搬主机便过去接过来。

他们同样裸着的胳膊碰在一起，湿漉漉的。之芸不小心被电线绊了一下，胜寒扶住她。离得这样近，之芸觉得袁胜寒好像一个火炉一般。他扶住她时握住了她的胳膊，那种触感好像变得有实体似的，久久不去。

一直加了半个月的班，才算彻底做完。之芸拿了扫帚拖把，想做一些最后的收尾工作。袁胜寒硬从她的手里夺过了工具，一个人连扫带拖，不一会儿就把偌大的一间教室整理干净了。

几个人约好一块儿去吃饭，胜寒请客。

这一回，胜寒果然不再跟之芸叫板，却坏心眼地撺掇那电脑公司胖胖的小伙子与之芸拼酒。那小伙子大呼小叫，一杯一杯地灌下去，胖胖的脸很快成了一块大红布。之芸不动声色含笑地继续喝，抬起眼时，看见胜寒隔了手上拿着的玻璃杯子，看着她笑。

在胜寒在类思锻炼的这段时间里，他和许之远、之芸一起，为类思做了许多的电子课件。他们一伙年轻人还隔三岔五地一起出去吃饭娱乐。

之芸总是参加的，她发现，每一次她答应了要去，胜寒总是特别地高兴。有一回，之芸故意犹豫着不肯马上答应，偷眼看时，胜寒的眼睁得大大的，满是孩子一般的渴切，之芸忽然就软了心肠，无法把这小小的游戏进行下去。"我肯定去。"她说。

然后她看见胜寒转过脸去，长长地吐出一口气，自己跟自己笑。

之芸也总喊着倩茹与宁颜一同去玩，倩茹似乎兴致不高，往常最爱唱歌的她，变得沉默而恍惚。

宁颜从心底里是想参加这些活动的，尽管在活动中她一贯地安静，但是，那种暖洋洋热闹闹的氛围十分吸引她，那让她觉得，自己与普通的年轻人是一样的，并不脱节或是疏离。可是去了两次，她就再也没有出现过。

之芸私底下问过她，宁颜说："我妈……不让我晚上再出来了。她说，我年纪不小了，总跟一群小孩子混在一处能混出什么讲究来？"

之芸说："什么话嘛，我不是跟你同岁，你还小着我两个月。年纪不小怎么了，连玩都没有资格了吗？"

宁颜抬头看着之芸朝气勃发的脸，这些天她的小脸越发黄瘦干涩，才立了秋就穿上了厚厚的外套，在背阴地站一小会儿就冷得瑟瑟发抖。她说："我现在觉得，自己好像做什么事都没有了资格，只剩下快快把自己嫁出去一件事好做。"

之芸问她："你和李立平，怎么样了？"

宁颜忽像受了惊吓似的，眉间轻跳一下，摇摇头，再不说话。

之芸搂搂她少女一样薄削的肩，她的快乐并不能传达给她亲近的朋友们。

之芸叹息着说："你们两个怎么啦？一个一个的，脸色灰败，蔫蔫的，不是都在热恋期吗？这是怎么啦？"

但是，之芸还是快乐的，那种快乐，像春光似的，藏不住，也挡不住。

他们一群年轻人去健身馆玩，也不知谁先提起的，魏之芸会柔道，他们就去了柔道馆，人人换上白色的训练服，看着之芸居然系了一根黑带，有那不服气的男孩子便上来挑战。

在男孩子们统统被之芸摔倒在地之后，胜寒坐不住了，用力扎紧了腰带，站在了之芸的面前。

突然之间，之芸觉得，周围的那些人，那些物，都不在了，只剩下眼前这个大个子，脸上带着笑容的男子，有一点儿傻乎乎的，但是，像一团光，或是一团火，或是一种不知名的热源。这种感觉太奇妙了。他们纠缠在一处，胜寒的胳膊真的很结实很有力，他们呼出的热气喷在彼此的脸上与耳畔，赤着的脚在垫子上踏出啪啪的节拍，如同急促的心跳。

在最后一刻，之芸觉得，胜寒忽然卸了力，他被她摔得仰面躺在垫子上。在一片乱七八糟的欢呼与口哨声中，胜寒大笑起来。他躺在那里，仰视着那个满脸是汗，神采奕奕的高挑的女孩子。

坏了，袁胜寒想，坏了！

那一次，年轻人们玩得太疯，回去的时候，末班公交车已经没有了，连出租车也十分难打。

袁胜寒与男孩子们分头送女孩子们回家。

胜寒故意绕了点儿路，最后送的之芸。

他不知道的是，之芸带他走了回家的最远的一条路。

之芸家的楼道很窄，乱堆着一些纸箱，还有冬天腌菜的大缸。

人高马大的胜寒几次被绊，走得跌跌撞撞。之芸低笑："你怎么了？被我摔残了？"

胜寒咧开嘴笑，黑暗里牙齿特别白。

到了家门口，之芸掏出钥匙，回头对胜寒说拜拜。

胜寒却没有动，忽然俯过身来，下巴磕在之芸的头顶。

之芸听见他低低地笑："明天见。"他说，"明天见，两千分之一！"

怪的是，接下来整整一个星期，袁胜寒好像与魏之芸稍稍远了一些。他也不再与老师们一起出去吃饭或是玩乐，一下班便匆匆地回家。之芸甚至有足够的敏感察觉出他在躲着她，他的目光不再追随着她，他不再跟她说笑逗乐。

袁胜寒突然地被包裹在一片冰冷的气息中，对魏之芸而言，他就在她身边，可是那样远。

之芸觉得怪，可是又问不出口。

她想起倩茹开玩笑时说的话：世界上最难的三件事，一是与虎谋皮，二是向小气鬼借钱，三是向男人要承诺。

她与袁胜寒之间，莫说是承诺，连一个明确的意思也无。她再豁达也是女孩子，她用什么立场去问袁胜寒？

一个星期之后，之芸下班走得晚，刚要出办公室门的时候，有人推门进来了。

是袁胜寒。

"什么事？"之芸问。

胜寒的脸上是许久不见的灿烂笑容："找你。我们约会好不好？"

"什么？"之芸有点儿发蒙。

胜寒上前一步："我是说，我们约会去。我要追你呀傻姑娘，你做我的女朋友好不好？"

他们就这样开始了恋爱。

按何倩茹的话来说，瞎子都能看得出，袁胜寒与魏之芸之间一定有什么了。

学校里已经有老师公开开着他们的玩笑。

之芸不是扭捏的女孩子，胜寒比她还大方，天天端了饭盒坐在之芸身边吃饭，下了班在办公室外面等着她。

学校里的老师们都说：好事呀，我们类思，足足有十五年没有成一对了。

又有人笑说：袁胜寒不算我们类思的人。

有人答：不是，也差不多了。都是一个区的，以后就是类思的女婿了。

只有许之远，看两个人的眼光有些怪怪的，神情间十分暧昧神秘。

有一日，正巧之芸单独与他在一块儿，许之远突然问："小魏，你，真的在跟袁胜寒谈恋爱？"

之芸点点头："是啊。"

许之远干笑了一下："胜寒人不错，你更优秀，你们很般配。不过，当然，我也无权过问人家私事。哈哈。"

之芸被他两声笑笑得无比迷惑，待要细问，许之远死活不肯再说什么。

之芸的心里扫过一点点儿阴影。

又过了半个月，袁胜寒他们挂职锻炼结束，回到了区进修学校。

这一天，有一位中年女士来找魏之芸。

这位女士衣着整齐，颇有些气势，她上上下下把之芸看了好一会儿，才问："你是魏之芸？"

第十二章

何情茹有一个多星期没见周苏豫了，甚至不肯接他的电话。

前些天，情茹与苏豫出去的时候，好巧不巧，正碰上情茹的弟弟跟一群朋友，双方打了一个照面，弟弟走出去好远还不断地回头看着他们。

当晚回到家以后，弟弟就跑到情茹的屋子里来，笑着问："我说你最近容光焕发的样子，还真是有艳遇啦！"弟弟犹豫一下又问，"那个男孩，好像年纪不大的样子，看上去比我还要小。"

情茹愣一下，答："嗯，是比你小两岁。"

弟弟仔细地看了看情茹："那不是比你小六岁多？姐，想不到你还挺激进，也玩姐弟恋？"

情茹没有作声。

弟弟看着她的脸色，不可置信地说："姐，你来真的？"

"嗯。"

"姐，其实不是不行。只是……我是男人，我跟你说吧，男人都爱二十岁！莫不希望女人越年轻越好。现在是没什么，你还有青春美貌，可是，十年以后呢，二十年以后呢？二十年以后他才四十三，你是年过半百了。姐，你……好好再想想。要我说，宁可找个大自己十岁二十岁的，年纪差距有时候就是一种本钱。"

弟弟的话真真地打在情茹的心底，把她自己原本就有的那一份不自信搅和得翻腾起来，像是一池水，最底层的砂石被翻起，水面自然不会再平静无波。

情茹对弟弟说："我会考虑的。你可给我管好你那张大嘴巴，先不要在爸妈面前露一点儿风。"

情茹决定暂时疏远一下苏豫，也许，自己多少是有一点儿情迷心窍，冷一冷，兴许就好了。

可是，当她看见站在自己面前的、失魂落魄的周苏豫时，还是不能不动容。

苏豫又瘦了些，头发也长长了，软软地搭在额前颈间，绞着双手，手指骨节挣得青白，反反复复就只一句话：我做错什么了？我做错什么了吗？

倩茹忽觉心酸酸的，软得不能收拾。

"你什么也没有做错。错的是我，我……"

"我不介意的。倩茹，我……从来没有一点儿介意的。"

倩茹惊讶于苏豫的聪明，但是，她说："我介意。"

"你介意的只是别人会介意。倩茹，我们只为自己活着。"

"给我……一点儿时间，苏豫。"

周苏豫垂下头："我总会等着你的。"

苏豫说他会等着她，倩茹足足有两个星期没有见他，他也没有再打来电话。

但是倩茹发现自己真的很想念他。时空的距离，如同一味酵母，使思念无限膨胀。

临近又一个周末的时候，倩茹母亲让她去舅舅的公司办点儿事，倩茹到的时候正是下班时分，人差不多都走光了。

舅舅告诉倩茹，这个月公司的业务相当好，他请了同事们一起去一家温泉会所里玩。年轻人一下班就都去了，说是要好好地游游泳。

倩茹听得脸色发白，什么也顾不得了就问："周苏豫也去了吗？"

"去了。他……"

倩茹没有听完舅舅接下来的话，转头就跑，一路往温泉会所跑去，都想不起来打一辆车，就那么一路狂奔。

周遭的景物飞快地向后退去，几年的光阴也在其中流转翻腾。

高大的身材，临去时说的话。

碧清的池水，水底下的人。

花圈，灵堂，黑色的衣服，有人拉着她的手说话。

倩茹想：周苏豫，只要你不去游泳，你要的答案，我一定会给你。

在会所门前倩茹又被保安拦住，这里没有会员证是进不来的，好半天倩茹才想起来报上舅舅的名字，保安才指给她游泳馆的方向。

倩茹不管不顾地就冲了进去。

宽阔的大厅里，蒸腾着湿暖的气息，年轻的声音喧闹着、回荡着。倩茹觉得，自己被挡在这一片喧响之外，闷得快要不能呼吸。

她对着一池碧清的水大声叫：周苏豫！周苏豫！周苏豫！

终于有人认出她来，告诉她，周苏豫上更衣室去了。

倩茹出来等了没一会儿，苏豫跑了出来。头发还是湿漉漉的，有水珠顺着额角滴落下来。

倩茹只觉得自己有再世为人的无限欣喜，却又有着不能置信的瑟缩。

还是苏豫走上来拉住她："怎么啦？你的脸色好吓人。来，坐下。"

倩茹一把抱住他："你……你答应我，答应我……"

半天没有能说出下半句来。可是苏豫温柔地说："好的倩茹，我答应你，什么都答应。你来，坐下来。"

倩茹说："你要答应我，苏豫，这辈子，永远永远永远不要再游泳！"

四年前，倩茹还是个只工作了两年的新老师。类思是一个游泳项目传统学校，有一个很有名的少儿游泳队。为了便于管理，这十来名少儿游泳队员全都集中在一个班上，二（四）班。孩子们一放学便去参加训练，体力与精力都很难兼顾学习，所以成绩相当差。倩茹教他们数学，没少为这些小运动员们操心。放学的时候不肯放他们去训练，非要他们把作业全部完成才行。

孩子们的教练等不到孩子来训练，恼火了，冲进教室就跟倩茹理论，两个人都年轻气盛，当着学生的面就大吵起来，从此像冤家一般。一个不放学生，一个非要把人带走，针尖麦芒的，鸡吵鹅斗的，久而久之，反倒斗出一段奇妙的情缘来。

那是倩茹的初恋。

钟桦是省游泳队的退役队员，分在市体育馆任儿童游泳教练。身材高大，面容英挺，短而粗硬的头发，永远挺直的背。与倩茹走在校园里，曾是一道美好的风景。论起来，两个人的母亲居然是多年前的同事，曾在一所小学里任教，倩茹的母亲教音乐，钟桦的母亲教美术。

两个人恋爱了两年，倩茹曾以为自己的一生就与这个高大英俊没有读过多少书却爽朗温暖得如同阳光一样的男人紧紧地系在一起，不可能分开了，他们准备结婚。倩茹的母亲特地从苏州买了最好的缎子被面，新棉花，请全合太太缝了两床又厚又软的被子。还有无数的嫁妆。倩茹他们俩还去照了结婚照。钟桦开始管倩茹的父母叫爸妈。

可是，谁也没有想到，命运居然会这样地恶作剧。

一个暖洋洋的五月的傍晚，钟桦和往常一样带着孩子们训练到七点。孩子们一个个去冲澡了，回来看时，钟桦还待在水里。小队员们围在游泳池边，都说钟教练还在练习闭气，好棒哦！

可是久久久久地，钟教练没有上来，身体越发向下沉去。小队员们终于意识到不对劲，跑去叫了人来。

钟桦其实早就没了气息。

他是突发性的大面积心肌梗死，他再也没能上来。

倩茹依约到体育馆时看到的，就是同事们把钟桦用担架抬出来，没有找到白布，有人好心用一件新的白衬衣遮住了钟桦的脸。

倩茹傻了似的看着那白蒙蒙的一片，她什么也不明白，脑子唰一下，空了，耳边是几个小时以前钟桦对她说的话："小倩，晚点儿我们去看戒指，在宝庆银楼！"

直到葬礼那天，看到钟桦被推进焚化间，倩茹才如梦方醒，哇地大哭出来。

倩茹足有两个月没有上班。倒是老来失子的钟妈妈出来安慰倩茹："孩子，不要难过，其实这样对你来说，反而是一件好事，如果你和小桦结了婚，有了孩子，他再这么一走才是你一辈子的痛苦。现在，你只苦一时。也好。"

倩茹那个时候以为，她是永远也忘不了钟桦的，可事实上，当你还没有准备好要忘记一个人时，你实际上已经忘记了他。

但是，那伤痛，还是留在了心底的某一个角落。它之深之痛，与它的隐蔽性，也是你所想不到的。

苏豫听了倩茹的诉说，把她拥在自己瘦削的怀里，他说："好的倩茹，我向你保证，我一辈子不会再游泳。我一辈子，也不会丢下你。"

他们紧紧地拥抱在一起。

这一天起，何倩茹与周苏豫真正地确定了恋爱关系。

而方宁颜却正经历着一个极矛盾的心理过程。

李立平答应宁颜，自己一定会去参加考研。

宁颜是个傻孩子，她上了心。

她帮李立平买了许多英语书和磁带，其中有一本考研的词汇书没有买到磁带，宁颜就硬是一个词一个词地用小录音机替他录下来，厚厚的一本书，宁颜录了半个多月，都是趁夜深人静的时候背着家人做的。若是叫妈妈看见了，会有一些说法。

母亲总是很不安，总是提醒宁颜不要对男人太痴心。

说的次数多了，宁颜也会有点儿不开心，母亲看出女儿的心思，更加不开心。母女俩的关系近来颇有一点儿紧张，宁颜觉得在家里很是压抑。

在李立平的宿舍里，宁颜还可以得到一点儿安静。

他们一起看书、听磁带，也看电视看碟片。

这种安静越来越吸引着宁颜，她对李立平的依恋也越发深起来。

终于到了李立平考试的日子，那一天是周六，可李立平坚持不要宁颜送考，他说他是成年人，没有关系的，等考完了他会去找她。

直过了四天，李立平才来找宁颜。虽然不是自己考试，可是宁颜还是挺高兴，替他感到轻松，两个人去了趟苏州，当天去当天回。李立平给宁颜买了一件小礼物，宁颜把它收在衣橱里，一直没有舍得穿。

等到成绩发榜的时候，宁颜问李立平有无拿到分数，李立平支支吾吾，宁颜以为他大约自觉考得不甚理想，安慰他说："没关系的，今年考不上还有明年，你还年轻呢。我爸研究所的两个学生，考到快四十岁才考上研究生呢。"

李立平的脸色变了一变。

等到这一轮的研究生招生全盘结束了以后，李立平绝口不再提成绩的事儿，宁颜也想当然地认定了他没有考取。

直到有一天，她替李立平整理书架时，在一本英语书里发现了一张通知。

那是一个要求全市高校机关人事干部参加培训的通知，培训为期四天，看日子，正是李立平考研的那几天。

宁颜单纯，但是并不笨，前后一想，就明白了。

她问李立平："你没有去考试？"

李立平看见她铁青的小脸，慌了。

"我本来，是想跟你商量的。可是……"李立平攥了满手的冷汗，"宁颜，我……我不是故意要骗你。我自己……我自己权衡再三，还是觉得，走机关干部这一条路比较适合我，而且，你知道吗宁颜，我们系跟我要好的同事也劝我，这是一个千载难逢的好机会，以后做得好，就是院领导的培养方向，这次的培训班就是一个信号。宁颜，我不是一个官迷，但是，像我这样的平民孩子，这样的机会放弃了太可惜。而且，我的英语基础实在是薄弱，考研这条路，会走得很艰苦，我……我也不想让你跟我一起吃苦。"

宁颜也不答，收拾了自己的东西就要走。李立平一把抱住她："宁颜，宁颜，我不是故意骗你，真的真的，你要相信我！"

宁颜挣扎着要走。李立平突然流下泪来："宁颜，宁颜！"

宁颜看着他的男儿泪，忽然就软了下来，一半是心痛，还有一半，是吓的。

宁颜说："你可以跟我明说的。"

李立平说："宁颜你知道吗，跟你在一起，我本来就是自卑的，你这么纯洁，这么美好，你的家庭也胜过我的家庭许多。"

宁颜骇然，她没有想到李立平淡定平静的外表下会有这份心思。

宁颜说："我家里人也并没有说一定要你飞黄腾达，我也没有。我只恨你为什么拿我当傻瓜。"

李立平埋首在她的手心里："宁颜，只此一次，我永不会再骗你！"

有了感情，原谅是这么容易的一件事。

宁颜向家里隐瞒了实情，只说李立平没有考上，学校打算培养他做干部。

只是，宁颜自始至终都不知道，其实李立平从一开始，就没有打算要去参加考试，他甚至都没有去报名。

这之后不久，因为李立平的一句话，宁颜的母亲与宁颜大吵了一通，母亲彻底地在宁颜面前暴露了对李立平的诸多不满。

但是这段时日却是魏之芸与袁胜寒最快乐的时光。

第
十
三
章

世上没有无缘无故的爱。这话，是真理。

宁颜原本与李立平相处，多少有一点儿勉勉强强的意思，她觉得李立平不够大气，不够有男子气，太过细心敏感，心事也很沉。可是，日子久了，却因为相同的原因，宁颜对李立平产生了一份真感情。

抛开别的不说，李立平对宁颜是真好。

他每天九点半才上班，可是他六点钟就起床，骑车到宁颜家的巷口，等着送她上班。并且，只送到离宁颜学校还有二百米的路口。他知道宁颜面皮薄，经不住同事们的打趣。每逢下雨天，一定会送来雨伞。宁颜想吃什么，只要略提过一句，他总是想法儿买了来。去宁颜家里时，他看见了她的那些藏书，宁颜爱白色，所有的书都用雪白的纸包好，他便坐下来，用他那一手蝇头小楷替她一本一本地在封面与书脊上写好书名与作者名。

他们相识后的第一个春节，李立平想要宁颜跟他回老家去见父母，吞吐着把意思说了，宁颜回去向母亲说了。宁颜妈妈断然否决："不行。这才认识几天啊？那么早跑到男方家里，会叫人看轻的。如果男方家在南京也就罢了，可是在外地，还得住在他家，若是以后谈不成，叫人说闲话。"

从小到大，宁颜的事儿都是妈妈做主，宁颜大多是唯命是从的。当然这一次也不例外，不过这次，宁颜听得心甘情愿，因为她自己心里原本就十分犹疑，总觉得见了家长就有尘埃落定的意思。

宁颜的心里，有一点点儿小小的不甘，藏在内心的最深处，像长了一只小小嘴巴的小生物，不时地跳出来细细啃噬着宁颜小小的虚荣心，叫她不得安宁。

李立平也没有强求，自己母亲那里却有点儿不高兴起来。

李母就在儿子跟前说："这么大的架子，请不动哦！"

李立平替宁颜辩解说："女孩子总是矜贵一些，这说明她不轻浮。"

母亲更不高兴了，脸挂得老长，一直到年三十的晚上，年饭上了桌还是不快。

倒是李立平的爸爸说了一句："女侠子（侠子，苏北方言，指孩子）尊贵一点儿也是好事，以后结了婚才能踏实跟我们儿子过日子。大过年的，年饭吃不痛快，一年都过不好。"

李母是个老派人，最看重年饭，听老伴儿这么说，加上大女儿带着女婿外孙今年在这边过年，这才露了点儿笑容。

谁知李立平在家里只待到初三，就急着要回去。

李母的气就又涌了上来："年年都是赖到开学了还不肯走的，这次急得像猫抓心，全是为了那个女侠子，我儿子就这点儿出息！"丢了手里的活儿，连带的东西都不肯替李立平准备。

李立平讪讪地跟在妈妈的身后转了半天，见老妈的脸色不见半点儿好转，也拧了起来，觉得做妈的全不体恤儿子的心情，只把那无用的面子派头摆在第一位，也拉下脸来说："也不想想，我都三十多的人了，碰到一个合适的容易吗？难道非得把我的事儿搅黄了你才高兴？"

母子两个大年里头就冲突起来。

到了初三那天早上，李立平执意要走。最后还是老爸包了一包吃的用的，送了出来。

李立平揣了一肚子的气，坐在开往南京的大巴上。大巴倒是很空，可是因着前不久的春运高峰，所以很脏，气味难闻得很，李立平的心情更加恶劣起来。

车子快到南京时，李立平想起马上就可以见到宁颜，心情才舒缓了。

他是真的想她了。

到了南京，一下车，李立平就受了风，感冒了。

好容易熬到第二天，打电话给宁颜，宁颜在电话里的声音听起来十分惊讶："你怎么这么早就回来了？不是说待到开学的吗？"

李立平说："我实在想你想得受不了了。"

宁颜听了，有点儿感动，却又有点儿别扭，总觉得这么裸裎的话听来不太舒服。

李立平又说："本来很想马上来看你的，可是，感冒了，怕过给你。"

宁颜的心又开始自责起来，想想他年都没有在家过完就回来，还不是为了自己，怎么自己居然会有不舒服的感觉，便说："那有什么呢，来我家吧。我妈正好做了鸡汤，你喝一些就好了。"

李立平在去宁颜家之前，把从自家带来的东西摊在床上看了看，满眼看去也找不出一件拿得出手的，就上超市想买点儿年礼带过去。凡略拿得出手的东西，无不贵得让李立平咋舌，拣着买了两样，去了宁颜的家。

宁颜看着李立平进门来，带进来一股冬日清冽的寒气，半旧的黑呢大衣里换了浅灰的新西装，平添一身书卷气，发觉自己还是挺想念这个人的。

两个人虽分开不久，但都有一点儿久别重逢的别样情怀，一个站在门边，一个站在门里，相视着微笑，竟然忘了说话。

有一个人把这一切看在了眼里。

是宁颜的母亲。

自宁颜与李立平确定恋爱关系以来，宁颜妈妈的心境一天差似一天。

宁颜妈妈是家中的独女，以前家里很有些底子，开着一家店面，还有一个织棉的机坊。现在住着的这套独门小院就是祖上留下来的，"文革"的时候，他们一家被迫挤进了原先用人住的小厢房里，而那阔大的几进屋子，却住进了好几户人家，都是些城市贫民。在宁颜妈妈看来，他们极其粗俗，有着诸多不良生活习惯，但是又很凶恶，很会吵架。那时候宁颜的母亲还很小，因为是独女，本可以留城的，可是因为成分不好，还是下放到了泗洪，很吃了几年的苦。后来还是靠父母卖掉了藏起来的几件家传物件，换了钱找了路子，她才回城来。

她原本是个心高气傲的人，读书成绩也很好，可是因为下放，把读书的机会也耽误了，一时只觉得这一辈子就这么无望了。

到了婚嫁的年纪，她觉得又有了新的机会，她决心找一个真正的读书人。千挑万选之下，选了宁颜的父亲。

宁颜父亲是一个清贫的读书人，虽然现在做了高级工程师，但是因为早年丧母，继母待他不好，他很小就出来自谋生路。还算他不甘屈居下流，不管多难都坚持拼命读书，考入南京最好的学府，进入一家军队部门下属的研究所，做了高工。

"文革"之后，这一座独门小院又归还了宁颜母亲一家。这时候，宁颜的外公外婆已经去世，宁颜的母亲就是在这小院里结的婚，宁颜父亲也算是倒插门。

宁颜的父亲当年虽然十分贫困，却长了一副好相貌，牙白面白，星眉剑目，身姿清俊，他是宁颜妈妈的骄傲。

宁颜是他们的独女，容貌上像足了父亲，却多着一份女性的柔美。宁颜从小身体不好，时不时地要闹一场病，爸妈也无老人帮手，实在是不容易把她带大了。宁颜从小与母亲特别亲近，什么事都与妈妈说，直到她上了师范也是如此。

可是，就有这么一个人，闯入了母女俩亲密无间的日子，分去了女儿的注意与爱。

而且，又是那样一个横看竖看都不怎么样的人。

也不知怎么的，宁颜妈妈总觉得李立平配不起女儿，从外表到学识，都不是她理想中值得骄傲的女婿。可恨宁颜这丫头，她怎么就一头栽了进去呢？宁颜妈妈常常这么想。

自女儿与李立平恋爱以来，似乎与妈妈的知心话也少了许多，怕是都跟这个人说了吧。

宁颜妈妈一肚子说不清道不明的怨气终于在这一个春节找到了出口。

看到李立平回来，宁颜妈妈私底下跟宁颜说："他怎么又感冒了？看起来好像身体不太好的样子。这以后，是他照顾你还是你照顾他？我说你，也好好想清楚才行。"

过一会儿又加上一句："也不知是真的身体不好还是娇气，男人娇里娇气的有什么出息！也不是什么大家的公子哥儿！小地方的人而已！"

宁颜听着母亲的话，觉得非常地迷惑。

她不明白，一直为她的婚事着急的母亲，为什么这回好像并不希望她马上能找到归宿似的。

隐隐地，她也觉得母亲不太满意李立平。

多多少少的，母亲的想法影响了她，这也是她至今不能彻底决定自己心意的原因。

她无时无刻不在担心着，总有一天，母亲的诸多不满会爆发出来，只是没想到会那么快。

那天，正巧李立平来家里看宁颜。

过了初五，宁颜也病了，但也说不出哪儿不好，只是懒懒的，胃口很差，头痛，到了晚上就咳嗽，摸着也不发烧。妈妈说了几次要带她去看看，可是宁颜最怕去医院，妈妈也说，反正春节期间，医生们也没有心情好好看病，就说过了年带她找相熟的医生好好地检查一下。

因为怕累，这一天，宁颜与李立平两人也没有出去，就待在宁颜的卧室里看书看片子，待到九点多钟，李立平要走，说是让宁颜早点儿休息。

　　李立平过去与宁颜的爸妈打招呼。宁颜妈妈还是做足了客气的功夫，说是夜宵好了，今天有新鲜的酒酿小元宵，叫他留下来吃了再走。李立平说不了。

　　说着往门口走去，回过头却多加了一句："啊，对了，阿姨，宁颜一个晚上都在咳嗽，你有空的话，带她去看看吧。我要带她，她不肯去。"

　　宁颜暗叫一声"不好"，随即去看妈妈的脸色时发现已是一片乌云。

　　宁颜妈妈登时觉得心里过了一根尖刺似的，脸色马上变了："我是说要带她去看呀，可是她死活不肯，跟医院里有人要吃她似的！"

　　宁颜声音颤抖着干笑："明天我自己去好了。我妈身体也不好，不想让她操心。"

　　李立平倒没有察觉什么，往大门口去了。宁颜妈妈跟着他去关院门。

　　宁颜忐忑地等在当下，只听耳边轰的一声，母亲一定是用力关上了小院的防盗门。

　　果然，母亲一进屋里，便直了嗓子冲着宁颜发作起来："他李立平有没有搞错？我养了二十几年的女儿，我不比他上心？用得着他来提醒我？他算个什么东西？才个把月的工夫，他以为他当定了我们方家的女婿了？"说着流下泪来。

　　宁颜只吓得胸口闷胀，小心地辩解道："他也没有别的意思，只是随便说说。"

　　母亲的声音越发尖厉起来："没有别的意思？我告诉你，他的心思深着呢！就是在离间你跟家里人的关系，一旦你跟家里人不亲了，你就由着他摆布了！你别糊涂，一门心思地栽进去，有你后悔的日子！"

　　宁颜也提高了嗓子叫了声："妈！"

　　"怎么？现在有了男人，就敢跟家里人大小声了？"

　　宁颜长到这样大，从来没有听到过这种难听的话，只觉人沉到了底，陷进了泥里，污秽不堪。

第十四章

宁颜最终没有去看病，因为妈妈先自病了，躺在床上，不肯吃饭。也不太理会宁颜，甚至没有一个好脸色。等又过了几天，妈妈的气好像消了一点儿，但是宁颜发现，妈妈突然多了一个习惯。

宁颜的妈妈是很喜欢看电视的，尤爱看那些有关情爱、家庭伦理的剧目，以前宁颜会陪着她看一些，现在，她不敢了。

每回看到相关的情节，妈妈会笑着做一些点评，比如：男人在恋爱时总是甜言蜜语的，总还是有傻瓜去相信；养儿养女有什么用处，都是一些白眼狼；女孩子要是不自重，将来倒了霉也只能引得人看笑话。

妈妈在说这些话时，嘴角总噙着一个冷笑。

宁颜如坐针毡，整夜地失眠冒冷汗，眼前总看见母亲冷笑着的面孔，像废墟上阴冷的幻象。

在李立平的面前，宁颜免不了有些委屈，冲口就埋怨："你怎么在我妈妈面前随便乱说话？"

话一出口宁颜就后悔不迭，把话岔开了，但李立平还是入了心。

李立平送的年礼被塞进了墙角，兀自地生了霉。

直到十八落灯那天，妈妈才开口叫宁颜转达李立平，叫他来家里吃饭。说起来，李立平也是为了宁颜才没能在家过年的，"不能让人挑了礼数。"宁颜妈妈说。

那一顿饭，李立平吃得有些诚惶诚恐，下狠心重又买了些礼品。

宁颜分外觉得李立平的容忍的不易与可贵，心里的天平倒又往他这里倾斜了去。

这一年的头没有开好，宁颜始终有些闷闷不乐。

之芸看了，提议说，要不，我们聚一下吧，各自把人都带上，六个人，也热闹些。准备去珍珠泉烧烤，胜寒早早地订了一个小木屋，开春了，还有些冷的。

宁颜回去跟母亲说了，母亲警觉道："就只你们三个还是各人的男朋友都去？"

宁颜心里一拎，说："不知道周苏豫和袁胜寒去不去。"

宁颜妈妈说："不管人家去不去，你别把李立平带去。八字还没有一撇呢，给自己留点儿退路的好。"

宁颜只得说好。

回头跟之芸、倩茹她们一说，两个人都不答应了。

倩茹说："你妈妈是怎么回事，什么年代了还有这种想法，就算将来不成，又怎么了？"

倩茹的母亲是一个非常随和的人，宁颜很喜欢她，那种母女间融洽得朋友似的关系，叫宁颜羡慕不已。

不过，人是没有办法选择母亲的，宁颜想，母亲也无法选择自己的子女。也许，自己的母亲更希望有一个成熟的、精明的、稳稳地拿捏住自己人生的女儿，而不像她，软弱无主见，回报母亲养育之恩的只有无限的失望。

之芸也跟着劝："不仗义啊宁颜，说好了都带去的嘛。去吧去吧，你跟李立平分头走，我就不信你妈妈会跟踪你不成？"

宁颜犹豫不决，但是对于这样的聚会又十分期待，到最后还是跟李立平说了，李立平一口答应了要去。他心里是很高兴的，他看得出宁颜对自己渐渐地钟情，更满意她对自己无意的依赖，这样让他觉得稳妥，觉得安心。

宁颜找了个借口让他在学校偏门等，到时候胜寒借的车会开过去载他。

周末，六个人上了路。

这一场聚会并不像宁颜想的那样好。

李立平与宁颜有了一点点儿小摩擦。

胜寒在用山东话讲笑话，宁颜大笑起来，眼角却瞟见李立平立刻灰了一灰的脸色。

过了一小会儿，李立平挨过来，在宁颜耳边低声地说："说什么好东西了你就笑得这么开心？跟我在一起时，从来没有看见过你笑得这么灿烂嘛！不过是低俗的笑话罢了。"

宁颜说："这话是什么意思？袁胜寒是之芸的男朋友，我最好朋友的男朋友!"

李立平看见宁颜变了脸色,也觉得自己孟浪了些,立刻又软语哄了宁颜几句。宁颜叹了气,也不好当众让他下不来台,面上还是有说有笑的。

偷眼看去,比之周苏豫的文秀、袁胜寒的爽朗,李立平显得拘谨而小气,宁颜心里的小牙齿又开始偷偷地噬咬起来。

倩茹是个聪明人,看出宁颜的面色不对,背着人劝她说:"你怎么啦?跟李立平生气了?刚才不好好的吗?我说你呀,小脾气也改一改,李立平也算不错了,工作也不错,宁颜,知足常乐。"

倩茹是一片真心,宁颜其实也明白,可是斯时斯景中,不知怎么的,这话就显得刺耳起来。宁颜嘟嚷了一句:"你当然可以知足,周苏豫又年轻又好,话说起来总是容易的,你们一个个的心满意足,万事如意,哪里知道我的苦处!"

倩茹听了,忽然也动了气。

一场聚会虽然还是有说有笑,但又总有一点儿别别扭扭起来。

倩茹之所以会生气,也是有原因的。

宁颜以为她现在事事顺心,其实完全不是那样。

倩茹的父亲坚决不同意她与苏豫交往,不是嫌苏豫不好,父亲说:"好的男孩子是不多,可总还是有,总还是可以找到跟你同年半大的。就只这个,不行的!"

母亲在私底下给了倩茹很多的支持,她对倩茹说:"我觉得苏豫这孩子不错,让你老爸爸接受需要时间,男人老了有时候比女人更固执,总归是为了你好。我会劝着他的。"

倩茹知道,父亲虽然脾气急躁,但是母亲却如一池春水,有着无限的包容力与影响力,这一关,并不难过。

可是,在苏豫家那里,倩茹却感受到了非常的敌意。

第一次正式跟苏豫回家见母亲,倩茹刻意地买了条新的羊毛裙,粉蓝色,收腰喇叭下摆设计,配了雪白的短靴,一下子让倩茹年轻了好几岁。

苏豫的母亲坐在轮椅上,在门口等着他们俩,面含微笑,衣着素雅,皮肤很白,五官与苏豫十分相像。长年的卧病已经毁坏了她的容颜,她的脸与手指都有些浮肿,眼角下垂得尤其厉害,可是,神情间还是依稀可辨当年的风致。

比跌伤腿的那一次,多添了一份从容不迫。苏豫也告诉倩茹,最近母亲的身体有所好转。

倩茹突然地紧张不已，握了满手的冷汗。

苏豫妈妈笑了，说："何小姐看上去好年轻啊。"她的声音柔和绵软，带着苏南人特有的糯糯的尾音。倩茹却没来由地打了个冷战。

吃饭的时候，倩茹要去端那一个砂锅鸡汤——今天的菜都是从饭店里叫的，只有这一锅汤是苏豫头一天就买好炖好的。

苏豫妈妈出声阻止："苏豫，别叫何小姐弄那个，当心烫着，到底是女孩子哪。"转头又对倩茹笑着说，"何小姐，听苏豫说，你们家条件很不错，想必很受宠。我们家原本也还算好，苏豫的爸爸跟我，我们都是老大学生，在同一家研究所里工作，可是苏豫的爸爸去世得早，都是我的病，拖累了我们苏豫。原本，苏豫是可以出国深造的。"

饭桌上算是很融洽。苏豫妈妈并不特别地殷勤，用公筷给倩茹布菜，却直接用自用的筷子把鸡腿送进苏豫碗中，一边微笑着说："多吃一点儿，男孩子，正是长身体的时候，你还在发育期呢。"

这话，半点不对的地方也没有。

只是，倩茹不知为什么忽地就觉得矮了半头。

金黄喷香的汤里，浮着一个鸡胗肝。苏豫捞了出来，放在倩茹的碟子中。两个人对上了眼，不由得就相视笑了。

只在那一瞬，苏豫妈妈的脸色变了一变。

吃完饭，倩茹主动地抢了碗筷去洗，苏豫跟了进来，两个人尚来不及讲一句半句，只听得外面客厅里一声玻璃脆响，苏豫赶紧跑出去，倩茹也跟了出来。

苏豫妈妈歉然地说："今天的饭吃得稍油了一点儿，想泡杯茶来喝，这么没用摔了杯子。"

其实因为病的关系，苏豫的妈妈只在桌上陪坐了一下，她的饭菜，都是苏豫另准备的。

苏豫给妈妈泡了淡茶。坐不到五分钟，苏豫妈妈就说累，坐不住了。苏豫弯下腰，用力把母亲从轮椅里抱出来。倩茹看见苏豫有点儿吃力，忍不住上前帮助，托了苏豫妈妈的腿弯，不知怎么的，倒让苏豫妈妈的衣角挂到了轮椅角上。

苏豫妈妈微微着急地说："何小姐，你放手，苏豫反而好抱一点儿。"

倩茹只好放开手，呆看着苏豫把妈妈抱进里屋。出来的时候，苏豫说："我妈妈说，她要先歇一歇，等一会儿就不送你了。"

　　这一次见面，当然比医院那一回顺利，苏豫挺高兴，倩茹呼出一口长气，心底某一个角落里，有点不知名的情绪滋生了出来。

　　就像她新的裙子角上溅落的一小滴浅褐色的酱油斑。

　　因为苏豫要照顾母亲，他常在周末把倩茹约回家去。苏豫的妈妈一直也都很客气，称呼倩茹为何小姐，倩茹说过几次请她叫自己倩茹就行，可是她一直没有改口。

　　前不久有一次，倩茹去苏豫家的时候，苏豫临时出门办点儿事，苏豫妈妈来开的门。倩茹看她自推着轮椅有点儿吃力，上前帮她。苏豫妈妈立刻出声制止："行了，轮子别住了。你坐吧。"

　　声音里有微妙的冷淡，倩茹呆了一呆。

　　待苏豫回来的时候，她的声音才恢复了平日的温和。

　　还有一回，倩茹说有好太阳，赶着跟苏豫两个人把换季的和刚换下的衣服都洗了，路过苏豫妈妈的卧室时，听见母子两个人低低的说话声。

　　倩茹听见苏豫妈妈说："你的内衣放着吧，等妈妈来洗。"

　　苏豫妈妈是上海人，说的是方言，殊不知，倩茹的外婆也是上海人，倩茹从小听惯了吴侬软语，只是会说的不多。

　　这一点点一滴滴的小事，不算什么，苏豫妈妈是知书达理的人，比起学校里同事们闲谈时对婆婆们不堪的描述，她是好得多了。

　　可是，倩茹却渐渐地生了一分怕的心，就算是自己的父亲在母亲的劝说下，终于接受了她与苏豫也不能使她全然忘记这种阴影。

　　但是，苏豫是那么好，两个人是那么融洽，不会让她怕到生了退却的心。

　　她舍不得苏豫，苏豫也舍不得她。

　　倩茹的心事，如今全被宁颜的一句话给激出来，倩茹不禁动了点儿气。

　　两个多年的好友，为了各自的一点儿小心思，生了一分远的心。

　　之芸看着，跟在里边着急，两边拉拢，可是两边都淡淡的。

　　宁颜在那次郊游回家以后病了一天。

　　其实不是病，是吓的。

　　宁颜总隐隐地觉得，有什么地方不对劲，怎么每次自己跟李立平私底下讲的话、做的事、到过的地方，母亲总好像都了如指掌呢?

　　宁颜有个可怕的猜想，但是很快又自己否定了。

宁颜从十来岁就开始记日记，厚厚的本子用掉了十多本。她并没有一个上锁的橱子或是抽屉，母亲总是说："做妈的不会偷看女儿的日记的。你尽管放心放在那里。"从小到大，宁颜的日记本都是放在书柜里的，似乎也真的没有被动过的痕迹。

　　这次，违了母亲的意思带李立平出去，宁颜生怕母亲不知什么时候就知道了，心虚地觉得当天回来时母亲的面色就不太好，不会是知道了什么吧？担心得一夜没有睡，尖了耳朵去听母亲屋里的动静，母亲睡眠不好，常常在夜间弄出一点儿轻微的响动来，那一夜，倒很安静。

　　三个好友，只有之芸是真正快乐的。她父母是那种成天乐呵呵的性子，从不过问女儿的事情。胜寒也去过之芸的家，一家人都很喜欢他，胜寒成了之芸母亲的麻将搭子，周末有空的时候，一家人全来上几圈。胜寒有劲儿又能干，常拉了之芸一块儿跑电脑市场，两个人一泡就是一整天，不亦乐乎。

　　胜寒性格爽快却并不粗鲁，也看出倩茹与宁颜有点儿问题，常有意无意地创造机会，带着她们一块儿玩。渐渐地，两个人又和好如初。

　　这些事，都发生在那陌生的女人来找之芸之前。

第
十
五
章

周苏豫与何倩茹要结婚了。

求婚缘于一个瞬间的念头。

除了来自苏豫母亲那边的一点儿阴影，倩茹与苏豫的相处温存而甜美。

他们几乎天天见面，常常在深夜寂静的街道上漫无目的地走，远处窗口透出微黄的灯光，毛茸茸的，伸手可掬，不由得引人遐想，什么时候，可以拥有一个真正属于自己的窗口。

有一个周末，苏豫约倩茹一块儿去临城做短途旅行。

临行之际，苏豫带母亲去医院复查了身体，医生说，母亲最近的情况还比较乐观。苏豫做好了饭菜放进冰箱，还再三拜托了对门的邻居帮着照看。

这一次，苏豫妈妈没有打断他们的约会，但是，这两个人却在异地走散了。

倩茹想不到聪明的苏豫与自己一样是一个路痴，一出火车站，两个人就被拥挤的人群冲散了，电话联系约了在一处见面，却因为人生地不熟，跑了相反的方向。

倩茹足足等了两个多小时苏豫才赶到。

苏豫跑了一脑门儿的汗，急得手直发抖。

两个人坐在马路牙子上歇一下。

苏豫望着陌生的街道，来往的行人与车辆扬起细微的灰尘在夕阳里飞舞，忽然地就生了一分绝望。这个世界这样大，每个人都是这样孤绝，唯有身边的女子，可以相依为命一生一世，非得紧紧地抓住不可。

苏豫突然说：“倩茹，回去以后，我们结婚吧。”

倩茹说：“好。”

回来之后，他们开始准备婚事。

首先就是亲家的约见。倩茹的妈妈请苏豫的妈妈在一家挺不错的茶社里喝茶。这里环境雅致，古色古香的装修，小小的包间，有细竹的屏风，远远地有古筝弹奏的曲子隔着人工挖就的小池塘带着水音传过来。

苏豫的母亲行动依然不便，坐在轮椅上。

一直到最后一刻，她才下决心出门，儿子的决定对她而言太过突然，让她措手不及。

苏豫软语说了许久，她终于点头同意。

倩茹的母亲倒是掩不住的高兴。倩茹弟弟说："周苏豫这小子，无钱无势的，走了哪门子的狗屎运，我姐姐有才有貌的，便宜死他了！"

倩茹妈妈一巴掌打在儿子肩上："说什么鬼话。倒是你自己，挑花了眼，当心竹篮子打水一场空。少年清贫算什么？人好就行！我们南京人有句粗话，买猪不买圈，挑夫家看人不看财。"

亲家的见面还算顺利，论起来居然发现，苏豫的父亲与倩茹的父亲曾是同一所高中的校友。当年苏豫的爸爸是团支部书记，倩茹的父亲对这位学长还是很有印象的，因为这一层，父亲原本的一点点儿犹豫也消散了。

见面临到尾声的时候，苏豫给倩茹的妈妈和自己的妈妈都续上了新茶。

看着儿子靠得那样近的面孔上，满得快要溢出来的幸福，苏豫的妈妈突然地就灰了心。

她从此以后要做人家的婆婆了，她心爱的儿子，她从此要隔着另一个女人的距离去亲近了，她的心揪痛起来，面色也慢慢地变了。

倩茹的父母以为她身体不舒服，打车送她回家。

只有倩茹看着她的脸色，心里拎了一拎。

婚事准备得很顺利，倩茹的母亲老早就准备好了全套的嫁妆。

舅舅送了一份大礼——给倩茹买了一套新房。

苏豫说，肯定是要带着母亲一块儿过的，跟母亲商量着把旧房子卖了，装修一下新房然后一起搬过去。

却不料苏豫妈妈坚决反对搬家，她说："儿子，我们占了人家太多便宜，你一辈子在妻子的面前都要矮三分。"

苏豫挺为难的，跟倩茹商量。难得倩茹家里十分豁达，反而觉得苏豫妈妈不容易。舅舅也说，反正这房子给了倩茹，她住也好，租出去也好，空着也好，都随她。私底下，舅舅跟倩茹妈妈说："我们倩茹有了这套房子，也算是有一个退路。"

苏豫妈妈生病多年，虽然原单位可以报销医药费，可是，家里的底子也掏得差不多了，苏豫更是没有积蓄。

苏豫拉着倩茹去了银楼，用存的工资给她买了一枚白金镶钻的戒指。倩茹自己挑的样子，细细的一圈，上面的钻石小得如同米粒，样子倒很秀气，倩茹喜欢极了。

苏豫说："倩茹，有一天我会给你买最漂亮的钻石。"

倩茹说："我稀罕那个就不会找你。"

倩茹家境一直不错，她手中也一向散漫，只存了万把块钱。倩茹全拿出来，给苏豫买了西装，两个人去拍了一套结婚照。

照片上，苏豫与倩茹是真正的金童玉女。

倩茹从外地与苏豫旅游回来那一天，她想把决定结婚的事儿告诉两个好友。

宁颜与之芸在一个年级，一个办公室，倩茹教的是二年级，办公室在二楼。倩茹一跨进宁颜她们的办公室，就发现宁颜的脸色雪白，神情枯萎，之芸正在跟她低语。

倩茹正要问什么，办公室进来了人，之芸就拉着她，带着宁颜一起走到教学楼后面的小花园里。

倩茹说："怎么了？出了什么事儿？"

宁颜色抬起头，眼睛里全是惊恐，还没说一句话，眼泪先扑簌簌地落了下来。

倩茹吓了一跳："这是怎么啦？"

宁颜哽咽得不能说话。之芸替她说："宁颜发现，她妈妈……偷看了她的日记。"

自从跟李立平确定恋爱关系以来，宁颜隐隐约约地就觉得妈妈对他们之间的一切情形了如指掌，心下就有几分怀疑，可是一直不敢确信。

前些天，李立平曾跟宁颜提到早年的一位同班同学，现在去了德国，来了信，跟他说，那边的环境相当不错，如果有可能，建议李立平也过去发展。

当然，李立平说，是在成家以后。

李立平已经基本定下心来在国内走仕途了，可是，能多有一条出路总是好的。宁颜就把这件事在日记里详详细细地写了一遍。

接下来的两天，宁颜就发现，母亲的面色又不好了，对她爱答不理的。原本宁颜说要送给妈妈一双新皮鞋，早就看中的样子，到了周六时，母亲却死活不肯上街去买，说："我也有经济能力的，不需要沾你这个光。你的钱，还是留着吧，将来漂洋过海，用得着的！"

宁颜心里咯噔一下子。

当晚，宁颜在日记本里夹了一朵干花，还放在原处。

第二天，宁颜再打开日记本时，就发现干花动了地方。

宁颜像是掉进了冰窟里，明明是温暖的春天，生生打了个冷战。

宁颜是一路哭着到学校的，快到校门口时才把眼泪擦干，怕人看了说闲话。

可是，之芸还是一下子看出了她的不对劲，问了半天，宁颜才说了个大概。

倩茹和之芸劝了她半天，直到打了上课铃才各自去了班上。

宁颜把日记本从家里带了出来，一下课，就拿出来。

这个厚本子是当年宁颜去杭州玩时买的，陪了她好几年。

宁颜不知道妈妈到底看了多少，看了多久，她把本子捧在手里好半天，开始一沓一沓地撕下来。

本子厚而结实，宁颜的手指被划得生痛也不觉得，直到把所有写过字的部分都撕扯下来才作罢。

厚厚的一沓，乱七八糟地堆在桌上，宁颜看了一会儿，开始动手把它们撕成更小的碎片，全装在一个垃圾袋里。

这袋子东西被她下班后带了出去，走出去老远，才丢进一个垃圾桶里。

沉沉的扑通一声，宁颜觉得，她前二十多年的好日子全丢了进去。

宁颜慢吞吞地拖着腿走，从来没有觉得，回家的路，这么难。

然而不回去，她也没地方可去。

宁颜不停地发着抖，不停地抖，只觉得所有的通往快乐的路一条条在眼前堵死了。临到家门口，看着那铁门，还有墙里伸出的蔷薇，开得正好，枝条被坠得低低的，宁颜却扑地踩进了一汪水里，湿了整只鞋。

那天真是一个多事的日子，只倩茹有开心顺意的事情，刚刚劝慰完宁颜的之芸，却遇到了更大的难事。

上完两节课以后，同事告诉之芸，走廊上有一位女士在找魏之芸老师。

之芸看到那个人，迎上去，问："请问是哪位家长？"

那个看上去颇有气势的中年女人上上下下把之芸好一通打量，然后问："你就是魏之芸？"

"是啊。请问你是……"

之芸的话还没有来得及说完，那女人一巴掌已轰了上来。

之芸被打得踉跄后退，手里的本子撒了一地。

有老师与学生听到动静后围了上来。

那中年女人扬声叫起来："叫你做可耻的第三者！"

有年纪大的老师把那女人拉住了："你是什么人？凭什么在这里殴打老师？"

那女人力气相当大，不费事就挣脱开来："老师？什么狗屁老师！不要脸的第三者！"

"你是谁啊，弄错了吧？"有人问。

女人指了之芸的鼻子说："我是谁？叫她去问问袁胜寒！"

之芸的耳边嗡嗡嗡的全是声音，什么也听不清楚，只有袁胜寒三个字，笃笃地钻了进来，在耳畔混乱地响成一片。

有那机灵的人看出了这情形诡异，窃窃议论起来。

校长出来了："有话慢慢说，请你到办公室里坐。这里孩子们还要上课，老师们也还要上课，你这样闹，破坏了学校的秩序！"

那女的上前一把揪住了之芸的胳膊："找你们领导评评理去！"几个人一同进了校长的办公室。

一进办公室，那中年女人就哭起来。

校长给她倒了水。那女人大哭着说："求校长给我们做主。"

校长说："你慢慢说，你这样，我弄不清状况，怎么帮你呢？"

那女的收了哭声："我是袁胜寒未婚妻的妈妈。校长，袁胜寒跟我女儿是大学同学，两个人好了六年了，本来打算要结婚的，可是，前段时间袁胜寒突然提出来要和我女儿分手，我女儿非常痛苦。我做妈的，不能看她这样，打听来打听去，原来是袁胜寒有了个第三者，才会对我女儿始乱终弃，这个第三者就是你们学校的魏之芸。现在我女儿精神恍惚，班都不能上了。请校长替我女儿替我们一家子做主。"

校长说了什么，之芸全没有听见，她的耳朵里就只有一个声音：胜寒有未婚妻的！胜寒有未婚妻的！

第
十
六
章

下班了。

何倩茹忙忙地收拾了东西，约了方宁颜一起去找魏之芸，然后，两个人陪着之芸从后门出了学校。

类思的后门非常隐蔽，原先有不少老师下班后图方便会走这道门，后来学校遭了两次窃之后，校长换了门锁，宣布后门从此不能走了，只有后勤主任和校长各掌握了一把钥匙。这些日子，校长把钥匙交给了何倩茹，让她与方宁颜每天陪魏之芸从后门离开。

倩茹与宁颜一左一右把之芸护在中间，之芸的脸颊上有着明显的青紫，是那天袁胜寒未婚妻的母亲打的。她还揪住了之芸的头发，手劲奇大，校长与书记拼命拉着，她还是扯下了之芸大把的头发，风一吹，在地面上打着卷儿，四下里散开。

校长说，她相信魏之芸老师的品行，这件事其中一定有隐情，具体的来龙去脉只有袁胜寒最清楚，所以："您似乎不应该到我们学校里来要说法。这是个人家庭内部矛盾，现在不是五六十年代，当领导的也不好过于干涉下属的私生活。"

那做母亲的便在校长室的长沙发上坐了下来，宣称如果校长不能给一个说法，她就准备在类思校长室驻扎下来，直至问题解决。

她果然说到做到。连着两天，她来得比校长都早，办公室的门一开，她便一个箭步冲进去，大剌剌地在沙发上坐下来，掏出早点来吃，拿了保温杯从校长专用的水瓶里倒水泡茶。

这是一个打得又忍得的女人。校长与书记言辞激烈一点儿的时候，她会捂着嘴哭，痛不欲生；两人略微露一点儿无可奈何的妥协神色时，她的气势立刻又饱胀起来。

这两天，校长与书记被拖得精疲力竭，不得不坐下来问她："您到底想怎么样？可以提一个解决问题的方案，我们斟酌一下。"

做母亲的说，一句话，要求领导严罚第三者，把魏之芸开除。让她丢了饭碗，看还有什么心思搞七撕三破坏人家家庭幸福。

校长说：这是不可能的。魏之芸老师是一九九六年以前进校的，正经是国家干部的编制，不是说开就能开的。还有，魏老师也极有可能是蒙在鼓里的受害者，你还是把问题拿到真正的肇事者跟前去解决吧。

那做母亲的听出校长语气中的无可回转，说："那么，也可以考虑一下把她调到别的区去。这两个人每个星期教研活动时就碰到一处，抬头不见低头见的，怎么断？"

校长终于被激怒："你说调就调，教育局是你开的？我们话已说尽，私人问题还是要自己解决，你有什么话回去对袁胜寒说，学校又不是袁胜寒与魏之芸的介绍人，不担这个干系。不能因为这个事再影响学校正常的教学秩序了！"

回去跟袁胜寒说？她到学校里来闹，根本就是瞒着袁胜寒的。

最终，这位母亲到底还是被袁胜寒拉走的。

袁胜寒当着校长和书记的面对未婚妻的母亲说："这件事，魏之芸没有责任，如果有错，错全在我。魏之芸什么也不知道！你要说这事儿里头有人不道德，是我，不是魏之芸！"

主角终于露面，旁观者无不精神奕奕起来，校长室门口探头探脑的人不断，间或有人进来请示事情，好奇的神情荡漾在眉目之间。

袁胜寒长腿跨到门边，砰地拉开门，大声地说："我再说一次，若是有错，全在我，不在魏之芸！"

那做母亲的冲上去，袁胜寒身材高大，她够不着他的脸，就在他身上用力地扑打。袁胜寒由得她一下一下地捶在身上，一边软声说："阿姨，我们回去说吧。"

胜寒脸上悲怆的神情叫那做母亲的有片刻的发愣，在她的记忆里，袁胜寒成天总是笑嘻嘻的，像是没心没肺，万事难不倒似的。

胜寒带着未婚妻的母亲离开时，并没有看见之芸。

胜寒心里像猫抓似的，他多少天没有看见之芸了，他不知道该如何面对她，可是他还是想见她。

人人都说，现在已不是五六十年代，生活作风问题已不能困扰人们。

可是，学校这种地方，这么敏感的事情，流言依然会像烟雾一样迅速地弥漫开来。

枯燥繁重的工作当中，突然冒出了这么一档子事，新鲜热辣够劲，大多数人的好奇心不免蠢动起来。

最兴奋的是曾经给之芸介绍过对象的陈老师，人前人后地说："小魏这个人啊，呵呵，当初我给她介绍那样好的一个人，有才有貌，单位又好，又会做家务的男孩，她愣是不要。我以为她会找个什么样的优秀人物呢。"

有人应："袁胜寒也不能说不优秀。听说区里要成立信息中心，他是中心主任的不二人选。"

陈老师说："那又如何？袁胜寒再好也是人家的。除非小魏真的甘心做第三者……"

倩茹脾气上来，啪地一拍桌子："小知识分子也是知识分子，不要把市井泼妇那套带到学校来！"

陈老师也上了火："你说谁是泼妇？"

"谁是泼妇我说的是谁，在办公室里头最好管住你的八婆嘴！"

"我泼妇怎么啦？泼妇总比第三者好！泼妇也有老公爱！不至于饥不择食去抢人家的男人！"

倩茹砸掉了茶杯，玻璃碎碴子飞溅得到处都是。

有人拿过扫帚慢慢地扫掉。

是之芸。

前前后后，魏之芸反而是最沉默的人。

她只一阵阵发蒙，不明白为什么这么戏剧化的事情会发生在自己这样一个毫无戏剧色彩的人身上。

隔着舞台看戏与亲身入戏是完全两码子事，并且这一出戏，前情与后续完全地在之芸意料之外。

校长与魏之芸谈过一次话，希望之芸下一学期能够去类思的分校工作。

分校是一所新成立的学校，行政与财务上其实是完全独立于类思的，只是因为它开办在新起的一片社区，为了招揽生源，借了类思名校的旗号。

类思是第一所开办分校的试点单位。几年以后，名校的分校在全市遍地开花。

之芸若去分校，性质属正常调动，但是谁都知道真正的原因是什么。

魏之芸说："我不走。我若是走了，不错也错了。但是我明明没有错，所以我不走。"

魏之芸拒绝调动的事情很快传遍了全区。

袁胜寒跑去找了进修学校的校长,递上一份请调报告。

袁胜寒说:魏之芸不该走。

我走。

下一学期,袁胜寒将会正式调入南京 Y 区进修学校。

Y 区位于市郊,是本市教育最为落后的一个区。

有一日,宁颜、倩茹陪着之芸回家时,迎面碰见了袁胜寒。

袁胜寒坐在一辆停在路边的三轮车上,看见她们后迎了上来。

倩茹与宁颜对视一眼,静静地离开了。

是之芸先开的口:"听说你要调走了?"

袁胜寒等了魏之芸好几天,都没有碰上。此刻却觉万语千言全堆在心里,就像夏日里闷热的天气,轰轰地响雷,那雨就只落不下来。

好半天,袁胜寒说:"我妈年轻的时候,有过一个恋人,是一个警察。他们一起长大,结婚的前夕,那个人牺牲了。他有一个妹妹,是我妈的好姊妹,她们说好了,将来做儿女亲家,成真正的一家人。那个阿姨的女儿,就是我的未婚妻。我们念同一所高中,大学毕业以后她去了一个小机关,我进了进修学校。从高中起我们就明白将来是要在一起的。"

"那些似乎是理所应当的事情,会让人忘记去细想一想,这件事情,在生命里到底是一个怎样的存在。一直到我遇上你。你还记得,有些日子,我疏远你。我就是想,我不能以别人未婚夫的身份糊里糊涂就这么跟你在一起。我得把事情弄明白,搞清楚,做一个决定,然后,再好好地跟你在一起。"胜寒笑了一下,"我现在才明白,要得一个纠正的机会,这么难。"

之芸说:"难就不必纠正了吧。"

胜寒望过之芸的头顶,之芸的身后是大片蓬勃的爬山虎,那种浓绿得吓人的植物偏有着燃烧一般的倔强,在墙壁上一爬就是漫天漫地的一片。

胜寒说:"现在想着要纠正,总比结婚以后才打这种主意来得好。之芸,我不是故意骗你。"

魏之芸忽觉无比心酸,这一刻比任何时候更让她体味到自己是爱着这个人的。可是,就像有一首老歌里唱的,有一个人,她比她先到。

相遇是缘,时机是分,缺一个,都不可能成就爱情。

分分合合，原本是恋爱里最轻易的事情，只是，有些东西，是无形的，但凡你要往前走一步，却是绕不过它去的。

胜寒与之芸始终隔着一臂的距离在说话，身边还有来来往往的人。

胜寒说："之芸，我不放弃。我还想争取，想纠正。不过，不真正把事情理清楚了，我绝不来找你。"

之芸说："等你把事情理清楚了，我要是有对象了呢？"

袁胜寒忽然咧开嘴笑起来："那有什么？抢呗！"

袁胜寒对魏之芸说，他不会再来找她，不跟她通电话，不过他不放弃。等到他有资格来找她的时候，他就来。

魏之芸想一想，说，好。

不联络，不通电话，也不等。

有时候等是一种负担，对于等人的人和被等的人都是。

所以魏之芸说她不等。

袁胜寒说，你不用等。

我等。

魏之芸总是记得袁胜寒走时的背影，风里被掀起的衣角。

再绮丽的风流韵事，说烂了自然也就无味了。

生活与工作似乎都重回了轨道。

魏之芸还是那样能干，只是话少了许多。

方宁颜还是那样心事重重。

妈妈在发现女儿的日记不在老地方之后，立刻意识到女儿察觉到了。那浅浅的不满与一念的暴怒，不知为什么，却在心里膨胀开来。

在宁颜拿走日记的第二天，她就又与宁颜大吵了一架。

她指责宁颜弄丢了她的一本本子，那上面有她记的一些织毛活儿的花样。

她拍着书房里书柜的玻璃，气冲冲地问到宁颜脸上去："你为什么要动我的东西？我摆那么小的一个本子碍着你什么啦？"

宁颜简直想笑出来，这种事，太荒唐太荒唐太荒唐！

被侮辱的是她，可是有资格愤怒的却是别人！

母亲在生气发火的时候，脸部越发蜡黄，消瘦而苍老，还有一点儿丑陋。

宁颜在睁眼到半夜的时候突然在被窝里止不住地咯咯咯地笑起来，越笑越厉害，笑声在黑暗里突兀而哀伤。

宁颜想，我可不能疯了，我将来还有大把的好日子呢，我可不疯！

何倩茹结婚了。

他们还住在周家那套房子里，与母亲同住。

房子装修了一下，是倩茹母亲拿出的钱。

苏豫是没有什么积蓄的。苏豫妈妈交给儿子一个存折，里面有两万块。这是她能拿出的全部了。

苏豫起先不肯要。妈妈说："周家娶媳妇叫媳妇家出钱出力，这个脸我们丢不起。多少是一笔钱，别叫人看轻了我们。"

他们只请了亲近的亲朋，这是苏豫与倩茹共同的意思，统共订了三桌酒席，并没有坐满。

倩茹也没有穿上婚纱站在饭店门口迎宾。宁颜与之芸算是伴娘，帮倩茹化妆，换了两套衣服。纯羊毛的裙子，颜色也不是张扬的鲜红，是香槟色与海蓝色。倩茹说，以后也还可以穿。

苏豫穿的是倩茹买的新西装，那个牌子的西服很适合苏豫这种清瘦的身材。做了头发，看上去成熟一点儿。瓷白的脸，清俊得迫人。

第十七章

结婚那天晚上，周苏豫与何倩茹他们八点多钟就回了家。

一家子亲戚知道他们这一段时间弄房子准备结婚还要上班都挺累的，索性连闹房都免了，各自坐了车回家。

倩茹的弟弟原本想着几个亲戚家的年轻孩子一同去姐姐新房热闹一下子的，也被倩茹妈妈拉走了。

回家的路上，倩茹弟弟悄悄地对妈妈说："妈，不知道为什么，我总觉得我姐嫁得亏了。"

何妈妈啪地打了一下他的头："我可告诉你，现在倩倩跟苏豫结了婚，咱们可是一家子了，苏豫虽然比你小两岁，你还得叫他姐夫，不准没大没小的。"

倩茹弟弟笑说："妈，女婿再好也只抵半个儿子，将来您老人家还得靠着亲儿子。"

舅舅说："小禾你先沉住气，苏豫那孩子我看好，人聪明又肯干，不会错待了你姐的，他要真敢对不起你姐，那时候你们弟兄几个再跳出去也不迟。"

倩茹与苏豫坐车带着苏豫妈妈一同回了家。

妈妈回了房。

世界突然地凝缩成了一方小小的空间。周苏豫蹲在电视柜跟前弄音响，立刻有低低的乐声流淌出来。

苏豫靠在地柜上笑，突然一步跨到床上来，笑模笑样地凑近倩茹的耳边："喂，倩茹，你掐我一下。"

"干什么？"

苏豫说："我觉得好像在做梦似的。来，掐一下。"

倩茹伸手在他胳膊上拧了一下。苏豫歪了头回味一下，又笑："呀，还真不怎么疼。"

说着扑上来抱住倩茹，也不知怎的把小床头柜上的一只小闹钟扫到了地板上，好响的一声。

两个人都愣住了。苏豫做一个噤声的手势，尖了耳朵去听母亲那边的动静。

那一边，母亲只轻轻地咳嗽了一下。

倩茹把头窝在苏豫的肩头笑起来。

第二天，苏豫如往常一样一大早就轻手轻脚地起了床。

倩茹还睡着。

苏豫去厨房做早饭，惊讶地发现母亲已经起来了。

苏豫喊："妈，你怎么起这么早？"

苏豫妈妈说："你才是该多睡一会儿，趁着有假好好休息一下。"

苏豫说："我后天就回去上班，我刚进公司没多久，不好意思休那么长的假。"

苏豫妈妈说："也是，越是亲戚家的关系越是要自觉，免得旁人看着不像，说你靠着老婆的关系。我火上炖着稀饭，你喜欢的红豆粥，你看着点儿火。"

苏豫妈妈看着儿子的背影，他身上的那件睡衣是崭新的，深蓝色细格子，看上去全然像一个陌生的人了。

苏豫以前在家从没有穿睡衣的习惯，出来进去的总是穿着旧的衬衣汗衫。时常她晚上发病，苏豫就在旧衣外随便套上件外套就背着她下楼去医院。

有一回她发病，来得特别凶猛，那一年苏豫多大？是十五吧，居然就把她背起来了，在跨下最后一级台阶时摔在地上。她的神志还在，感觉得到儿子瘦小的身子重重地磕在青石路面上，好半天不能爬起来。她心里急得如同滚油一般，但是一点儿办法也没有。

后来苏豫自己爬了起来，回身搂住她。他们母子抱在一起，天寒地冻，坐在深夜无人的楼道口，那个时候，他只有她，她也只有他。

一到医院，医生就下了病危通知书，她也不知道，小小的苏豫是怀着怎样的心情在那张纸上抖抖索索地签下名字的。

她醒来的时候，看见的是儿子肿胀得不成样的脸，那一跤摔掉了苏豫的两颗牙。

苏豫妈妈说："儿子，过来，坐到妈这儿来。"

苏豫回过身来，坐在她身边。

苏豫的头发洗过之后又如往常一样软塌塌地覆在额上。妈妈说："昨天晚上那个发型，看起来真像个大人了。"

苏豫笑；"妈，我是大人了。"

"可不是？都结婚了。我还记得你爸爸不在的那一年，你才多大，十二。你那个时候的样子我还记得清清楚楚。儿子，这些年，苦了你了。"

苏豫说："妈，都过去了。往后，你、我、倩茹，我们三个人，一家子，全是好日子了。"

苏豫妈妈摩挲着儿子的手，突然发问："儿子，你跟妈说……"

"什么？"

苏豫妈放低了声音，几乎是耳语："倩茹……是不是姑娘？"

苏豫一时没有明白母亲说的是什么，稍一回味，明白了，尴尬得连耳朵都红了："妈！"

苏豫妈说："你怪妈多事？"

苏豫说："妈，以后……咱们不提这个好不好？倩茹家里有钱，人好，工作又好，长得又好，是我高攀了。"

苏豫妈说："傻孩子，莫欺少年穷，你有才有貌，将来混出来了，就是她配不上你。男人不比女人，男人三十才开头，大把的好日子在后头，混得好的，一把年纪走出去，小姑娘争着贴上来。女人三十以后就像照镜子，往后四十年的日子通通透透，一眼望得到底。到时候，很难说当初谁高攀了谁。"

苏豫说："妈！你哪里来的这些说道？你当初跟我爸，两个人不是因为感情好才在一起的？感情才是最重要的。"苏豫红了脸，在做妈的面前说这些话，到底还是有两分羞涩的，"我，嗯，我很爱倩茹。我们是有感情的。"

苏豫妈说："儿子，我告诉你，我爱你，是真的，你爱我也是真的。可是婚姻，是一个比真还真的东西！"

苏豫妈想，关于那个问题，苏豫并没有答案，但是，没有答案，也就是一种答案了。

倩茹的新婚生活很快乐，快活得不像人在过日子。

倩茹新烫了波浪长发，大大的卷儿，蓬松飞扬，穿白色略带男式风格的衬衫，袖子略挽上去两道，浅色宽脚裤，平底羊皮鞋，英姿飒爽里透着温柔与妩媚，像年轻时的凯瑟琳·赫本。

苏豫每天下了班，就飞奔去学校门口接她，看到她步履轻快地走出来，就会想，真是幸福啊！

何倩茹与周苏豫这一对，显眼得很。

苏豫的衣着一如既往地简单，他简直年轻得如同一个学生，学校里的人私底下议论，说什么的都有。

有人艳羡，何倩茹年纪不小，嫁得晚，倒嫁得不错。她几乎成了一个典型，安慰了那些有大龄女子在家尚未出嫁的母亲的心。

也有不屑的，说她老牛吃了一把嫩草，只是不知道能不能长久。

议论归议论，话好听不好听的，但是任何人不能否认他们的美与好。他们在学校里来来去去，是一道美丽的风景。

苏豫在上班后不久就与单位的同事打了一架。

起因很简单。那个人原本就是一个满嘴浑话的人，工作能力倒是挺强，手里头攥着几个大客户，平时连老总都给两三分薄面的。

那天，几个年轻的同事起哄着叫苏豫请客，庆祝新婚，那个人也一块儿去了。席上多喝了两杯，当着众人调侃苏豫有眼光："但凡是青春，男人的青春女人的青春，都是值钱的。等根基牢了，翅膀硬了，再甩了大姐也来得及，现在就当练练枪。"

苏豫脑子轰响之下，拳头已挥了上去。那个人被打得倒退了两步撞在包间的柜子上，随后仗着人高马大也扑了过来，一拳打来，被拉架的同事挡了一下，还是打破了苏豫的鼻子，流了一脸的血。

回到家苏豫对倩茹和妈妈只说是骑车摔了一下。

倩茹信以为真，叫苏豫从此坐公交车，再也不要骑车上下班了。就算是妈身体不舒服，以后也不要骑车或是骑三轮送她去医院了，打车就是，再不行，请舅舅公司的车子送一下也行。

那辆旧的凤凰车被倩茹送给了小区的保洁员。

在倩茹结婚没多久后，李立平也向方宁颜提出结婚的要求。

宁颜下意识地就说："不行。"

李立平说："我也知道我们认识的时间还不算久，彼此都还需要进一步的了解，但是，我觉得吧，看人呢，看主流就行了，谁还没有个把缺点呢？何倩茹和周苏豫据我所知也并没有认识许久。"

宁颜说："一人是一人的具体情况，别人的经历不一定适用于我们。"

李立平说："宁颜，我跟你说实话吧，其实，我们学校目前正在分配最后一批福利房，我们人事处现在有两套。真的机会挺难得的，如果我现在还在系里，绝对排不上号，以后我们买房就得全部自己拿钱，学校也只能给很少的一部分。这批房子，只要象征地交上一点儿产权费，三四万吧，房子就是你的了，以后或住或卖都随你。错过了，就只能先住在筒子楼里。宁颜，如果你觉得我这个人还可以的话，我们不妨先去领了结婚证。我是认准了你，真心实意想跟你一辈子在一起的。"

宁颜微微动了心，思忖一下："这事儿，我得跟我们家里人商量一下。"

李立平略有点儿着急，说漏了嘴："我爸妈早两天就来南京了，想见见你，也见见你父母。"

宁颜大吃一惊："你应该先跟我和我家人说清楚了，两下里沟通好了再请他们过来呀！现在万一要是我妈不同意我们马上领证，不是陷到僵局里了吗？"

李立平沉默半晌说："其实呢，如今这个年代，婚姻的事情主要还是自己拿主意，只要你认准了，父母那头总有商量的。"

宁颜急得快哭了："你不明白的，我要是背着我妈做了这么大的一个决定，我妈会恨死我，会跟我断绝关系的。你……你什么也不明白！"

李立平的脸色也不好："宁颜，你是不是……还不能确定你自己的心意？"

一句话说哑了宁颜。

她有没有决定自己的心意呢？有没有打算与眼前的男人共度一生？

她盯着李立平看了好一会儿，这眼睛鼻子与嘴巴都是看熟了的，可是聚拢来，为什么这个人突然显得那么遥远陌生？她到底了解他多少，到底甘不甘心跟他一辈子？

到底，爱他有多深？

宁颜发现自己回答不了这些问题。

她是喜欢李立平的，但是，她爱不爱他呢？

有时好像是爱，有时似乎又不是爱。

李立平仿佛看穿了她的心思："宁颜，现实生活当中的爱情跟书本上影视上的爱情，是有差距的。"

宁颜笑一下："你以为我的思维还停留在十八岁吗？"

至少，爱应该是痴的傻的吧，至少该有片刻的勇往直前，片刻的不管不顾吧。

至少不该是，一想到要跟这个人睡在同一张床上裸裎相见、肌肤相亲，就打一个寒战吧？

两个人也商量不出什么来，李立平送方宁颜回家，彼此都有点儿淡淡的，心底里都隐隐有着怒气，都觉得对方不能设身处地地为自己考虑。

到了宁颜家楼下时，李立平说："要不，我去和你爸妈说。"

宁颜立刻说："还是不要了。我自己去说反而好。"

宁颜想，如果让李立平去说，妈妈一定会误认为自己是与李立平私下里商量妥了的。本来最近妈对李立平就有诸多不满，何苦再去惹她的嫌。

其实说与不说，宁颜早就猜到了母亲的态度。

果然，方妈妈听了女儿传达的话，非常地震怒："李立平他这是什么意思？想造成一切既成事实吗？哪有不先跟女方家说好，男方家长就贸然来说要结婚的道理！"

宁颜爸爸说："是突然了一点儿，但是，李立平学校里分房子也的确是机会难得。"

方妈妈打断他的话："老方，我看你是老糊涂了。我女儿是跟人结婚又不是跟房子结婚。再说，我们对李立平的脾气还没有摸透，他们俩实在还需要了解。匆匆忙忙糊里糊涂地结了，有结的日子就有离的日子。再说，依我们家的条件，给女儿买一套房子交个首付弄个装修什么的还付得起！他李立平也犯不着拿这种条件来增加自身的砝码！"

"妈！这话就误会了！"宁颜说。

妈妈转向她："你也别护着他。现在你们亲的热的好得很，自己不容易看清楚真相，我还是那句话，李立平不是坏人，可是他这个人，心深得很，你单纯老实，转心思转不过他的。他到底有没有资格拿福利房还难说呢。依我说，不仅不能答应他结婚，连见他父母也不必！见了就定了，他以为这样就拴死你了，以后就是分开，外人看起来也是你方宁颜不好。反正我跟你爸，我们是不会去见那个什么亲家的，八字才一撇，哪个跟他是亲家。"

她越说，宁颜的脸色越差，只觉得自己的这场恋爱谈得好窝囊，半点儿甜蜜浪漫也没有，全是计较与盘算。

宁颜灰着脸说："我知道了，不答应他就是。我明天就跟他说清楚。"

方妈妈看女儿不高兴的样子，也觉委屈，自己这一番算盘还不全是为了她打的："你也别给我脸色看，你没事儿的时候细想想，自己到底有没有认定非李立平不嫁了！"

宁颜觉得母亲颇通打蛇打七寸的道理。

说归说，宁颜妈最终还是让女儿去见了李立平的父母，还给她带了礼去。宁颜知道，多半是父亲在里面做了和事佬。

宁颜是在李立平学校旁的那家饭店里见的他父母。

李立平长得非常像他母亲，一样紧凑的眉眼与窄窄的额头，肤白瘦削，出乎宁颜意料的是，她非常地周到客气，并没有表现出明显的不满情绪。倒让宁颜觉得有点儿愧意。

宁颜奉上妈给带的礼，把事先说好的一套托词说了一通，大意是，原来是要招待一下的，可是外地的亲戚家突然有事，一定要过去一趟，就只好下次有机会再见了。

宁颜说完，就看见李立平妈笑了一下，显见的，她不信。

那种了然的笑，只牵了牵嘴角，似乎说，也别当谁是傻子。

宁颜红了脸，更拘谨起来。

席上，李立平替宁颜拉椅子拣菜，如平常一样地体贴。

饭吃完，刚一回招待所，李立平妈就哭了。

"太看不起人了！大老远地来了，连见也不肯见！养儿子的也不是该矮人家一头的！不肯结婚就不结，有什么了不起！"

李父劝着，可是越劝，李立平的妈火越大，李父也急了："谁叫你家儿子就看上了人家呢！"

李母擦了把泪又说："说起这个我就气！当时那么多应征的人想跟他谈对象，他挑来挑去就挑了这么一个！你看他那个巴结的样子！这个女侠子有什么好，又瘦又弱，一副薄命相！我家侠子好歹是大学老师，她才是个小学老师，那么巴结干什么？"

李父说："男侠子这个时候表现好一点儿也是应该的。"

"就怕他巴结到最后被人家一脚踢开啰！"

等到李立平送了宁颜回来，李母对着他又是一通抱怨。

李立平觉得头大如斗。

他想，这一步也许真走得不对。

李立平向方宁颜的第一次求婚草草了了不尴不尬地收场了。

五月十六，是之芸的生日。

这一天，有人给她送了一束花。

没有署名，之芸也没问那送花的小伙计。

不用问，她想，那一定是胜寒吧，除了他，不会有别人。

第
十
八
章

那花被之芸带回了家。

在众目睽睽之下。

谁都知道魏之芸还没有男朋友，也不难猜到是谁送的花。但是，之芸想，怎么能挡得住人家想，又怎么能挡得住人家说。遮遮掩掩也有人说，不如索性姿态大方一点儿吧。缩头缩脑的就不是魏之芸了。

晚上，之芸接到了一个电话。

起先，那头只有浅浅的呼吸声，之芸也不点破他，袁胜寒若是藏头露尾的人，魏之芸也就能彻底地死了那条心。

胜寒在那一端终于开口："生日快乐，之芸。"

之芸说："多谢你的花。"

那边胜寒笑了："我买的时候忽然想起，其实我没有问过你到底喜欢什么花，我也不懂花，请花店的小姐给配的。"

之芸也笑了："其实我也没有特别喜欢的花。是花就好，总是美的。"

胜寒说："之芸你保重。学校里要再有人说什么，不要理会，清者自清。"

有些委屈，是经不得抚慰的。魏之芸忽然觉得松了一直绷着的那口气，眼一分一分地热起来，心一分一分地起了褶。

胜寒在那边有点儿着急了，连叫她两声："我说，你别是在哭吧？"

之芸说："你什么时候看到魏之芸哭过？"

胜寒说："不哭不见得不伤心。之芸，是我对不起你。"

之芸复又笑起来："不说这个。你工作还好吗？"

胜寒也笑："还行。小池塘里也能出大鱼不是？"

"可不是。"之芸说。

结束了这一通电话之后，之芸从包里翻出钱夹。里层，有一张照片，是有一回，学校的年轻老师们一块儿出去玩拍的合影。上面，她与胜寒比肩而立。后来之芸多洗了一张，把自己与胜寒单独剪了下来。照片上，胜寒的手随意地搭着她的肩，笑得很豁亮。

魏之芸与袁胜寒再没有通过电话。但是之芸还是知道了更多关于胜寒的消息。

因为，又有个人来找她。

那个女孩子，并没有直接到之芸的办公室里来，她守在之芸回家的路上，悄悄地在后面跟着之芸。

之芸终于回过身来，问："你跟着我做什么？"

那女孩子一张小小的脸，个头身量也很娇小，并不十分地瘦，因着骨架小，举手投足之间很是有楚楚之意。

她问："你是魏之芸吧？"

"我是。请问你是哪位？"

女孩犹豫片刻："我是方晓雅。我是……袁胜寒的未婚妻。"

之芸说："找我有什么事？你的母亲在我学校已闹过了，我无意犯的错也得到惩罚了，还要干什么？"

方晓雅有点儿慌，急急地说："不要误会，魏老师。我不是来闹的。就是我妈出来闹，我事先也是不知道的。"

她接着说："可不可以跟你谈一谈？"

之芸看她几乎都打着哆嗦，不忍起来："找个地方谈吧。在这里站着不像样，也说不清楚。"

两个人进了一家茶社，坐在一株很大的滴水观音后面。

之芸问方晓雅喝点儿什么，方晓雅怯怯地说随便，之芸只好替她点了一杯柠檬茶。她端起来小口地喝着，把那杯子在两手间握得紧紧的。

方晓雅说："我见了你，才明白，袁胜寒为什么会喜欢你。"

之芸不知道该怎么回应她的话。

方晓雅接着说："你同他一样，是能干又爽快的人，利利落落的。不像我，什么也干不好，成绩不行，上个三流大学，凭了家里的关系才到了机关做一份闲职，将来也不会有什么出人头地的机会。我也没那份才干。我唯一想做的事，就是做一个相夫教子的好太太。"

方晓雅一开口，就有些絮叨得收不住的样子："我们家跟胜寒家，多年以前就认识的。我们从小一块儿长大，小时候他就很护着我，本来我想跟他考到一个学校里的，可是我的分数不够。那时候念书，我几乎每天都跑到他们学校去，因为我不习惯一个人。胜寒每天在食堂打饭总是打两个人的份，所有的人都知道我们将来是一定要结婚的。我妈说，外头全是豺狼虎豹，幸好咱们找了胜寒，知根知底的。我妈说，没有想到胜寒也有靠不住的一天。"

方晓雅一边说一边不停地喝着茶水，一会儿便想要上厕所。她低着头跟着服务生走了。之芸看着她显得异常柔弱的背影，觉得自己的那个念想一点点儿地在坍塌。

方晓雅从厕所里出来，小声地说对不起："魏老师，不瞒你说，我这次来，是鼓起了莫大的勇气的。因为我不能失去胜寒，除了他，我想象不出这辈子要嫁给谁。胜寒就像……就像是我的屋子里窗户上的玻璃，我是隔着他来看世界的，这样才让我觉得安全。胜寒他……他现在提出来，要跟我解除婚约。他好像……很坚持，我爸妈，他爸妈，怎么劝都没有用。连我妈都对我说，要不就算了吧，由得他去，世上不是没有别的男人。但是我……我不成的，魏老师，我丢不下胜寒。"方晓雅终于流下泪来，一张纸巾被她在手里揉得稀烂。

之芸实在忍不住说："你别哭，慢慢说。"

方晓雅吸吸鼻子说："我也不知道自己怎么这么没出息。我看人家女孩子，甩男孩子像甩脱一件外套，被男孩子甩，隔天又能打扮得花枝招展，全不当一回事。我怎么就不行？你说，现在这个年代，还有我这种人，是不是很奇怪？"

她抬起头，泪花花的眼看着之芸，像是执意要从之芸那里得到一个明确的答案。

之芸也没法子给她答案。

方晓雅看之芸一直没说话，更为局促起来："我只有来请求魏老师了。你……你可不可以回绝了胜寒，断了他的念头。魏老师，你这么优秀，不愁找不到合适的……"

之芸终于忍不住打断她的话："我跟袁胜寒，我们并没有什么约定。我好像也没有立场叫袁胜寒去做什么不做什么。"

方晓雅合身扑在桌子上："你有的，你有的。魏老师，我觉得，你的话，他会听的。"

魏之芸说，可是这太荒唐，太荒唐了。

方晓雅最终还是没有能从魏之芸这里得到一个明确的答复。

两个人离开茶社的时候，之芸执意付了钱，方晓雅甚至一个劲儿地说谢谢。之芸觉得自己挺罪过的。尽管这罪背得也很是冤枉。

促使魏之芸下了决心的，是不久以后传来的一个消息。

学校里有老师告诉她，袁胜寒的未婚妻，自杀了，好像吞了安眠药，不过被救过来了。这位老师说，她的一个表妹与袁胜寒的未婚妻是同事。当然，她说，她把这事儿告诉魏之芸也是没有恶意的。

魏之芸终于给袁胜寒打了一个电话，对他说，她不会再跟他有什么瓜葛，从此各人走各人的路吧。

如果自己的希望与幸福要以另一个年轻的生命为代价，魏之芸承受不起。

袁胜寒在电话里只说了一句：我没有想到，犯了错，再也没有纠正的机会。

很快，魏之芸听说袁胜寒要结婚了，就定在这一年的国庆。

之芸开始在家人的安排下相亲。

之芸、倩茹与宁颜之间的关系也发生了一点点儿变化，她们好像很少再相互交流心事。之芸是无可无不可地跟不同的相亲对象出去，多半也是无果。宁颜是在母亲与李立平之间的夹缝里继续着她的恋爱，眉头从未有一天舒展过。

只有倩茹是快乐的。

她的快乐，反把她与挚友隔离了。

她们不愿意在她的幸福的比照下更清楚地看到自身的不顺利与不如意。

倩茹现在每天下班多了一件事，就是顺道去学校附近的菜场把菜买了。如果苏豫来接她，他们会一块儿去。

只要是两人同行，哪怕错买了一把疲沓了的小葱都是高兴的。

这一天，苏豫要加班，会晚一点儿回家，倩茹一个人去菜场。正巧有人卖鱼，还是鲜活的，因为那个人急着回家，卖得便宜，倩茹就拎了两条。回家才发现，问题来了，她不会弄。

鱼又黏又滑，抓都抓不稳，要想剖肚更是无从下手，她就把鱼养在水池里。等苏豫回来了，倩茹迎上去，笑嘻嘻地说："回来得好，有好东西留给你呢。"

苏豫问："是什么？"待看到两条鱼就笑起来，"肯定是你对付不了了！"

说着就挽了袖子要干活儿，被苏豫妈拦住了："小何，苏豫刚回来，你叫他歇一下。我来教你怎么剖鱼。刚才我就说要教你，也不是什么难事儿。"

倩茹与苏豫结婚以后，苏豫妈一直叫她小何。倩茹说过几回请她叫自己名字就可以了，老太太好像执意得很，倩茹也不好再说。

听见老太太这么说，倩茹只得重新站到厨房里去。

苏豫妈坐在轮椅上，指导着她，一边说："小何，苏豫现在开始跑业务了，跟以前不同。你要多多关心他一些，差不多的事儿，你多劳累一些，不要总指着苏豫。男人家，事业还是要紧的。"

倩茹说："知道了，妈。"

鱼实在是滑，倩茹第一次做这事儿，锋利的鱼鳃很快划破了她的手，在水里漾起丝丝血迹来。

苏豫换了衣服过来，硬把妈妈推到客厅里去，站到倩茹身边接过她手里的活儿，麻利地做起来。不时地歪过头来看倩茹，突然伸过头来在她脸上亲了一下，倩茹低下头去笑。

新婚中的苏豫，在性事上，像一个初得了宝物的孩子。

他倒也不是很急色的，只是一有时间就黏住倩茹，有时只耳鬓厮磨的，就很是高兴了。家里有老人在，他们两个当然不好太过激情，但是这种隐忍与压抑里反倒别有吸引。

倩茹也实在是喜欢苏豫身上那种年轻男孩子洁净的气味，还有他那种清瘦却颇有劲道的身架。那种感觉，很是奇妙。人一辈子，如胶似漆的其实也不过是这么短短的一段日子，所以倩茹不想太委屈了自己。

她真的没想到，婆母会就这个问题跟她谈话。

趁着星期天苏豫加班的时候，苏豫妈跟倩茹有了这样的一段对话。苏豫妈说："小何，论理我做老人的，不适合开这个口，但是，你嫁了苏豫，我也就不拿你当外人。小何，苏豫比你小，年轻人心热，缺乏控制力，你既然大了几岁，那分寸就该你来掌握，你说是不是？"

倩茹诺诺的，可心里有些纳闷，并没有完全明白苏豫妈的意思。

苏豫妈说："你可别光是点头。"她笑了一下，"那个时候，我跟苏豫的爸爸，结婚的初期，是分居两地的。好容易到了一起，男人家也难免，但是，我的心里，有分寸的。女人就是结了婚，该有的矜持还是要有，再说，男人，身体健康是很重要的。"

倩茹的脸唰地红了个透，终于明白婆母是什么意思了，一时间特别地尴尬，简直恨不得有个地缝子可钻，她叫："妈！"

苏豫妈很懂得适可而止："小何，我可是真的没拿你当外人才说的。你可别深心才好。"

婆婆与媳妇之间，这样的话题，也许是最不合适的。这一点，苏豫妈并不觉得。

第十九章

李立平越来越发现宁颜的不对劲。

她异乎寻常地敏感，一点儿略响的动静都会让她面露惊慌的神色，像受了惊吓的小动物。

特别是去她家里的时候，李立平发现，宁颜举动间很是小心，脸上常带着讨好的笑容，说话更是顺着妈妈的话头。

李立平当然明白是怎么一回事。

他是真心喜欢宁颜的。每当这种时候会格外地疼惜起她来，只要还在可忍受的范围内，他愿意为着她委屈一下自己。

像有一次，他与宁颜上街买书，宁颜妈妈叫他们买完后回家吃饭，有朋友送了野味来，她说很难得。

走到半路，宁颜突然发现李立平的衬衫上有一些锈斑，可能是晒衣服时在钱丝上蹭的，怎么擦也擦不掉，宁颜急了，就开始紧张起来，非要李立平回宿舍换件衣服。

李立平说，这也没什么，也不是太明显。

宁颜便几乎要哭出来了。

李立平问：是不是你妈妈对我的衣着有过什么批评？

宁颜支支吾吾地待说不说的样子。

其实是有一次。

那一回，李立平穿了件很旧的毛衣，里面还有一件条纹的衬衫，进屋脱鞋时露出的袜子后跟上有个破洞。

宁颜的妈妈看到，立刻变了一变脸色，李立平还没走时她就把女儿叫到厨房里，训斥了一番。说李立平的衬衫像睡衣，毛衣像麻袋，更批评他破了洞的袜子。

妈妈是这样一个七情上面的人，宁颜被训得抬不起头来。事后支吾着问李立平怎么袜子破了都不知道。李立平解释说，连着一个星期下雨，衣服全洗了没干，只好把上学那会儿的旧衣服拿出来穿了，实在是没在意。

宁颜又在妈妈面前替李立平做了一番解释。宁颜妈说："你为什么要去问他？这么一来，他不是知道我在背后说了他什么了吗？你就是这样，心里没个成算，老话说，会做人的两面瞒，不会做人的两面盘。你怎么可以把我们之间的话露给他？"

宁颜简直无所适从。

只有从此格外地注意李立平的穿着。

李立平想了想，也没说什么，骑了车带着宁颜回宿舍换了件衣服，又赶到宁颜家。谁知还是迟了一个多小时。

宁颜家一向是很有作息规律的，什么时候吃晚饭，什么时候看电视，什么时候该休息，宁颜妈不喜欢突来的变故。因为女儿与李立平的迟到，她又生了一场气，背了李立平在宁颜面前说："我如今可是知道了，都说请客难，我请自个儿的女儿吃个饭也是这么难！足足叫我等了一个多小时！"

宁颜不太明白，为什么妈妈总是这样，在李立平的面前尚有几分客气，可是背了他，却把所有的不满意都倾倒在自己的身上。

这种闲气宁颜觉得真是快受不得了。

宁颜妈妈的表面客气当然是瞒不过李立平的眼睛的。

他不喜欢宁颜的妈妈。当然，他绝不会在面上带出半点儿痕迹来的。

有时候他也很是奇怪，怎么这样精刮到刻薄的人，居然会养出这么单纯良善的女儿来。

这一天，李立平原本说好了去宁颜家吃饭的。在宁颜屋里坐了一会儿，宁颜妈妈突然叫他们去偏房里吃饭。那里，整整齐齐地摆了一桌子的菜。

宁颜正觉得奇怪，妈妈说：家里突然来了客，就是宁颜的堂房舅舅一家。留了他们吃饭，其实与他们的关系并不好，所以也就不想让宁颜与李立平跟他们打照面儿了，省得他们七嘴八舌地问起来没个完。

宁颜妈妈说："他们一家子，都是嘴碎的爱拨弄是非的人，跟你小李，跟我们大家都不是一路人，连我也跟他们没有什么话好说。小李可别介意。"

母亲的话里有着平时没有的亲昵近乎，宁颜竟然有受宠若惊之感，尽管在夜里睡在床上想起来，才明白母亲的用心。

她始终还是没有承认李立平啊。

吃饭的当中，宁颜的爸爸到偏房里来过一会儿，拿来一瓶干红，亲手给李立平倒了一杯，自己也倒了一杯，与李立平碰了碰，说："红酒是暖胃的，小李胃不好，可以稍稍喝一点儿。这是我藏着的，有一点儿年头。"

宁颜在一旁扳过爸爸的手，就着他的杯子也喝了一口，说："我的胃也不好，也可以喝一点儿。"

在爸爸的面前她是放松的，孩子气而爱娇。

方爸爸看了女儿一眼，眼神和软似有千言万语。

李立平总觉得这个英俊的男人待人处事有一点儿夹缝中的顽强，在那样一个要强的女人面前，他不是不屈服的，但是还依旧保持着他自身的一些东西。

涵养如此，万事可成啊。李立平想，值得自己学习。

宁颜妈不满意他有什么？他把握住宁颜就行。结婚以后，自然会疏远起来。这时候受的委屈与轻慢，我李立平一笔一笔地记着呢。

这件事以后，也许是因着心里的一点儿小小愧意，宁颜妈妈对李立平的态度和缓亲近了许多。有一天她跟女儿谈心的时候说："以前我们厂的那个副厂长你还记得不宁颜？就是那个总说将来要你给他儿子做小媳妇的那个陈叔叔，有一天在路上好像看到你和李立平了。后来他跟我说，你女儿的男朋友不错嘛，文质彬彬的，像个读书人的样子。"

看着女儿微笑不语，宁颜妈又说："你跟妈说实话，宁颜，他对你好吗？"

宁颜说："挺好的，他脾气不错。"

宁颜妈说："这倒是的。他说话倒是轻声细语的，看起来脾气不坏，不至于给你气受。"又忽地压低了声音问，"他规矩不规矩？"

宁颜怪难为情的："是的，妈。我们一直都很规矩的。"

"那就好。"宁颜妈说。

她对李立平的态度开始慢慢地转变了，口气里也松动了一些。甚至，偶尔地，跟宁颜提起结婚的事情来。

宁颜妈妈说："要说起来，买房子不是买不起，可是，我想，咱们家的房子这么大，就我跟你爸爸两个人住，年纪越大越觉得孤单，以后你再一嫁，我们就更孤单了。依我说呢，不如住在家里也好，你又不能干，住在家里，吃的用的穿的，有妈替你分担一点儿，再说，以后有了孩子，我们帮你照看起来也方便。你看咱们后面的厢房，收拾装修一下，真是打着灯笼也难找的好房子，冬暖夏凉的，不像现在造的这些房子，挑高那么低，住得闷死人。而且你上下班多方便？"

母亲难得的宽和让宁颜的心微动了一下，她到底还是有点儿天真的。

她也从心底里舍不得爸妈。二十多年，习惯了。根深蒂固，很难挣脱。

私底下与李立平商量时，李立平正色道："宁颜，其他什么事我都可以由着你，就只这一件，你一定要听我的。我们宁可一开始生活条件差一点儿，但是我们一定要单独过，可以多一些自由的空间。宁颜，你不能一辈子活在你父母的翅膀底下。宁颜，我有我的原则，我是绝对不会住在你家里的。"李立平又亲热地抱着宁颜的肩低低地说，"你不会做的，我都会，做饭，洗衣，都行，宁颜。我会对你好的，你放心。"

宁颜心里感动起来，李立平，还真的是可以依靠的。

宁颜在母亲又一次提到让她以后住家里的房子时，和缓而坚定地把李立平的那层意思说了，当然她没说是李立平的意思。

当然，宁颜妈也不可能不知道是谁的意思。

晚上，宁颜妈跟老公说私房话："养儿养女的，有什么意思啊？你看宁颜，跟李立平还没有一年，心都跟着他跑了。他们都商量好了，以后不会跟我们住在一起。"

方爸爸说："这样也不是什么坏事，年轻人，跟老年人在沟通上也的确是存在障碍的。我们宁颜不是没有良心的孩子，李立平那孩子我看也还好，是正派人，不至于不孝敬老人。再说，哪有女儿跟着妈过一辈子的？"

宁颜妈不作声了。

黑暗里，突地就流下泪来，泪水无声地滚落到枕畔，热一阵凉一阵。

现实情况是，也由不得宁颜妈留女儿在家里结婚了。

他们家这一带，马上就要拆迁了。

这是本市老城改造计划中最后一批回迁的房子，这之后，所有的拆迁户都不能返回原住地，只能在指定的地点购房。再之后，政府只按原住房面积付给住户拆迁费，你或买房或租房不再与任何职能部门或是任何人有任何关系。

宁颜妈妈的心情重又落入低谷。

在这些日子里，之芸不断地相亲，又不断地否定着一个又一个人。她总是觉得没有办法走近他们。

她与胜寒那段美丽开始尴尬收梢的恋爱，渐渐地成了她心中的一座爱的丰碑。

她要超越过去，却只是不能。

这一次，她遇到了一个人，是母亲的表妹介绍的。

那个男孩子是教育局的司机，长得相当不错，家境也不错，父亲是苏果的一个干部，手里颇有几个钱，早早地替儿子买了一百多平方米的大房子，装修好了，一房家具也是现成的。

就只等着个新娘子。

表姨说："这个男孩子，除了学历上薄弱一点儿，其他的真没的挑。文凭有什么呀，有文凭没房没钱也不见得就比有房没文凭幸福的可能性大一点儿。"

之芸和那男孩子出去过几次。

那真是一个英俊的男孩儿，有时候之芸呆呆地看着他线条完美的侧面时，简直有微微的晕眩感。

他跟之芸同岁，行动间却稚气许多，爱玩，精通所有与玩乐有关的东西。还是在认识的最初，他就对之芸说过，他不爱读书，就只爱玩，人命这样短，当然要玩个够本。

他说他也不明白家人为什么要他找一个做老师的。

不过，看得出来，他对之芸还是有一定的好感的。

一点点儿的好感，一点点儿因着完全不同的生活方式而起的好奇，就已经可以构成一场恋爱。

之芸跟他一起到处去玩，男孩子玩起来相当地疯。有时他们彼此都会忘记了对方的存在，都会犯迷糊，我难道不是一个人出来的吗？哦，好像不是，还有一个人呢。

之芸的身体在放松在娱乐，无比地洒脱，但是她的灵魂在低低地不屈不挠地说：不不不，这不是我要的日子。

真的不是。

之芸很快提出了分手，男孩子有片刻的诧异，随后也就算了。

也许他其实也觉得他们没有硬绑在一块儿的必要。

他们之间没有矛盾，只不过他们始终平行，没有任何交点，连矛盾也无处着床。

之芸的爸妈多少有点儿小遗憾。

那样帅气的一个男孩儿，之芸妈笑说，原以为以后可以抱一个漂亮的外孙。

还好老两口都是豁达乐观的人。倒是之芸的表姨，着实替之芸干着急："没有感觉？感觉是什么呀，看不见摸不着的，也不能当饭吃，有没有结了婚都是一样过日子！"

这一年的国庆，袁胜寒跟方晓雅结了婚。

方晓雅的妈妈特特地跑到之芸的学校来给校长与书记送了喜糖，说是多谢他们，让袁胜寒迷途知返。

校长与书记拿了糖哭笑不得。

陈老师特地从校长那里拿了包喜糖来，当着之芸的面吃，与同事们说笑，做随意的样子告诉大家，是袁胜寒的喜糖。

之芸拉住要上前理论的倩茹，走过去从糖包里挑出一块来放进嘴里。

吃糖怕什么？之芸想。

苦都吃过还怕吃糖吗？

　　苏豫最近发现倩茹有点儿小小的不对劲。

　　苏豫回到家，发现倩茹在厨房跟一只冻得硬邦邦的鸡在较劲。那是倩茹妈妈送过来的。倩茹一直不敢上菜场挑活鸡，她妈妈就常常弄好了送来。

　　苏豫走过去，想从她手里拿过东西来，可是倩茹用肩膀轻轻地把他撞开了。苏豫把头靠在她肩上问："干吗？"

　　倩茹笑："吗也不干。你出去等着吃就行了。"

　　苏豫从后面抱住她的腰，手伸到她的腋下汲那一点儿暖，鼻子不停地在她发际边嗅来嗅去，在她耳边低语了一句，倩茹啐了他一口，他笑起来，伸头过来亲她。

　　倩茹却好像吓了一跳，一转头让开了。

　　母亲突然地出现在厨房门口："小何啊，这鸡冻了一下，炖汤就不鲜了，做红烧吧。这个丢给苏豫做好了，他拿手。"

　　倩茹摘下围裙，苏豫张开胳膊示意她给他系上，她却把围裙塞到他的手里。

　　苏豫发觉这些日子倩茹有点儿怪怪的，有时在卧室里自己略有些亲热的举动她都会让开。

　　倩茹一向不是一个矫情的女人，在以往的性事中也很能放得开，她的情欲并不十分旺盛，但她也绝不忸怩作态。现在是怎么回事？苏豫有点儿摸不着头脑。

　　这一天晚上，倩茹怎么也进入不了状态。苏豫从她身上翻下来，摸着她温热圆润的肩，问："你是不是哪里不舒服？"

　　倩茹摇头。

　　苏豫看着黑暗里她瓷白温润的侧脸，抱住她的脑袋，跟她咬耳朵："你怎么了，姐？"

只有在这种时候，苏豫才会叫她一声姐。

倩茹突然觉得委屈，反手抱住苏豫瘦削微冷的背："苏豫，我们……我是说，如果我们可以有一个真正的自己的家多好！"

苏豫说："这里不就是我们的家吗？"

倩茹不吱声。

苏豫试探地问："倩茹……你……你不会是……嫌我妈妈吧？"

倩茹说："当然不是！我只是想，能和你……算了，这样也很好。"

苏豫在倩茹身边仰面躺下来："我妈妈，这辈子，是很不容易的，我父亲去世得早，他们当初感情那么好，爸一走，她受了很大的刺激。她……其实她的病，是因为……她……她投过湖，被救上来，可是，身体毁了。她把我远远地送回外婆家，可是……我自己跑回来的，我不能丢下她不管，什么时候也不能，你明白吗倩茹？"

"我明白了。"

苏豫握住倩茹的手："要是……我妈妈，一点半点地委屈了你，你不要往心里去。她一定不是故意的。"

倩茹回握住他："好的，苏豫。"

"你们都是我最爱的人，我们三个，永远不要分开。"

某种程度上说，苏豫是有一点儿天真的。

他觉得，两个他都爱的女人，彼此也一定会相爱。

倩茹翻个身，用力地抱住苏豫。苏豫的身上又热起来，慢慢地抚摸着倩茹丰润的胸膛。

倩茹也热起来。

门口突然传来轮椅轱辘轻轻转动的声音，过去了，又过来。

倩茹身上的热度像海潮一样退了下去。

倩茹自从知道了苏豫妈妈的经历之后，言语间更多了一份顺从与关心，但是老太太好像还是不冷不热的。

她始终竭力地维持着与倩茹之间的距离，她们是磁之同极，那一段距离好像永远跨不过去。

并且，老太太常常会出其不意地出现在小夫妻两人的面前，这让倩茹非常地苦恼，她渐渐地变得越来越拘谨。苏豫却以为她是最近忙着调研考心境不好，也不再去撩拨她，正是蜜里调油一样的小夫妻，却生出一分相敬如宾的古怪来。

倩茹在周末回了娘家。

妈妈问她："苏豫对你好吗？"

倩茹点头："好。"

妈妈又问："他妈妈好相处吗？"

倩茹一下子顿住了，吞吞吐吐地说："她人，也算不错的。就是……嗯，我觉得吧，她好像……不太愿意我跟苏豫太好。"

倩茹妈笑起来："这可是孩子话，哪有做妈的不希望子女好的？你们越好，她看着越高兴。"

倩茹爱娇地趴在母亲肩头："那是你，你以为天底下的妈都跟我的妈似的那么好说话？以后，不知道哪个姑娘有福气给你做媳妇呢！"

倩茹妈说："我跟你说女儿，到人家家去做媳妇，吃饭的肚量要尽量地放小，受气的肚量要尽量地放大。当年我还是个小姑娘的时候，你外婆就是这么教我的。可惜她没有看到我出嫁。我想呢，苏豫妈知书达理，也不是那种无知无识的家庭妇女，这么多年她也不容易，你把肚量放大一点儿吧女儿。"

过了没两天，倩茹妈带着礼去了苏豫家。

倩茹妈对苏豫妈说："我们家老头儿，本来今年退下来了，可是有个合资企业请他去做技术顾问，在汤山呢，他现在每半个月才回来一趟，弄得我一个人怪孤单的，成天连个说话的人都没有。我有个不情之请，想请你上我家去住段日子，我呢也有个伴儿。我别的本事没有，饭做得还不错，亲家妈妈不嫌弃的话，就住过来。"

苏豫妈妈淡笑了一下："倩茹妈妈客气了。本来亲家爸爸不在家，给你做个伴儿这种事是我应该做的。可是，我的身体一向不好，每天吃的药丸药片足有一小碗，有时还要去医院治疗。这么多年都是苏豫在里外打理。我怕去了不仅帮不上你，还给你添无数麻烦呀亲家妈妈。"

倩茹妈爽脆地说："那有什么？我们请个小保姆，我以前下放的时候，在县城里，也做过一阵子护理工作。"

苏豫妈妈说："多谢你的好意，实在不便打扰。再说，这么多年，我一刻也没离过这房子。身上有病的人哪，更是离不得老地方。亲家妈妈，真是多谢你。"

倩茹妈也不好再坚持，又笑道："苏豫真是好孩子，现在真是少见这么孝顺的孩子。我们家倩茹虽然大个几岁，但是有时真不如他懂事。要是倩茹有个不周不道的地方，亲家妈妈千万看在我的面子上不要介意。我教导孩子真不如你。"

苏豫妈妈和蔼地看向倩茹："哪里的话，倩茹她好得很。"她又看看苏豫，"我们苏豫也是真懂事，真不容易。"

倩茹妈妈看着她看苏豫的那种眼神，心念间没来由地翻转了一下。

倩茹妈妈并没能把苏豫妈请到自家去。母子媳妇三人还是一如既往地一天一天过下去。就只在倩茹妈来过的第二天，跟倩茹独处的时候，苏豫妈说："小何啊，以后，我若有什么地方做得不好，你尽管跟我说就好。回去跟妈妈说，没得叫她担心，原本也没什么大事，你说是不是？"

她的话淡淡的，倩茹却听得心头一麻，诺诺地应了。

又过了一个月，苏豫带回一个消息，南大正在招在职的MBA，他说他想去读。

他的这个想法得到了母亲与倩茹的大力支持。

苏豫妈尤其高兴，特特地从饭店里叫了一桌子菜来，说是好好庆贺一下。

苏豫说："还得考呢，考得上才算，面捞到碗里才算是粮食。"

苏豫妈接口："我的儿子，只要想考，哪有考不上的？"

谈到要读MBA，不可避免地要面对费用的问题。

倩茹说："你不必担心。这点钱我们家还是可以拿得出来的。"

苏豫正色说："结婚时已叫你们家破费了许多，这回，我不想再拿你们家的钱。"

倩茹有点儿动了气的样子："你就跟我算得这么清？"

苏豫伸过头来："生气了？"

倩茹不理他。

苏豫搂住她的腰，倩茹挣了几挣也没挣出来。苏豫跟她贴一贴脸："我要真是那种没皮没脸的人，你也不会高兴的是不是？也不会这么爱我了。"

倩茹睇他一眼："我哪样爱你？"

苏豫欺身上来："你不爱我吗？"

倩茹让开了，回头又说："那就随你。我的钱你总可以用吧。"

苏豫微笑："那是自然。"

结婚以后，苏豫的工资都是交给倩茹的，以前总是交给妈管理。他们结婚的头一个月，苏豫妈就交出了经济权，坚决不肯再管苏豫的钱。

苏豫妈私底下叫了苏豫去她房间，交给他一只成色老旧的金镯子。

苏豫吓一跳："你要做什么呀，妈？"

"你外婆留下的。听说还是个古董，年代不太久，但还值两个钱。拿去念书，替妈妈争一口气。"

苏豫又把东西塞回到母亲手里："用了这个去读书我会愧疚一辈子，别让我心上有愧，妈。"

在这个时候，倩茹却发现，自己怀孕了。

魏之芸站在公告栏前看着那一则布告。

上面列着这一次通过高级职称的人员名单。

上面没有她的名字。

这几个月来，她一直在准备评职称用的各种资料。获奖证书，厚厚一沓，论文复印件，还考了电脑证书。普通话级别证是早两年就通过了的，一级乙等，她是教数学的，这个级别完全合格。还有两大本详细的教案，有完备的教学设计和教后反思。这几年她也上过不少公开课，教学年限也够了。横看竖看，左思右想，她也想不明白为什么没有通过职评的，会是自己。

直到有一天听见陈老师私下跟人传："谁说现在作风问题不重要了？表面上不再是个条件，可是一个人名声坏了，在别的方面多少是会受一点儿影响的。现在不是早两年，到生日吃面，谁都能上高级。现在是僧多粥少，总要有个取舍。"

之芸这才想明白。

同时她还想明白了，为什么这段时间以来，学校不再要她参加区里的任何竞赛，也不再让她上公开课。

她魏之芸好像突然成了类思这个躯体上的一个疤痕，即便不在脸面上，到底也是块疤，会有人时不时地把身上的疤露出来叫人看的吗？

这学期，学校里有一个下乡支持的名额。听说是去苏北，在那儿教一学期的书。教育局会给补贴，而且今后评职称也会优先考虑。

那些结了婚有了孩子的老师大多打定了主意不去的，有人扬言说，若是要去，连孩子也一定要一并带了去，请求给孩子安排好幼儿园。

之芸报了名。

她的决定，两个好友都竭力反对。

倩茹说："你一个没结婚的姑娘家一个人去那里太不安全了。"

之芸笑笑说："你当那里是蛮荒之地哪？"

宁颜说："之芸你不能走，你不是说走了就等于说自己错了吗？"

之芸说："不走不也还是错了吗？再说，我又不走一辈子。我过去换换环境，心里头也轻快些。再说，每个月都能回来呢，还给报交通费。有什么不好！"

新学期到来的时候，魏之芸真的下乡支教去了。

这一去就是整一学期。

第
二
十
一
章

　　虽然有了足够的心理准备，之芸到了乡下以后，还是被当地的条件给吓了
一跳。

　　其实之芸去的这所学校还是当地的实验小学，算是条件最好的了，可是，习
惯了类思良好的教学硬件设备的之芸还是觉得，她简直要不会上课了。

　　住的地方也十分简陋，是学校后面的一座很旧的小楼的二楼。楼下是杂物
间，楼上是一排老师的宿舍，给学校里单身家又远在下面几个村子的老师住的。

　　校长把之芸领到其中的一间里，之芸一进去就意识到这应该是最好的一间屋
子了。居然自带了一间卫生间，洗漱台是水泥的，一望可知是新砌的；没有抽水
马桶，但是有一个蹲坑，显然也是刚刚改造过的；蹲坑旁还有一个水龙头。校长
是个身材矮壮的男子，长得颇有些老相，看不出年纪来。多日以后之芸才惊讶地
知道，原来他只比自己大四岁。

　　校长略有些羞惭惭地搓着手说："小魏老师，你看啊，我们这里条件是没有
办法跟南京比的，真是委屈了你。这间屋呢，你来之前我们改造了一下，但是还
差得很远。这个水龙头，只出冷水的，洗澡的话还要自己烧了热水用盆端进来。
不过我已经跟火房打过招呼了，以后，晚上也多烧一桶热水给你留着。你尽管去
打来用，叫上几个住校的高年级学生帮你抬就行。"

　　之芸说："那怎么行？哪能叫小孩子抬热水，多不安全。我自己能行。"

　　校长咧开嘴笑了："乡下孩子哪有那么娇气，在家哪天不抬热水干这干那的。
他们能干着呢，有事尽管吩咐他们。"

　　宿舍有一股阴湿的气味，之芸在校长走后就开了窗透气，乡间的晚风吹进
来，混合着草叶与庄稼的清气。从吊窗里望出去，可以看见满天的星星，天空比

城里清透许多，巨大的蓝水晶一般。之芸坐在硬而窄的木板床上，有一阵子很是茫茫，不知身在何处，不知今夕何夕的恐慌在心里弥漫。

但是之芸从来也不是一个对月伤怀的性子，她很快地跳下床来着手扫地，四处擦洗，打开行李整理起来。

接下来正巧是周末，之芸去校工那里寻了一些砖头与水泥，自己动手在屋里砌了一个衣橱，还从楼下的杂物间里捡了一个很旧的竹制书架，要来桐油刷了两道，放在阳光里晾干。

有孩子远远地看着她忙碌，那样子想过来帮忙却又不敢。之芸对他们招手，叫他们过来，拿了带来的糖果与果冻分给他们，问他们为什么周末也不回家。

孩子们操着浓重的乡音告诉她，家离得实在远，回去一趟要好久，所以只要咸菜还有，一般一学期他们只回去两三趟。

之芸问谁负责照顾他们的生活，有个领头的大个子黑皮肤的男孩说："自己会做。"

周一开始，之芸正式上课，她担任了五年级三个班的数学课教学。她发现，那几个孩子正巧在自己的班上。

乡里的孩子，比之城里的学生淳朴得多了，安静得简直让之芸诧异。这是一个规模相当大的中心校，一个班足足坐了六十来个人，可是上起课来却鸦雀无声。学生的座位从讲台前一直排到教室的最后。黑板掉了漆，斑斑驳驳，后面的板报只是一块用厚纸糊成的板，上面贴着孩子们的作业和绘画手工。

之芸在正式上课的第一天就闯了一个不大不小的祸。

她把学校里唯一的一台投影仪的灯泡给烧了。

之芸非常惭愧。校长憨憨地笑着摆手："没事没事，反正也没有人去用，烧了就烧了吧。"

之芸还是趁着休息日跑了趟县城，想自掏腰包给配上，可是跑遍县城大大小小的店铺，大多数人竟然不认得这是做什么用的灯泡。

没有电教设备，之芸开始自制教学用的卡片与教具。孩子们大多没有课外练习册，之芸就找来一卷发了黄的大字报纸，做成一个大大的可翻页的活页本，用油画笔把题目抄上去，供孩子们课后练习。那些住校的孩子也主动地来帮她抄写。之芸还把小组讨论式学习法教给孩子们，大大地提高了他们的学习效率。之芸发现，孩子们的智商并不比城里的孩子差，甚至还更好一些，他们只是没有找到正确的学习方法。一个月下来，孩子们的成绩都有了不同程度的提高。

让之芸觉得有些吃力的就是每天要批的那近二百本的练习本，但是很快她发现，交上来的本子，那些计算题都被批改过了，用的是那种城里已不多见的红蓝两色笔的红色一头。

她这才知道，是班干部们主动替她批了一部分作业，之芸只需批一下应用题与思考题就行了。

这里只有教务处有一台旧旧的十八寸电视，校长早就把钥匙交给了之芸，请她任意使用。可是电视也只能收到两三个频道，画面也不清晰，之芸很少看，倒认真地把在城里没有空看的书都看了。

天渐渐地热起来，有一天，有县里的干部送过来一台八成新的电风扇，自我介绍说，是县教育局的，姓刘，是个主任。

刘主任很热情地说，自己的爱人也是南京人，一定要请小魏老师星期天去吃饭。

之芸推却不过，就去了。

一见之下，之芸就发现自己与刘主任的爱人十分投缘，那也是一个快人快语的女子，姓杨。两个人用家乡话聊得不亦乐乎，小杨在县里的一所中学做会计，她自己腌了只鸭子，还说："咱们南京人，到哪里都忘不了盐水鸭的味道。你尝尝，不如韩复兴的好，但是，鸭子是本地鸭，瘦肉型的，没有喂过饲料。"之芸一尝，居然清香非常。

熟了以后，她对之芸说起当年自己非要嫁小刘，跟着他回到家乡来，家里气得恨不得跟她断绝关系，有了孩子以后，关系马上就缓和了，现在儿子给婆婆带到南京上学去了。她跟之芸约好，暑假一块儿回南京。

之芸问她，有没有后悔过。

小杨笑："怎么没有？两个人吵嘴的时候，悔得想撞墙，我还跑回过家一次。吵完了，也就想不起来悔了。挺好，乡下空气好，东西新鲜，等过些日子，你来吃我种的茄子，保你吃得不想家！"

渐渐地，之芸发现了一些奇怪的事情。

她无意间在小刘夫妇面前提到学校的投影仪，小刘详细地问了型号，没过多久，就送过来三个她买不到的灯泡，还有一大卷写幻灯用的玻璃纸。之芸喜得什么似的，直问他是哪里找来的，据她所知，这种型号早就不生产了呀。

小刘只笑而不答。

接下来，之芸就源源不断地收到各类教学用品，白卡纸、油画笔、胶棒、水彩笔、整摞的各种花样的贴纸、一盒一盒的小橡皮、一包一包的铅笔，还有练习册、补充习题、小说、杂志，和一些零食。加上宁颜与倩茹她们寄过来的各种用品，之芸觉得物质上简直与在南京时没有什么差别。

她的书架早就堆满了，孩子们又给她另做了一个木头的。她开始对孩子们开放她的私人藏书。

再一次接到一整盒的教学幻灯片时，之芸啪地把包裹摔在小刘家的饭桌上："说吧，到底是谁寄过来的？我不信你每周都跑一趟南京！"

小刘是老实人，支支吾吾地说不出句整话来。

之芸说，你要不说明，我回去把东西都搬过来还你。

小刘才说，有人托他照顾一下魏之芸。

之芸说："袁胜寒？"

小杨说："他是我们的老同学。我们一届的，但是不同系，在学生会里混熟的。他说你是他最好的朋友。"

第二天魏之芸就打电话给袁胜寒，劈头盖脸地臭骂了他一通，问他："是不是想叫我欠你？袁胜寒，我可不吃你这套！"

袁胜寒在那一端只是低低地闷笑，笑得魏之芸没了脾气。

胜寒笑完了说："哪有什么欠不欠的话，我就想给你寄。之芸，你还好吧？"

之芸说："我好得很。"突然就意识到话里有一点儿赌气有一点儿撒娇，慢慢地红了脸。

胜寒说："之芸，替我好好看看乡下的星星，下回有机会，我也下乡支教去。"

胜寒并没有再主动地联络之芸，但是还是不断地寄来东西。

之芸看着宽阔的洒满了初夏蓬勃的阳光的空地，忽然觉得她的生活是这样丰沛，有喜欢的工作，有厚道听话又用功的孩子们，还有，那个她再也得不到的男人，给了她亦兄亦友的温暖与希望。

之芸下乡没多久，方宁颜家那一片就真的拆迁了。

他们要搬家了，方爸爸从研究所借到了一套房子，但是离市区很远，要倒两趟车，要过六七年才能通地铁。

宁颜妈妈实在是不想搬过去，于是向宁颜提出了一个有点儿过头的要求。

宁颜妈妈私下里对女儿说："哎，能不能叫李立平想想办法，在师大那里帮着借一套房子，筒子楼也无所谓，在走廊烧饭用公共厕所也行。那个地段多好，你知道的，妈实在是习惯了住在市中心，上班买菜逛街就医，一切都很便宜。"

宁颜听了妈妈的要求，愣了半晌，实在不知道该如何向李立平开口。宁颜觉得，有时候，妈妈比自己更天真，更不了解社会上做人处世的难处。

虽然万般难开口，可是母亲说了几次，再拖下去那脸色可又有得看了，所以宁颜还是对李立平说了。

李立平听了差一点儿没有脱口笑出来。

这老女人，她以为李立平是师大的校长还是书记？可以在师大呼风唤雨横着走道？

李立平觉得唯有不可理喻四字最适合形容她的所作所为。

可李立平有气也不能向宁颜发作，他还是耐心和缓地对宁颜说："宁颜，你想想，我一个小小的科级干部，拿什么立场向学校提这种要求？别说我们还没有结婚，就是结了婚，你妈妈成了我的岳母大人，这种事也是办不到的。学校里有多少年轻的讲师助教还几个人挤在一间宿舍里，每回有房子空出来，一个一个恨不得打破头来争。宁颜，你帮我在你妈面前好好地做一做解释工作，啊？"

宁颜暗想，唉，解释是五八，不解释是四十。

她想得没错，听到她传过来的话，宁颜妈马上变了脸色，说："他不是自称很有办法的吗？不是说学校要培养他吗？上一回还说有分房机会，这回可看出来是骗人的了吧？"

方爸爸在一旁说："你根本就不该提这个要求，不切实际，白叫人为难。大学里弄间房有多难你可能不太了解，他一个外地单身在宁的孩子，资历又浅，怎么可能办得到呢？我们也要通情达理才好。"

最后这句话惹恼了宁颜妈，冲着老公发起火来："依你说我是不通情达理啰？老方，你也犯不着在女儿面前充好人，将来他们成家立业的，未必就想着你的通情达理了！"

方爸爸马上圆场："是我说错了，不是什么理不理的事儿，但是李立平有难处也是事实。我说，就搬到我们研究所那里去吧，条件挺好，水电费公家都报一半的，离所里的图书馆和电影院都近，文化生活会丰富得多。还有饭堂，你要没时间做饭我在食堂里打一点儿，很方便的。还有很好的澡堂。"

宁颜妈叹一口气："千好万好都比不过路近好。人家不是说了吗，宁要城里一张床，不要城外一套房。唉，我这辈子，从来没住那么远过。"

不管宁颜妈妈怎么不愿意，他们还是搬了。

多少年住下来，收拾出的东西足足装了两卡车。

李立平替宁颜把一大箱子暂时用不着的书搬走放进了自己的宿舍里。宁颜妈妈冷哼了一声说："那管什么用？十担东西他一担也没替我们分担，做做样子罢了。"

说来也是不巧，搬家那天，李立平偏偏出了差，出差前他特地去宁颜家打招呼，客气地说道，是不是可以换一个日子，等他回来再搬。

方爸爸连说不用，找的搬家公司，问题也不大。宁颜妈也笑着说："用不着，不用客气，我们自己搬就行了。再说是请人算好了日子搬的，也不能随便换。"

等李立平一走，宁颜妈回了自己卧室，摔上门之前对宁颜说："平时甜嘴蜜舌的说得好听，真正用到他时倒脚底抹油了。我找一个女婿来是顶门立户的，可不是摆在那里好看的，真要好看也罢了，其实又不好看。"

宁颜简直无地自容。

但宁颜还是有快乐的。

搬了新的地方，仿佛会有新的生活。

这是她长这么大第一次搬家，第一次坐车上班。爸爸也没有骗她，新家果真与研究所里的图书馆紧挨着，每晚都可以去借书，走不多远还有一个小小的电影院，放的都是新电影。每家每户还装了有线电视，可以收到中国香港与中国台湾的节目。那时候的凤凰卫视还叫作卫视五星站，不多久就改了名。

宁颜一家在这里住了差不多两年。宁颜后来与李立平结婚也是从这里出的门。

只是宁颜此时还不知道，这两年会有多长，会有多难。

　　之芸在乡下的日子，因为安静因为满足而变得缓慢起来。其间她回过南京，看了宁颜、倩茹她们。

　　倩茹说："好像过得不错。胖了一点儿，气色也好。"

　　之芸笑说："空气好，蔬菜都新鲜，条件还算不错。学生听话，省心，我有时候想想，不如在那边安家算了。存一点儿钱，盖他个小二楼，然后把我爸妈都接过去。"

　　倩茹问："看你说的。你不在南京找对象啦？哪有米箩往糠箩里跳的？"

　　之芸笑："在那边也一样可以找啊！"

　　倩茹正色道："这可不是闹着玩的，你可不能犯糊涂。"

　　之芸也笑："哪有那么容易，说找就能找到。南京这么多适龄未婚男青年我也碰不上个合适的人，何况那里。那边的人多半早婚的，我们这么大的，孩子都齐腰高了。听说我还没有对象，那边的老师都吃惊得不得了。哈哈哈。"

　　宁颜说："我总觉得，之芸好像遇到什么好事儿了似的，她的状态特别好。"

　　之芸摸摸脸，真的有那么明显吗？

　　倩茹看看她："你是不是……"

　　"什么？"

　　宁颜叹一口气，插话道："我觉得你们都很乐观，我就不行，我觉得人活着真是累，有时候都不明白为什么要活着。他们都打着爱你的旗号让你受苦还说不出。"

　　之芸问："你妈妈，还是那样挑李立平？"

　　宁颜却又不把这个话题接下去了："我们家搬了家，每天上班要坐五十多分钟的车，遇上雨雪天更难。她心情不好，说她没想到要退休了还来受这个罪。"

之芸说："不是我在背后议论老人家，你妈妈呀，她有一点儿……嗯，不合时宜，活得非常自我，好像，所有的一切，都要围着她转。"

倩茹也说："是你爸爸太好了，一切随着她，反而让她潜意识里就认为，任何人任何事都是该随着她的心意的。宁颜，你要好好地跟她沟通一下。"

宁颜缓缓摇头："太不容易了。她，不大能听得进人家的话呢。"

其实宁颜自己也曾经想过找妈妈好好地聊一聊，把话说开。

日记被妈妈偷看，两个人闹得最僵的时候，宁颜曾经给母亲写过一封信。

她在信中告诉妈妈，其实，她的心里，最重要的还是家人，谁也不能取代家人的位置。这一点，无论李立平或是其他的任何人都不可能改变。一家人，有话尽可以摊开来说，哪里做得对，哪里做得不对，心平气和，有商有量，不要总是夹枪带棒地，暗示或是讽刺。

宁颜写：妈，我笨，转不过来那么多心眼儿，您以为我变复杂了，跟家里人离心离德了，其实不是，我还是原来的我，没有变，今后也不会变。

这封信最终还是没有交给妈妈。因为就在她写好信的第二天，妈妈又借着一个极小的借口与她赌了一场气，宁颜直哭了半宿，第二天就把写好的信撕了。

没用的，她想，我真是天真，才会以为沟通是有用的。

她只是想不明白，为什么亲如母女之间，会有如此跨不过去的鸿沟。

宁颜的妈妈现在每天与宁颜一起坐车上班，其实她现在已处在半退休的状态，用不着起那么早赶车的，宁颜说了几次，可是她很坚持，说不放心宁颜一个人坐那么远的车。她要宁颜下班的时候也去她们厂，跟她一起回家，彼此有个照应。

活到二十七八，在妈妈的眼里，宁颜还是那个完全不能照顾自己，随时裸露在纷繁的世间会受伤害的小孩子。只是有时候，妈妈又会觉得，女儿与过去真的不一样了，都是那个李立平的缘故。

那个男人，她始终下不了决心把女儿交给他。

她老是在心里替女儿不值。

她的女儿，值得更好的。

可是，姑娘家年岁一天大似一天，做妈的心里像猫抓的一样急，又不好跟人说，白落得人笑话。

宁颜妈妈觉得女儿真可怜，这世道是怎么了？好姑娘碰不到好男人。

母女俩天天一同上班一同下班，一路上絮絮叨叨地说个不停，话题永远围绕着李立平这个男人。

宁颜因为母亲和缓下来的态度而心生感激，忍不住竹筒倒豆子，把跟李立平相处时的许多小细节，包括他说的话，以及自己对他的小小不满意，都倒给了母亲。

她想不到母亲会在这些叙述中断章取义，从而积聚了更多的不满，有一天，爆发出来，劈头盖脸的，让她无法招架。

这段时间，周苏豫正在备考 MBA。

倩茹犹豫再三，要不要把自己怀了孩子的事儿告诉他。

她跟母亲商量，妈妈说："这种事怎么可以瞒着老公？再说，反应大了，想瞒也瞒不住。你要是怕苏豫没空照顾你，你就回家来住两天，妈侍候你。"

倩茹想想说："算了，还没有那么娇气，等等再说吧。而且，我住回家去，家里的一摊事儿，就又落到苏豫的头上，他还是不能安心复习。"

这些天，为了全力支持苏豫考试，倩茹几乎包揽了家里所有的家务活，包括给苏豫妈妈准备药，推她去医院理疗。

但是，洗漱的事儿，苏豫妈却坚决不要她插手，还是像以前一样自己费力地弄，每晚的那盆泡脚的水，还是苏豫打好，放上事先熬好的中药。是医生吩咐的，苏豫妈的这个病，也不是一天两天的事儿，全靠养护。

只有在这个时候，是苏豫娘儿俩独处的机会。倩茹有几次插进去想帮忙，老太太总是找了小借口把她支出去。几次下来，倩茹也明白了，也不再往前凑。有一回，她无意间看见，婆母像对待一个小小的孩子似的摸着苏豫的头发，倩茹忽然觉得，这种时候，她就是有柔情似水，有心思如针，也是泼不进扎不进那对母子之间的。

她好像是一个闯入者，一个无辜的侵略者。

苏豫忙也是真的，公司里，舅舅很是器重他，苏豫也是真争气。回到家，看到倩茹忙里忙外，苏豫也会过来要帮忙，不是被倩茹拒绝，就是被妈妈阻止。

晚上躺到一张床上的时候，两个人又都累得不行。倩茹更是嗜睡，一转眼的工夫，已是睡熟了。

有一天苏豫突然发现，他与倩茹有好几天没来得及说上一句整话。怎么说，这都有些怪怪的。

苏豫说："难得明晚我不加班，倩茹，我们去看场电影吧。"

倩茹还没答，苏豫妈说："你明晚不是有课吗？"

"找师兄弟们抄下笔记就行，其实也不用每回都不落课。"

倩茹说："算了吧，妈说明天要把换季的衣服收拾出来呢。"

第二天，倩茹妈来了。

带来了半成品的菜，并且，把倩茹怀孩子的事儿说了。

苏豫喜得只晓得摸头搓手，苏豫妈有点儿茫茫然的。

苏豫非拉倩茹一起去散步吃饭。倩茹妈积极地叫他们尽管去，自己把带来的菜做了，居然连苏豫妈吃的清淡粥品都配好了材料带了来。

苏豫护着倩茹小心地出了门。

两个人并不真想看电影，像小学生那样手拉着手。苏豫走一路想一想，就傻笑，再想一想，又傻笑。

倩茹说："你干什么？"

苏豫说："我觉得这太奇妙了。我们的孩子，一半你的血统一半我的。倩茹，只有这样，我们才是真正分不开的，我的心里才真的踏实了。"

"原来你不踏实的？"

苏豫低下头："你那么好。"

倩茹想：好的是你才对。

倩茹也觉得，踏实了。

从那天起，倩茹的妈妈就经常过来帮忙，烧饭，帮苏豫妈洗澡，收拾打扫。还陪着倩茹上街挑小孩子的用品。

倩茹的肚皮紧，快三个月了并没有显怀，行动也还灵活。倒是苏豫有点儿大惊小怪，每天一定要送倩茹，看她进了办公室的门才放心。

同事们都在说，料不到何倩茹虽然结婚晚点儿，找的老公小点儿，倒真是有福气的。

倩茹做梦也没有想到，孩子会这样轻易地就没了。

她不过在下楼梯的时候崴了一下脚，手在扶手上撑了一下。

到了下午的时候，她就觉得有点儿不对劲，内裤有点儿湿。她也没告诉苏豫和自己妈，以为睡一觉会好，可是到了半夜，尖锐的痛让倩茹惊醒，她挣坐起来的时候，只觉得一股热流从身体里汹涌而出，她只来得及喊了一声："苏豫！"

倩茹流产了。

这个孩子来得挺突然，倩茹其实并没有做好充分的思想准备。

可是，这两个多月来，他在她的身体里，小小的尚未成形的一块血肉，越来越牵心牵肺，倩茹慢慢地收了最初的意外感，一心一意地感受他，这个小生命，在她的身体里，在她的心里，同时一天天地成长，她以为他很快会长出小胳膊、小腿儿、五官眉眼，会像谁多一点儿？

她想象着他穿着不同衣服的模样，他走路的模样，他说话的声音，他身上的味道。

这一切，就这么没了。

倩茹住了一周的院。

她觉得她心里的痛，比身上的更重。

她开始失眠，这么多年，她从来不知道睡不着是这么痛苦的一件事。

苏豫一直陪着她，也累极了，只打了一个盹儿的工夫，一个激灵，睁开眼，就看见倩茹坐在床上，直直地看着前面。

"我看见他了。是个小男孩儿，穿了件格子的小衬衫，在叫我。哭鼻子哭眼睛的，像是受了什么委屈似的。"

苏豫抱住她说："别想了。医生说，流掉的都是先天不健全的胚胎，流掉反而是好事。以后我们还会有的。"

倩茹点点头，躺下去，再不作声。苏豫以为她睡了，谁知过了好一会儿，她突然又问："我们两个都身体健康，他怎么就不健全呢？"

"别想了，再别想他了。想想我，倩茹，如果你有事，我怎么办？"

倩茹拉着苏豫的手，终于哭了出来。

苏豫决定今年不考 MBA 了，倩茹现在这种状况，他哪有那份心思。

苏豫妈不同意。

苏豫还是没有去报名。

跟 MBA 比起来，倩茹重要得多。他一下班就回家陪着倩茹，给她念书，陪她听音乐，逗她笑。

倩茹慢慢地缓了过来，在家的时候，也有心情下地走走，拨弄拨弄家里的几盆花草。

她料不到苏豫妈会突然提这样一个问题。

那天，苏豫回来得早，打电话叫倩茹妈不必过来做饭了，这些日子她也劳累得很。

苏豫做了饭，一家人坐着吃。

苏豫妈几乎没有动筷子，一直看着倩茹。

倩茹妈妈照顾得好，倩茹养得不错，脸上又恢复了颜色，白里透粉，乌发亮眼，随意扎起的长发有一缕落在耳畔。她跟苏豫两个凑着头低低地边吃边说。

苏豫妈突问："小何，有句话，我一直想问你。你……这次……流的是第几个？"

倩茹说："什么？"

122

第二十三章

周苏豫的妈妈在饭桌上问儿媳妇，这次流产，流的是第几个？

何倩茹不解地望着她，觉得她说的好似外国话，每一个字都远远地隔着山似的，听不明白。

"你说什么？"倩茹问。

苏豫妈妈盯着她，慢吞吞地说："你们年轻人，不懂，这种事儿，多了要出大问题的，成了习惯性流产就坏了，可能影响生育的。"

一旁，周苏豫茫然地听着妈妈的话，到这时候才猛地反应过来，骇然地叫："妈！"

回头又急急地对倩茹说："我妈无心的。她无心的。"

倩茹脸冲着苏豫妈，一个字一个字从牙缝里挤出来："你——放——狗——屁！"

苏豫妈脸色唰地白了，握着轮椅扶手，指关节都挣白了。

苏豫下意识地冲着倩茹喊过去："倩茹，跟我妈道歉，道歉，倩茹！"

何倩茹一腔酸楚与愤怒直冲脑门儿，热辣辣地烧起来，她唰地转脸对着苏豫："周苏豫，你有没有搞错？是你妈该跟我道歉！"

周苏豫啪地放下筷子："倩茹，说你错了，快对妈说你错了！"

苏豫妈出声止住他："不用了，苏豫。我知道的，我本来也不该掺和到你们小夫妻之间……"

一语未完，被倩茹的叫声打断。她的声音尖厉得像锥子似的，戳破沉闷的空气，有什么东西碎了一般四下里飞散："你还敢说你没有掺和？你掺和得还少吗？当面一套背后你又来一套，天天不阴不阳，能说的不能说的话都叫你说了，从来不顾及别人的自尊，从来都做出一副识大体顾大局的姿态来，叫人受了委屈还有口难言。你总是说我不关心你的儿子，可是你关心他吗？他从十来岁就侍候你，背你，用三轮车送你去医院，你有一点点儿不舒服就磨他，巴着他天天守着你看着你，他有他的生活，你想过没有？他也需要年轻人的娱乐与享受，你想过没有？"

"何倩茹！"周苏豫大叫，"住嘴住嘴！"

倩茹的眼泪唰地流了满脸："苏豫，你妈妈心理上有障碍的，她有恋子情结，你知不知道？苏豫，你再不正视这个问题，我们的感情就要赔进去了。"

苏豫还没有来得及回答，甚至没有来得及回味倩茹的话，"咚"的一声，老太太连人带车翻倒下去，一动也不动地躺着。

苏豫扑过去，扶起她来，她已是晕厥了过去。

苏豫手忙脚乱地把她抱起来，吃力地站起，把母亲放在客厅的沙发上，再奔过去打急救电话，带倒了茶几上的水杯与一盘苹果。水杯砸在地板上，苹果滚了一地，有一颗滚至倩茹的脚边，半边青半边红，光滑透亮得不像是真的。

眼前的情景在倩茹的眼里是无声的，像默片。

苏豫的母亲一到医院就被送进了急救室，苏豫与倩茹一直待在急救室的门口等。

苏豫的脸色如死灰，似乎比妈妈还差，缩在那里，像一个无助的孩子。倩茹忍不住坐在他身边，伸手搂住他，苏豫轻轻地挣开了。倩茹的心酸酸的，眼泪却是掉不下来。

倩茹打电话给妈妈，妈妈带着弟弟一块儿来了。倩茹一看见妈妈，扑过去就哭起来。

倩茹妈妈到底是年长的人，经过事沉得住气，一边抚慰着女儿女婿，一边叫儿子去找相熟的医生。

急救室的门终于打开了，苏豫妈妈被推了出来。苏豫这时候反倒不敢上前，木呆呆地看着医生，生怕他的嘴里说出什么可怕的话来。

倩茹的妈妈上前去问医生情况。医生说，有中风的迹象，还好送来得及时，并不是太严重，让去办住院手续。倩茹的弟弟利利落落地跑去交钱办手续。倩茹妈妈说，怕苏豫倩茹他们是要陪床的，而且也不是一天两天的事，要一个单人间方便一点儿。因为有熟人帮忙，老太太很快被送入病房，倩茹妈妈又打发倩茹弟弟回去把小折叠床带到医院来。

苏豫好像恢复了一些，跟着护士去拿药，把母亲原先的病历本交给医生，向他们讲述母亲以往的病史，忙完了就坐在母亲床边。

老太太的身子好像缩小了一圈，脸色青黄，呼吸倒还匀。苏豫知道应该是问题不大，把头贴在妈妈冰凉的手上，半天都没有动。

其实母亲以前发病比这次凶险的也不是一次两次，可这一次，到底是不同的。他的妻子把他的母亲气得病了，这个念头嗡嗡地在苏豫的脑子里响着，如同一团乱麻，越缠越乱。

倩茹妈妈把女儿拉出病房在走廊里坐着，拿了温的盒装牛奶硬叫倩茹喝下去。

倩茹慢慢喝完了，说："妈，住院的费用我回头还给您。"

倩茹妈妈拍拍她的手背："这时候你想这些做什么呀。我看苏豫的气色不比寻常，告诉妈，老太太是怎么病的，你跟妈说实话！"

倩茹一句话也说不出来，只是一味地流眼泪。

倩茹妈心下也有一点儿数，说："不是妈说你呀，女儿，在婆婆跟前同在妈面前是不一样的，你做小辈的，万事要顺着老人的心，你是当老师的，为人师表，怎么能把婆婆气病住院？叫外人看来，是要说闲话的。苏豫跟他妈的感情这么好，这样，也会影响你跟苏豫的感情。行了，把眼泪擦擦，进去吧，有什么话，等把老人家的病看好了再说。"

倩茹回到病房，苏豫听到动静抬起头来看她，倩茹走过去，拉住他的手，这一回，苏豫没有让开，反手握住她的手。倩茹说，对不起，对不起。

快十二点了，倩茹妈说，她把倩茹带回家去休息，让苏豫守一夜，明天一早她就过来替他，还说已经叫倩茹弟弟给舅舅打了电话，这几天叫苏豫就不要去公司里了。

倩茹妈走前拍拍苏豫说："你放宽心，好孩子，没什么要紧的。晚上有事就去找张医生，今晚他正好值班，我把他的电话给你，他跟我们小禾很熟，什么情况都可以找他，欠的人情咱们等你妈妈病好了再还，不碍事的。倩茹呢，这两天住我那儿，你不用担心，等你妈情况平稳了再回去。"

苏豫慢慢地点头："谢谢妈。住院费，我明天会取了还给您。"

倩茹妈妈说："一家人不说两家话，说什么还不还的。你也歇一下，一会儿小禾就送床来了。"

第二天一早，倩茹就跟着妈妈去了医院。

苏豫不肯回去，一定要等妈妈醒过来再说。

苏豫妈是快十点钟醒的。医生来检查了，说没什么大碍了，就只不要随意搬动，静躺着接受治疗就好。

倩茹妈妈叫苏豫回去洗洗休息一下。苏豫妈妈就只拉着儿子的手，她还不能说话，眼光哀哀地在儿子脸上流连。苏豫弯下腰在她耳边说："妈，放心，我不走的。"

她却又放开了手，动动手指，那意思是叫苏豫回去歇着。

倩茹妈妈好说歹说让苏豫回去了，自己和倩茹陪在病房里。

倩茹看都不敢看躺在床上的婆婆。老太太也不看她，只一味地闭着眼睡。过一会儿，睁开眼，茫然无助地缓缓转头看过来又看过去，最终看向窗外。

倩茹妈妈低下头低声问："苏豫妈妈，可是要方便一下？"

倩茹赶紧从床下拿出便盆。倩茹妈接过来轻轻地放进被窝，伸手进去替老太太很慢很慢地褪下裤子。

倩茹看着自个儿妈妈弯着腰的样子，心里头闷闷地痛。

等苏豫妈方便完了，她拿过便盆去倒，在盥洗间里冲洗，洗着洗着，眼泪又掉下来。

一旁有个农村妇女模样的中年女人看了问："你家爸爸还是妈妈病了？"

倩茹摇摇头，又点点头。

那女人了然地笑道："是婆家的人吧？那你还真不错。你别说，人心真是没得办法，婆家的人病同娘家的人病真是不一样的心思哦。娘家人生病就跟猫抓心似的，婆家人生病就隔了一层，没办法呀我跟你讲，羊肉贴不到狗身上。"

倩茹也不理会她的唠叨，拿了东西回病房。

老太太又睡着了。

倩茹妈把她领出来，看看她红肿的眼睛，说："你刚刚坐了小月子，可不能老是哭，哭坏了眼睛不得了。"

看着女儿的神情，倩茹妈又问："你老老实实告诉我，女儿，到底是为了什么事吵起来的？"

倩茹低着头，好半天才说："她……她怀疑我……结婚以前……不规矩。"

倩茹妈听了这话也愣了，半天才吐出一口气来，什么也没说，拍拍女儿的手。

倩茹哽咽地说："妈，你说我是不是走错了这步棋？不该找个年纪小的人结婚？"

倩茹妈好一会儿才说："苏豫呢？他有没有怀疑过你？"

倩茹摇头。

倩茹妈说："这就好了。你是跟苏豫过一辈子，不是跟他妈。怀疑就随她怀疑去，日子久了，她知道你人品了就好了。"

在苏豫妈住院的这段时间里，倩茹妈一般白天来帮忙，晚上苏豫一直陪着，没两天，人就瘦得脱了相。

倩茹在妈妈那儿住了两天就回到自己家里，晚上苏豫不在，白天病房里又不太方便说话，两个人简直没有正面说话的机会。

苏豫也不放心手头的工作，有时白天也会去公司。这一天，手头上的事正好都忙完了，倩茹舅舅叫他回去休息。

苏豫回家的时候，看见倩茹在厨房里做饭。两个人这才正正地打了个照面。

一时间好像什么话也说不出来。

灶上好像炖着什么汤水，厨房小，袅袅的热气扑出来，蒸腾了一屋子，模糊了彼此的面容。倩茹转过身去，从锅里盛了碗汤，放在桌上对苏豫说："给你做的，我弟问了张医生，妈不要紧了，你……你宽宽心，好好吃好好睡。妈的汤我也做好了，等下我送过去。"

说着摘了围裙要走，被苏豫拉住了。

苏豫说："我也跟你说两句对不起，第一句是替我妈说的，第二句是替我自己说的。对不起，倩茹。"

倩茹忍了半天，那一声抽泣还是没忍住，她趴在苏豫肩上，终于大声哭了出来。

苏豫的妈妈出院了。

倩茹的爸爸现在每半个月回一趟家。这一次回来，倩茹妈拉着他带了重礼去了周苏豫的家，说是亲家妈妈大病初愈，照理是要来看看的。怕影响亲家妈妈休息，稍坐了一下老两口就出来了。

临走之际，倩茹妈妈私下里跟苏豫妈说："倩茹有错有做得不对的地方，你该骂就骂，打两下也不要紧，就只别跟小孩子动真气。"

走出来没多远，倩茹妈突然流下泪来。倩茹爸笑问她："你干什么？我看我生病那会儿你也没哭。"

倩茹妈却又笑起来，不答。

心里边想着，隔了肚皮隔了山，老话是有道理的。好在苏豫是好孩子，女儿还是有福的。

晚上，倩茹问苏豫："你心里头，有没有觉得我配不起你过？"

苏豫吓了一跳，从床上坐起来，半跪在那儿，问："你怎么会有这种心思的？"

倩茹笑一下说："我也就是问问。"

苏豫说："这本来是我的心思才对。"

倩茹说："算了，两个人这么想就没意思了。"又把苏豫拉躺下来，握了他的手说，"把灯关了，苏豫。"过一会儿忽又问，"苏豫，我看上去，比你，老很多吗？"

黑暗里，苏豫说："倩茹，我是爱你的，这个是真的。其他什么的，我从来没有想过。"

这件事过去了。

说起来，这是苏豫与倩茹第一次吵嘴。

有第一次就会有第二次第三次，以及无数次。

婚姻里的多米诺骨牌效应，谁也逃不脱。

苏豫妈妈现在沉默得多了，面上对倩茹倒是和缓了许多，但是显得淡而小心。

倩茹在婆母面前也同样是小心翼翼的，低眉顺目。两个人都客气得不得了。

倩茹特别盼着苏豫在家，他不在的时候，倩茹觉得简直有点儿透不过气来。有时候苏豫略回来得晚一些，她就会趴在窗口看。有一回，一回头，看见苏豫妈悄没声儿地到了身后，吓了一跳。

苏豫妈说："小何，关了窗吧，起风了。"

她眼中深浓的哀伤结结实实地撞进倩茹的眼里。

倩茹与苏豫吵了一回，宁颜与李立平也吵了一回。

他们之间，说起来，可真是鸡毛蒜皮一般的事情。

那天，李立平的老同学乔迁之喜，他带上宁颜去人家新家做客。

去的时候就是一屋子人了，有同系留在南京的旧同学，也有旁系的师兄弟。

其中有一个是从外地刚回来的。这个人是生物系的，瘦瘦高高的一个男子，皮肤粗而黑，原先好像是学生会的，挺有名的英俊人物。大家笑问他怎么沧桑了许多，他摸着脸说，江风吹的。还说教授叫他干脆硕博连读，这些年都只好这样沧桑下去了。

原来他是搞长江江豚保护的，跟着教授一直在保护区跑。此人说话语声朗朗，妙语连珠，非常引人注意，一下便成了席上出挑的人物。

从同学家出来，一路走着，宁颜就听李立平冷笑个不停。

宁颜问："你怎么啦？笑得这样怪声怪调的。"

李立平又笑一下，说："这个人还是一如既往地狂妄，硕博连读有什么了不起的，不过是个养江猪的！"

宁颜一时摸不着头脑："你说什么？什么江猪？"

李立平："江猪就是江豚。他以为他真成了什么人物了呢。"

宁颜这才明白过来他说的是什么，有点儿不高兴，便说："你怎么背后这么说人家，你们原来不都是学生会里的吗？"

李立平说："你看他那种狂样子！有什么好，风里来雨里去，居无定所，将来有他后悔的一天。"

宁颜板了脸说："我觉得他的工作非常有意义，这个人也非常有出息！"

李立平也放下了脸："你这么说是不是意味着我是一个没有出息的人？我的工作是小官僚，非常碌碌呢？"

宁颜哧了一声说："你不要无理取闹，我从来没有这样说过。"

"可是你说过你最讨厌官僚，你说过你父亲那样搞科技研究的才是有意义的工作，才可称为事业。"

宁颜说："我是说过这话，可是我并没有说你就是官僚。"心里又嘀咕一句：你这样的，称官僚似乎还有点儿小题大做。不过到底还是没让这话出口。

李立平哑了一小会儿又说："宁颜，你是不是一直都觉得，你爸爸学问好，现在是总工，样貌又英俊，我比不过？"

宁颜停住脚步，唰地回头压低了嗓子问："说你同学呢，好好地扯上我爸爸做什么？"

李立平眼看着别处，也压低着声音说："这也是你心里真实的想法，没错吧？"

宁颜只觉火冲上脑门儿："你说得不错，就像你说的，我爸学问好样貌好，名牌大学出身，在研究所人人尊敬，钱也不少挣，又吃得苦，性格又随和宽厚，你哪一个角比得上他！"

说着抬脚就往前走。

李立平立时大怒，望着宁颜气冲冲远去的方向，也不追上前去，呆了一会儿，返身走了。

两个人这回不欢而散，也是他们第一次真正意义上的对嘴，起因无聊，不过后果却挺严重，宁颜足有一个星期不理李立平。妈妈问起来，宁颜在气头上，不由得一五一十地全跟她说了，还连带着说了一些平时相处中不满意的小事。

宁颜妈笑了一下说："你看看，这就是他的胸襟，不是我说，他跟你爸比起来，一个天上一个地上，这也是事实！"

宁颜自觉与李立平赌气的这些日子母亲同自己的关系倒好了许多，妈妈有时候会问："他来了电话吗？"

宁颜说没有。

妈妈说："这么点儿小事，一个男同志这点儿肚量都没有，还真的置上气了，由他去。我跟你说，你可千万别打电话给他，叫他觉得你少不了他似的。"

没过两天，李立平打电话来了。宁颜妈妈又对宁颜说："你可别一下子就原谅他了，晾他两天再说！"

宁颜心里堵得厉害，但多半倒不是因为母亲的这些话与态度，是李立平这一回暴露出来的性格上的这种缺陷，叫她有点儿拎着心。

其实上回跟胜寒他们出去，已稍露端倪，这回看得更清楚。宁颜觉得，有必要好好反省一下自己与李立平的关系，但是，决心似乎也不是这么容易下的。况且，为了这么小的一件事，是不是也太草率了一些？宁颜心里七上八下的。

又过了两天，李立平耐不住了，在宁颜的下班路上拦住她，样子很颓废的，用十分痛苦的语调向宁颜道歉，诉说着他这些天的痛苦。

见了面的这一会儿，宁颜也软了心，觉得自己的言语也是过激了一点儿。

两个人就这么让这事儿过去了，又交往了下去。

宁颜回家以后，有点儿羞惭地告诉家人，自己与李立平算是和好了。宁颜妈当时就"哼"了一下。

宁颜爸背了人对宁颜妈说："年轻人谈恋爱哪有不吵的，咱们就不要在里面发表意见了。如果李立平真的有不可原谅的错处或是缺点，我相信我们女儿也是会有自己的判断力的。"

宁颜妈听了，半天没话说，重重地叹了一口气。

这件事过了之后，宁颜妈妈对李立平的不满情绪似乎流于明显了，有时甚至当着他的面，那情绪都藏不住了。

依李立平的性子，当然也不是看不出来。不过，李立平想，方宁颜的爸爸身上倒的确有值得学习的地方，就是他的涵养。反正将来跟自己过的是宁颜，不是那个老女人。

这一家子，真真是激流暗涌，打着场无声的角逐战。

过了没多久，拆迁办找住户签合同，原来说定的，宁颜家可以拿五幢四楼南向的一个特大套，可是签约那天，宁颜爸妈却发现，合约书上变成了四幢五楼，虽然面积还是一样，但四幢的底层是一个农贸市场，可以想见将来必是吵闹非常的。宁颜妈当场就拒绝签字。

接下来就是四处奔走打听情况，找人想办法。

宁颜爸是个一门心思做学问的人，做起这种事来完全地摸不着头脑。他的学生与朋友，多半是搞研究的，偶尔想起以前学校里的一个建筑系学长，似乎现在在市建设局当着个挺大的干部。

宁颜爸爸在夫人的催促下，犹犹豫豫地过去找人。那老学长见面半天连认都没有认出他，他支吾了两声，半句请人想办法的话也没说出来便告辞了。

宁颜妈妈了解自己老公，倒也没有说他。于是就自己出去跑，跑了许多天，只打听到说是拆迁办的什么拐弯抹角的亲戚看中了那套房子，气得了不得，可又没办法。

这天正好是周末，李立平过来吃饭。

宁颜妈妈累得不想动，只叫父女俩同李立平上饭店里去吃饭。

宁颜吃完饭回来以后去卧室里看妈妈，妈妈还躺在床上生着闷气。宁颜低声说："妈，我们给你带了饭菜，起来吃一点儿吧。"

宁颜妈没好气地说不吃，宁颜还是给她热了端进去。宁颜妈侧身向里躺着，听见女儿轻了脚步进来，低声恨恨地说："我们家，吃饭的人多办事的人少。现在又要多一个了！"

宁颜自己也非常后悔凭一时之气，跟妈妈说了太多的细节，现在有点儿下不来台。妈妈用自己曾说过的话来说李立平的种种，她也只有听着的份儿。

至于饭菜，母亲到底还是一口没吃。

宁颜一个人跑到阳台上啪嗒啪嗒地掉眼泪，李立平被爸爸支了去楼下买东西。

爸爸走过来，在宁颜背后站了好一会儿，上前摸摸女儿的头，低低地对她说："你现在也是成人了，顺着妈妈是没有错的，今后也要分一个轻重，自己心里要有拿捏。"

宁颜就着爸爸递过来的大手帕，把头埋进去抽泣了两声，心里倒渐次平静下来。

宁颜想，老天爷真是公平，每一个人所能拥有的，都是他早早拨算好的，也许，一个女人真不可能在拥有一个好父亲的同时再拥有一个好爱人。

之芸结束了支教，即将回城，孩子们与同事们都很依依不舍。

走之前，之芸请小刘夫妇在县城的饭店里吃饭。

小杨说："这就要走了吗？真快！我还想给你介绍对象呢。我有个朋友，在县中做会计，前两天刚跟我提，他们学校有一个老师，教物理的……"

小刘用胳膊肘碰碰她，把话岔了过去。

事后小杨问老公："你做什么不让我把话说完？"

小刘笑道："你不是开国际玩笑吗？人家一个大城市里的老师，人长得又好，又能干，会在小县城里找对象？"

小杨想一想也笑："可是我朋友说，那个人真的很不错的，人好学问好，清华毕业的高才生，年岁也相当，过两年就有机会升特级。他带的班几次高考都名列前茅，出了好几个理科状元。"

小刘又笑："清华毕业的肯下到县城做老师？清华函授的吧？"

小杨拍打老公，说他说话刻薄。

小刘说："说正经的，幸好我没让你提，人家小魏肯定不好意思当面拒绝你，何必让人家为难呢？你当有几个傻丫头像你，为了爱情不顾一切？"

夫妻两人唏嘘半天。

之芸回城的那天，孩子们把她送出去老远老远。

之芸在长途车的后座上透过窗户看见那一群小小的土蒙蒙的身影，一点儿一点儿地消失在了视线里。

第
二
十
五
章

　　宁颜家房子的问题最终还是解决了。

　　宁颜妈妈几乎是天天去单位点个卯，然后就跑到拆迁办办公室静坐。没办法，她想，家里没有门路，有的只是看得打不得的人，就只有牺牲了脸面，反正马上要退休了，时间是不值钱的。

　　这么半个月坐下来，拆迁办的人头痛了，这么个半老太太，天天黄着脸儿坐在那里不动地方，吃也不吃说也不说，万一出什么事儿谁也担不了责任。

　　宁颜妈妈最终签到了那套中意的房子。

　　在最终签了字的那天下午，宁颜与妈妈一同下班，刚下公交车，就看见爸爸在车站等她们，说是要请她们出去吃饭。

　　一家三口慢慢地往爸爸选中的饭店方向走。

　　宁颜觉得好像重回到儿时时光，这些日子以来与妈妈之间的隔膜在这样的时刻一点点儿从心头剥落，裸露出的只是最纯净最原始的血亲至爱的温暖。

　　她不由得一手挽住爸爸一手挽住妈妈，这是她的亲爹亲娘，世上不会有人爱她如他们这样。

　　宁颜觉得疑惑，人为什么一定要结婚，两个原本完全陌生的人，走到一起，过上一辈子那么漫长的时光，唯一的维系，不过是薄弱如纸的所谓爱情。

　　在饭桌上，爸爸倒了酒，敬给妈妈，宁颜总觉得父亲今天的面容里交织着感激与哀伤，把他英俊的眉目映衬得那么凝重，宁颜简直心酸无比，可是又觉得幸福。

　　晚上，宁颜妈妈背人时对宁颜爸爸说："你说，孩子养大了，为什么一定要她成家呢？今天我老想着宁颜小的时候，我们一家子，还在老房子里住着，你有空就会带我们出去吃饭，每年一到元宵节就去夫子庙看灯，我一闭上眼，就好像看见宁颜小小的个子拖着个大得不得了的白兔子灯走在前头。"

宁颜爸爸说："女儿的事，由得她自己处理吧，你替不了的。"

宁颜妈妈说："话是没错，我总是替女儿不值。我的女儿那么好。"

这以后，宁颜妈妈的心境似乎稍稍平静了一点儿。宁颜慢慢地也习惯了与李立平的相处，像流水，总是顺着自己的河道缓缓向前，一种懒惰的平静。

这平静终于在入冬以后的一天被打破。

这一年的冬天特别冷，才立冬就零星下了场小雨加雪，这个城市一遇到雪天，交通便会陷入混乱状态。宁颜劝母亲不必每天早起陪着她上班了，可是母亲不肯。李立平在一旁插了一句嘴说："交通不方便的话，宁颜可以住到我学校那边去，我跟系里的师妹说一下，女生宿舍应该可以安排一个床铺的，我师妹是辅导员，这事儿也不难。"

宁颜母亲听了，脸马上挂了下来："那可不行。"

李立平走后，宁颜妈妈对女儿发火道："那个时候叫他想想办法能不能在学校里找个一间半间的空房，千难万难的一堆困难，这会儿倒容易了。还没结婚呢，就想把我们家撇在一边？一个没结婚的姑娘家，住到他那边去做什么？"

宁颜也气李立平，觉得他说话不经大脑。

没过两天，雨雪越发密集起来，有一天宁颜与妈妈足足在路上耽搁了三个小时才各自到单位。

宁颜妈妈说："现在李立平怎么也不来接送你了？是不是觉得十拿九稳地拿住了你，不在意了？"

宁颜觉得这话真是从何说起，从何说起哟。

这一天，公交车特别特别拥挤，宁颜一上车便像小老鼠似的被牢牢地困在几个人中间，一下车，宁颜便发现包被划开了，可是钱包居然没有丢，因为她的钱包是放在夹层中的，反倒是一副眼镜被掏走了。宁颜近视有五百度，可是又爱漂亮，平时不肯总戴着眼镜，总是放在包里，上课或是看电视时才戴上。妈妈跟她说好，星期天陪她去重配一副。

这一个周六，李立平来找宁颜，听说了这件事，说不如我们现在就去配吧。

宁颜也没深想就跟他出去了。

宁颜父亲的研究所在城乡接合部，像是一个小小的城中城，也有一个大型的商场，但货物多少有一点儿落伍。宁颜在商店的眼镜柜台挑了半天也没挑到合适的镜框。李立平替她选了一副紫色边框的，说："就这个吧，我喜欢你戴这个。"

宁颜也无可无不可地试了，买了。

新的眼镜戴上好像总有些不太适应，倒是异常地清晰，透过镜片看出去，宁颜发现李立平竟然有两分陌生，真是奇怪的感觉。

宁颜的父亲最近出差了，母亲去了朋友家。晚上回来三个人坐下来吃饭时，宁颜妈妈看到了女儿戴的新眼镜，立刻皱了眉头说："哪里来的？"

宁颜说："新配的。"

"我陪她去选的。"李立平说。

"在哪里配的？"

"就在商场里。"

宁颜妈妈勃然变色："不是说好了我陪你一块儿去的吗？这副眼镜难看透顶！你那么巴掌大的脸，选这样宽大的镜架，把整个脸都遮没了！再说，眼镜怎么可以在商场的柜台里配？应该去医院眼科或是正规眼镜店！我不是跟你说过请了王伯伯帮你做散瞳的吗？"

宁颜真正被吓住了，她实在是没有想到母亲会对如此小的事情震怒至此，呆呆地说不出话来。

李立平插嘴说："这个不怪宁颜，其实是我……"

一句话未完，宁颜妈妈厉声说："我跟我女儿说话，你少插嘴！"

这么久以来，这是宁颜妈妈第一次真正在言语上把对李立平的不满暴露出来。

李立平回道："阿姨，其实我们也没有别的意思，就是想着你平时也挺劳累，这种能处理的小事我们就自己处理了。"

宁颜妈妈说："你跟我女儿还没结婚呢，不用在我跟前我们我们的说得那么溜熟！你们！你们是什么？"

说着，宁颜妈转身进了里屋。

剩下李立平与宁颜茫茫然对望，下一刻，李立平愤而夺门而出，把门摔得山响。

宁颜一个人呆站着，奇怪的是心里一点儿也不难过或是慌张，反而一点儿一点儿地松弛下来，像经过一场长途跋涉，终于到了目的地，尽管那地方并不舒适美好，总算是一个落脚点，不必再有前途未知的担忧。

过了一会儿，宁颜妈妈出来看见女儿还站在原地，微笑里透着古怪，心里没来由地慌张起来："李立平走了？"

"走了。"宁颜说。

"你看，他这样对我摔摔打打，现在就这样，你要真嫁了他，他还不把尾巴翘到天上去？到时候我们是不是要弄个蒲团来拜一拜他？"

宁颜又笑一笑说："有没有那么一天还难说呢。"

说着走开。

宁颜妈妈倒愣住了，女儿突然褪去了那种小心谨慎巴结的神色，有点儿让她摸不着头脑。

宁颜妈妈心里有了踩不到实处的忐忑。

那一个晚上，宁颜睡得早，而且睡得出奇好，连梦也没有。

宁颜妈妈踮了脚在女儿房前听动静，半点儿哭泣的声音也无。宁颜妈妈推推女儿房门，是锁着的。

她一屁股跌坐在女儿门前的地板上，又挣扎着想爬起来打电话，是先打给老公还是先打给110，抑或是先行将门撞开看一看？

还未等她有任何动作，忽听得女儿在里面轻轻的咳嗽声——宁颜这几天气管炎犯了。

宁颜妈妈好容易站起来，跌跌撞撞回房，在床边坐下时才发现手抖得连衣扣都解不开。

这一夜里，她起来好几回，耳朵贴着女儿的房门听动静，直到听到女儿一声半声的咳嗽才安心。

第二天是周日，宁颜睡到快十一点才起来，发现母亲面目青肿，憔悴得不成样，宁颜居然硬起了心肠装作没看见。

三天后宁颜的爸爸出差回来，原本说好了，李立平会过来一起吃饭，他并没有来。

也没打电话来。

宁颜也没有打过去。

又过了两天，宁颜下决心跟李立平提出了分手。

因为报考人数众多，势头颇强劲，南大下半年增考一次 MBA，倩茹劝苏豫去参加，她也回学校工作了。

倩茹现在几乎包揽了家里所有的家务。

　　原本在家里时，倩茹是唯一的女孩子，在亲弟弟及堂兄弟间极受宠，基本上不参与任何家务劳动，就只在跟苏豫结婚前由妈妈开玩笑般地培训了半个月，速成了两个菜一个汤好到了婆家充充场面。现在买菜烧煮、洗抹晾晒统统上了手，做的饭菜虽不十分出色也拿得出手了，她甚至开始学习织毛活儿。

　　倩茹发现，婆婆现在越来越安静，有点儿呆呆的，眼睛也完全不似过去灵活，连自己身上也收拾得不如过去清爽利落，显出一点点儿老年人的邋遢来。只有在晚上苏豫回来以后，她才好像活泛一点儿。可惜苏豫在工作与考试间忙得抬不起头来，她的眼神总是恋恋地盯着儿子的身影，却又好像不敢明着看儿子，总是背着儿媳的眼偷偷地看，一旦与儿媳对上了眼马上怯怯地避开。

　　倩茹心里被悔意绞痛着，也在婆婆的面前惭惭的。这一天，看苏豫忙着看书，倩茹鼓足勇气打了大盆的热水，进了婆婆的屋。

　　"妈，来烫烫脚好不好？"

　　婆婆抬起头看她一眼，又迅速地低下头去。

　　倩茹看她并没有反对的意思，就半跪下来替她除了鞋袜，把她的脚放进热水里。

　　倩茹看见她高高肿起的脚面，摸上去厚厚的、凉凉的，给人一种不太像人类肉体的心惊肉跳感，倩茹心酸得很。这个给了苏豫生命的女人，倩茹第一次觉得，自己离她近了起来。

　　婆婆看着媳妇黑油油的头顶，突然像一个小孩子一样笑了一下。倩茹没有看到。

　　婆婆的糖尿病慢慢地在恶化，她越来越消瘦，排尿次数越来越多，不得不用上了成人纸尿裤。倩茹永远都会记得第一次帮她穿上那个玩意儿的时候她绝望惊恐的表情，大睁的眼睛里露出孩子似的羞愧慌张。

　　倩茹安慰她说："其实老年人用这个很正常的。妈，你知道吗，现在有的人，年纪轻轻的，坐长途汽车旅行，还用这个呢。"

　　苏豫妈也不知道听见去没有，只突然伸出手来拉住倩茹的衣袖说了一句：不要说给苏豫听。

　　倩茹点点头，逃也似的出了婆婆的屋子。

　　她想，她是不是造孽了呢？如果没有上一回的那一场争吵，婆婆一定不会这样。

　　倩茹小心地把这些事儿瞒着苏豫。苏豫自己也生了一场病，原本只是感冒，却有两个晚上烧得吓人，烧退下去以后，又拖了好久都没有好利索。

　　这当儿，之芸家里也出了大事儿。

　　之芸的父亲突然去世了。

　　之芸的父亲退休几年了，那天中午还一直坐在牌桌上，到晚上回家时都是好好的，吃了饭说是有点儿累，早早地上了床。

　　睡了没多久，之芸妈妈去看他时，发现他睡姿别扭，就想叫他洗一洗睡踏实些，却怎么也喊不醒了。

　　之芸的姐姐嫁到外地，家里只母女两个。

　　之芸叫了救护车把父亲送到医院。医生说是突发的心脏衰竭，之芸母女都十分惊诧，因为之芸爸从来没有得过心脏方面的毛病。

　　老人在重症室里整整抢救了四五个小时，才送到病房里。第二天情况平稳了一些，之芸便回去收拾了一点儿东西，谁知回来的时候，父亲就弥留了。

　　在去世前四五分钟里，之芸爸清醒了一两分钟，喉咙里呼呼噜噜地响了几次，似乎是有话要说。

　　之芸把耳朵凑近父亲的脸，听了又听，才听得他说的是什么。

　　他说：小芸还没有结婚呢。

魏之芸发现，父亲呼吸停止的时候，眼睛是半睁着的。之芸伸手替父亲合上了眼。

之芸妈妈在突来的变故面前变得傻傻的，连哭都忘记了，半点儿主意也拿不出。

之芸走出病房，在走道的长椅上坐了一小会儿，定定神，然后一跃而起，飞快地跑到街上，连走带跑地过了两条街，找到一家卖寿衣被面的小店，给父亲挑了一套寿衣，转身又跑回医院。

再耽误一会儿，人身子冷硬了，就穿不上了。

之芸想，事情来得太突然，但是再突然也无论如何不能让父亲一身旧衣就那么走了。

之芸拿了一百块给医院的护工，在那高壮的女人的帮助下，帮父亲换了衣服。那女人力气挺大，只是略有点儿粗手粗脚的，给父亲套上衣服后，一松手，父亲的背砰地撞在板硬的病床上，之芸下意识地就说："轻一点儿。"立刻想起，父亲已经不在了。

父亲被送进了太平间。之芸打了个电话给外地的姐姐，挽了妈妈回了家。

第二天，倩茹和宁颜她们接到消息赶到之芸家，帮着之芸在家里摆了个灵堂。倩茹把带来的一床玫红色的被面展开挂好，宁颜拿出买的全套挽联与一个黑色大大的奠字用大头针别在被面上。

家里陆续有父亲母亲原先厂里的人与邻居过来。因为事情太突然，东西缺了好多，倩茹与宁颜她们俩分头去超市里买寿碗、云片糕、红绳、毛巾肥皂这些东西。其实依她们的年纪也不太明白办丧事的一些旧规矩，母亲就只懂得哭，什么也照应不了，就听邻居们七嘴八舌地说，可还是一会儿少东一会儿缺西的。好在之芸够利索，到了这一天的下午，一切就踏实了些。之芸快手快脚地做了一桌子的菜，请了几个邻居吃饭，饭后又在客厅摆了牌桌，让邻居们坐下打牌，帮着守夜。照南京的风俗，这头一夜，办丧事的人家是不能闭灯的。

之芸一夜没睡，可也觉不出困来。第二天一早，妈妈把她叫了去，问："你姐到了没？"

之芸说："在路上了，下午会到的。"

妈妈又哭了："早知道不让她嫁那么远，光火车就要坐上两天，家里突然有个事真是指望不上。小芸，以后要是我不行了，就赶紧叫她回来，我不想死的时候外孙子也见不上。"

停一歇妈妈又吞吐着说："我想着，你能不能到医院里去，把你爸再接回来，我想，他还是想从家里走的。让他再在家里待一晚上，等你姐来了，明天从家里去火葬场吧。"

说着又哭起来。

之芸答应了。

跑到医院去，谁知手续不是想象中那么容易办的，人家说，一般很少有这种情形的。怎么还要把遗体运回家里去？你用什么车来运？医院是不能派车送的呀。如果执意要领走，当然我们也无法阻止，不过你一个人，怎么弄？不如再想想清楚，从这里直接送火葬场。

之芸坐下来，这时候疲累突然袭来，脚软得坐着都累。倩茹、宁颜她们跟着忙了两天了，现在还在家里照应着，之芸一个人，忽然地觉得无比孤独，手心是空的，心里更空，空里长出细牙来，一点点儿啃啮着，碎碎地痛。

她从包里拿出手机，略略犹豫了一下，拨了一个号码。那边传来袁胜寒的声音，声音里有意外的欢喜。

胜寒接到之芸的电话赶到医院里，就看见之芸坐在那里，那种神情与平时不一样，可又说不上来哪里不一样。然后，他看见她转过脸来与他面对。

胜寒走过去坐在她身边。之芸说："我妈让我接我爸回家去待一个晚上，你可不可以帮我去把我爸接出来？我……有点儿不敢去了。要不要叫辆车？可是，怕人家司机嫌晦气。"

之芸的话有点儿前言不搭后语，胜寒也不强问，跑过去找了医院方面问事由，胜寒想了想，打了两个电话。回头来找之芸，说："我找了我的一个旧同学，他在殡仪馆有熟人，你看这样好不好，我们请殡仪馆派车子来把你父亲送回家，待上一会儿，等你姐到了，再从家里送走。"

之芸抬起头来看他，眼睛里全是破碎的光，看得胜寒心痛。

也来不及再耽误，胜寒忙起来，先在医院办好手续，接着殡仪馆的车就到了，把遗体又送回之芸家里，安放好，没一会儿，之芸的姐姐姐夫带着孩子也到了，于是又是一场痛哭，父亲被送走了。

倩茹她们看见胜寒很是意外，但是也不好马上问什么。之芸叫她们都回去休息，倩茹的婆婆最近身体不好，宁颜自己都还不舒服。

胜寒留了下来，之芸听见他打电话，应该是打回家去的，胜寒也没撒谎，在电话里说有朋友的父亲突然去世，他要帮点儿忙。

之芸妈妈哭得有些糊涂，甚至都没有完全认出胜寒来，之芸姐姐没见过他。

之芸姐姐让之芸去睡一下，她跟老公守夜。之芸起先不肯，姐姐坚持，之芸睡到半夜醒了实在睡不着，起身去换姐姐姐夫。

之芸看到胜寒从厨房里出来了，胜寒冲了新鲜的蜂蜜茶叫之芸喝一口，又把散落到地上的纸钱灰扫一扫。

之芸默默地看着他做这些事，叫他：胜寒！

胜寒蹲在她面前，拍拍她的手背。

之芸把脸埋进他宽大的手掌里，无声地哭起来。

她这才想起，自己一直在做着事，在劝着妈妈与姐姐，自己却忘记了哭。

袁胜寒听见她低低地哽咽着说："我爸一直乐呵呵的，一辈子不知道发愁，谁都说他没心没肺的，谁知道竟然死了都闭不上眼。"

胜寒摸摸她的头发："你好好地活，叫你爸安心。"

第二天父亲火葬，送他们去殡仪馆的大车子是胜寒一大早出去包的，胜寒粗中有细，没忘了准备红布条给系在后视镜上，也没忘了给司机师傅香烟与红包。

有胜寒与姐夫两个大男人撑着，父亲的告别仪式办得很顺利。

最后是胜寒陪着之芸领回了父亲的骨灰，暂时先寄存在殡仪馆。之芸把骨灰盒放进小小窄窄的置放格里，转眼不见了胜寒，正奇怪呢，看见他拿了两个很小的塑料盆景过来，一盆松一盆花，放进格里。

胜寒要回去的时候，之芸送了出来，一个谢字怎么也说不出来，说了好像就远了，说了，胜寒就真走了。

胜寒说："之芸，我的手机号一直都不会变的。"说着，走了。

之芸一直看着他的身影上了公交车，又看见他从车窗里探出头来对她挥挥手。

姐姐后来问之芸："这个小袁，是你的男朋友吗？人真不错！"

之芸摇摇头。

多想他是，可惜他不是。

倩茹她们后来也没有问之芸胜寒为什么会来，各人是各人的缘法，何必问那么清爽，叫之芸不好回答。

宁颜心情也很不好。

跟李立平提出分手以后，他来过一个电话，只说："我没有想到你是这么残忍的一个人。"就嗒地挂上了。

宁颜妈过了两天问女儿："李立平有没有给你来电话？"

宁颜告诉妈妈："我们分了。"

宁颜妈一下子有点儿傻："分了？"

"分了。"宁颜答。

"分了。"宁颜妈木木地重复，那种语调叫宁颜有点儿奇怪。

她好像比起自己反而更不能接受事实，这真是奇怪的事。

宁颜妈晚上又跟女儿谈话："你心里生气吗，宁颜？"

"为什么要气？不气。"

"你们，有没有挽回的可能呢？一点点儿也没有？"

宁颜一时不太明白母亲的意思，是希望自己真的与李立平分了呢，还是怕自己再回头呢？

见宁颜没有答，宁颜妈又说："我的意思是，如果李立平主动来找你复合，你再考虑考虑吧。"

宁颜这才明白，原来母亲并不想她跟李立平分手，这真是太奇怪了。

宁颜以为以李立平那种性子，想必觉得在这件事上受了莫大的屈辱，多半是不可能回头来找她的吧。

这两天，宁颜的心情异常平静，甚至可以说是轻快，原来自己真的并没有爱上李立平，或者说，并没有完全爱上他。想必他这两天的日子不好过，可能饭也不好好吃觉也不好好睡吧。可是，宁颜的心里头竟然就只有一点儿浅浅的同情。她想她不会回头了，这一场恋爱，谈得她无比郁闷，如今只觉得放下了一个包袱。

也许李立平知道了她现在的心境一定会骂她没有良心，也许会说女人真是无情。可是没办法，宁颜想，没办法，爱得不够爱得不多，分手未必不是好事。

宁颜想过李立平也可能会来找自己，可是却没有想过他会请他们单位的处长来找她。

那天刚上完课，有同事说有人找，宁颜一看，是一个自己完全不认识的中年女人，知书达理的样子。

宁颜问："请问你是……"

那位女士说："你是方宁颜？可不可以找一个安静的地方说说话？"

宁颜疑惑地请她进了一间旧教室，掩上门。女士说："自我介绍一下，我是李立平所在人事处的处长，我姓王。"

宁颜不知道说什么好。现在这种年代还有领导管下属的这种事情？

真怪，自与李立平提出分手以来，怪事真多。

王女士说："其实呢，小李并没有正式委托我来，我们只是发现他最近情绪十分低落，人也瘦得厉害，有好几天没来上班，细问起来，他才说，是你要跟他分手。我呢，原先做过多年工会工作，看他那伤心的样子，就跟他提出能不能由我出面替他找你谈一谈，他答应了。小方，我看起来，你们也挺般配。为什么要这么决绝地做决定呢？可不可以再考虑一下？彼此都冷静一下，好好谈谈？"

宁颜不吱声。

王女士又说："当然，最终的主意还是你们自己拿。我只是想说说我的一些看法。小李呢，人不错，学校也挺重用他，当然他一定有他的缺点，可是像他那样的，也不是找不着对象，只是，他做学生时就一直挺优秀，是学生会的干部，眼光难免就高一些。找到了你，他人前人后都说满意得不得了，他说他投入的感情也比较多，所以一时很难接受现在的情形。小方，不如，你再给他一个机会？"

宁颜真的不知道该怎么答，心里的躁一点点儿升上来，她还以为这事就结束了呢，可是现在看来，远远没有。

"哦，对了。"王女士说，"小李跟我也谈了，好像他与你母亲之间有一点点儿误会，可是他说，他觉得你始终是向着母亲那一头的。其实我跟你说，儿女是不能跟父母过一辈子的，人还是要抓住自己幸福的机会。"

幸福的机会，宁颜想，这个机会它给过我幸福吗？

最终王女士并没有带着宁颜明确的答复回去，因为方宁颜一直都很沉默。

宁颜回家以后才知道，劝说还没完，连自己的母亲都开始劝说她重新考虑。怎么回事呢这是？宁颜想。

宁颜妈说："你再想想吧。我劝你，如果李立平来电话，你给他个机会吧。"

宁颜说："算了吧，我不想再回头了。就这样吧。"

宁颜妈说："也不能这么说，也要想想人家的好处。"

宁颜恳切地对母亲说："妈，我不回头了。其实，我早就不止一次地想提出来分了算了。"

母亲怒起来："早就想分你为什么不早说？为什么一定要选这个时机？"

听见母亲提高了声音，父亲进来说："淑慧，你让女儿自己拿主意吧。"

母亲更气起来："什么时候不是让她自己拿主意了？可是，她不能做这种事啊，用我们做家长的做借口，让李立平恨我们，让外人看起来是我们拆散了她的好姻缘。她自己不满意李立平，凭什么拿我们当枪使？"

宁颜这才彻底明白，原来母亲是不想担这个干涉女儿恋爱自由的罪名。

宁颜说："是，是我不好，妈，是我不该选这个时机。你放心，我将来不会怨你的。你没有罪名，但是我不想回头了，真的不想。"

母亲哭了起来。

宁颜劝："妈，是我不好。你不要难过了，忘了这回事吧。"

宁颜妈说："话是这么说，可是怎么可以这么快忘？"

宁颜突然察觉出这番对话里的荒唐。咦，她迷糊地想，到底是谁失恋了？

听得她低低地笑，妈妈大怒："你什么意思？这么阴不阴阳不阳地笑，你心里头还不是想着是我拆散了你们！"

"行了！"父亲出声，宁颜从未听过他这样高声地说话，"就到此为止吧，孩子已经伤心伤够了！"

"伤心？伤心为什么又说不回头？"

宁颜想，妈妈，你不明白啊，我心里头爸嘴里头的伤心跟你想的伤心不是一码事啊！

倩茹在好友们都心情灰暗的时候倒是迎来了一个好消息。

苏豫考取了南大的在职 MBA。

第二十七章

李立平接到方宁颜的那封分手信时，只觉得头脑壳上一麻，站立不住，也顾不上合适不合适，就是办公室的长沙发上躺了下来。

好一会儿，才觉出惊异、伤心与气恼来。这些情绪翻江倒海而来，拍在他的心坎儿上。

这一刻，在他痛恨着方宁颜的残忍与无情无义时，却越发觉出，自己是爱着那个女孩儿的。

难道我对她还不够好吗？难道我为她付出的还不够多吗？难道搭上了时间搭上了自尊搭上了感情就得这么一个结果吗？

李立平觉得这会儿自己的心里涌上了黛玉临终时那种咬牙切齿般的恨：方宁颜，你好！你好呀！

李立平连请了三天的假。

待平静了一些，他慢慢地想到，其实方宁颜多半还是迫于她母亲的压力吧，如今可不是封建社会，父母干涉子女恋爱婚姻不是没有，只是，真论起来，也干涉不了。只要方宁颜心里还有他，也不是挽回不了的。

李立平歇了两天，给宁颜写了一封长信。

他在信里对她说，我们并非性格不合，只是一时的意见不同，而且这种不同还多半来自外力的因素。我觉得说分手太草率了一点儿，也许是你的一时之气。

想想我们有过的快乐日子，李立平最后写。

宁颜原本轻松的心情在接到李立平的来信之后又沉重起来。

她是真的不想再继续了，可是李立平不明白，他以为她在耍小脾气。

他们一个呼喊一个细语。可是，宁颜想，该怎么告诉他，离开了你，我的身心轻松愉悦。这话怎么说得出口？正如李立平所说，他温柔地待她，他们到底还是有过快乐日子的。

李立平并没有收到宁颜的回信，那位热心的处长也没有给他带来任何宁颜的回音，李立平有点儿慌起来，这才觉察出，方宁颜怕是真的下了分手的决心了。他偷偷地跑到宁颜学校去等过她一次，宁颜下班走出来的时候，他看见她，大吃了一惊。

她不仅没有他想象中的憔悴哀婉，相反，她目光清澈，步履轻快，脸上甚至有浅浅的春风一样的微笑。

李立平胸口闷闷地痛。

原来方宁颜并不是他想象中的那个小可怜，还有一种认知在他的心中也越发清晰起来，只是他不愿意承认。

李立平有点儿想打退堂鼓了。不甘是一定的，只是，又能怎么办？

跟李立平一样慌的，是宁颜的妈妈。方爸爸劝过她好多次，女儿并没有怪你，宁颜妈却总是打不开心头的那个结。

她问老公："话是这么说，可是你说她为什么单挑这么个机会？叫外人看了，不是我的错也是我的错了！"

方爸爸说："你呀你呀，这辈子就纠缠在'叫外人看了'这句话里头。"

"人不就活一张面皮，若不是为了这张脸，横竖我也随着宁颜去了。唉，你说，李立平，配得上我们女儿吗？我现在想想，其实他也不算太差，就只我心里头有时有点儿过不去，真要说呢，也还可以。"

方爸爸叹气："配不配是两个人心知肚明的事儿，是一种心灵上的契合，别的，都可以放在一边的。"

宁颜妈似乎没有细听方爸爸的话，还沉浸在自己的思绪里："你说，李立平会不会真的答应宁颜分手呢？我看他平时脾气还是挺好的，不至于为宁颜闹点儿小脾气就当真吧？"

方爸爸说："这事儿，你若是真为女儿好，就随她自己做主吧。"

"随她？她哪里真懂得利害关系哦。这一转眼，二十八了，过年就二十九，一晃三十，三十岁以后，找个合适的可就更难了，条件好一点儿的早结婚了，没结的，恨不得找个小十几岁的，难不成我好好的女儿给人家做填房？前两天，有同事以为宁颜还没对象，要给她介绍一个，我一听，说起来好，服装设计师，可是友谊服装厂都要倒闭了。那天宁颜表姨也跟我说，现在大学里的待遇是越来越好了，难得的是比较稳定。"

方爸爸笑一下，低低地说："淑慧，你是个好女人，要是你懂得适时地放下有多好！"

宁颜妈没有听清。

她背着宁颜与方爸爸做了一件事。

李立平在宁颜提出分手一个月之后又找到了她，要求与她复合。

"宁颜，你真就这么狠心？"他问。

宁颜看着他胡子拉碴的脸，瘦得如同被刀削下去了一块似的，也微微有些心酸不忍。

李立平几乎每天都在类思的门口等宁颜下班，一众老师都看在了眼里，他也不上前来说话，就只默不作声地跟在宁颜身后，神色凄惶。

在家里，母亲的态度突然来了个一百八十度的大转弯，每天轻言细语地劝宁颜与李立平重新开始。

"多想想人家的优点与好处吧。错过了，就难了。"

宁颜说："妈，我是真的不想再重来了。"

宁颜妈说："女儿，我也知道你的心思，你以为前面有多少机会等着你吗？我实话告诉你吧，哪有那种好事啊。"

宁颜有点儿急："妈，我不是那个意思。我是真的想跟他分的。"

宁颜妈啪地把手里的一把剪刀拍在桌上："那你早怎么不跟他说！非要做家长的替你背一个罪名！还白白耽误了这么一两年的工夫！你不听我的也罢，有你后悔的日子！"

母女二人又陷入了僵局。

夜深人静的时候，宁颜睡不着，起来站在窗前，突然就生出了一点儿绝望的心，打开窗子看出去。

隐隐地似乎看到楼下站着一个人，那人抬起头来看她，那是埋在记忆角落里的一张脸，惨白的，略有些肿，浮在暗夜的微光里，然后他叫她：下来啊，下来啊！

那是宁颜中专时的同学，报到时她曾见过他，可是第二天正式开学时却听说他死了。

慢慢地才知道，原来他父亲去世后，母亲带着他改嫁，继父待他不好，在他考上师范报完名的当天晚上，他与继父再次口角，继父讽刺他将来是一个没有出息的教书匠，他一气之下，在深夜时分从七楼顶上飞身而下。

宁颜说：我不认识你我不认识你我不认识你！

这个一面之交的男孩子，他用那样决绝的方式，勇敢干脆地解决了自己生活中的不如意。

他用断绝生命的方式使他的青春得以永恒，但是方宁颜没有那样的胆色。

又一天李立平跟在宁颜后面的时候，她停下来叫他：我们回去吧。

宁颜妈妈看见李立平，平静里有一种以往从不曾有过的亲近。她留他吃了饭，饭后坐在一块儿聊天，说起学校与单位的事情，完全若无其事，一个月以前发生的事仿佛一点儿痕迹也没有留下。

李立平这一晚颇有一点儿妙语连珠，妈妈很亲切，爸爸有点儿沉默，宁颜则有点儿迷糊。

事情的发展有一点儿超出李立平的想象，他料不到这一次的分手居然成全了他和宁颜的婚事。

李立平懂得打铁趁热的道理，很快向宁颜求婚。

李立平说："宁颜，我会对你好的，一定。"

宁颜忽然觉得非常疲累，那种累，从骨头缝里一丝丝地渗出来，累得让人灰了心，生了一切由得他去的绝望。

两家人终于坐在了一张饭桌上。饭店是宁颜妈妈选的，相当不错，菜一道道地上来，每一个人穿着都整洁得体，宁颜妈妈还戴上了藏了多年的翡翠首饰。李家父母也是一身新衣，上面尚有浅浅的折痕，言语间非常地客气，直说自己儿子是高攀了。

李立平的母亲在饭桌上还用了公筷，熟极而流，仿佛从来都是如此讲究的。

他们商定了婚期。

李立平决定先暂时住在学校的筒子楼里。

宁颜妈原本提出给他们买一套房子，李立平拒绝了。他说，学校很快就要再次集资建房，想来应该可以轮到他，而且，他愿意与学校的人住在一块儿，人文环境好。

宁颜父母也同意了。

宁颜妈对宁颜说："你不住在家也好，我们跟你们年轻人也过不到一块儿去。有空常回来，也不是离很远的。"

数月的忙乱过后，还有两三天的工夫，正日子就到了。

这一天晚上，宁颜妈最后一次整理着女儿的嫁妆，把一床水红缎子的被子打开让女儿看："这还是小时候李阿姨送的，你还记得吗？那时候你说这个真好看，妈就说等你出嫁时给你做床被子。一等就等了这么多年。这两床被子是请全福太太替你缝的，现在用这种被子的少了，都用被套，可是新房里终归还是要摆一下的。"

妈妈又把新买的一只小小的皮箱拿给宁颜看："这个箱子，等正日子的时候再拿走。你记住不要给李立平看，这是妈给你的。"她打开箱子，"到那一天，妈会在这四个角给你放上钱，这叫压箱底钱。你记住，这笔钱你用自己的名字在银行开一个户头，千万别让李立平知道。"妈妈絮叨叨地说着，也不看女儿，"这不是妈叫你坏样，也不是要离间你们小夫妻的感情。李立平是个过日子的人，家里的钱他掌握着，你也少操一份心，不过，自己要多留一些心眼儿，存一点儿私房。男人手里有钱，歪瓜裂枣的也周正起来，女人手里握着几个钱，多少长一点儿底气，你明白吗？"

母亲终于哭了，一滴泪亮晃晃地挂在鼻尖上，多少有点儿滑稽，像是舞台上含泪的小丑。

宁颜转回自己的房间，父亲跟了进来。

他穿着居家的衣服，身姿依然挺拔，面容在灯光下看略有些苍老，衬得眉宇间两分忧伤越发鲜明。

父亲问女儿："宁颜，你是不是，真的想跟这个人结婚？"

宁颜过了一会儿答："是不是都要结，已经领了证了。爸，从法律上来讲，我是已婚人士了。"

二〇〇〇年的年底，李立平与方宁颜结了婚。

新婚的那天晚上，宁颜背着李立平打开母亲一直拎在自己手上直到最后才交给她的小皮箱。

四个角里果然压着厚厚的一沓钱。

每个角两万，一共八万。

宁颜把钱装在一只旧的鞋盒里，塞进床下的角落里。过了两天，真的在银行开了一个户头。她也没有想到，有一天，真的会用到这笔钱，度过一段最难的日子。

倩茹的婆婆病得更厉害了。倩茹与苏豫在医院、单位与家的三点一线间疲于奔命，苏豫还要去上课，更是忙得不可开交。

倩茹妈帮他们找了一个保姆，四十来岁的年纪，做家事挺利落，饭做得也不错，但是人家明说了，生病的老人她是不负责侍候的，所以，看护苏豫妈的责任渐渐地多半落到了倩茹的肩上。

这一天，倩茹回家，一进婆婆的房门就闻到一股子恶臭，她走到婆婆床边。

婆婆坐在被窝里抬眼望着她，眼神如同犯了大错的孩子一般惊恐。倩茹想把她的被子掀开，她死死地抓着被角不放手。

"妈，我看看，没关系的。"倩茹执意拉开被子。

那种气味简直能把人冲一个跟头。婆婆开始低低地哭，枯枝一样的手指攥得紧紧的，拼命地想重新把被子捂上。

倩茹叫来保姆，开始那位阿姨颇有点儿犹豫，不太想帮忙。倩茹软语请求了半天，她上前来，帮着倩茹一起把苏豫妈从床上抬下来，推进卫生间。倩茹只穿了内衣裤，替婆婆一点点儿地冲洗了半天，擦干，再帮她换上干净衣服，又和保姆一起把她放进轮椅里，暂时坐在客厅。

倩茹再去收拾那一团糊涂的床单与被子，放到水龙头下冲，再泡进洗衣机里，倩茹自己才又去卫生间洗了个澡。在哗哗的水声里，倩茹拼命地呕着，五脏都要吐了出来似的。

等到一切弄完了，倩茹端了做好的饭菜去婆婆屋里。

苏豫妈已平静了下来，端了饭慢慢地吃完。倩茹收了碗筷转身刚要走，苏豫妈伸手拉住了她的手。

她说："有劳你，倩茹。"

她说话已不大清楚，缓慢地，一字一顿，语调古怪。

但是她叫了倩茹的名字，还说有劳她了。

苏豫是从保姆的口中知道这些事的。苏豫问倩茹："你不会再怪我妈妈了吗？不会怪了吧，倩茹？"

倩茹说："不怪了，虽然那种伤害很难忘记，但是会淡的，时间过了也就淡了。"

苏豫拉了倩茹的手，突然说："我觉得我妈妈不会有多少日子了。"

倩茹赶紧打断他："别乱想，苏豫。"

苏豫抬头，倩茹发现他们母子那种哀哀的神情惊人相像："倩茹，你说，要是我妈不在了，我怎么办？"

他的眼睛里慢慢地浸了泪，眼珠乌黑的，像一只小狗。

倩茹让他把头靠进自己的怀里，说："你还有我呢。"

之芸在父亲死后，决定不再相亲了。

她也不知道是不是在等待，也不知道等的是什么。

只是不想心里头藏着一个人，穿梭在不同男人的生活里。

之芸决定以后再也不相亲了。

这个时候她才发现，有些事，不是自己决定了就可以的。

之芸的母亲自从老伴儿突然去世以后就一直就点儿糊涂。

唯有在之芸的婚事这件事上，显得特别清楚。

之芸现在回家常常能看到家里坐着远房的亲戚或是母亲原先的同事。

母亲拜托来访的每一个人替之芸留心着有无合适的结婚对象，并且，她还天天打电话，找那些八竿子打不着的、多年没有联系的亲友，询问有没有适龄未婚的男孩子可以给女儿介绍。

家里的电话响起，十有八九就是有人给说了哪里哪里有一个男孩儿，好像不错，要不要试着见一见。

母亲就会催促着之芸去见面。之芸被折腾得几乎得了电话恐惧症。

这一回，小姨又给说了一个，说是马上就要出国留学的一个硕士生，将来在外面读完了博士，肯定是要在外国定居下来的，比之芸大一岁，走之前想在国内找一个，因为怕国外机会少。小姨兴奋地说：这事儿要是成了，之芸将来就可以到国外去，咱们家也算有个外国亲戚。

之芸说："这个可不合适，我怎么能丢下你呢，妈？"

之芸妈说："妈还能跟着你过一辈子？你走你的，我可以到你姐那里去过，而且，命长的话，我也可以到你那里去看看，你有了孩子也可以帮着你带。"

之芸笑道："哪里就想那么远了？"

母亲正色道："我跟你说，小芸，之前那么多机会你回绝了也就算了，这个，你说什么也要见一见，要是差不多的话，就快点儿定下来。你爸死的时候眼都闭不上，你不想你妈将来也闭不上眼吧？"

　　这话真是蛇打三寸，之芸只得应下来。见面的日子就定在这个周末。

　　之芸向好友们抱怨。倩茹想一想说："我觉得，见一下也好，说不定就是个好机会呢？"

　　宁颜也赞同。

　　之芸笑说："你们俩现在都有家了，是不是也想我快快嫁出去？"

　　倩茹说："你跟我说实话，之芸，你是不是还想着袁胜寒？"

　　之芸不响了。

　　倩茹说："我跟你说，之芸，你可不能犯糊涂。你没听那个姓陈的老女人天天在那里散布消息吗？袁胜寒的老婆怀孕了！你可不能再糊涂，这事儿没指望的，有了孩子就更难办。你要再这么等下去，真把自己给耽误了！"

　　之芸低头没有作声。

　　在之芸还在犹豫之间，她妈妈病了一场。原本不过是小感冒，可是医生说，对心脏有些影响，倒也不要紧，就是以后不能总感冒，老年人，说倒就倒。

　　之芸终于答应了母亲去跟那个男孩儿见面。

　　一见之下，倒也没有什么可挑的，普普通通的一个读书人，老老实实地说，希望能快一点儿定下来，好安心在国外读书，等安稳下来再接之芸过去，两个人一同在那边奋斗。又问了问之芸的英语水平，希望她这段时间能够多用点儿时间学一学，免得出去以后语言关难过。

　　之芸同意了跟他交往。

　　两个月不到，他便拿到了签证。走的那天，之芸去送了，那男孩儿家里呼啦啦地去了一群人，之芸看着一张张陌生的面孔，觉得这一切都像一个梦一样让人茫茫然。

　　那人走后，很快来了一封电邮，简单地说了一些那边的情况，注册了，报到了，找了宿舍，条件尚可，第一年的功课还是比较紧的，有空的话再联络。

　　口气如同一个不甚亲近的朋友。

　　之芸看完邮件本想删除，想想还是保存了。又回了一封信，请他注意身体。

　　两个人不咸不淡地通了一两个月的邮件，那边忽然地没有了消息。

　　并没有发来绝交的信，之芸发了两封信没有接到任何回音，心下也就明白了。

　　有一天，小姨兴冲冲地问起他们交往的情况，之芸才告诉她，他可能是不想处下去了。

小姨急得了不得，赶紧给对方的介绍人打电话，介绍人含含糊糊地答，如今自己也联系不上他，也说不准他是什么心思。

小姨叹气说："他也没说不谈吧，要不，你再发个信去问问，再等等看？"

之芸却再也没有发邮件，这事儿就这么不了了之了。

整个过程如同一场无趣的喜剧片。

小姨气得大骂那个男的是个负心汉。之芸想，自己怎么莫名其妙地就做了一回怨妇呢？

倩茹与宁颜知道了，安慰之芸，说早一点儿断了也好，若是谈上个一年半载他再来这么一手，才是真要把人急死或是气疯，还没处说理去。

宁颜对之芸说："你可千万不要灰心，这世界上还是有爱情存在的。"

之芸笑着说："当然。我一直都相信。只不过我运气不好，没有遇到。一定还是有的吧。"

宁颜要之芸相信世上还有爱情这回事，可是有的时候她扪心自问，发现自己对爱情却越来越怀疑起来。

宁颜与李立平的新婚之夜，双方都留下了不快的印象，这成了他们婚姻生活里怎么也抹不去的一个疤痕，时刻醒目地存在着，提醒着他们，这一场婚姻有着这样一个深而黑的漏洞。

他们是回李立平的老家办的喜酒。

那种阵势，叫宁颜吓了一跳。她从来不知道李立平家有这么多的亲戚，足足坐了三十多桌。

后来她才知道，是李立平父母乡下的一些亲友，几乎一个村上的人都来了。李父李母说，这种事情，宁可卯一村不能卯一家，要不然是要叫人骂的。

原本宁颜带了一套白色婚纱过去，那是妈妈特地陪她一起去苏州挑的，宁颜很是喜欢。可是婚礼的前两天，李立平妈看了以后说，这种白不啦唧的衣服坚决不能穿，像戴孝一样，是要让人挑毛病的。宁颜说，我们那里结婚都这么穿呀。李母笑说："入乡要懂得随俗才好。你们城里人不讲究的东西，我们这里还是讲究的。"

那套粉色的旗袍李母也不喜欢，嫌素淡了。拉了宁颜到当地的一个裁缝家，叫现做了一套大红的中式礼服。说是那裁缝是一个有名的快手，多花两个工钱，包管一天之内给赶做出来。宁颜实在是不想穿那套衣服，觉得怪里怪气的像出土文物。但也没别的办法，急得不得了。还好倩茹在电话里知道了这事儿，赶着替她在南京又买了一件大红的旗袍，吃喜酒那天上午给带了来。

李立平妈看见儿媳并没有领她的情，穿上那套赶做的礼服，略微有些不高兴。安慰自己说，到底还是换上了大红的衣服，也算是没有违背自己的意思。

喜宴那天，宁颜与李立平几乎站断了腿。之芸心细，替宁颜准备了一双软底的拖鞋，让她换衣服的时候穿着歇歇脚。

宁颜也是第一次发现，李立平竟然有那么好的酒量。原本倩茹替他们出主意，叫准备一个装上矿泉水的白酒瓶，可是李立平说，乡里乡亲的，要是这么做，给人家知道了是要动真气的。结果就一杯接着一杯地喝起来，加上那些年轻人颇有些不雅的荤玩笑，让宁颜几乎真的哭出来。于是亲戚们都说，这新娘子不经逗，不够大方。

被吓怕了的宁颜坚决不肯回李家给准备的新房，因为怕有人闹房招架不了，这点李立平倒同意，他也怕。于是两个商量着在县城里唯一的星级宾馆里订了一个房间。李立平对有点儿不满的家人说，宁颜他们家迁就了我们这么多，我们也总该迁就人家一回，现在城里头结婚都是在宾馆订房间过头一夜的。

这头一夜，宁颜与李立平都难忘得很。

李立平有点儿醉了，变得非常地冲动。关上房门便开始撕扯着宁颜的衣服，满是酒气的嘴在宁颜的脖颈处急切地拱着。

宁颜用力把他推开。李立平踉跄了两步，大睁着眼睛望着宁颜，还没来得及说话，便冲进窄小的浴室里大吐起来。

宁颜忍着心头的不适给他倒了温水，帮他洗了脸。

李立平似乎平静下来，背着宁颜慢慢地换了衣服在被子里躺下来。

宁颜把手放在衣襟上，好半天好半天愣着不动，心头白茫茫的一片，一时之间想不明白为什么自己会跟这个男人睡在一张床上。

好半天，宁颜终于伸手关了灯。

她把自己紧紧地裹在半幅被子里，僵硬地躺着，连翻身都不敢。

忽然，她察觉有一只手，沿着她的脖子一点点儿向下爬，她往床里让一让，再让一让，那只手固执地跟着，然后紧紧地抓住了她的胳膊，阻止了她的躲避。

那是李立平凉凉的满是冷汗黏腻的手。

之后，李立平翻身压住她。借着浅浅的月光，宁颜看见他的脸在自己眼前无限放大，他没有戴眼镜，眼睛有些变形，微微突出来，满满地盛着情欲，鼻息间全是酒气，他成了一个宁颜完全不认识的人。

宁颜在他的掌控之下拼命地挣扎。李立平的手很重，在她的身上狂乱地揉捏，带来痛感与被侵犯的屈辱。宁颜一次次大力地把他伸过来的手打开，黑暗里啪啪的声音很清晰又突兀。李立平的动作更加放肆起来。他们不像是一对爱人在完成新婚之夜的第一次，倒像是两个绝望而满怀愤恨的对头在近身肉搏纠缠。无望间宁颜突然出声喊：妈妈！

这一声叫把李立平吓住了，也清醒了些，他停止了动作，侧身躺下来，去摸宁颜的脸："宁颜，别怕，宁颜，别怕。"

宁颜把他推开，跌撞着跑进浴室。在浴室的一角坐下来，死死地抱着膝，心里头还想着李立平会起疑，又把水龙头打开，听着那细细的连绵的水流声，夜晚显得漫长而艰难。

过一会儿，听得李立平在外面敲着门，软声地说话："宁颜，你怎么啦？你出来，我不那样了，我保证。宁颜，你应我一下！"

宁颜起身开了门，李立平扶着她重新在床上躺下。

这一夜真长。

这以后半个多月，他们一直没有办法过上夫妻生活。宁颜每一次都紧张万分，抗拒得厉害，有两次她的肌肉抽筋，宁颜痛得面容都扭曲了。

李立平吓坏了，放弃了动作，轻轻地替她按摩。

宁颜忽听得李立平哑哑的声音在问："宁颜，你是害怕做这种事，还是害怕跟我做这种事？"

宁颜心思百转千回。

这世上，谁又是傻子呢？

宁颜答：我是害怕做这种事。

他们最终完成了这件事是在又过了半个月之后。

李立平在这件事上，再一次地体现了他的耐心与容忍。他温柔地一点点儿地推进他的行动，尽可能地让宁颜感受到他的爱意与真诚。

那个晚上，宁颜看着伏在她身上的李立平，李立平用双肘撑着身体，不至把全部的重量压在宁颜的身上，那样一种呵护的姿势，让宁颜的心在一寸寸地软化。离得那么近，宁颜可以看到李立平脸上全部的表情，他脸上所有的斑点与痣都清清楚楚。她从来没有这么清楚地看清自己的内心，这个男人，这个她并不爱的男人，但是他现在是她的丈夫，法律与道义都支持着他与她的肉体关系，她苦守着有什么意义?

一念的放弃,叫宁颜的身体变得柔软,不再抗拒。

但是事后,她的心里依然有着痛失贞洁的悲伤。

李立平在夜半醒来,看见宁颜站在窗边,有淡淡的光打在她的侧脸上,说不出的美好,也有说不出的安静与屈服。

宁颜认了命,她决定与李立平好好过日子。

李立平真的守住了他婚前的承诺,他对宁颜无比地温柔呵护,几乎不让她做任何家事。

小小的斗室,按照宁颜的喜好添置着一样一样的小摆设。周末,李立平会陪她逛书店,宁颜可以自由地熬夜看书,不必担心被妈妈念叨,李立平还会替她做好夜宵。他还陪她去看话剧,他容忍她继续与朋友们保持着亲密的关系,只要她愿意,她可以像以前一样在之芸家里过夜,可以随时撇下他跟朋友们一起去玩。

好事接踵而至,在他们结婚不过三个月的时候,学校有一套空子空了出来,这个名额落到了李立平的头上。是一套两室一厅,李立平兴奋地领着宁颜去看新房子,其实也是旧屋,但是楼层不错,好好装修一下也相当地齐整。

李立平指着其中的一间空屋里那被前一位房子的主人用得脏迹斑斑的墙,对宁颜说:我要在这间屋里给你做上一整面墙的书柜。

装修的钱是宁颜妈妈拿出来的。妈妈私底下对宁颜说,不要动那笔压箱底的钱。

装修的事是李立平一手操持的,但是每一颗钉子的选择,他都恨不得问过宁颜。

在这个过程中,宁颜想,先结婚,再恋爱,其实也可以。

本来,他们是有机会的。

可惜这机会很快地失去了。

李立平妈妈听说儿子拿到了新房子,说,既然现在房子大了,那么他们老两口就可以到儿子这儿来住着了,总跟着女儿过,女儿是没意见,难保女婿没有意见。

李立平略有些犹豫。李妈妈看出他的心思,便说,方家人给了装修的钱是吧,那我跟你爸送你一点儿新家电吧,你说你想要什么吧,儿子。

这么一说,李立平再也不好拒绝父母的到来了。

李家老两口于是与小夫妻俩一同搬进了新房。

宁颜下班回到家，看见玄关那里又多出来的一个鼓鼓的蛇皮袋，把那要出口的一声叹息重又咽回肚子里。

李立平的爸妈来了快一个月了。来之前，宁颜跟李立平上街给他们新买了一张大床，放在了书房里。

宁颜为她明亮漂亮、满是书香的书房叹了一口气。

李立平说："放心，宁颜，我想我爸妈不至于一直住下去，我姐和我妹的孩子都还要他们帮着带的。"

说得宁颜倒有点儿惭愧："我不是那个意思。"

李立平说："其实说句老实话，我也不希望跟老人住在一起，最好两边的老人都离得远远的，远香近臭。"

说归说，李立平爸妈来的那天，宁颜两口子还是好好地忙了一通。一块儿跑到长途站把人接回来，一下车就为了坐还是不坐出租的事儿纠缠了半天。看到他们大包小包的，李立平与宁颜都说，打个车吧。李立平妈妈不肯："我又不是头一次来南京，我认得公交站，我们去坐公交车。南京的出租车司机一个个狡猾得很，会做假骗人钱！"李立平只好让已经停在面前的出租车开走。那司机丢了个白眼给李立平妈，开走了。

宁颜帮着拎了一个大大的包，几个人在公交车上晃了半天终于到了家。

正值中午，李立平说一块儿去饭店吃饭吧。谁知道李立平妈又死活不肯，说："花那个冤枉钱做什么？都到家了，回家做了吃。"

宁颜不好意思地说："家里什么都没有。"

李立平妈一拍手："没有买呀，菜自己又不会长腿跑回家。我知道菜场在哪里，我跟你一起去。"

宁颜只好打起精神和婆婆一起去了学校附近的一个菜市场，等到李立平妈妈挑挑拣拣讨价还价地把菜买回来，已经一点多了。

李立平妈把菜丢在厨房的地上，进卫生间洗澡去了。宁颜看看满地的菜与肉，卷起袖子开始做饭。李立平也过来帮忙。

李立平妈洗完了出来看见李立平也在厨房里忙着，撇撇嘴，在沙发上坐下来。

做完饭，两点半了，一家子才坐下来吃中饭。吃完了李立平收拾碗筷，李母叫儿子："小平，你丢给小方做，过来帮我抬一下床。床摆得太当中了，我不习惯。"

李立平于是跑去帮他妈搬床，这么一来，床就紧紧地靠着那一边书橱，李立平皱皱眉说："妈，要不，把床掉一个方向放吧，这样，拿书就不方便了。"

李母道："哪有床那么放的？大梁压顶是要倒大霉的。就这么放吧，你们要拿书就把床往外挪一下子。"

这一天以后，宁颜每一次下班回到家里，都会发现家里的某件东西换了地方。

放电话的小茶几从墙角挪到了沙发旁，紧贴着大茶几。玄关处的鞋柜老太太说斜着放难看，给扶正了。书房水晶瓶里插的百合，还新鲜着，叫老太太扔了，说是白惨惨的花放在家里不吉利，水晶花瓶也给她收进了柜子里。自听说了花瓶的价格以后，她就一个劲儿啧啧作声，私底下也跟老头子嘀咕："宁颜这丫子怎么这么会花钱？我儿子的钱来得那么容易啊？一个瓶子要这么许多的钱！"

李父劝道："小方不是说花瓶是朋友送的结婚礼吗？再说，你随他们去吧，你儿子挣钱，小方也是挣钱的。"

李母不高兴了："你当我是乡下人没有文化？我也有几个做老师的朋友，我还不知道？小学老师的工资少得可怜，一个月也就买这么一个花瓶罢了！"

老太太的确很会节省，自她来了以后，她就主动地担起了买菜的事儿，每天一大早起来去菜场，到了周末，一定要拉着宁颜一块儿去买。宁颜好容易有个休息日，现在懒觉也睡不成了。有一回，她们买了菜回来，宁颜洗了手，再出来时就听见婆婆在小声地跟公公抱怨："太不会过日子了，到菜场，从来都是拿了菜称了就给钱，从来不先问问价，也不晓得杀杀价，哎哟喂，一个平民丫头搞得跟大干部家的似的。"

宁颜气得手冰凉，下一次，说什么也不肯跟婆婆一块儿去买菜了。可是婆婆却好像执意要把自己多年积累的勤俭持家的经验快快地教给儿媳，周五的晚上就跟宁颜说好，明天早点儿起，去买菜。

一个月下来，宁颜的眼下开始出现黑眼圈。

宁颜免不了跟李立平抱屈两句。李立平说："你再坚持一下吧，她住不了多久的。"

可是李家老两口并没有丝毫要离开的意思，相反的，李家妈妈不断地在宁颜与李立平这两室一厅的住房里扩大着自己的势力范围。宁颜哭笑不得地对李立平说："你妈妈快要成我们家的 Her Majesty（女王陛下）了。"

别的倒还好说，宁颜比较受不了的，是李立平妈爱积了废品换钱的习惯。

一开始她是把家里的旧报纸与旧杂志收集在一起卖给收破烂的，宁颜不好说什么。有一天，宁颜回来想找点儿资料，发现自己书橱里的那一大摞《英语学习》杂志不翼而飞了，惊得一脑门汗。她跑去问李立平妈："妈，你看见我书橱里的那摞旧杂志了吗？"

李立平妈说："哦，那个啊，我昨天给处理掉了。"

宁颜跺脚尖声说："全卖掉了吗？"

李立平妈看她脸色不对，说："哟，我看都旧了，堆在一起都有点儿发潮了，值不值当你急成这样啊？"

宁颜待要高声又拉不下来脸，可是心里是真急真舍不得，几乎要哭出来："妈，这是我从上学时就积攒下来的资料，一期都不缺的，是有用的啊！"

李立平也出来道："那些都是宁颜工作上需要的，她收了好多年了。妈，你以后卖东西要先问问我们。"

李立平妈板了脸对儿子说："书要是三年内用不到就该扔掉，这话是不是你以前说的？你以前自己扔掉多少书你不记得了，怎么我扔几本你就心痛成这个样子？我赔给你们钱再去买新的好了。"

宁颜觉得跟这老太太真是讲不清，也顾不得面子与礼貌，进了自己卧室就摔上了门。

婆媳间第一回鸣锣响鼓地闹了个矛盾，结果是两个人都没有吃饭。只剩了李立平跟他老爸两人吃得没滋没味的，吃完了碗也懒得洗，各自回房劝各自的老婆。

第二天晚上，宁颜回家后从牙缝里挤了一声妈，李老太太在深喉里含糊应了一声，总算没有把事情恶化。

这以后，李立平妈不在家里收集东西卖了，开始在校园里拾东西回家。光是饮料瓶子就收了两大蛇皮袋，通通堆在门口，门口堆不下就放在阳台。

这回出声反对的是李立平。

老两口来了没多久，宁颜就看出来，虽说李立平妈对李立平一口一个"小平""我们家平侠子"叫得亲热，可是李立平跟她并不亲近，宁颜常看他蹙了眉头听他妈说话，宁颜明白其实李立平比她更不愿意有人介入他们的小家庭。倒是宁颜心里过意不去，暗地里劝李立平对自己妈妈热情一点儿。

李立平看着阳台上的那个大蛇皮袋，对自己妈说："妈，你怎么又去学校捡这个了？"

李母说："我天天在家也没事干，下去散步的时候顺手捡的。你放心，平侠子，我都是洗得干干净净才收起来的，不会有细菌。"

李立平不耐烦地说："不是细菌不细菌的事儿。妈，这楼上楼下来来往往的都是我的同事，都认得你是我妈，我现在也是学校里的干部，你这么东捡西捡的，影响太不好了！"

李母勃然变色道："嫌你妈给你丢脸了？干部怎么啦？干部搞腐败才丢人，捡东西丢什么人？再说，你们学校里那些个小侠子，浪费起来不得了，有水不喝喝这么贵的东西，我这也是变相地教育他们！"

李立平急得摆手："我不跟你讲了，跟你讲不清楚，你总是很有理！"

李母被晾在客厅里，好半天没回过神来。等回到书房在床边坐下，那气也顶上来，跟自己老头子说："你看看，娶了老婆以后儿子也就不是自己的了。我跟你讲，我们平侠子以前也不像这样子，一定是那个丫头在背后挑拨的，她嫌我捡东西丢人！有什么了不起，家里有几个钱，鼻孔要朝天了！"

李父说："不会是小方挑的吧，我看那孩子也还是个老实人。"

"老实什么？闷头鸡，一肚子的货色！"

宁颜在自己卧室里没来由地红了耳朵，料不到自己充当了母子间不快的罪魁祸首。

宁颜渐渐地还发现，婆婆开始干涉起自己与李立平之间的事来。

一开始，每一回李立平帮着自己做饭或是洗碗、晾衣服时，婆婆总是找借口把儿子叫走。后来，干脆就对宁颜说："小方啊，你不要老是叫平侠子帮你做家务事，我们那边的规矩，男人不好老是钻厨房、洗衣服的，没得出息。再说，我们平侠子现在大小也是干部，婆婆妈妈的事做多了，损害他的干部气质。"

宁颜又好气又好笑。下一回李立平再帮她做事时，她把他推走说："小心影响了你的干部气质！"

李立平也笑，又说："我们那边的确是这样，大男子主义泛滥得很，不比南京。"

可是，李立平妈开始替宁颜计划每天要做的事，这就一点儿也不好玩也不好笑了。

李母每晚在饭桌上会给宁颜布置第二天要做的家事任务。

今天说："小方啊，吃完饭我们把卫生间的地刷一下子吧，啊？我怕有老垢积下来就不好打扫了。"

宁颜就只好放下看了一半的书去刷地，虽然头一天刚刷过。

又或者是："小方啊，我今天收拾了厨房，那两口铁锅的底糊得厉害哪，等下吃完饭，你把它擦一擦吧。一个家里头，锅碗瓢盆的最脏不得。"

于是宁颜又去擦锅。

有一个周末，李母在吃晚饭的时候说："小方啊，明天床单枕套什么的该洗了，我听了天气预报，明天是个好天，不洗洗晒晒可惜了。"

宁颜惊讶抬头："妈！明天我跟同事约好了要去长三角书市的。"

李母说："洗完弄完了再去也来得及。"

宁颜说："我们还想看场电影。"

李母笑得有点儿冷冷的："家里面几千块钱买的放电影的机子，天天都可以看电影，也用不到特地跑到电影院里坐着看。"

宁颜再不作声，她觉得跟老太太解释不清看大片时在电影院中的那种效果与在家里看碟片是完全不一样的，也解释不清抱着一桶爆米花在黑暗里边吃边看的美妙滋味。反正老太太也体会不了，不说也罢，宁颜想。

李立平妈看宁颜再不出声，以为她答应了，于是晚上得意地跟老伴儿说："还算好，小方这丫头不敢跟我顶着来。洗两床床单算得了什么？我刚做媳妇那会儿，婚礼后第三天，你妈就拆了全家新新旧旧六床被子褥子叫我一天内洗了晒了再缝好，活像是过了今天就没有明天似的。跟你妈那种旧式婆婆比起来，我们这种做婆婆的真是太大度太好人了。"

好人婆婆有点儿高兴得太早了，因为第二天她就发现，那个平日里不声不响好像脾气不错的媳妇招呼都没跟她打，就出去了，还是去看电影逛书市了。

宁颜一边笑一边咬牙对之芸、倩茹说："真要按老太太的日程表，我的生活是一点趣儿也没有了。"

一会儿又叹道："我怎么也像那些人一样，说起老婆婆的长短来了？"

之芸说："孩子老公与婆媳关系是女人永远的话题，等我成了家，我可以肯定地告诉你，我也一样会加入你们，我们又会多一个共同语言。"

那做婆婆的在家气得不得了，跟老伴儿说："我跟你说的吧，这个闷头鸡肚子里货色多！跑出去看电影，我们几千块钱给他们买看电影的机子摆在家里干什么？当时不如我们自己留下钱来买营养吃掉算了！花了钱还受气！"

宁颜到底还是没有逃掉这场家务劳动，因为回家后婆婆就对她说："叫你早起洗你不听，现在只好晚上来洗了。也好，晚上洗了晾出去叫风吹吹，明早再经一个好太阳就好了！"

宁颜只好晚上把那泡好的一大盆床单枕套先用手搓了，再放进洗衣机，再晾起来。李立平几次欲帮忙而不果。

他妈不停地把他叫走。

宁颜看着夜色里扑啦啦在风里招展的床单，想着心事。

这位老太太，就好像一枚楔子，执拗地一下一下，砰砰砰地打进她的生活里。

宁颜的婚后生活被婆婆搅和得七荤八素。

倩茹的日子也不好过。

倩茹的舅舅前些阵子犯过一次高血压，所以决定退下来，把生意交给大儿子。

在做决定之前，他把苏豫和倩茹以及倩茹妈妈都找了去，说，他退休以后，生意上的事儿要由大儿子说了算了，大儿媳的娘家人很厉害，怕以后他们压制苏豫，叫苏豫自己开始做，他要把一部分的生意转给他，主要是北方的生意，因为不想把场子铺得太大，他们原本也打算放弃的，不如让苏豫另起炉灶去做。

周苏豫开始了他事业上的艰难起步。租房子、跑工商、找人手，苏豫忙得不可开交。

倩茹一个人，上班，回家侍候婆婆，觉得越来越孤单了。

难得有一天苏豫回来得略早一点儿，倩茹想跟他说说话，转过脸去不过两分钟，再看时，苏豫已经睡着了。

倩茹伸手想推他，到底还是没忍心。

苏豫微微打起鼾来，倩茹凑过头去细细地看他。

还是那样年轻的一张脸，睡得沉，简直像个孩子，其实也天天回家的，可是为什么竟然有一种许久不见的感觉。

倩茹想起刚才他说的一句话。

他说：累了你了，倩茹。说完就睡着了。

起步时，苏豫的生意并不太顺。很多时候，客户看他这样年轻面嫩，很有点儿欺生，第一笔款子发出去了，货却迟迟没有到，外商那里定的日子就快要到期了，苏豫只得亲自跑过去交涉。

就在这当儿，苏豫妈妈的病突然严重起来，躺倒了，在苏豫还在外地的时候，老太太进入了弥留之际。

第三十章

倩茹的婆婆从病重躺倒到弥留似乎是一个特别短暂让人猝不及防的过程。

那天晚上，她的精神倒是好一些，吃了小半碗的粥。倩茹妈送来的家里自制的小菜，她说特别好吃，倩茹说好吃也不能吃多了，腌萝卜哪里有什么营养。说着就要收起来，她拉住倩茹端菜的手，像一个馋嘴的小孩子似的看着她，讨好地笑一笑。

倩茹从来没有见过她这种表情，怪不忍的，就笑着又往她拿在手上的空碗里拨了一点儿萝卜丁。

苏豫妈用手指拣了小菜送进口中，快活地吃得啧啧有声，又把手伸进嘴里吮吸，然后，摸摸倩茹的手。

半夜时分，倩茹听见婆婆房里发出很大的声响，赶紧披了件衣服跑了过去。

倩茹拉开灯，看见是婆婆的保温杯掉到了地上。倩茹捡起来，问："妈，要喝点儿水吗？"

再看婆婆，发觉不对劲了，她的气息急促，出的气长进的气短。倩茹吓坏了，一迭声地叫："妈！妈！妈！你怎么啦？"

过了一会儿，婆婆突然睁开了眼，往日浑浊的眼睛异常明亮，面容上现出一种异常的慈爱，她拉了倩茹的手，清清楚楚地说："倩茹，孩子，对不住你了！"

倩茹回握住她的手："妈！干吗说这些？"

苏豫妈微笑了一下："现在不说，没有机会说了。"

倩茹骇然："妈，我……我去打电话叫苏豫回来！"

苏豫妈拉住了她："不见啰，倩茹，不见啰！少见一面，苏豫就会快一点儿忘了妈妈。"

倩茹流下泪来："苏豫不会忘记你的，妈！"

苏豫妈说："孩子，从前，我不是故意的，我们母子，多少年相依为命……孩子，年岁差距，是个坎，你跟苏豫，慢慢地跨吧，跨过去，就好了。"

倩茹的眼泪汹涌地流着。

苏豫妈说："不要哭了，哭坏了眼睛。我睡一下，你也睡。"

倩茹说："我在这边陪你睡吧。"

说着，拉开被子，在婆婆的身边躺下来。

到底是年轻好睡，一觉醒来时，天大亮了。倩茹轻手轻脚地起来，回头去看婆婆，那么静，倩茹心咯噔一下，伸手去试，鼻息全无。

原来，苏豫妈已经去世了。

倩茹抖了手给苏豫给妈妈都打了电话，抱着胳膊团成一团坐在客厅的沙发上等着。

很快，爸爸妈妈和弟弟都来了。

倩茹妈看见缩在沙发上的女儿，走过来一把搂住问："什么时候的事儿？"

倩茹傻傻地摇头："我不清楚，半夜，也许是凌晨，我不清楚。"抬起眼来看妈妈，"妈，昨晚我跟她睡在一起的。"

倩茹妈妈抱抱女儿，重重地叹了一口气："傻孩子，那还坐在这儿？赶紧替你婆婆拣一套新衣服出来，我替她穿上，再晚一会儿就不好了！"

倩茹这才站起来，打开箱子找出那件崭新的黑呢薄外套。那是苏豫给婆婆买的，婆婆说等病好一点儿人利索点儿穿的，一直都没舍得上身。又找了半天，竟然没有一套全新的内衣。倩茹扎着手站着，不知怎么办是好。还好有倩茹妈在，她马上招呼儿子去楼下的超市现买了一套。倩茹也不知自己妈妈怎么就有那么大的劲儿，一个人替苏豫妈妈换好了衣服，倩茹的爸爸和弟弟帮着布置了灵堂，打电话通知苏豫妈妈原单位工会。一家四口人，静静地忙碌着，倩茹多少还是有点儿发愣。

苏豫是当天傍晚赶回来的。他呆呆地拎着行李站在门口，看着客厅里斗大的"奠"字，像一个误闯了陌生人家的小孩子，眼光复又茫茫然地在屋里的几个人身上转来转去。

倩茹妈看他的神色不对，忙赶上前去从他手里接过箱子靠在墙角，对他说："苏豫，好孩子，人死不能复生，你可别急出个好歹来。来，来看看妈妈。"

苏豫却好像没有听到她的话，对着倩茹轻声地问："我妈呢？"

倩茹说："妈，去世了。今天凌晨的事儿。"

苏豫居然笑了一下，说："倩茹你闹什么呀，我妈呢？"

倩茹哭出来："妈不在了。"

倩茹妈拉着苏豫的胳膊："过来，苏豫，你听我说，你妈妈，去世了，不在了。好孩子，你坐一下，定定神，去看看妈妈。"

苏豫被拉着木头木脑地进了母亲的屋子，床上，素色的锦缎的被面覆着一个人。苏豫呆站在那儿，不肯上前去掀开被面看，仿佛这样，就什么也没有发生。

苏豫又问："我妈呢？"

倩茹上前去，掀开被面，露出苏豫母亲安详的面容，好像睡着了一般，面孔上的阴郁都被永久的深睡抹干净了，平和安宁。

然而，苏豫还是不信："我妈在哪儿？"

倩茹弟弟开口了："姐夫，你妈妈已经不在了，你要面对现实，不要这样，我姐还指望你呢！"

苏豫似乎有点儿清醒过来，转脸问倩茹："我走的时候不是好好的？"

倩茹说："我也不知道为什么这么快。"

苏豫渐渐地变了脸色："你怎么不早点儿给我打电话呢？"

倩茹说："妈临终时说，她说，就不要见了……"

苏豫好像完全没有把倩茹的话听进去，突然拔高了声音对倩茹道："我知道了！是你不想我见她！你为什么连我妈的最后一面也不让我见，你就这么恨她？你的心就这么狠？这么歹毒的事你也做得出来？"

一刹那间，倩茹大睁了眼，眼泪唰地全倒流回肚子里。

什么是万箭穿心呢？这就是万箭穿心。

叫你疼得傻了，不知道该哭还是该笑。倩茹站在那里，完全像一个傻子，只能看见苏豫的嘴在开合，他说的话，一句也听不见。

倩茹的弟弟首先跳起来，冲到周苏豫的面前，被倩茹妈从身后一下子死死地拦腰抱住。倩茹爸爸叫："小禾你干什么！你给我站一边儿去！"

一屋子的人突然地静下来，只听见小禾呼哧呼哧喘着粗气的声音。

门铃响了。倩茹妈说："小禾，去开门！"

小禾梗了脖子不动。

倩茹妈又叫："给我开门去。老何，你看着苏豫。倩茹，你跟我出来。"

倩茹好像没有听到妈妈的话，死死盯着苏豫。他们两个，像斗气的两头小兽一般对望着，幼稚当中，都有着不可置信的疼痛。

倩茹妈把女儿拉出屋子，客厅里已站着来客。

倩茹妈小声地在倩茹耳边说："女儿，我知道你委屈，不过，死者最大，这不是你委屈的时候。"

倩茹木木地点头。

在整个丧事过程中，苏豫与倩茹没有一点儿交流，虽然他们并肩站在客厅里，向来吊唁的亲朋鞠躬还礼。

倩茹是心痛得麻木了，苏豫则还是呆呆的，瘦塌下去的脸上连表情都甚少，衣服也一下子宽大了起来，他活像个扎在田里的稻草人。

小禾偷偷地对自己妈说："周苏豫别是傻了吧？他到现在还没有哭过呢！"

倩茹妈心酸得很，对儿子道："他们母子感情深，他走的时候妈还在，回来连最后一面也没见着，一下子是接受不了。你看着他点儿。"

小禾点头，却又说："我姐委屈死了！"

倩茹妈说："咱们先不提这个！死了的人就让她安安心心地走吧！"

第二天，殡仪馆的车来了，把苏豫妈拉走了。

说来也怪得很，从早上起一直阴着天，中间还下了一点儿毛毛雨，可是殡仪馆的车到的时候，突然出了极好的太阳。

苏豫在殡仪馆工作人员将母亲的遗体抬起来的时候突然问："你们干什么？"

那两个年轻的小伙子奇怪地看了他一眼，不答，继续抬起人要走。

苏豫突然扑上去，死死地拉住了担架："干什么带走我妈！你们干什么带走我妈？"

小禾上前去拉他，苏豫的劲儿大得很，人高马大的小禾竟然不是对手，被他揉到一边。

苏豫与工作人员僵持着。

倩茹突然走上前去对着苏豫慢慢地说："周苏豫，你妈妈已经死了，她死了！她回不来了！谁也没有错，她病了，现在她不在了。你松手，周苏豫，让你妈妈好好地走！"

苏豫松了手，两个工作人员快速地搬遗体上车。车子开动，很快消失在街角。

天重又阴了下来。

倩茹感觉到苏豫紧拉着她的衣角，她没有转头去看他，听见自己的母亲对苏豫说："你妈一辈子不容易，老天爷也看在眼里，给了一阵好太阳。苏豫，节哀顺变。"

火化定在一天以后，所有的事都是倩茹爸妈和弟弟一手操办的，之芸与宁颜她们也过来陪着倩茹与苏豫。

苏豫老是捧着母亲留下来的一双棉拖鞋，不说话，连睡着的时候也那么把鞋抱在怀里。

之芸对倩茹说："这样可不行，倩茹你要好好劝劝苏豫。"

倩茹说："现在我说什么都没有用，之芸，我觉得苏豫好像回到了他十几岁的时候。之芸，宁颜，他现在看不见我，他看不见我了！"

宁颜说："过些日子就好了。他们这对母子，是比平常的母子亲密一些，要苏豫淡忘了妈妈，还得有一段日子呢。"

倩茹说："宁颜，我现在觉得以前你说的是有道理的，特殊的家庭，加上六岁，的确是一个可怕的差距。"

宁颜连忙说："我乱说的！倩茹，你可千万不能当真。那个时候，我多少是有一点儿妒忌的心的。我羡慕你们因为相爱而结婚，比许多人都好上太多了。"

之芸也说："你可不能对自己的感情和婚姻产生怀疑。人真正看淡生死的能有几个？家里有至亲去世，总是会伤心得有点儿糊涂的。"

第二天，倩茹起了个大早，看苏豫还睡着，搂着那双旧鞋。倩茹看着他的睡颜，只觉得心里头那许多的情绪搅和在一起，梗在胸口，石头一样重。

她轻轻地推他。苏豫睁开眼，好半天才把视线落在倩茹身上。

倩茹打来热水，拧了毛巾替他把脸擦了，苏豫由得她替他抹洗，由得她替他穿上外套。

倩茹说："苏豫，今天我们要去殡仪馆，你打起精神来。"

苏豫因为瘦而显得更大更黑的眼睛定定地看了一会儿倩茹，缓缓地点头。

等到苏豫捧了他母亲的骨灰放进殡仪馆的那一方小小格子里时，倩茹才长长地出了一口气。

她想抬腿跟着苏豫与自己爸妈他们一同走出去，忽然觉得双腿似有千斤重似的，整个人不受控制地向前倒去。

何倩茹觉得，有一双魔鬼的利爪在自己的腹间用力地划过去，肚子里有什么东西往下坠，坠得她也跟着往下往下，一直跌入一个又深又黑的所在。

等到跌到尽头时，无边的黑暗兜头盖脸地砸了下来。

怪的是，那砸下来的一团深黑竟然是轻的。

那么轻。

第三十一章

魏之芸站在校长办公室，盯着校长圆白的脸，盯得校长的目光开始躲闪。

"为什么不允许我去参赛？不是说学校赛课前两名可以报名的吗？"

之芸的口气有点儿冲。校长不太高兴，说："学校做这样的决定，也是出于大局的考虑。小吴的年纪比你小些，以前参赛的机会也少，最近她的进步大家也都看见了，所以学校才决定让她去参赛，应该让年轻人多多出去锻炼。"

之芸想：原来我已经不算年轻人了。

之芸语气诚恳地说："我并不是想抢小吴的机会，因为本来每个学校可以报两个人去参赛的。再者，校长，我快三十了，以后也不能参加这种三十岁以下青年教师的赛课活动了，这也是我最后的一次机会。我真的想去试试。"

校长看看她，叹一口气，说："小魏老师，学校有具体的困难，生病的生病，产假的产假，出国探亲的探亲，已经请了三个数学代课老师了，你再一走，你班上的课怎么办？小吴参赛，信息中心的小沈肯定要跟着去做课件，他的课也还要找人代。"

之芸说："缺的课我自己会想法子补上，保证不需要人代课。课件我也自己做，不要另派信息老师。"

之芸在校长办公室里直磨了两节课的时间，终于给自己争取到了参赛的机会。

宁颜不平地说："你为什么要主动提出自己承担参赛的费用和路费？这是从来没有的事，自己掏钱，有了荣誉倒算集体的！真是欺负人！"

之芸说："不开这个口校长就不会批准我去，随他吧，反正也用不了多少钱。"

宁颜又说："不过我也支持你去，你有这个能力，偏要争一口气叫众人看看。"

之芸是周三出发的，之前的两天，她一天上了六节课，把后几天的课全赶了出来，给孩子们布置了自习的作业，宁颜与倩茹答应她替她看管学生。

可是，之芸在拿到了赛题之后就生了后悔的心。

之芸抽到的参赛号是五号，第一天就要上台比赛，准备的时间只有一夜，在这一夜里，她必须要把教案备好，背熟，还要把电子课件设计制作出来。别的参赛老师都是教研员电教员还有辅导老师前呼后拥的，越发衬出她的形单影只来。

之芸快速地吃了晚饭，就把自己关在旅馆的房间里开始备课。因为是自费，她索性订了个单人间，把所有的资料摆在一张铺上。

写了没两行字，就听得门上嗒嗒嗒轻敲的声音，之芸跑过去拉开门，就傻在了那里。

袁胜寒伸出手在她眼前晃晃："傻了？"

之芸说："我怎么觉得你跟超人克拉克似的？"

胜寒低了头嘿嘿地笑。

"怎么知道我过来参赛的？"

胜寒说："南京市能有多大？小教系统能有多大？一次全市的教研活动就好像一次八卦论坛，什么消息不晓得？"

之芸也笑起来。

胜寒说："我住五〇八。我等你的教学设计出来，然后帮你做电子课件。你去忙吧，这回不用急了，丫头。"

之芸再坐到桌前的时候，觉得整个心都落到了实处，稳稳的，扎扎实实的，饱满轻快地跳动着，思路也格外地顺畅起来。快十一点的时候，教案写成了。

之芸把课件的设计送到胜寒那里，胜寒正在刷牙，含了一嘴的白色泡沫。之芸笑着跟他开玩笑："你要睡了吗？"

胜寒含混不清地说："怎么会？我一刷牙脑子就更清楚，估摸着你快好了。"

之芸看他穿着旧的大毛衣，没有拉平整，缩上去一块，里头的衬衫拖出一大截，暗暗地笑。

胜寒还是老样子，多少有些杂乱。

之芸把自己的课件设计详详细细地跟胜寒说了，胜寒说："你就在这里备课，有什么改动或是特殊要求马上跟我讲。"

之芸就坐在胜寒屋里空出来的那张床上备课，两个人安静地各做各的事儿。

之芸伸一个懒腰，却听得胜寒问："累了？"

之芸说："没有，脑子兴奋着呢。"突然意识到这话有点儿歧义，在灯影里红了脸。

胜寒好像没有听到，手上的鼠标嗒嗒地碎响着。专心做事的时候，胜寒的鼻子会微微地皱起来，像一个赌气的小孩子，之芸细细地看着他的侧脸，想起人们说的男人在工作的时候是最动人的话来。之芸的心里是一种软软的快乐，像有阳光透进去，亮了一片也暖了一片。

过一会儿，胜寒说他带来的数码相机是要装驱动的，可是机子是朋友的，对方忘了给他驱动盘。

之芸说，用不着那么麻烦，不行的话随便弄个底色就好了，用不着放图片。

胜寒笑起来："我可是第一次听见你说将就的话，你不一直是精耕细作的人吗？"说着穿了风衣。

之芸问："你干吗去？"

胜寒说："我去网吧，上网当个程序去。"

胜寒这一走就走了个把钟头，等到他回来时，过了十二点了。

胜寒对着之芸比了一个胜利的手势，又从怀里掏出个纸包来："我路过家小吃店，正巧要关门的时候，给我看见了这个，我全给买回来了。"

之芸一看，原来是蒸蒸糕。

胜寒说："我们小时候吃过的，你还记不记得？没想到现在还有这个。"

两个人一人一个坐着吃起来。吃到一半，之芸惊喜地叫起来："居然是有馅儿的！"

胜寒低着头笑了，温和地说："真是的，这一点点儿小事高兴成这样子。"说着掰开一个，送了过来："这个是芝麻馅儿的。刚才那个是红豆沙的。"

之芸高兴地说："肯定还有别的种类的，都掰开了来看看。"

两个人凑在灯下，把一包蒸蒸糕一个个地掰开，掰一个笑一个，都成了孩子了。

之芸和胜寒后来把这一堆蒸蒸糕全部吃光了。

那许多不同的滋味全混在一起，交织在这一个奇妙的夜晚里。

快到凌晨四点钟的时候，所有的案头工作都做完了。胜寒叫之芸回去睡一会儿，之芸说，还是不能放心，想着干脆试上一次。胜寒说，那么我给你做学生吧。

之芸睄他一眼："你？你不行，你太聪明，不具有普遍性。"

胜寒笑道："我也可以装傻的。"

胜寒于是忽而装成一个反应很慢的孩子，傻愣愣地看着之芸，仿佛对她的提问茫然不知；忽而又装成一个特别机敏灵活的孩子；忽而又是一个普通水平的孩子。

天全放亮的时候，之芸说："你等着看吧，胜寒，不拿个一等奖，那才叫怪事！"

这一天的比赛，在一个大礼堂里举行，老师与孩子们都在舞台上。因为要录像，整个舞台被灯光照得雪亮，之芸看不清下面，却可以感觉到，在某一个角落里，待着一个人，是她全部信心的来源。

之芸简直是超常发挥，一课堂被她上得行云流水一般，课毕，台下掌声如雷。

接下来还有两天的赛事，胜寒一直陪着之芸一起听课。

胜寒其实很想告诉之芸，那一天，她参赛的时候，他根本没敢进赛场，紧张得不得了，一直在礼堂外抽烟，直到听到掌声，才伸了头进去，看着之芸从台上走下来。

名次公布的前一个晚上，之芸约了胜寒一起出去吃饭。之芸说：胜寒我们喝两杯吧。

胜寒歪着脑袋想一想，老老实实地承认："两千分之一啊，不敢跟你喝。"

之芸大笑起来。

吃完了饭，胜寒和之芸沿着街道慢慢地走回去。

这是一个中等规模的南方城市，靠海，沿街有一些大排档，空气里飘着生海鲜的腥气与食物的香气。

终于赛完了，两个人心里头都如释重负。胜寒想起自己在之芸比赛时吓得那样子，禁不住笑起来。

之芸问："什么事，就那么乐？"

胜寒嘿嘿笑着不肯说。

之芸说："胜寒，要做爸爸了，高兴吗？你想要儿子还是想要女儿？多半想要儿子吧。我们学校的男老师，个个都想要儿子。"

胜寒说："说句实话，我真想要一个女儿。"

"女儿啊，女儿也有操心的地方。"

胜寒含笑说："有了女儿，好好培养她，培养成那种低下头能操作电脑，卷了袖子能修电灯的能干姑娘。"

之芸不说话，慢慢地跟在胜寒的身边走着。

很快回到了旅馆自己房间的门口，之芸低着头，并不进门去。

胜寒不知道她还有什么话，也不催她，站在那儿等着。

他们的头顶上，是旅馆走廊暗暗的黄色灯光。之芸的脸半隐在阴影里，半天一动不动。

再抬起头来的时候，之芸直望进胜寒的眼睛里，她说："胜寒，你进来吧。"

之芸伸手拉住胜寒的衣袖，像是给自己更多一点儿的勇气一般抓得紧紧的。

胜寒看着之芸的脸，那脸上是全然的期待，还有，决绝。

胜寒看看头顶上那昏黄的灯光，慢慢地走上前，轻轻地抱着之芸的肩，下巴蹴在她的头顶摩挲着，说："我以前看书，有人写：人们爱的是一个人，与之结婚生子的往往是另一个人，我就想，这些人真卑鄙。之芸，我在门外是卑鄙，进了门就是禽兽。之芸，我不做禽兽。"

在胜寒离开之后的这许多天里，所有的痛楚都被之芸埋在心底很深很深的地方，渐渐地，也就不痛了。现在，这一切都如同春耕时节的土地，被翻了起来，带着心底最深处的辛酸气，扑面而来。

之芸快速地点头，打开门走进去，合上门。

门在身后轻轻合上的一瞬间，之芸的眼泪落了下来。

胜寒是好人，之芸想，可惜我没有福气。

第二天上午，公布了比赛结果，之芸拿到了一等奖。

之芸捧了证书与奖杯回到旅馆时被前台服务员叫住了。

她交给之芸一个信封。

信封里有张长途车票，还有胜寒留下的一张字条。

胜寒写：我先回去了，车票帮你订好了，下午三点的，你可以从从容容地走。

再见，之芸。

魏之芸拿了一等奖回校，类思不少人掉了眼珠子。

与之芸同去参赛的小吴老师与小沈老师都是厚道人，虽然看到了胜寒，两个人都没有露半点儿口风。

之芸也没有说给任何人听。可是宁颜还是察觉到了，私底下问之芸："袁胜寒跑过去了？"

之芸诧异："你怎么知道？"

宁颜说："你的那个课件，没再给别人看吧？上面袁胜寒的风格，那么明显，瞎子都能看得出来。"

之芸笑笑。

宁颜看她的脸色，叹一口气，待要说什么，又没说出来。

下一个教研日，宁颜碰到了胜寒。

宁颜招手把他叫过来，问他："你给之芸做的参赛课件吧？"

胜寒说："我知道瞒不了你的。"

宁颜说："袁胜寒，你这样子算什么呀，你是帮之芸还是害她？"

胜寒被她劈头盖脸的两句话说得愣在那里，不知该如何回答。

宁颜又说："袁胜寒，你要是不能给之芸结果，就不要再给她希望。"

胜寒慢慢地想着宁颜的话。宁颜被他脸上渐渐升起的苦楚压得心头闷闷的："胜寒，你是我朋友，之芸也是，我比谁都希望你们能在一起。可是胜寒，人这一辈子，不如意的事儿太多了。之芸她以后还要往前走呢，总是要成家的，她越是忘不了你，越是在这条路上走得难，你明白吧？"

胜寒半天才说："我从来，都不是故意要她忘不掉我。其实，是我忘不掉她。"

宁颜说："都忘了吧，你也忘了，她也忘了吧。"

胜寒点头说是。

后来，有三四年，袁胜寒再没有和之芸联系过。

袁胜寒果真生了一个女儿。

那个小姑娘，人家玩布娃娃的时候，她就会一本正经地坐在电脑前按鼠标了。

没事的时候，胜寒总带着她拿了小工具叮叮当当地修东西。

胜寒时常把女儿抱起来，闻着她身上小孩子特有的暖烘烘的香。小姑娘一下一下啃着父亲的肩，口水湿了胜寒的衣服。

胜寒会呵呵地笑着说：我的能干的小姑娘啊。

方宁颜几乎要被她的婆婆陛下弄得精神崩溃。

老太太每天想出一个花样来折腾宁颜一番，一会儿是收拾衣服，一会儿是晒被子，一会儿要教宁颜腌萝卜，一会儿要宁颜学织毛活儿。

宁颜起初还懒懒地跟着做，很快就再也受不了了。

她觉得自己几乎所有的业余时间都被这个老太太弄出来的声响给淹没了。

宁颜于是开始了不抵抗的抵抗，老太太再让她做这做那的时候，她会含糊地答应，但就是不行动。

老太太也越发看不上宁颜的阳奉阴违，时不时地要说上两句。看到宁颜吃完饭又捧上了书在看，老太太说："小方啊，才吃过饭就看书对胃不好，你去把厨房的地刷一刷，运动运动也好消化。"

宁颜眼睛还盯在书上，没有抬头，说："妈，地我拖过了。"

老太太说："这个地光拖不行，得拿板刷子刷，要不时间长了就滞上了。"

宁颜不动，继续看她的书。

老太太等了一会儿，气呼呼地自己刷上了。

这种小事多了，老太太免不了在李立平的面前叽叽咕咕地说。李立平也烦，去跟宁颜说："你就顺着她一点儿，她也待不了多久，天天这么闹来闹去的，真没意思。"

宁颜说："我也觉得没意思。可是你还是没弄清楚，不是她在这里住多久的问题，是生活观念太不相同的问题，观念相同，住一辈子都没什么。"

这话李立平听了心上有些不舒服，于是说："你是不是以为，我们小地方的人，跟你们大城市的人人生观不同？这也是没有办法的事，谁叫我们没睁着眼睛投胎呢？我也不想我妈是这样不大方的人，没法子，不是人人都跟你一样好命，挑个知识分子家庭。"

宁颜讶异道："哎哎哎，你怎么又走题了，这话是怎么说的！我们家也是城市平民，我爸原先还是孤儿呢。"

李立平微笑道："也是，人家不是说了吗，贵族要三代才能养成呢。"

宁颜半天才回过味来，明白了李立平是什么意思，气得飞红了脸。

李立平看她生了气，又凑上来："生气了？我也不过是说说而已。其实我是真的向着你的，我慢慢地劝老太太早一点儿回去。"

宁颜说："你要让她回去，她一定以为是我的主意，不是更叫她恨我一个洞吗？"

还没等李立平劝说自己的母亲回老家去，春节到了，李老太太早早地跟儿子儿媳妇说，叫他们无论如何要回去过年。

李立平与宁颜是年三十的前一天坐车回去的，这之前一个星期，李家老两口就回去忙年去了。

这一年冬天下了好几场小雪，可是南方的雪，多半不成气候，反而弄得地上泥泞污糟。宁颜一下长途车就滑了一跤，一件崭新的粉蓝羊绒大衣全弄脏了，宁颜的心情一下子就坏了。

李家住的是旧式的楼房，老两口给腾了间屋子出来。

宁颜狼狈地进了家门，马上躲进屋子里去换衣服。出来的时候，见李立平的一个姐姐与一个妹妹一家子都在，一屋子全是人，大家见了礼。李家的兄弟姐妹长得都很像，宁颜觉得李立平的姐姐好像在生着气似的，也许是自己敏感了。

然而接下来的几天，宁颜才发现，不是敏感，她是真的不高兴。

那天宁颜在卧室里休息，门咚地被撞开了，李立平姐姐家的那个胖小子冲了进来，到处地翻找，宁颜问他找什么，他说找他的一个旧机器人玩具，原来是放在这个屋里的。

说着，熟门熟路地打开柜子，又钻到床底下去找，果然给他找到了。

宁颜猛地明白了李立平的姐姐为什么会不高兴，一直拉着个脸对自己，这屋子原先一定是她住的。宁颜听李立平说过，他姐姐因为要他爸妈带孩子，一直是住家里的。

宁颜于是刻意地去讨好姐姐，给她孩子的红包里又足添了两百块，可是，好像效果并不明显。宁颜也就罢了。

过了年三十，李立平妈就叫李立平带着宁颜去走亲戚。

宁颜以为就在镇子上走走，谁知还要坐两个小时的车子。

李立平的爸妈也一同去，老太太大包小包地带了不少的东西，兴兴头头的。

李立平爸爸的老家在离镇子挺远的一个村子里，越往村子走，路就越窄，因为是冬天的关系，田也荒着，田埂又滑，宁颜一步一滑地进了一个小院。院里有鸡鸭在跑，一只掉毛的猫缩在墙角。

屋子里是没有空调的，宁颜冻得发着抖，只好蹲在大灶前取暖。

李立平妈却催着李立平带着宁颜一家一家地去拜年。李立平也老大不愿意："又是这一套，一家一家都要走遍！"

"那是自然！我们又不是见不得人，村子里多少人羡慕我儿子是大学老师呢，为什么不走？我告诉你啊，宁卯一村别卯一家！红包都带好了没？"

宁颜把一大包小红包塞进提包里，应着婆婆。

宁颜跟着李立平一家一家地去，有那比较重要的亲朋，李立平妈也会跟着一块儿去，说着恭喜的话，宁颜把红包分给小孩子。

宁颜发现，这种时候，李立平的妈心情特别好，眉飞色舞地说着家乡话，语速飞快。宁颜听不太懂，插不上话，还好村子里几乎每家都养了猫狗，宁颜原本就喜欢动物，就去逗着猫狗玩。

耳朵里忽然听得李立平妈说："小侠子还是要他上学，多多念书才成。我们乡里的学校不行，那几个老师，还不如我懂得多呢。你们要是舍得，把小侠子送到南京去，我们平侠子的媳妇是小学老师，小学跟中学是一家子，叫她想办法给你们联系好的中学。读好书将来也留在南京做事，哈哈。"

宁颜听了吓了一跳，心想怎么她问也不问就给自己揽了事了？

回到家后她对李立平说："千万别叫你妈再这么说了，小学跟中学怎么就是一家啦？差着老远呢！我们学校老师自己的孩子想上好中学还千难万难呢！"

李立平这两天来受了不少亲朋的恭维的话，喝得有点儿多心情正好着，听见宁颜说，便答："她也就是那么一说。办不办还不在我们？"说着凑过来搂了宁颜。宁颜用肩膀把他顶开："一嘴的酒气！"

李立平摇头晃脑地说："是敬的酒我才喝的，不敬我才不喝他！要跟我喝必须有模有样地敬过来。"

宁颜听了这话颇不舒服，使劲从他的怀里挣脱出来。李立平多喝了两杯，有着平日里没有的兴奋，用家乡话说："又怎么啦？亲一下嘴也不行？"

　　宁颜跑了出来，又实在无处可去，站在院子湿滑的泥地上，说不出地孤单，想家，想爸爸，也想妈妈。想在家做姑娘时每到过年，窝在自己卧室里看书看电视，暖气烧得热热的——南方其实没有暖气，但是宁颜与妈妈特别怕冷，爸爸就自制了暖气，效果特别好，引得邻居们纷纷来参观，都请爸爸替他们安上。每一天妈妈都做了好吃的，晚上睡得晚还有夜宵，母女两个一边笑叹胖了胖了，一边吃。

　　宁颜的记忆里，都是妈妈爸爸的笑脸，与那一个一个长而安静的日子。她张开手，呆呆地看着，什么时候，她的那些日子都漏光了呢？

　　掉毛的小猫在她的脚边唰地钻过去，跑进厨房里钻灶坑去了。

　　这个年，是宁颜过得最不起劲儿的一个年，每天挨家挨户地去，一待就是一个上午，下午再换一家。每顿饭都在别人家吃，宁颜本来就不是合群的性子，只待在一旁不作声，东西也不合口味，吃得极少。难得一天在家，又有人上门来拜年，宁颜要跟在里面做饭洗碗收拾。

　　一天天忙下来，宁颜并没有讨得众人的欢心，亲友们都说，平侠子的媳妇，不大理人，嘴也不甜，冷了个脸，有点儿傲气啊。

　　这当然是众人私底下跟李立平妈说的，宁颜不知道。

　　倒是李立平爸，看见宁颜天天吃不下东西，亲自熬了细米粥叫宁颜吃。那是宁颜吃得最饱最合口的一顿饭。

　　李立平妈背了人气呼呼地说老伴儿："哪有老公公对儿媳妇那么好的？饭菜我们能吃她凭什么就不能吃？她比我们高贵？我跟你这许多年，也没看你专给我做饭！"

　　说着气得到床上躺着去了。

　　宁颜果然再没有小灶的饭菜可以吃，又受了点儿寒凉，人病倒了。也不发烧，就觉得心里头燥燥地热，脸上喷火，嘴里发苦。

　　李立平也急了，跟爸妈说要提前回南京。李立平妈在自家的老屋待得自在，不想走，听见儿子急着回去，更气。

　　这一天，宁颜起床的时候，头晕得像坐船，挣扎着起来走了两步，就吐开了。

　　头一天晚上没吃什么，吐到后来全是黄疸水，宁颜一边吐一边哗哗流眼泪。李立平紧张地端来了热水，在身后给她拍着。

　　李立平妈看着媳妇，老半天，突然问："你是不是有了？"

　　宁颜没明白，倒是李立平懂了，喜得扬了眉问："是呀，宁颜，你有没有感觉？"

宁颜一下子回过神来，惊出一身的汗，才想起，那是很有可能的事。

这么一来，李立平妈在乡下也待不住了，收拾收拾跟着儿子媳妇一起回了南京。宁颜晕车晕得厉害，李立平妈一路上的态度从未有过的周到和气，特地准备了新的毛毯，生怕宁颜在车上冷着了。李立平搂了宁颜，叫她躺在自己的腿上。李立平的爸原先是老烟枪了，也自觉地忍了一路不抽。

一行人里，就只有宁颜自己是不快活的。

一到南京，等不及回家，李立平妈就叫李立平陪着宁颜去医院里检查，结果一出来，李立平就兴奋地往家里打电话。那一头，李立平妈快活的声音，像在跳跃，听得一清二楚，像是要冲破了小小的手机扑出来。

宁颜茫然地看着自己依然扁平的腹部，说："我想回家。"

李立平殷殷地说："嗯嗯，咱们回家。宁颜你想吃点儿什么，叫我妈做，或者不如我们在外面吃？"

宁颜摇摇头："我是说回我妈那儿去。"

宁颜妈看见十来天没见的女儿，惊道："怎么瘦成这个样子了？"

李立平的脸色变了一变："宁颜一向是瘦的。妈，宁颜有孩子了！"

宁颜妈也高兴起来，拉了女儿的手，也不知说什么好，脸上是一种泫然欲泣的神情，看得宁颜也鼻酸起来。

宁颜跟在母亲身后，偷偷地说："妈，我不想要。"

"什么？"妈妈没听清楚。

"我不想要这个孩子，我不想要孩子。妈，你陪我去弄掉吧，我一个人害怕。"

宁颜妈看看女儿消瘦苍白得像鬼似的脸，心里紧了一紧，隐隐地觉得哪里不对劲，但这念头只一晃，就过去了，也许是做妈的有意让它不在心上留痕迹的。

宁颜妈说："说的孩子话。有了就留着吧，流产有危险的，你那种身体，弄不好一辈子都不能生了。"

宁颜突然悲从中来，发狠道："不能生就不生！"

她想，我不要这个孩子。

是真的不想要。

第
三
十
三
章

宁颜不想要小孩子，倩茹想要而不能。

在婆婆的丧事办完之后，倩茹就又流产了。

一家子急急地把她送到医院。医生说是宫外孕，非常危险，人马上就给送到手术室，下了病危通知书。

苏豫多日以来一直迷迷糊糊的，这一刻如同有一盆冰水兜头浇下，人马上清醒过来，冲到手术室门前，隔了那层毛玻璃望向里面，里面是他深爱的女人，被他委屈了的人。

医生让家属在通知书上签字，苏豫拿着笔望着那薄薄的一张纸呆着不动。小禾上前抓住他的肩膀，一下子把他搡出去老远。

倩茹妈大声呵斥儿子："小禾！你干什么！有长辈在这里，轮不到你来管你姐夫！"

苏豫的背重重地撞在墙上，也觉不出痛来。倩茹妈过去把他拉过来："苏豫，好孩子，签字吧。我们倩茹以前算过命的，有好几十年的享福日子呢！不会有事儿的。"

苏豫终于在通知书上签了名。笔有些漏水，纸上黑黑的一团黑点，他盯着那墨团看了好一会儿，好像这许多天来的事情，都被糊成了一团墨，在这一团黑里，苏豫想理出一点儿头绪来。

倩茹在手术室里足抢救了四个多小时，被推出来的时候，一家子都迎上去。

苏豫看到倩茹裹在白色的被子里，往日丰满的身体似乎缩得小小的，脸色是近乎灰色的白，乱发散在枕边，有点儿枯。苏豫一下子湿了眼睛。

倩茹睡了很久，只觉得非常地累，手脚像是被缚在绳索里，不能动弹，麻木感却清晰地传进大脑里。远远地，好像看见苏豫在前面，笑着看着她，好容易走得近了，却听他说："这样歹毒的事何倩茹你也做得出来？"

倩茹是在锥心刺骨的疼痛中醒过来的，看见坐在床边的苏豫和妈妈。

苏豫拉了她的手在叫她的名字，声音好半天才传进她的耳中。

妈妈低下头来，眼红红的，还在笑着，说："这可好了，醒了就好了。想吃点儿什么？我回去做。"

妈妈的脸离得近，苍老而慈爱。倩茹张嘴叫妈，声音全给堵在喉咙里出不来。

妈妈直起身，说马上回去弄东西送来，吃了人就有劲儿了："苏豫也要饿了。"

妈妈拉了爸爸和弟弟走了，病房里只留下苏豫。

苏豫拉了倩茹的手贴在自己的脸上，待要说什么，又没说出来。

倩茹觉得自己的手被他拉得死紧，下意识地往外抽一下，却被苏豫更紧地抓住了，倩茹转过头去看他。

苏豫的脸上冒出了青青的胡茬儿，眼神倒比前些天清明，苏豫也回看着倩茹，然后把脸埋进她的手掌里。

倩茹听得他说："对不起倩茹，对不起。"

倩茹在一片晕眩中想起年少时看的电影，女孩子对男孩子说：永远别对你所爱的人说对不起。

当时班上许多小姑娘为这样的一句话感动，每一个人都把它工工整整地抄在日记本里，倩茹也是其中一个。

但是现在才切切实实地明白，这话的意思。

不用说对不起，只不过是因为无论如何都会原谅。

倩茹说："苏豫你松一松手，给你捏得好痛。"

苏豫抬起头看她，眼里是犯了错的孩子说不出口的祈谅。

倩茹微笑起来，摸摸他瘦削的脸："我第一次，看到你胡子拉碴的样子。"

苏豫也笑了。

苏豫一直守在倩茹这里不肯回家，最后是倩茹妈妈叫小禾押着他回去的。

倩茹妈妈看苏豫走了以后说："傻姑娘啊，自己怀了孩子都不知道吗？"

倩茹问："妈，医生说什么了吗？"

倩茹妈停了一会儿，吞吐着说："医生说，还要保守治疗一段时间，三年以内，最好不要再怀孩子。"

倩茹呆呆地看着天花板上的一摊水渍，慢慢地说："三年啊，三年以后我都三十四了。"

倩茹妈劝她说："三十四也不算大，如今迟生孩子的多的是，只要养好身体，三十四十也可以生健康的小孩子的。不急，女儿。"

倩茹出院以后，请了长假在家休养。

苏豫连着许多天一直在家陪着她，公司里的那摊子事儿搁下来了，倩茹也劝过他好几回，苏豫说，什么也没有人更重要。

两个人待在家里，因为倩茹怕光怕声响，常常白天也紧紧地拉着窗帘，在自造的一片昏天黑地里，苏豫给倩茹念书、读报，做了倩茹喜欢的东西给她吃，扶着她在屋子里来来去去慢慢地走，他们好像回到了最初的时候，在小而窄的世界里，相依为命。

在倩茹休养到一个月上，苏豫早些日子一直在忙的那单生意竟然有了回音，这是苏豫接到的第一单生意。

倩茹劝苏豫重新去上班，把公司再搞起来。倩茹爸妈也很支持，倩茹妈把倩茹接回了家，催着苏豫赶快回公司去做事。

苏豫的第一笔生意便有的赚，好运接二连三地到来，苏豫又开始忙起来，他小小的公司渐渐地上了轨道。连舅舅都夸说自己没有看走眼，苏豫的确是能干的孩子。

小禾又气又笑道："能干个屁！周苏豫就是走了狗屎运！我姐是有帮夫运的人。"

倩茹妈把他好一顿骂。

倩茹的身体却不容乐观，她常常头晕，去医院查了，医生具体也说不上是什么毛病，只说是身体虚。只有倩茹自己明白，她常常在梦中看到小小的孩子，乌黑的眼睛，低低地一声一声地叫着她"妈妈"，醒来的时候，倩茹会在一片黑暗里流下泪来。

最终医生诊断，倩茹是眩晕症。

学校里来了电话，问她什么时候可以恢复上班，倩茹答说随时都可以。

可是在上班后的第二天，倩茹就晕在课堂上了。

苏豫把倩茹接回了家，叫了倩茹的爸妈一起商量，叫倩茹再续长假，等身体好一些再去上班。

可是学校拒绝了这一请求，说是没有先例的，再说现在学校里教师很紧缺，代课老师也不容易请到合适的，何老师要么尽快回学校上课，要么就只好辞职，口气里是不可商量的坚决。

苏豫跟倩茹商量，不如辞了工作在家。起初倩茹犹豫着下不了决心，跟之芸与宁颜两个商量，她们也不赞成她辞职。

倩茹还是去上班了，站在课堂上，腿不自觉地在发着抖，孩子们的声音在耳边嗡嗡地响着，一张张小脸在眼前打着晃。

好容易挨到下课，倩茹扶着墙往办公室走。有班上的孩子跟在身边说："何老师，你还是不舒服吗？我扶你走好不好？"

小孩子边说边吸着鼻涕，并不是很优秀的学生，难得这么懂事。倩茹微笑着让她扶着，热乎乎的小手挽着她冰凉的手，倩茹下意识地握紧了汲那暖气。到办公室门口的时候，忽听得有人说到她的名字，倩茹站住了听。

有老师说："小何这一回可是大伤了元气，就怕成了习惯性流产就坏了，再过两年年纪大了生起来就困难了，母体年纪过大对孩子也不好。"

有人接话："还算好，过两年生是晚了一点儿，但也不算太晚。我们有个邻居，今年四十了，年初生了一个女儿，漂亮得很呢，一点儿毛病也没有。"

"小何呢，我觉得她还是蛮有福气的，我常看见他们家小周来接她呢。"

倩茹听见有人轻轻的笑声："也是呢。可是，人哪有称心的呢？不会什么好事都叫一个人占全了。"

倩茹低下头，摸摸那个扶着自己的女孩子的头："谢谢你了，去玩吧。"

孩子应一声，跑开了，却依然回头看看何老师白得吓人的脸。

第二天，倩茹就向校长递了辞职的信。

倩茹把办公桌与橱子里的东西收拾了一下，那些经年的教案和收集的试卷、参考书，她没有舍得扔掉，全装进一个大大的纸箱子里。倩茹想，真是料不到有这么多的东西啊。

苏豫打了车替倩茹把东西都搬回了家。

倩茹辞职后的第一天，是个极为晴朗的天气，一大早阳光就蓬勃地照进屋子，倩茹起身推开多日未开的窗子，阳光哗地一下洒进来。倩茹袖着手在窗边站了很久，慢慢地回味着一个事实：她成了一个无业的人了。

倩茹觉得，那长长的日子像白茫茫的一片水，向自己慢慢地浸过来。

就在这一天，何倩茹照镜子的时候，发现自己眼角长了皱纹。

方宁颜的整个怀孕阶段充满了痛苦。

首先,她吃不下任何东西去,她不像其他孕妇,她没有饿感,胃里总好像塞着块大石,堵得满满的,稍微吃一点儿东西下去就饱胀得让她坐立不安,呼吸都困难,不到半小时就吐个干净。李立平急得不得了,一个劲儿地劝她多吃。"吐不要紧,"他说,"吐是很正常的,吐了还是要吃,不为自己也为孩子。"

有一个星期,宁颜吐得实在太厉害,不得不去医院打吊瓶。

有一晚,打完吊瓶已是八点多钟,宁颜和李立平走出医院路过一家山西面馆,宁颜闻着里头传出的微酸的香气,忽然想吃面。李立平兴兴头头地拉着宁颜进了店,要了大一盘三鲜炒面,宁颜呼噜呼噜一气儿吃了下去,李立平好不高兴。

谁知到了半夜,宁颜就开始痛苦地折腾了。胃胀得像一面小鼓,一口气憋在胸口怎么也吐不出来,宁颜翻过来覆过去想找一个安妥的姿势睡,可是不行,胃里的胀气越来越多,宁颜只好爬起来在卧室里走来走去,希望胃里能松快些,可是还是不行,早先吃下去的那一碗面好像要永久地驻留在她的胃里,缠成一团,胃里面发出奇怪的咕咕咕的声响。宁颜难受地把头在衣橱上磕,让那尖锐的痛感分散胃里的胀与闷。

李立平听到动静也起来了,问:"你怎么啦?"

宁颜带着哭声说:"我难受,胃胀得厉害。"

李立平说:"是要吐吗?忍住!好容易今晚多吃了一口。"

宁颜哭起来:"能吐出来倒好了,我受不了了!"

这么一折腾,李立平的父母也被惊动了。李母正要敲儿子的房门,宁颜猛地推了门跑出来,跑进卫生间大吐起来。李立平跟他妈都跟了过来,看见宁颜恨不得把心肺都吐出来的样子,李母拉了儿子悄悄说:"这样子怎么得了?哪有这种吐法的?都快四个月了还这样?要想想法子啊,不然肚子里的小侠子什么营养也没得哟!"

李立平皱着眉转身去倒来了温水,见妈妈还跟在身边低低地说着,不耐烦地答:"我也没得办法。宁颜身体一向是差一点儿,也许再过过就好一点儿了。"

李母说:"还要再过多久?人家科学上都说啦,四五个月的时候是关键,是长小侠子的脑子的时候呀,我的孙子将来长成个傻子怎么办?"

李立平烦了,打断母亲的话:"别说了,不至于!"

李母不甘地说:"怀小侠子的女人也看过千千万万了,哪有这么娇气的!"

李立平被母亲的话弄得烦躁不堪，心底里也暗怪宁颜有些过于娇气。

李立平母亲的话点点滴滴落在宁颜耳朵里，宁颜吐得很厉害，借着呕吐，哗哗地开始淌起眼泪来。

宁颜吐到脱力，人站立不住，李立平过来扶住她。还没等她抬起头来，李立平妈端着一碗热腾腾的东西过来了："小方，吐不要紧的，吐了再吃，哪个都是这样过来的。喏，给你现打的蛋，我晓得你喜欢吃甜的，放了糖，来吃一点儿。"

宁颜看着碗里漂着的三个蛋，一阵恶心又涌上来，挣扎着跑回卫生间。

李立平轻轻拍着她的背，微微叹了一口气。

那一碗水潽蛋李立平又端了过来，冷了又热了一回，宁颜到底还是没有吃。

李立平想，恋爱时只觉得宁颜的娇弱可爱，结了婚了，才明白娇弱并不是什么好事情。

现在他宁可娶的是一个他们镇上的健壮的姑娘，吃得苦，脸色红润有光泽，一顿顺顺当当地吃下两碗饭。

接下来的几天，宁颜的情况越发糟糕起来，任何东西刚吃进去不到十分钟，马上就吐出来。李立平想想这样下去不是办法，就跑到宁颜妈妈那里把宁颜的情况说了。

宁颜妈也知道女儿反应比较大，可是没想到会这么厉害，赶紧做了几样女儿平时爱吃的东西用保温桶拎到了女儿女婿那里。

到的时候，宁颜正巧刚吃了晚饭，又在吐。

宁颜妈心痛女儿，侍候着她洗干净了脸，拿了碗倒一碗带来的清汤叫她喝。宁颜只喝了半碗，倒是没有吐出来。

宁颜妈看着饭桌上还没有收拾的饭菜，忍了忍没有忍住，说："亲家妈妈，以后，菜里可不可以不要放那么多的酱油？鱼还是清蒸的好。"

一句话话音刚落，一屋子人都僵在那里。屋里闷得像夏天雷雨将至，让人不自觉地想在这闷成一团的气罩里戳破一个小洞，好让新鲜的空气漏进来。

李立平妈的脸白了又青青了又白，好半天才顺过一口气来说："我们家做菜都是这个样子的，我们平侠子跟他姐姐妹妹从小吃到大，身体都好得很，皮肤还白！"

宁颜妈妈脸色也变了一变，却按下性子道："我没有别的意思，酱油和盐吃得太多，对谁都不好，科学的养生之道是要吃得清淡些。"

李母说："我们是乡下人，不懂科学。"

宁颜妈也挂下脸来说："盐吃得太多对肚子里的孩子也不好啊。"

听到亲家把孙子抬出来说，李立平妈哑了口。两个老太太冷眼对冷眼，眼光交会处却火花四溅。倒是李立平爸打破僵局说："是的是的，亲家妈妈，小方要是喜欢吃清蒸鱼，明天就叫他妈做，只要能吃得下对小孩子好，怎么都行，都行！"

宁颜妈也打圆场说："是啊是啊，大家都是为了孩子，大人重要，小孩子也重要。"

这一顿饭，堵在各人的胃里，都不好消化。

宁颜妈走了以后，李立平妈在儿子面前抱怨："她又在咱们面前摆架子了，噢哟，我就没看见过这么能摆架子的人！一个女儿养得这样娇，就收在娘家永远不要嫁人，出嫁了做了人家家的媳妇就不要对人家家的事多嘴多舌！她那意思是我委屈了她的女儿了，我想想就冤得很，做了甜的不吃，做了咸的又嫌弃，她一个月给我多少钞票要我做她女儿的老妈子……"

李立平把一个碗重重地丢进水池里，阻止了母亲下面的话。他也是闷了一肚子的气，想着，这俩老太太一样难讲话，还偏偏相看两厌，看来自己与宁颜还真是天生一对，真是不是一家人不进一家门。

　　过了没两天，宁颜妈打来电话，说是宁颜的反应这样大，一点儿没有好转，想要把宁颜接回家住一段日子。李立平想想这主意不错，忙不迭地收拾了，送宁颜回了娘家。他自己每天下班后就过去看她，顺便在丈人丈母家吃晚饭，还别说，那饭菜是要精细许多。吃完了有时李立平会主动地帮着收拾洗碗，可是宁颜妈多半会把他洗过的碗筷再过一次水，李立平知道她是嫌自己洗得不干净，还听得她低声地叽咕着："也是一个少爷啊！"李立平居然也不气了，冷哼一声算完。回到自个儿家，妈妈准备了饭菜，听他说在丈人家吃过了，也不高兴，抱怨他嫌贫爱富，没有良心："从小吃我的饭长大的，现在倒嫌弃起我的饭来了！"

　　李立平也不理她，径直回卧房去躺下。想着，中国人均居住面积本来就小得可怜，在这小小空间里还要挤进三个以上的人，一个个又都有骨头都有角的，不是你戳了我就是我硌了你，那刺猬想要挤在一处取个暖还晓得把刺儿都收收拢呢，人的骨头和角倒都是长在身体外头似的。身为老人，其实应该有自觉，儿女长大了就该放他们自己生活，就好像演戏，一场新戏开演，那做编剧的死赖在台子上不肯下台算是怎么回事呢？现在的年轻小孩子，应该从小接受一种教育，学会与人，哪怕是自家的亲人，保持合理的距离，看来，婚姻家庭的教育真应该从娃娃抓起啊！

　　李立平越想越觉得自己的理论有理，恨不得立时起床把它付之于文字，投到婚姻与家庭杂志社去，登出来以警示众人。到底还是懒得动，睡了。

　　宁颜在娘家住下来，就好像回到了做女儿的时候，心境渐渐好起来，虽然反应还是大，吃不了多少东西，但身体一天天地好起来，也长了些肉，肚子也一天天地显出来。

　　李立平的妈虽然不甚喜欢这个儿媳妇，对亲家母更是没有好感，但是熬不住想知道自己孙子的情况，还是隔三岔五地跑过去看看，自己安慰自己说：我不是去看那丫头的，我是去看我孙子的。

　　老太太细细地研究宁颜的肚子，留心看着宁颜走路时先迈出哪只脚。看到她是先迈左脚，兴奋得心里头打小鼓似的。有时候又从侧面看着儿媳的肚子，觉得圆滚滚的，倒像是自己怀女儿那时候的样子，不像怀儿子时是尖肚子，又担心起来。

　　倩茹虽然从学校里辞职了，有时候也会去看看宁颜。宁颜忍不住对着好友吐苦水，说怀孩子有多辛苦，人样子变得丑怪不说，心理负担还重。倩茹听了半天没有作声，过一会儿轻声地说："宁颜，我还是以前那句话，知足吧。"

宁颜想起以前大家在一块儿玩时倩茹说过的这句话，当时自己还跟她置过气，如今倩茹再说出这句话，语气里添了一份心酸，也跟着一起心酸起来，握了倩茹的手说对不起。

知足，她想，尽管爱情淡薄，尽管生活里有诸多的不如意，然而，哪里有真正称心如意的人呢？

两个人在窗前坐了许久，各自想着心事，有风吹进窗口，带着初春微弱的寒气。

又是新的一年了。

倩茹说："时间过得真快。"

宁颜说："是啊，三十啦！"

倩茹说："连你都三十了。之芸也三十了，我都三十二了。怎么一下子就老了呢？你看！"她凑到宁颜的面上，"你看我的眼角，鱼尾纹是不是很明显？"

她的眼角果然有细碎的纹路，离得近看，倩茹原本光润的脸如今干涩得很。

宁颜安慰道："还好，你一下子瘦了那么多，所以才会看上去憔悴一些。再养养，胖一些皱纹自然会没有的。"

"这样啊！"倩茹若有所思。

这一天以后，倩茹果然放开了胃口吃起来。有一回一个人在家无事，刚刚吃完午饭，又从冰箱里寻了一瓶粗颗粒的花生酱来，一吃竟然无比香甜。倩茹是易胖的体质，以前为了节食，吃什么都小心翼翼，现在有一个好借口，胖一点儿皱纹会没有，于是放心吃起来。竟然一会儿就吃光了半瓶子，那种香与甜里，似乎有着无限的安慰与希望。吃完了，又去超市买了半打来放着，慢慢地就吃上了瘾。

倩茹近乎天真地想着，快快把以前的体重补回来，脸上充盈了，皱纹没了，还会恢复以前年轻美丽的样子。

倩茹想不到的是，想它回来的，它回来了，想它走的，它却没有走。

倩茹辞了职，宁颜身体又不好，魏之芸在学校里落了单。

她现在也顾不得自己的孤单了，她的妈妈就够她操心的了。

自从父亲突然去世以后，之芸就发现妈妈的精神一天不如一天，神思恍惚，记性尤其不好，时常丢东落西。有一回，做着饭的时候，说是醋没了，就去楼下的小便利店买，谁知去了好半天不见人回来。之芸急得下去找，刚下楼就看见妈妈在另一个单元门洞口转来转去。之芸上前去拉她，问："妈，你在这里找什么呢？"

之芸妈看见女儿，笑起来，拉了女儿的袖子问："我怎么看这些单元的门都差不多，小芸，哪个是我们家啊？"

之芸觉得怕什么就来什么，妈妈肯定是出了问题了，并不是一时的犯糊涂。

之芸带母亲去做了检查，医院里诊断是阿尔茨海默病，医生还说，这种毛病是会越发展越糟糕的。之芸顺带着让母亲又做了一套体检，母亲的身体倒是出奇好，血压心脏通通正常。那个头发花白了的老医生说："姑娘，令尊且有的活呢！"

之芸把母亲带回家，下决心找一个保姆来照顾她。可是之芸没有想到，找一个保姆比找对象还要难。找了大半个月，完全不得要领，有的小姑娘一听说要照顾老人，立刻回绝，连价钱都不屑考虑。还有的，干脆就打出了不照顾老人与小婴儿的旗号。之芸只好托退休在家的舅妈先来照看一下。舅妈来过两趟，回回待不了半小时就赶回家去坐麻将桌。之芸暗地里塞钱给她，舅母拿了钱，来得勤了，可是不过半个月，就再也不肯来了，之芸再塞钱给她，她也不拿了。她说她给吓怕了，有一回，她睡午觉，之芸妈妈跑到厨房去烧水，把煤气炉打开却忘了坐水上去，结果火给风吹灭了，她自己跑到阳台上晒太阳，完全忘了这事儿，舅妈差一点儿给煤气熏死了。

之芸再也不敢放母亲在家做饭了。她每天出门前都会小心地把厨房门锁上，把家里一切有危险的东西，刀啦剪子啦藏得好好的，中午老远地赶回去做饭给妈妈吃，再赶回学校上课，一下班哪里都不敢去，立刻就要回家，之芸的脸上很快地失去了光泽。

这一天，之芸刚上完课，有老师急急地来找她："小魏小魏，你快点儿回家，你邻居打来电话，说是你们家着火了！"

之芸一听，整个人像寒冬腊月掉进了冰水里，只有一个念头：我的妈妈，我的妈妈呀！

之芸打了车回家，快到巷口时就看见围了一圈人，还有一辆消防车，之芸的腿软得半步也迈不动。

有邻居看见了她，叫着跑过来拉了她去。之芸终于看见自己的妈妈坐在路牙子上，脸上黑一块白一块，衣服也撕破了，挂下来的一角在风里扑扑地翻飞着。

看见了之芸，妈妈就抱着她的腰像个孩子似的哇地哭了起来。

邻居七嘴八舌地把事情说了个大概。

之芸的妈妈也不知从哪里摸出个旧的打火机，说是想给之芸做红豆汤喝，把一个小木茶几当成是厨房的灶头，用旧报纸生了火。火一下子就烧起来，还好邻居家里有人，看见从门缝里飘出的烟，闻到到烟味儿，知道不对劲，拼命砸门。之芸妈在里面也吓得乱跑，越急越是打不开门，还是邻居把门撞开才把她拉出来的。

几个邻居还冲进去，一边端了水灭火一边打了119。

救火车来的时候，火已经灭得差不多了。大家都说，得亏救得及时，就烧了客厅里的一套沙发，窗帘子也烧了一幅，还好电路没有起火，不然可就不得了了。

之芸搀了妈妈慢慢地上楼回家。

客厅里一片狼藉，水淹着烧断了腿的桌子，窗帘被扯了下来，沙发已烧得不成形。屋子里的烟还没有散，一股子难闻的焦煳味儿。

之芸妈拉着女儿的衣襟不肯放手，咕咕哝哝地就只会说一句："我不是故意的，我不是故意的。"

之芸拍拍妈妈的背："不要紧的。"

之芸妈说："桌子坏了，还有沙发。"

之芸说："我再给你买新的。"

"新的哦，要花钱。"妈妈说。

"没关系的。我有钱啊。"

"钱。"妈妈拉着女儿的衣服，又说。

之芸足足花了三个星期，总算把家里重新收拾得像个样子了。

她已经不敢把妈妈一个人丢在家里了。宁颜想了个法子，说自己妈妈反正退休了，不如让她白天帮着照看一下，让之芸白天把妈妈送到自己家去。

之芸也是实在没了办法，只好麻烦宁颜妈妈。宁颜妈妈倒还愿意帮这个忙，可是这也不是长久之计，之芸生怕妈妈在宁颜家再闯点儿什么祸出来，可就不得了了。

学校这一头，之芸也非常不顺。

学校里来了一批年轻的教师，她一下子好像给浪头迎面打来，从此在领导眼里消失不见了。任何好事再也没有她的份，她工作再努力，那努力也落不进人眼里去了。

能干的魏之芸，样样都强的魏之芸，几年前被众人看好的当成一个优秀教师苗子来培养的魏之芸，就这样埋没了。

新的一年，又有支教的名额，之芸想起那些淳朴的孩子，想起乡下学校那铺满了阳光的大操场，动了再去支教的念头。

周末的时候，之芸把妈妈接回家，让她坐在阳台上，脖子里围上旧衣服，拿了把小银剪子替她修头发。

母亲像个小孩子一样，手里拿了半个西红柿，得空就咬一口，汁水顺着嘴角流下来，染了一下巴。

之芸替她擦干净。

妈妈突然拉住她说："老大，你认不认识什么好男孩子？给小芸介绍个对象。叫你老公也帮着找找！"

之芸知道她是把自己当成大姐了，温和地说："没问题，有好的就给她介绍。"

又蹲在母亲面前说："妈，想不想跟我下乡去？乡下空气好，我们去看油菜花。"

妈妈咧了嘴笑："花，看花！"

之芸微笑着点头："嗯，我们看花去。"

新的一学期，之芸再次下乡，这次，她带走了母亲。

倩茹学会了逛街。

以前上班的时候，尤其是工作特别繁累的时候，总是想，什么时候不用上班就好了，成天待着，看看书，看看电视，那还不得过得跟神仙似的。

事实上并非如此。

辞职在家的倩茹渐渐地在清闲里觉出了两分无聊。成天东抓抓西摸摸，不知该干什么好，电视是看到不要看了，开始一部一部地看日剧，看得眼睛几乎要蹦出眼眶，一出门见了阳光便流起泪来，倩茹觉得自己简直要成了山顶洞人了。

于是放弃日剧，捧了书本来看。

倩茹与宁颜不同，她不太喜欢看小说，以前看的书多半是些教育书，现在再捧起这些书来，忽地就有一个声音低低地在心中说：看这个做什么，你已经永远不当老师了。于是就又掷开书，心里有说不出的惆怅。

苏豫一天比一天忙，一边要读书，一边要运作他的那个公司。说是公司，不过三四个人，苏豫顶了个经理的名头，其实也在自己做业务，一个月里头总有半个月在外面。好在公司虽小，胜在灵活，苏豫也懂得渐进的道理，只拿准了北方特别是西安这块地方，有现成的熟客户。舅舅也赞同他，说是螺蛳壳里也做得成道场，哪家大公司不是一点点儿从小到大做起来的？他还偷偷地投了钱在苏豫这里。老爷子一辈子能干聪明，老了老了，摊上个胡搅蛮缠又贪财的亲家，只好自认倒霉，谁叫自个儿的儿子贪人家女儿的美色，好在小孙子是真的漂亮得跟金童子似的。老爷子是真心喜欢苏豫，把钱投在他这儿，赚了以后养老的意思。

于是倩茹开始一天一天地满大街地逛，一家一家店里进进出出，并不买很多的东西，就只看看就能杀很多的时间了。

然后就回到空空的家里，睡午觉，起来坐在窗边吃花生酱，吃水果，吃各种小零食，摸摸一天天丰满起来的脸颊，倩茹几乎可以听见自己空空的心里有回声传来。直到有一天，倩茹在店里试穿新的春装时，惊骇地发现，原先的尺码完全套不上身，好容易穿上了，胸前的扣子叭地绽开，飞到窄小试衣间的一角。

倩茹惊讶地细看镜中脱去厚重的冬衣的自己，腰与腹间突出的肉，将内衣挤成一层层的皱褶。倩茹不能置信地用手捏那一堆软软的肉，侧过来侧过去地照着镜子，那个身架有点儿丰满过头的女子，真的是自己吗？

倩茹又凑得近些细看自己的脸，脸色倒是红润了，也光滑了，可是眼角皱纹不仅没有消，反而鲜明起来。

倩茹在更衣间里坐下来，发了半天的愣。

倩茹决定减肥。回到家第一件事就是将所有的零食都扔了。

减肥大约是世上最难的一件事了，吃惯了零食真想戒口，不知怎的就那么难，肚子里长出了小爪子，不停地抓挠着，其实也不是饿，就只是坐立不安，横也不是竖也不是。

倩茹等苏豫回来时，怯怯地问他，自己是不是胖得厉害。

苏豫亲热地捏捏她的脸说："还好啊。"

倩茹不太满意他这种敷衍的回答，拉了他，在他面前慢慢地转着身子，叫他细看看，是不是真的胖得走了形。

苏豫还是说："这样正好正好。"

倩茹叹了一口气。

她办了一张健美操的年卡，每天下午去跳操，跳得汗流浃背的，效果却并不明显，只觉跳起时全身那多出来的肉随着人的跃起舞动一抖一抖，抖得倩茹一天比一天沮丧。

有一天，苏豫叫倩茹跟他一起出去陪西安来的那个客户吃饭，说是人家特地请苏经理跟夫人一块儿去的。

倩茹精心地打扮了一下，穿了件小 V 领的黑色礼服。那客户是个高壮的北方男子，带着两位年轻的女孩子，介绍说是他们公司公关部的。见了面就称赞苏夫人是美人，倩茹心里舒服了不少。

酒席中倩茹起身上洗手间，才要从小隔间里出来，就听见有人小声地在说话，听声音就是那客户带来的两个小姑娘。

其中一个说："你看那个苏经理的太太算得上美人吗？"

另一个清脆地笑说："再年轻个十岁也许算。现在嘛……"吃吃地笑得更欢，"你看她那小礼服，裹在身上像粽子一样。还有她的妆，也落伍得很，现在哪还有人化得这样珠圆玉润的，跟唐朝人似的，唇色也不对。"

"总之有点儿说不出的土，其实也不是土，就是像放在箱子里时间长了的衣服，漂亮不漂亮的先别提，总带着一股子樟脑丸的味儿。"

小姑娘们吃吃笑，混在水流的声响里。

水声中，倩茹听小姑娘又说："不过苏经理倒是真帅，有点儿日系帅哥的感觉。哎，对了，苏太太看上去要比他大许多的样子嘛。"

"我看至少要大个八九岁吧。我听说现在的这家公司就是苏太太家人帮他开的。"

"噢，那难怪了。"

倩茹等她们出去后带着一身的燥热捏了满手的冷汗也走了出来，这之后的饭菜，全部堵在她的心头。

这以后，倩茹多了个习惯，经常长时间地对着镜子审视自己的容颜。偷眼看看身边年轻的二十六岁的周苏豫，看他乌黑的头发，挺拔的身形，似乎还未褪尽绒毛的光洁的脸。倩茹就会紧紧地巴着他，仿佛这样，才把一颗心安稳下来。然而耳朵根子底下常常像是有人在低低地叹息似的说着话，细听去，是苏豫妈妈在说：你比我们苏豫大这么许多，我们苏豫还是个孩子呢。

苏豫妈是不在了，可是她的那些观念不知不觉地在倩茹的脑子占了一席之地，继而生了根，长了叶，花落了结了果，就成了她的想法，她的痛处。

宛若苏豫妈的灵魂附着于她的身上，固执地不肯离开。

大伏天里，倩茹生生打了一个冷战。

何倩茹开始格外地注重起外表来，去专门的店里学习化妆，买了各式的去皱霜美白露在脸上搽，并且开始吃减肥药。苏豫是一次无意间喝了她杯子里的茶水才知道她在吃这些东西的。

苏豫皱着眉说："这是什么水？一股怪味儿。"

倩茹带笑夺过杯子："不是给你喝的。"

苏豫转转眼睛："是上回那个老中医给的养身的偏方吗？说不定明年，我们就可以有孩子了。"

倩茹的神色暗淡下来："不是那个药。"

苏豫警觉地又拿过杯子来闻一闻，试探着问："减肥茶？"

倩茹干干地笑道："你怎么知道？"

苏豫说："我接触的客户他们那里做业务的小姐们也都喝那个，一样的怪味儿。倩茹，别乱吃药，伤身。"

倩茹照旧偷偷地吃着减肥的药，可是那些药与茶水并没有让她顺利地减下来，反而让她的脸上冒出了小痘子，先是额头上，复又转到两颊，倩茹吓坏了。

倩茹大热天里戴了口罩，一趟一趟地跑皮炎所。医生只说是药物过敏，开了一堆外涂内服的药。那些外涂的药多半气味古怪，又黏腻得很，倩茹趁苏豫不在家的时候涂了一脸，估摸着苏豫快回来了再洗干净。

足足折腾了两三个月，等到秋凉的时候，倩茹脸上的小痘子终于消下去了，却在她原本光洁得不见一粒小斑点的脸上留下了片片浅浅的斑痕。

何倩茹开始了与这些小小斑点的长期持久的抗争。

这一年的大夏天，方宁颜生了一个女儿。

预产期过了有十天，宁颜的肚子还一点儿动静也无，李立平开始坐立不安起来。

李母安慰他也安慰自己说："不要紧不要紧，过月的儿子是个宝。"

宁颜的妈妈着急了，找了熟人把宁颜送进了妇幼医院。

阵痛是在一个暖湿潮闷的早晨突如其来的。

宁颜弯下身子去捡掉在地上的毛巾，突然痛就袭来，宁颜"哎哟"了一声，那种胀痛，陌生得令人恐慌，像有一只手抓住她的肚子恶意地捏弄，一阵，过去了，宁颜直起腰来，刚在床边坐下，又是一阵，短促但是更为剧烈。宁颜与其说是痛的不如说是吓的，开始大叫起来。

宁颜的整个怀孕过程痛苦而漫长，似乎永远也看不到尽头，却不料生产的过程顺利得出乎所有人的意料。

医生说，可能是孩子骨架小、特别瘦的缘故。

孩子生下来时宁颜听见自己微弱的声音在问："为什么他不哭？"

医生说："这就哭了。这么小，这么弱，哪有力气哭大声？"

接着，宁颜听到一声细微的哭声传来，她觉得那不像是人类小孩子的声响，像是某种小动物，湿漉漉的遥远的细细的动静。

医生把一团包好的东西递到宁颜的产床边："喏，看好，女孩儿。"

那一团只在宁颜眼前一晃就被抱走了。因为比较弱，要放在暖箱里观察一晚。

　　宁颜被推出产房，母亲的脸第一个出现在头顶上方。她凉凉的手在宁颜的脸上掠过，说："好极了，总算放心了，我以为你有的折腾呢，这下子总算放心了。"

　　宁颜陷入倦极的沉睡，对于这个从她血肉里分离出来的小小孩子，宁颜却有着一种隔膜感，她只想用睡觉来盖住一切事实，包括她已做了母亲的事实。

　　就在这个时候，魏之芸种在廊下的丝瓜开了一溜儿小黄花，花落了，就结了一个个青翠的果实。

第
三
十
六
章

方宁颜生了一个女儿。

孩子不到四斤重，落地后弱得哭都没有力气哭。助产士给孩子做了简单的处理后，送了出来。

一家子一下子全迎上去。李立平看见雪白的小包裹里，孩子红兮兮皱巴巴的脸，一团糊涂不清的五官，还沾着血，头发倒是乌黑密匝匝的。

助产士用肩膀将围着她的人顶开，说是孩子体重轻，太小，要暖箱里观察一夜。说着抱了孩子往电梯走。

李立平妈急急地跟上去，一迭声地叫："医生，医生，请问一下，请问一下，哎哎！"年轻的助产士动作轻盈迅捷，李母跟在后面碎步跑着，"你还没告诉我们家属是男侠子还是女侠子呢！"

"是个女孩儿。"

李立平妈顿住脚步，一软身坐在走廊上的椅子上，"哎哟"了一声。

李立平过来："妈，我们去病房看看宁颜吧。"

李母抬起头来对儿子说："你……你先别急，先下楼去追过去问问，刚才那小侠子是不是五十二床姓方的，我看见今天进去好几个大肚子，会不会弄错了呢？"

李立平皱眉跺脚道："妈！亏你想得出来！"说着却又不走了，站在母亲面前。

"完了完了。"李母咕哝着，眼圈就红起来。李立平立刻不耐烦道："妈！大庭广众的，不要招人笑话。"说着去拉她。母子俩跟李父一起走到宁颜病房门口，李立平停下来，小声地对母亲说："你不要在脸上带出情绪来。宁颜的爸妈都在，病房里头还有旁的人。"

果然宁颜父母都在。宁颜妈在帮她擦脸，用热手巾给她捂着因为疼痛挣扎而僵得抽筋的手指。

李母远远地站着，没有过来。宁颜妈从眼皮底下撩了她一眼，心知肚明地"哼"了一声。

李立平装作要绕到床的另一边，偷偷地在母亲的小腿上踢了一下。

李母终于上前，半弯了腰对着床上的宁颜说："你好好歇一歇，我看我回去给你烧稀饭去吧。你要吃甜的吧？"

宁颜疲惫地点头说谢谢妈。

李父也说先走，回头一道送东西来。老两口走到走廊里，李母长叹一声说："你扶着我走，哎哟，我的腿一点点儿劲儿也没得了。"

李父说："我晓得你是什么缘故，你是看小方生的是女儿，你不高兴。可是我跟你讲，你不要在亲家和小方面前这个样子。"

李母没好气："我哪个样子？我的样子怎么不好了？"

李父摆手："不拌嘴不拌嘴，给人家看见。"

李母又是一声长叹。

李父说："不晓得小毛娃子什么时候送出来给我们看到。"

李母说："我是不要看。看来看去也变不成个男侠子。"眼睛里存了多半天的眼泪终于流了出来。

李立平坐在宁颜床边的椅子上，替宁颜拉拉身上盖着的被子。

宁颜爸妈到水房去了。宁颜没有睁眼，突然问："你妈妈不高兴了？"

李立平故意说："这话从何说起？"

宁颜没有作声。过一会儿，李立平摸摸她的手，道："你不要多想，我妈那个人的脾气你现在也应该了解了，她就是那么个人。"

宁颜睁开眼看着李立平又问："你有没有不高兴？"

"我哪里会。"李立平笑，自觉笑声干瘪不具说服力，又加一句，"我当然不会不高兴。女儿很好。"

第二天，小婴儿被送回了母亲的床边。医生说，小是小点儿，发育还可以，就是瘦，是可以评十分的新生儿。

宁颜没有奶水，甚至没有涨奶的感觉。小婴儿喝的是奶粉。

李母这一天并没有出现，宁颜的饭是宁颜妈送来的，也是宁颜妈守了一个白天，晚上自然是李立平值夜。

直到第四天上，李母才又出现，问奶水好不好。

宁颜妈因了亲家这两天的态度已是一肚子的不舒服，冷冷地答："宁颜没有奶水。"

李母大吃一惊："怎么会没有奶水？从来没有听说过啊。"

宁颜妈的声音越发冷："怎么没有，我自己就是这样，宁颜就是喝牛奶长大的。这是遗传，要怪也怪我，不能怪我女儿。"

李母答："呃，哎呀，我也不是怪她，有法子催奶的，鲫鱼汤猪蹄子汤喝喝就好了。还是母奶喂养好，这是科学上说的。"

宁颜妈笑一笑，把若干日子以前的那句话抛将出来："我不懂科学。"

这下子，连一旁同病房的产妇一家都看出来这两亲家之间的机锋了，吃吃地笑，像是没扎紧的气球里漏出了气。

第二天，宁颜出院了。

宁颜妈毫不犹豫地说，要接女儿回家坐月子。李母到底觉得再不发话就有些过意不去了，便说："本来应该我们来照顾的，可是小方身体一向不好，还是亲家妈妈了解她的口味，你们那边条件也好些，我常走动去看。"

当着一屋子的人，宁颜妈把到了嘴边的那一句"随你来不来"咽了下去。

宁颜在娘家坐月子，孩子当然由爸妈帮着照顾。宁颜这些日子亏得厉害，半靠着坐在床上，下床的力气都没有。对那一团初具人类眉眼的小东西非常陌生，头晕的时候常会一阵阵犯着糊涂：这个断断续续轻声轻气地哭着的小东西是哪家的？是谁的？

小小婴儿的哭声实在是奇怪，哈哈啊哈哈啊，总是一口气接不上一口气的。这种声音听在宁颜的耳朵里，一声紧似一声，一声追迫着一声，宁颜下意识地捂住耳朵。

有一个周末的下午，宁颜睡了一个长长的午觉，人觉得舒服了许多，睁眼就看见父亲坐在地板上，面前放着的是放小婴儿的精致的藤摇篮。

父亲小心地握了小婴儿的一只细小的手，久久久久地看着孩子，英俊面目里饱含着慈爱，满得快要溢出来似的。

正好宁颜妈走进来，低笑着说他："你一个下午什么事也不用做，她好好地睡着，你老看着她做什么。"

方爸爸仰头说："哈哈，我们家，足足有三十年没有这种小婴儿了。真是，怎么看怎么奇妙。"

宁颜妈也坐下来，看向摇篮里："唉，可惜，女孩子像爸爸，不怎么像我们宁颜，看看这眉眼鼻子、下巴额头，活脱脱一个李立平！"

宁颜慢慢地踩在地板上，走过来，头一次仔细认真地看着自己的女儿。

果然，渐渐地，在那不足巴掌大的脸上，看出两分熟悉来。

小婴儿哭起来，宁颜试着把她抱在臂弯里，可是她并没有停止哭泣，不安地转动她小小的头，咧开形状与李立平无比相像的嘴角，哭着哭着。

宁颜还是没有奶水，孩子喝奶粉。宁颜妈说，喝就要喝好的，买美国配方奶粉，李立平略犹豫了一下，应了。

到了报户口那天，李家一家子都来了。李母说，按他们族谱，这一辈的女孩子名字里头，中间都是华字，只要再加上一个字就成了。

宁颜说："名字我想好了，我想叫她缓歌，李缓歌。"

李母失口道："一个小女侠子叫'哥'不是招人笑吗？"立刻察觉出自己的失口，赔笑着加上，"我说嘛用一个珍字就行了，李华珍，好记。"

没有人附和她。宁颜把名字写在纸上叫李立平去派出所报户口。纸上当然写的是李缓歌，李立平妈视力特别好，一眼瞧见了。

过了好一会儿，李立平拿着新报上的户口回来了，白纸黑字写的是李缓歌。李母看一眼，把它塞进包里。

回去的路上，李母忍不住了，对着空气道："生个女儿还这么神气！"

李父劝她："男女都一样都一样。人家英国连国王都是女的，全国的男的都归她管。"语气轻快，里头的幽默却沉重。

李立平妈尖了声音说："那是英国不是中国，你这么说不符合国情！"

"行了行了，别人家生了女侠子也没见像你这么不高兴的。"李父说。

"别人家我管不了，可是我们老李家是单传啊，就这么断了香火了？要我说呢，也不能怪方宁颜，要怪只能怪自个儿的儿子，谁都看不上偏偏看上这么一个！就不是有福气的样子，好像风吹吹就要倒，一看就不是能生儿子的，长得像是林黛玉可又没得那个小姐命！"

她只顾着说了个痛快，李立平听了生气得不得了，打断她："是了是了，生男生女由男方决定，是我运气不好，叫李家断了香火！"

儿子面色极为不善，做妈的也吓了一跳，于是不作声了。

之芸特地从乡下赶过来约了倩茹一起来看宁颜母女。之芸送了一整套手织的小衣服，还有一件她自己做的小大衣，按照时装书上英国的式样织的，宁颜妈爱得什么似的。倩茹送了一条金挂件，沉甸甸的，方家一家都说太贵重了。

问起来，倩茹说苏豫现在在舅舅暗地里帮衬下自己做生意，还算顺。说着闲话，倩茹侧了脸叫宁颜、之芸两个细看自己脸上的斑淡了一点儿没有。

之芸闻得她身上有一点儿奇怪的味道，便说："那些化学的东西，还是不要随便往脸上涂。我在书上看到说，薏仁粉可以淡化色斑，你试试，回头回去的时候我就陪你去中药房买。"

宁颜问："之芸，你过来，你妈妈谁照顾？"

之芸说："托给小刘夫妻两个，他们人很好，平时我的学生们都帮着照顾，乡里的孩子真懂事，我都有打算永远在那边教书啰！"

宁颜笑道："你不要想得美，要做现代陶渊明。下学期这届六年级就要质量调研，一定要你回来带，你有经验，教学方法对路，别看荣誉不给你，事情还要你做的。"

倩茹听她们说起学校工作的事儿，不自觉地就站起身来转到一边去看小婴儿，一边按着胸口粗粗长长地喘气。

之芸、宁颜都问她怎么了，倩茹笑笑说没什么，就是内衣有点儿紧。之芸掀一掀她的衣服。"要死了，"她说，"你怎么穿这么紧的内衣？勒得要窒息的。"

"这个是束身型的。"

"这哪是内衣，简直是刑具，十八世纪外国女人鲸鱼骨头做的胸褡子也没有这样紧。"宁颜也惊讶不已。

倩茹又粗喘了一口气说："不紧不行，女人不对自己残酷一点儿，生活就要对她残酷。"又侧了身让两个好友看，这么束起来，自己是不是不显得那么胖。

正说着，小婴儿醒了，一醒便哭。宁颜把她抱起来摇晃。

倩茹伸手摸着她嫩如水豆腐一般的小脸，叹了一声："真是可爱啊。"

宁颜低着头说："你要喜欢就抱走吧。"又加一句，"我说真的。"

倩茹说："当妈的哪有舍得的啊，哪有不爱自己孩子的。你是不爱……"

意识到了，赶紧刹住话头。

宁颜在心里替她说出没有说出来的半句话：你是不爱给她生命的男人。

魏之芸这一次回城没多久之后，就又把母亲托给小刘夫妇，悄悄地回南京来了，谁也没有告诉。

她在一次洗澡时，摸到自己的乳房上有一个硬硬的块。

第
三
十
七
章

　　袁胜寒看着手机上那个熟悉的号码，想起方宁颜的话，略犹豫了一下，还是
接了。

　　之芸是有分寸的人，若不是有急事，她也不会打来。

　　袁胜寒赶到医院的时候，四下里找了半天，才看见坐在角落里的魏之芸。

　　之芸直到胜寒在她身边坐下带起一点点儿风才转过头来看他。

　　之芸脸上的神情把袁胜寒吓了一跳，即便是他们分手即便是她父亲去世时，
胜寒也没有在之芸脸上看到这种神情。

　　胜寒问："怎么啦？"

　　之芸不说话，笑了一下。

　　这里是妇科，周围都是不同年纪的女性，有的身边陪着男子，有的独自
一人。

　　之芸忽地伸手过来攥住了胜寒的手，她的手冰冰的，胜寒心里头掠过一道
阴影。

　　之芸说："等下你去替我拿化验单好不好？"

　　没头没脑的，胜寒想一想，明白了。

　　他也不细问，就说："好，等下我去替你拿。你这是第二次支教了，喜欢
那里？"

　　"喜欢。"之芸说，"待着安生。"

　　"我争取了两回，我们校长说，我们这里本来就是都市里的村庄了，你就安
心待着自己支援下自己得了。"胜寒笑道，"老头儿越来越幽默了。"

　　之芸停了一下问："我其实一直想问你，胜寒，你调到那边去，后悔过吗？"

"没有。"胜寒说。

"你想都不想就说没有？"之芸轻轻地笑起来。

"是真的没有，哪里都一样干活挣钱。你下乡不也没有后悔。我们都不后悔。"

"嗯，"之芸说，"都别后悔。"

有护士出来叫号头，三十一号。

之芸把胜寒的手抓得更紧一点儿："我是三十二号。胜寒，我托你个事儿。"

胜寒说："你说。"

"我妈，脑子有点儿不清楚，但是她身体挺好的。我姐那里，他们条件也不太好，我姐夫，单位早就不成了，一直在打着零工。要是……我打算把我妈送到养老院去，我还有点儿积蓄，就是……请你……能不能，有空去看看她？"

胜寒侧过身来抱住之芸，在她的背上轻轻地拍着："傻姑娘，我们都有的活呢，活得长长久久的，做一辈子的……一辈子的好朋友。"

"比好朋友还要好。"

"是，比好朋友还要好！"

护士出来，叫三十二号魏之芸。胜寒走过去接过薄薄的化验单，看了一眼，再细看，再看，抬起头，吐一口长气。

胜寒走过来，咧开嘴笑："我说我们可以活到一百岁的，没错吧？"又摊开手叫之芸看他的掌心，"一手汗，吓的。"

之芸傻傻地看着他，模样像一个听不懂老师讲课的惶恐的小孩。

胜寒摸摸她的头："没事了，没事了。"

之芸的乳房上，长了个硬块，等到她摸出来时已是很明显的一个鼓包了。之芸托小刘帮她照看一下老妈，趁着周末，回南京来检查，做了活体检测，结果还好，是良性的。可是医生说，还是要做个手术，把它切除了。之芸起先不太想做，有工作，还有，妈妈那边怎么办？全是放不下的事儿。可是医生说，最好还是要做掉，不然，很难说以后会不会转为恶性的。

胜寒跑了一趟乡下，把之芸妈接到城里来。胜寒有个小姨，一辈子没结婚，年轻时因为恋爱的关系，跟家里闹得厉害，一直都跟亲戚们淡淡的，就疼胜寒这个侄子，胜寒请她帮着照看一下之芸妈。之芸妈除了糊涂一点儿，人是很随和的，从前就乐呵呵的，现在糊涂了，倒更乐呵呵的像个孩子似的，两个老太太倒挺投缘。

之芸手术再没告诉别人，那一天，只有胜寒一个人陪着。

之芸平时身体结实，连感冒都很少得，虽然不是个小手术，可是倒很顺，人很快清醒了，一睁眼就看见胜寒近得贴着她鼻尖的笑眯眯的脸。

"我想着你就要醒了。"

"那也不带这么吓人的。"之芸声音虚弱。

胜寒大笑："有东西吃。我刚买来的。"

胜寒往小碗里倒着粥。

之芸望着他的侧脸，他还是那样的瘦长脸，亮晶晶的眼睛，笑模笑样，胜寒不帅，可是看着就叫人从心底里觉得挺可亲的。

尽管伤口在麻药效力过去之后火辣辣地痛，之芸还是微笑起来。

"胜寒，你怎么老是这么乐呵呵的？"

"要不然怎么办？怎么着也是一辈子，笑总比哭好。"

胜寒怕之芸刚手术完不能吃过于稠的粥，小心地只倒了半碗出来，又兑上一点儿开水，把碗里的粥一勺勺喂到之芸的口中。粥稀薄，有重重的味精味，粥不好，然而魏之芸吃来还是香甜的。

之芸第二天可以下地以后，就不叫胜寒再过来了。胜寒还是每天过来陪上一会儿，又匆匆地回去。

之芸恢复得挺快，胜寒有时来，会扶着她在楼下慢慢地散步。

这两天突然有点儿降温，之芸来时没有带厚实的衣服，胜寒带来了一件军用棉衣，是他自己的，之芸穿了，套着面口袋一样，胜寒看一次笑一次。不过之芸觉得棉衣真是暖和，领口有淡淡的烟味儿。

之芸可以正常进食以后，胜寒说医院的饭菜没有味道，常从外面买了来给之芸吃。

眼巴巴地看着之芸吃，胜寒问："尝出来没？味道熟不熟悉？"

之芸笑："熟悉。老刘炒菜还是那样地道。"

那是他们以前常去的那家小饭馆的特色菜。

"嗯，我跟他说是病人吃的，叫他做清淡，少放油少放盐少放味道。下回给你带汤，他答应给我特制瓦罐汤，他的门口新添了一口巨大的瓮，专门炖汤。"

等胜寒走了，之芸翻出他装菜来的那个塑料袋，上面清清楚楚的两个红字：刘记。

之芸笑想，胜寒有时候是很天真的。

刘记离医院那么远，胜寒一路拿过来，衣服上总是落了斑斑的油渍。傻乎乎的胜寒哪。

一周以后，魏之芸出院了。

袁胜寒把她和她妈妈送回乡下。

之芸妈完全不认得胜寒了，却以为胜寒是之芸的男朋友，一路上一手拉着之芸一手拉着袁胜寒，高兴得合不拢嘴，对着陌生的同行者笑着说："他们要结婚了，我小女儿要结婚了。请你们吃糖啊！大家来喝喜酒！"

到了地方，之芸妈拉着胜寒不松手："你什么时候跟我们小芸结婚？我给她攒了嫁妆了！到时候给你一个大红包做改口钱！"

之芸说："妈，你让他回去吧，他明天还要上班呢。"

之芸妈说："哦好的好的，你早点儿回去，有空来打麻将啊！"

胜寒说："我记得，有空就来陪您打麻将。"

之芸想，妈妈糊涂了，其实也不是件坏事。

有时候，人糊涂了比明白的好，糊涂的人比明白人对生活中的不快乐有着更强的抵抗能力。

之芸到底是快乐的，为着跟胜寒的聚首，哪怕这聚首是为着一场病，为着一场伤筋动骨的手术。

过了两个月，魏之芸回南京复查，伤口恢复得挺好，医生说没有大碍了。

之芸的主治大夫是个有年纪的女士，面容严肃，其实十分和善，她一边在之芸的伤口处轻轻地检查着一边说：现在没有感觉了吧？人哪，身体上任何的器官，你若感觉到它的存在了，就是它出问题了。好的东西，有时候，无声无息地就随了你一辈子。

之芸觉得这位医生阿姨是一位哲学家。

离开南京的那天下午，之芸买的是傍晚的车票，看距离发车的时间还早，到底还是没有忍住，打车去了胜寒的单位。

之芸想起胜寒说过的"都市里的村庄"，还真是。矮小的楼房，土蒙蒙的围墙，但那墙壁上爬满了青藤，可以一直青到初冬的。

然后，之芸看见胜寒走了出来，正是下班的时候。

从门房里走出一个年轻的女子，手里抱着一个小姑娘，迎上胜寒，胜寒从她的手里接过孩子，两个人一路走着远去了。

之芸躲在树后，看着他们。

方晓雅丰腴了一些，面容却愈加水嫩，柔顺地跟在胜寒身边，姿态是全然的依赖与安然。

她其实是一个漂亮的女人，她是该幸福的。

魏之芸想：孩子真像胜寒。

她想：精神上的出轨也是出轨。

那么精神上的第三者也还是第三者。

魏之芸，你别做第三者。

魏之芸从此没有再给袁胜寒打过电话。

在以后的几年里，魏之芸还是在亲朋的安排下继续相亲，她认识了齐敏之，又认识了陈浩宇。

还有不少的只有一面之缘的人，他们在之芸的生命里，来了，又走了。

她连在全市的教研活动时都没有碰见过袁胜寒。倒是宁颜碰见过几回。

如果你不想碰见，之芸想，其实也是可以不碰见的。

之芸妈有时候问："小芸，你什么时候跟那个男孩子结婚？他叫什么名字来着，老上我们家来打麻将的。他什么时候来跟你结婚？"

之芸会回答妈妈："明天，明天就来了。"

之芸妈于是就会很高兴。

在她一片糊涂的世界里，明天就好像窗外明媚的风景，虽然隔着玻璃，可似乎永远就在触手可及的地方。

何倩茹按之芸告诉她的法子，每天坚持用薏仁粉与蛋清涂在脸上，二十分钟以后洗去，好像是挺有效的，倩茹对与斑战斗到底多添了两分信心。

有一天，周苏豫难得早回家，想约了倩茹一道出去吃饭，他们有许久没有一起出去吃饭了。

到家的时候，苏豫发现倩茹在沙发上睡着了，脸上有一道道浅棕色的奇怪的糊状物，让她的脸显得特别奇怪，还散发着一种淡淡的腥气。

倩茹听到动静，慢慢地睁了眼，看见苏豫，说："你回来了？我马上做饭。怎么就睡着了呢。"

苏豫说："别做了，出去吃吧。"

倩茹高兴起来，跑到房间去选衣服。

苏豫在客厅里等她，突然听得卧室里倩茹叫了一声，吓得跑进去看，只见倩茹用手捂了脸，蹲在地上。

苏豫去拉她，她死活不拿开手。

"什么事就这么严重？大家都涂的，洗掉不就完了。洗掉了还是很好看，就这样也很好看。"苏豫开玩笑。

倩茹却还是不肯抬头。

苏豫才明白，倩茹不是开玩笑。

她当真的。

第
三
十
八
章

周苏豫渐渐地觉得，让倩茹辞职也许是一个不明智的决定。

倩茹有点儿怪怪的。

她长时间地批判地在镜中审视自己的外表。苏豫觉着，女人嘛，涂脂抹粉，弄个面膜什么的，都是再正常不过的事情。可是倩茹不知为什么，在做这些事时总有些偷偷摸摸的，很怕人看见似的。

有时候两个人出趟门，倩茹要用很长的时间来选衣服。并且，周苏豫对倩茹现在的衣着品位略略地觉着有些不妥。

以前的倩茹，是最会穿衣服的，现在，并不是不好看，只是，有什么地方不对劲。

直到有一回，两个人出门，周苏豫看到一个十来岁的女孩子，穿着与倩茹一式一样的长长的薄外套，脖子里绕了一条很长的彩条围巾时，才明白是哪里不对劲。

苏豫试探着跟倩茹说："其实那种衣服并不适合你。"

倩茹立刻警觉地问："是不是因为我年纪大了，所以穿着不像那么回事？"

苏豫哑了口，觉得这个问题不说也罢。

苏豫的工作琐碎而忙碌。舅舅提醒他，该招一个助理来，公司慢慢地上了路，总不能什么事都亲力亲为。

苏豫于是在报上登了一条招聘启事，占了本市发行量最大的晚报广告版小小的一角，他也没有想到会有十几二十个人来争这个位置。

周苏豫最终选了一个叫陈敏的女孩子，今年刚毕业的学生，衣着灰暗面容消瘦，并不是聪明伶俐的样子。

她悄没声儿地坐在走廊最偏的一个角落里，年轻的脸上，有着与年纪不符的表情。那种表情周苏豫很熟悉，那就是六年以前他周苏豫自己脸上的表情，一种妥协，一次次的失败的求职过程蒙在他们脸上的妥协，妥协里藏着一点点儿不甘，一点点儿不信，不信自己的运气就这样差。

周苏豫把她叫进来，细看她的资料。

她有着一份乏善可陈的简历。成绩尚可，从大二开始打工，但是所列出的工作性质一望而知的简单，无非是散发传单之类，也没有受过什么特别的奖励，却意外的，有一份大学老师的推荐信。

原来陈敏是一个来自偏远小城的女孩子，没有父亲，家里就一个老母亲，身体不太好。老师在信中写，难得这孩子四年以来从未拿过学校补助，靠着勤工俭学完成了学业。

周苏豫拿着她的简历看了好一会儿，对她说："这样，明天，你过来上班吧。"

陈敏的脸上并不见惊喜，也不是意外，就是木呆呆的一片，过了好一会儿，才慢慢地透出压抑的喜悦来。

也正如苏豫所预料的，陈敏不聪明不机灵，但是挺有韧性，特别有自知之明。

头一次做报表，就出了不大不小的一个错误。苏豫看出来，愣了一愣，提笔改了，又仔细地说给她听，陈敏连耳郭都红了个透。

晚上苏豫像以往一样走得很晚，走出套间门时，发现陈敏还在，办公桌上一盏小灯，那台略旧的电脑屏幕是关着的，主机却还是开着，发出低低的嗡嗡声。陈敏凑着那小灯看着陈年的旧报表，还做着笔记。

苏豫说："你怎么还没走？"

陈敏抬起头："苏经理，我……我没有什么经验，想看看以前的东西多学习学习。"

苏豫笑了："要看东西可以开大灯，这样会坏眼睛。"说着替她拉开灯。陈敏好像被突来的明亮的光线刺激了，眨巴眨巴眼睛，有一点儿傻傻的。

苏豫又笑起来："还是早点儿回去吧。对了，你住哪里？"

陈敏说了一个地点。苏豫大吃一惊："那不是快到郊区了？那你别看了，快点儿回去，晚了你一个女孩子家太不安全了。"

陈敏应一声，手忙脚乱地收拾东西，撞翻了桌角的杯子，水洒了一地，苏豫的皮鞋也给弄湿了，陈敏又慌得用布去擦。

　　女孩子的诚惶诚恐让苏豫觉得挺可怜的，把她拉起来，两个人一同下楼。苏豫给她叫了车，陈敏只懂得一个劲儿地说："不用不用，谢谢谢谢。"苏豫让她坐进车里，把钱交给司机。

　　车子开走了，陈敏那种感谢得仿佛要哭出来的表情，一闪而过。

　　苏豫的公司小，连他自己一共只有八个人，陈敏是唯一的女生，也是唯一坐在办公室里不用出去跑业务的人。几乎每一天，苏豫都会看见她趴在桌上认真地做着文案，有时空闲时，她会抱了厚厚的经济学书来看。有次无意中苏豫问她是不是打算以后再去考研，她说："不是，只是我的业务差，想多学习。"

　　说话时她的眼睛睁得大大的，替她并不漂亮的脸上增添了一点儿天真。

　　又一晚苏豫回家时，发现她一个人在街边等着郊区车，天已全黑了，也不知那车末班是几点，想来她也是不会舍得坐出租的吧。

　　第二天一大早，看见她在办公室里像往常一样扫地，用电热水壶烧水，苏豫才放了心，自己都没发觉自己长长地出了一口气。

　　这一天下班时，苏豫叫住陈敏，跟她说，如果以后下班晚了，赶不上郊区的车了，她可以在办公室里打地铺，办公室租的是原先一户人家一室一厅的套间，是地板地。"不凉，"苏豫说，"你可以用空调。下面有管理员值班，还是挺安全的。"

　　陈敏感激的话全堆在嘴边，未能出口，苏豫已经走了，丢了一把钥匙在她的桌上。钥匙上拴了一个毛茸茸的小挂件，陈敏起初以为是只小狗，细一看发现是一只小狐狸。

　　陈敏果然偶尔在办公室留宿，不过她挺自觉，新买的一床单人的床垫被她扎得紧紧的，团成一个小小的不占地方的团，套了塑料袋放在她自己的办公桌底下。此外不见一点儿多余的私人的东西，倒是添了不少的书，倚着墙摆了一个铁质的书架，整整齐齐地放着她的那些书。

　　过了些日子，苏豫无意间在卫生间的洗手台子上看见了一小瓶粉底，大约是陈敏忘了收起来。苏豫笑起来，再怎么样，也是女孩子啊。

　　陈敏在这里待惯了，也变得稍稍活泼了一点儿，她有时也会跟男同事们说说笑笑，有时也会买一些水果请请客，这种时候她都会敲敲苏豫的办公室门，送进来最大最好的一枚水果。月末的时候，苏豫想了想，给她添上了三百块工资，没有打在工资单上。

　　这天晚上，苏豫下班时，陈敏没走，苏豫以为她今天还要在办公室留宿，也没在意。可是当他走到门口拉了门要出去时，听见陈敏低低地叫他，苏豫回过头来问她有什么事。

陈敏手里捏着那三百块钱，待说什么又说不出来的样子，半天才说出一句："多了……"

苏豫笑着说："不多，是奖金。"

陈敏脸又红了，结巴着说："我……我没……没什么贡献。"

苏豫说："勤恳无过肯学习也是值得奖励的。收着吧，女孩子总要买些小东小西的。"

苏豫的笑容使他看上去分外年轻。

也许这笑容看上去使他像陈敏暗地里喜欢过却没有能接近过的一个什么人，也许也只不过是一个暗黑梦里朦胧而光明的一个片段，或是少女时代看过的电影里一闪而过的英俊面孔。

那三百块钱，陈敏买了四个又大又红的蛇果送给了苏豫，她也给自己添了一件便宜的薄大衣，黑色，有点儿裙摆，罩在她消瘦的身上。唇上抹了淡彩的润唇油，耳朵上各有一个米粒一般大的耳钉，闪着羞涩的光。

不过是个平凡的女孩子，因着一点儿模糊的心思，悄无声息地美丽起来。

女儿李缓歌满百日以后，婆婆对她说，他们要回老家了。

这消息在方宁颜听来，倒是个好事。宁颜妈不是不气的，把孩子甩给外婆家一走了之，真要生的是个孙子，会这样吗？

方爸爸暗地里劝过她好多次："我们不是帮着李家，我们只是帮着我们女儿。"

宁颜妈想想也是。

所以孩子就一直是宁颜妈妈帮着带的。

缓歌在月子里的时候出奇安静，吃了就睡睡了就吃，特别好带。满月的时候给她洗澡，方爸爸替她擦身的时候突然喜得叫出来："缓歌胖多了，才出院的时候大腿这里一拎就拎起一层皮来，现在连小腿都胖嘟嘟的了。"

缓歌因为洗得舒服，呵呵地笑起来，两只小手在松松的包裹里向上竖着成一个投降的姿势，把长了肉的白胖小脸笑得挤成一团。

百日过后，一家人的日子开始不好过起来。缓歌也不知怎么的，开始了她日夜颠倒的作息，夜里哭闹得厉害，白天觉短。脾气好像也坏了，冲奶换尿布的动作略慢一拍，她那里就哭得地动山摇了，吃饱喝足，一放进摇篮里，接着放声大哭。

方爸爸心痛女儿身体弱，睡不足简直跟大病一场似的，晚上冲奶喂孩子的事，他包了。可是白天他要上班，宁颜妈要看孩子，要洗洗涮涮，还要做饭，宁颜负责带孩子，可是没几天，她就该上班了——类思抓得严，续假是不可能的事儿。

渐渐地，宁颜妈忙碌坏了脾气，加了缓歌得了一场肺炎，那做奶奶的竟然没有出现，只寄了两百块钱过来，宁颜妈气得不轻，将那两张红票子扔出去，软不丢地落在地上，言语间不免抱怨起来。

李立平还是家里与丈人家两头跑着，可是他也不太擅长带小孩，软绵绵的小身体抱在怀里，竟然让他有些怕，也帮不上什么忙。偶尔有一次在丈人家留宿，半夜孩子哭，他居然没有醒，又被宁颜妈念叨做少爷命。

这个周末，李立平偷偷地跟宁颜商量，两个人想回家住一晚——李立平始终是不太喜欢住在丈人家的。顺便还可以看场电影，我们多久没有在一起看电影了？李立平这样鼓动宁颜。宁颜也有点儿动心，但是她太清楚母亲的脾气，一个白天都没有敢跟母亲提。李立平来时，她把他拉到阳台上说，还是你去说吧，另外找个借口，千万别说看电影。

李立平于是对宁颜妈说，有个同事结婚发了请帖请他们去喝喜酒。宁颜爸爸赶紧说："去吧去吧，孩子丢我们这儿你还不放心吗？"

宁颜妈沉了脸，没说好也没说不好。

宁颜凑过去说："妈，要不，喝完了喜酒我再回来吧。"

宁颜妈说："算了吧。你们倒好，过周末去了，让我们老两口替你们操劳！"

宁颜说："我知道了，没有下次了。"

这场电影宁颜看得并不舒服，看完后她坚持要回家。李立平原本就不光是为了看电影，见宁颜要回去，那一腔没有被抚平的欲望全化作心里的怨气。

宁颜妈看女儿半夜三更的又回来了，反而过意不去了，起来做了点心非叫宁颜吃了。

宁颜吃完洗洗刚躺下，缓歌又惊天动地地哭了起来。

宁颜被女儿缓歌弄得神经衰弱，整夜整夜地合不上眼睛，才刚蒙眬要睡的时候，就到了缓歌吃奶的时间，爸爸会轻手轻脚地起床，宁颜过意不去，也跟着起来，好容易等到孩子吃饱喝足睡了，宁颜迷糊片刻，就到了起床上班的时候了。长期的睡眠不足使得从来都是工作一丝不苟的宁颜也开始学着偷懒了，作业先在班上核对一下再批改，会省很多时间，能用图片上的课就用现成的图片，论文也不写了，有一点儿空闲时间宁可发发呆，在片刻的呆滞里，似乎有一丝丝幸福感。

李立平对宁颜长期住在娘家是十分不满意的，他跟宁颜嘀咕过，可是宁颜说，如果把孩子带回家自己带的话，凭他们两个人，又要上班，基本上是一件不可能的事情；如果叫妈跟爸住到自己小家那边去，也不合适，妈早就说过，她是住不惯的。

"那么咱们为什么不能把孩子放在你爸妈家，你晚上回家住呢？一个星期去看个两三次。我们学校有不少人结婚有了孩子之后，都是老人带回去养，一点儿心也不用操，有孩子比没孩子时还要舒服，下了班两口子就出去吃饭，逍遥得很呢！"

宁颜冷笑道："你快别说这个了，提起来除了让人生气没一点儿用处。要说老人带孩子，我家的老人带，你家的老人为什么不能带？你妈不就是怕麻烦，走得远远的。如果我生的是儿子，她还会这么不闻不问吗？"

李立平也冷笑道："得得得，不提这个，一提就有一堆话等着呢。其实呢，也不能全怪我妈，她……"

"不怪你妈，怪我，我没有给你们李家生儿子。但是你要搞清楚，我是知识女性，不是你们李家的生育工具。"

"怪我，怪我还不行吗？是我没本事生儿子。"李立平也开始不快起来，"你妈也是，要是明着说不想带李家的孩子，我也可以把女儿带走，丢到老家去，掉头走人，我就不相信我妈会饿死她的亲孙女。何必像现在这样，说起来是替我们带孩子，还得把你也搭上，弄得我现在成了孤家寡人一个。"

"我妈她……她也有她的道理，小孩子最好跟母亲在一起，不然对她的成长多少会有影响。"

"那么她就不怕这样分居对我们夫妻有影响？"李立平凑近宁颜，放低了声音说，"我们有多久没有……"

宁颜转过头："别说那个。以前我怎么没看出来，你倒是老惦记着这种事。"

"这个是很重要的。"李立平说，"相当重要。"

宁颜皱眉："别说了。"

李立平轻轻"哼"一声："你妈呀，别弄到最后后悔。"

说得很低，宁颜并没有听见。

李立平一个人懒得做饭，想，那个老太婆占着我老婆不让回家，那么我就去吃他们家好了。于是天天去宁颜家吃了饭，略逗一会儿缓歌，消消停停地回学校去。几个月下来，他倒胖了，油光水滑的脸，原本白净的肤色里透出健康的红来，结婚时买的西装，原本有点儿宽，现在，全撑起来了，颇有几分轩昂的意思。宁颜妈看看他，再看看瘦得脸上就剩下一对大眼睛的女儿，鄙夷，不满，然而也毫无办法。

这婚是结了，可是，她始终对这个女婿爱不起来。

人说一个女婿半个儿，可是，她对他，可是产生不了母子的情分。罢罢罢，宁颜妈想，他身体好，也是女儿的福气，随他去吧。

过了没几天，李立平妈突然给宁颜打了一个电话。宁颜一听，脑子里就像进了沙子，一晃就沙啦沙啦地响。

李立平妈在电话里说，过两天，有个老乡，要带着孩子来找宁颜。那孩子今年进中学，你给想办法找个好点儿的学校吧。他们家养王八，钱是有两个的，可以交……老太太半响才把那个词想出来，可以交赞助嘛。这个忙你一定要帮啊，我都把大话给说出去了，办不成人家不得笑我们平侠子，笑我们一家子，这点儿办法也没有。

宁颜想争辩两句，老太太已经挂了电话。

宁颜扔了话筒，哭笑不得。

过一两天，那一家子果然拖儿带女地来了，来了就住在了李立平那边。

宁颜跟李立平说："我是真的没有办法，你知道现在好中学有多难进？不是交交赞助就行的事儿。这孩子是外地户口，难上加难，连私立的学校都不一定肯收呢。"

李立平半真半假地笑着说："你不是市里的名师嘛，总有一两条路子的。快快给他找个落脚处，让他离开我们家吧。我实在是受不了了，把我们这儿当旅馆了。"

宁颜说："我只试试看。"结果给他联系了一所私立的学校，一年六千，先交一万五的赞助。宁颜想到底可以交代了，谁知那位老乡竟然真是懂行的，点了名要上本市最好的外国语学校。宁颜又吓了一跳，这可真是不能了。

老乡问："你们小学和中学不是一家吗？"

宁颜觉得实在说不清楚，就叫李立平跟他说，李立平不肯，宁颜明白他的意思，在家乡，似乎人人都知道他是有脸面有办法的。可是，宁颜说，这可真是没办法办的事儿。

这件事，弄得夫妻俩焦头烂额，最后还是李立平转着弯儿找了以前的一位学长，现在在教育局做副局的，把那老乡家的孩子安排进了一所一类中学的收费班。李立平大约是赔了不少的笑脸，气色败坏得很。

这事儿总算结束了以后，宁颜对李立平说："求你跟你妈说说，以后这种事儿，千万不要有第二回，真是伤筋动骨。"

可是，事情有一就有二。那老乡大约是对安排的学校挺满意，回去后在李立平妈面前千恩万谢的，李立平妈一得意，大话说了传得更广。每学期老家的孩子想上好中学就来找宁颜，宁颜简直要发疯，与李立平为这事儿没少吵嘴，越吵越烦心，越吵人来得越欢。宁颜索性随他去了，正巧她爸妈搬了新家，地方宽敞得很，她住娘家的日子越来越久越来越长，跟李立平也就越来越没话。

宁颜觉得，她的婚姻如同一辆成色还算新但性能不甚好的车子，眼见得它开向歧途，可是自己却无所作为，也许是不想作为，是有意让它毁灭，想起这一点，宁颜就一身一身地起冷汗。

何倩茹也是一身的冷汗。

她是无意间看到苏豫手机上的信息的，她可以确信，那是个女的发来的。

这两天天气变化，请记得加衣服。我第一次出差，谁知住的地方这么美，靠山面水。

真好。

要是你在，就更好。

倩茹捏着手机的手掌全是汗，坐在沙发上半天动弹不了。

苏豫那里只有一个女员工，倩茹是见过的，姓陈，很普通的女孩子，但是很年轻。

最重要的，苏豫跟她说过，那女孩子的经历，竟然跟他以前差不多。

倩茹不是看不出，其实他们之间并没什么。

然而，相似，何倩茹想，相似，就是一个温床，一个落脚点。

苏豫洗了澡出来吃饭。倩茹定定神，把脸上的情绪全收了回去。

倩茹趁着苏豫出差的时候，去过一趟他们公司。

看到了陈敏。

的确是一个平常的女孩子，但是因为年轻，脸庞光洁，身材纤细，安定的神态里，不是没有吸引力的。

倩茹开始留心苏豫的手机。

常常，她会发现陈敏的短信，语句亲近但并不过分，但是那种钦慕、那种隐藏的爱意，就像冰河下的暗流。

何倩茹想，她得做点儿什么。

苏豫的短信多，常常会在第二天就清除一些。倩茹认真地把陈敏的那些短信记在脑子里，然后，全部写进一个记事本里。

她认为手里的短信足够多的时候，她把陈敏约了出来，把记事本摊在她面前，问她："你们苏经理是有家室的人，你受过高等教育，你认为你给他发这样的短信，合适吗？"

陈敏傻了。她的那点子傻想头，突然地暴露在光亮里，就像一个已经懂得了赤身露体的丑与羞的小孩子，突然被人扒掉了衣服。

陈敏低着头，额发全披下来，挡住了她的眼睛。

倩茹说："这事儿我不会扩大。第一，因为我相信周苏豫并没有回应你，扩大了，白白坏了我们苏豫的名声。第二，是顾及你的面子。你一个年轻小姑娘，不懂这种事的厉害。虽然现在不比从前，做女人的，还是不能在这种事上太随便。但是，这里你是不能待了。"

陈敏唰地抬起头看着倩茹，眼睛里全是泪。

倩茹想，我可不会心软，对人家心软，就是对自己苛刻。

周苏豫是何倩茹的，从前是，现在是，将来也会是。

陈敏在第二天向苏豫提出了辞职，她只说妈妈要她回老家去做事。苏豫答应了。

倩茹听苏豫说要重新找一个办公室助理，随意地说还是找个男孩子好，处理些文案，也可以同时做业务，派出去出差也安全些。

后来果然招了一个男孩子。

苏豫有一回出门办事，在街上看到一个身影，非常像陈敏，他有些奇怪她居然没有回老家去。想上前去问问，一晃，就不见了人影。

苏豫想，也许是自己看错了也说不定。

倩茹养成了一个新的习惯——翻看苏豫的手机。

不是不知道这不是一个好习惯，可是倩茹觉得，自己就像以前教的那些学生，沉在一件事里头，拔不出来了。

苏豫在一次洗完澡出来的时候，正看见倩茹在翻看他的手机。

她背对着他，垂着头，飞快地在键盘上按动着。这两天她有点儿伤风，吸吸鼻子，接着看。

倩茹神色里有着凄惶慌张。这神色，像根小刺，刺在苏豫心上，并不是剧痛，但那心尖上一缩，还是痛的。

苏豫悄悄地退回到卫生间里，坐下来慢慢地想事儿。

他想起陈敏的那些短信，他不是不知道那藏着的含义的，那个跟他有着相似经历的女孩儿，怯懦地示好，他并没有接纳，也没有忍心一下推开。

那些短信，倩茹看到多少，陈敏的突然辞职……但是，那总是他的妻子，他爱的女人。

苏豫想了好一会儿，才故意重重地拉开门，走出去。倩茹在折衣服，神色淡淡的，透着一点儿疲倦。

倩茹拉了一床床单，展开，床单太宽，一个人弄不顺，苏豫过去帮忙。

倩茹拉了一头，苏豫拉了一头，倩茹忽然说："苏豫，今年，我们生个孩子吧。"

可是医生说，倩茹的妇科病还得治。

如果母体不够健康，怀的孩子怕也不会好。

　　倩茹舅舅的孙子满地跑了，过了暑假就该上小学了。倩茹替他安排在类思上学，牵了他的手去参加考试，一路博无数人的眼光。

　　这一晚，倩茹又像几年前一样，梦见那个流掉的孩子，穿着格子小衬衫，委委屈屈地叫：妈妈，妈妈。

　　倩茹恍惚记得好像是替他起过名字的，可是无论如何记不起来，于是便问那孩子：你叫什么呀？

　　孩子说：不知道，我不知道。

第四十章

宁颜的女儿两岁多的时候，李立平他们学校开始出卖分给教职员工的房子的产权。宁颜他们现在住的那套两居室要十万元。宁颜在这种事上一向是糊涂的，起先开始并不热心地想买，毕竟十万块对于他们来讲不是一个小数目，一旦买了产权，按李立平的话来说，他们基本上就不剩什么积蓄了。

结婚这几年来，一直都是李立平掌管着家里的财政，宁颜每个月拿了工资留下一些做零花，剩下的都交给他，他负责将钱存在银行里。李立平将钱分成几部分，很小心地选着不同的存种，以求获得最大的收益。

起初他会告诉宁颜，哪一个存种划算，哪一个存种不能存长期的，打短平快是最好的，后来他发现宁颜不明白也不感兴趣，渐渐地也就不跟她提起了。

宁颜从小生活算比较安逸，钱的概念十分淡薄。她除去买买书也没有其他费钱的爱好，衣服一直是夫妻俩一同上街去买的，李立平对于哪里有又划算但是穿起来又有一定档次的衣服比她熟得多了，她一直就那么糊糊涂涂地够过就行的心态。就是母亲在她结婚时给的那八万块她一直用自己的名字存着定期，她在这件事上对母亲的一如既往地听从，后来证明是极其正确的。

但是李立平在经济上有着不同于宁颜的精明，他跟宁颜说："房子的产权意味着什么你明白吗？意味着这房子真真正正地属于你了，你可以租可以卖，总之，你想拿它怎么样都可以。"

"我们要拿它怎么样呢？卖掉我们住哪里去呢？"

李立平哂笑道："卖掉之后当然是再买新房子啰。现在河西起了一大片的新房子，我们要是把这里的房子卖掉，再从银行里贷点儿款，完全可以在那边买一套更大更好的房子。"

宁颜又说："会有人要我们这里的旧房子吗？"

李立平说："房子是旧了一点儿，可是地势好啊，有人文环境啊。现在有一种说法，叫作学区房，好的学区，旧房子比不好的学区的新房子要贵得多，在二手房市场，不要太热哦！你在小学居然不知道！"

宁颜说："我们孩子还小，再说，缓歌将来是铁定可以上类思的，只要我不离开类思，我干吗去操那些心？"

李立平伸手拍拍她的头，斜了眼似笑非笑道："要说你呢，也算不得大知识分子，怎么这么清高？不食人间烟火似的，完全没有经济头脑。"

宁颜不高兴了，扭扭头让开他的手："我不是大知识分子，你是大知识分子，可是专会打小算盘。"

李立平说："我告诉你，这不是小算盘，是策略。我是还没赶上好时机，一旦有时机，小算盘就变成了大算盘，到那个时候，我做一番大事，把一干人等拨弄于掌心之中才叫你重新认识我呢。"

宁颜再不理他。

李立平在人事处升了副处，正在韬光养晦，向着处长的位置进发。那个原先在他与宁颜之间做过和事佬的王处长，今年就要退了，她对李立平一直都挺看重，有意让他接替自己的位置。

李立平心知肚明，言语与行动之间隐隐地带出了一些嘚瑟，就像外衣过短，总时不时地露出里衣的颜色一样。

宁颜非常不喜欢李立平现在的官腔官调。有一次她去他办公室里找他，亲眼看见他跟一个学生在打官腔。那小孩子苦苦地求着什么，李立平连眼皮都没有撩起来看他，等那孩子说了半天，才淡淡地说一句：这是不可能的。

那情景让宁颜很不舒服。

不舒服归不舒服，买房子的事儿，两个人还是上心的。有那么一瞬间，宁颜很想说，自己有一笔钱，可以拿出来买产权，可是不知为什么，到底还是没有说出口。

宁颜妈知道了这档事儿，夸女儿做得对："那个钱是给你防身的，千万不要动。"

宁颜听母亲的口气有一点儿想笑，妈妈说得好像随时有重大悲惨的事儿会发生，比如，天灾，比如，战争。

这朗朗乾坤的，宁颜想，说得好像马上要逃难似的。

宁颜妈想了一会儿好像做出了决定，正色对女儿说："这样，你回去和李立平说，买产权的钱，我们家可以拿三分之二，但是有一点，房产证上必须写你的名字。"

宁颜惊道："妈，怎么好又叫你们拿钱？"

宁颜妈说："我跟你爸就你一个女儿，钱不用在你身上用在哪里？我们将来百年以后钱也还都是你的，我又不像那种爱玩爱享受的老人，一年用不了几个钱。再说，你爸，前些日子，又有个专利通过了。钱是不成问题的。就只一点，一定要在房产证上写你的名字。"

宁颜回家把这事和李立平说了。李立平对于丈母居然要替他出钱当然是千肯万肯的，可是对于宁颜说的，房产证上的名字，他没有发表意见。

隔了两天，宁颜妈就把钱交给了女儿。他们去学校基建处把钱交割清楚，那里的人说，过些天就可以把房产证办下来。

就在这一天，宁颜回到家里，发现李立平家呼啦啦来了一群人，李父、李母、李立平的两个姐姐、一位姐夫、一个妹妹，团团地坐了一屋子。

李家一家子来的目的只有一个，就是，房产证上最好要有李立平的名字。

他们说的是，最好，用一种商量的口吻说着一件没有商量的事儿。

李母的意思是，当年，其实李立平完全可以分到另一套更大一点儿更新的住房的，那房子要是搁现在，还不得值个几十万的。可是宁颜那时不答应结婚，所以白错过了这么个好机会。

宁颜听了心想，哦，原来是我欠了李立平一套房子呢。

李立平的姐姐妹妹也帮腔说，一家之主嘛，哪能房产证上都没有名字的，也说不过去啊。现在就算是借宁颜妈妈的钱，将来，我们姐姐妹妹给凑一点儿，是一定要还亲家妈妈这个情的，算利息也是可以的。

"亲家妈妈真是儿女心肠重啊，真是，少有的好。"李立平的姐姐最后总结说。

宁颜在母亲的意思和李家一家人的意思之间左右为难，其实真的写李立平的名字也没有什么，可是她就是恨李立平不直截了当地跟她商量，却把家里人搬了出来。

最终，房产证上写的是李立平方宁颜与李缓歌三个人的名字。

李立平看出了宁颜的不满，说，要不，就写三个人共同拥有这房子，以后卖出得经过三个人共同的认可。

"反正我们是一家人，不可分割的嘛。"

结果，拿到的房产证是一大本和两小本，大本上，赫然写的是李立平，两本小的，一本上写的是方宁颜，一本写的是李缓歌。

宁颜过了好长时间才弄明白，原来那房子实际的主人还是李立平，了解情况的同事戏称这种房产证叫"一拖二"，宁颜才明白自己是被拖的那一个。

宁颜一直不敢告诉母亲这事儿，母亲问起来时她只含糊地说写的是她的名字。可是这事儿瞒不了一辈子，有一回李立平妈到他们家来，无意之中说走了嘴。

宁颜以为自己妈妈一定会为这事儿跟自己气上一段时间的，谁知她只盯着自己看了好半天，长叹了一口气，说了句："我的傻女儿哦，你怎么这么不叫人放心哪！"

宁颜妈不对女儿生气，并不代表不对李立平生气，事实上，她对于李立平的这种做法气得不得了。两个人之间原本的那种相互看不顺眼不断地激化了，有一次，因着一点儿小事，终于正面交起锋来。

宁颜妈骂李立平自私，心计多多，看宁颜老实欺负她，把陈年的事儿抖出来说啊说啊，说得李立平冒了火，冷笑着说："是是是，我自私，我小人，我不厚道，缺点一大堆，配不上你女儿，可是，你也别忘了，当初到底是谁巴结着谁要结婚的？"

这话像一颗火星落到炭上，宁颜声音都变了："你说什么？"

李立平意识到说过了，住了嘴，任宁颜一遍一遍地问："你说什么？说的是什么意思？"再不开口。

宁颜妈像是被一记重拳打倒了，也是半天作不得声，整个人扑簌簌地抖。

宁颜呆站在那里，往日的事儿一点点儿回到脑海里。当年李立平在几乎就要放弃的时候又突然出现，那个时候母亲态度的突然改变，宁颜天真的头脑里，原本因为想不通就不去深想的事，在这一瞬间，全清楚了，就像是黑暗的房间里突然有人拉亮了一盏灯，所有的一切，纤毫毕现，无处遁形。

宁颜走出家门，漫无目的地在大街上走，脑子里空空的。

现在她知道了真相又怎么样？婚也结了，女儿也生了，房子也花大价钱买了，日子，也就只能这样了。

宁颜不知不觉中走到过去上学的中学门口，这时候正是周末，校园里也有不少孩子，大约是来上补习班的。宁颜想起自己那时候，并没有这样多的补习班，学习也挺紧，可是从没听说有人请家教啊，上课外班啊，那紧张里，还是有快活的。

日子不快活，也只好自找一些快活，不然，怎么办呢？

活着诚然不易，死更是不可能，宁颜还是很想活着的。

很想活。

宁颜沿着街继续走，不远处，有一个高个子的男人，带了一个小男孩儿，父子俩有着惊人相像的五官。

那男人穿着一身警察制服，身姿挺拔，转过脸来的时候，宁颜看见他的脸。

久远的记忆，那一个声音清晰地在耳畔响起："农村孩子，走点儿路怕什么？"

那个是诚。

宁颜尚未开始就结束的情分。

他并没有发胖，还是那样瘦高，也没有太见老，但是，也不复年轻时的样子。他正在给儿子买冰激凌，非常耐心地等着那小孩子在偌大的冰柜跟前犹豫挑选，最终终于选定，他付钱，侧过脸来看儿子满足的小小笑脸。

从一旁的商店里，走出一个女人，跟宁颜差不多的年纪，鬈发，走到诚的身边，跟他说着什么，满脸的不高兴。诚的脸色渐渐难看起来，没有开口。三个人一同向宁颜这边走过来，宁颜下意识地想躲，可是那一家三口与她擦身而过，并没有一个回过头来看她一眼。

他不再认得她了。

宁颜于是转头回了家。

日子总还得过下去的。有没有爱全不相干。

魏之芸第二次支教回来以后，正如方宁颜所料想的那样，她接手了六年级两个班的数学教学，为调研考而努力着，工作繁忙琐碎。

她有个徒弟，那个女孩子从进类思起就跟着她学习，常常去听她的课。女孩子快要结婚了，给之芸发了请帖，还说想请她早一点儿到，帮着张罗张罗。

之芸这些年参加过无数的婚礼，早些年她每一次参加婚礼都会想象一下自己在那种场合中会怎么样，这几年，她不大去想那些了。

这两年她连婚礼都很少参加了，有人请，她会送上礼金找个借口不去喝酒。可是这一次小姑娘千说万说的，之芸不好驳人家的面子，就去了，实实地被吓了一跳，她不知道，这两年婚礼的排场与麻烦的程度已进化到如此的地步了。新郎带了一帮子弟兄过来接人了，新娘的姊妹们拦在门口要九千九百九十九块钱的红包，不然死活不给开门。之芸起先好笑，这从香港电视剧里头学来的花样倒也挺有趣，渐渐地，有点儿不对了。

小姑娘们有点儿闹过头了，钱拿到了，还非得新郎官跪下来求，新郎的弟兄们就硬拉着不让跪。弄到后来，新郎官几乎变了脸，小姑娘们才开了门。

呼啦啦一群人下了楼，之芸看到的是一辆加长的林肯，据说租一天要几千块钱。

小姑娘喜滋滋地上了车，之芸坐了另一辆车一起去了新郎家，又是见公婆，敬茶，又是表演恋爱经过，放拍的录像，拿伴娘伴郎开心取乐。年轻人们很会闹腾，之芸觉出自己与他们的格格不入，退到一旁安静地看。她负责保管婚戒，晚上婚礼上要用的，之芸打开盒子确认，同时细细地看那一对闪亮的戒指。

很漂亮，听说是专门去香港买的，的确设计得很独特。之芸想到自己一直就想着，将来结婚时买的戒指一定要样式简单，只要一个环就很好。之芸把戒指收好，那是人家的。

当晚他们很早来到了饭店等客。之芸的徒弟与新郎官站在门口，婚礼的司仪也到了。之芸看了吓了一跳，这不是每天晚上在本地电视台晚新闻里看到的那张面孔吗？天底下竟然真的有如此相像的人？后来才知道，不是像，是真人。之芸叹，原来他们都出来做副业的。听伴郎说了要付给他的钱后，之芸更是大吃了一惊，如此好赚，难怪要抛头露面，不禁更感叹自己的落伍。

亏得徒弟找的老公有钱，是做 IT 的，在业内听说挺抢手。

婚礼办得非常出色，充满了所有之芸能够想象的浪漫温馨，名主持的功力果然不同凡响。

其间发生了一点儿小小的意外，新娘子发现自己的脚被新鞋子磨得破了皮，痛得不能走，本想坚持一下，谁知在洗手间脱下鞋一看，竟然已经血淋淋地掉了一大块皮。好在之芸早就替她想到了，就快步跑到饭店楼上他们订下的房间里去拿备用的稍旧一点儿的一双来替换。

楼上非常安静，厚实的地毯踩上去全无一点儿声音。在一个拐角处，凹进去一块，放着一棵高大的盆栽，青绿的大片叶子，后面立着两个人，压低了声音在说话。本来之芸没在意，可是，她的视力特别好，再看一眼，她立即闪身躲进身边的另一个凹处。

那是一男一女在说话，那女的显然地在低低地抽泣，男的在劝，面上多少有些不耐烦。

赫然就是今天的主角新郎官。

第
四
十
一
章

之芸自参加了自己徒弟的婚礼之后就一直闷闷的，拿不定主意是不是要把事情稍微透露一点儿给那姑娘。那丫头自从分到类思来之后就一直跟着自己学习，魏老师长魏老师短地叫着，自己受不公正待遇的时候，她也不管不顾地跳出来维护自己，现在她也是区里小有名气的年轻老师了，人长得好，不由得人不喜欢。

可是，这种事情，该怎么开口呢？

他们终归是夫妻，是最亲近的人，她当然宁可相信自己老公不会相信一个同事的，况且，她老公又是那样一个优秀的人，她的生活是小资画报上那种标准式家庭广告，优雅温馨，她怎么能相信这种事？

有一日，之芸无意间听见小徒弟在打电话，压低了声音叫着老公的名字："我告诉你，你一直跟她勾勾搭搭，别以为谁是傻子，告诉你，你要再这么搞下去，我也有办法对付你。你最好收敛些，安安生生地跟我过日子。"

她咬着牙根，平日甜蜜的眉眼全淹在一片恶狠狠里，扭曲失真。之芸听得一身冷汗，原来她并不要自己多嘴，原来她什么都明白。

但是明白归明白，婚还是要结的。

魏之芸觉得，她三十多年的生活建立起来的对爱情的理解，就像海滩上的沙堡，在潮水涌过来时一点点儿地垮下来，一点点儿地坍塌。

之芸得了严重的神经性头痛的毛病，好在她天性还算乐观，病情并没有发展得更严重。

此后的数年里，一直靠吃药来调理。

何倩茹一个人待在家里，睡到很晚才起来，醒来后，躺在床上望着天花板发着呆。

原本雪白的天花板，因为楼上人家漏过一次水，染了一摊浅浅的黄色水渍，就像一个人的脸。看着看着，那水渍晕成的脸变成了一个小孩子的模样，小鼻子小嘴巴，清清楚楚。倩茹捂住脸，把那张脸赶出记忆里去，可是不行，心里那孩子的模样比她看到的更清晰更真切。

倩茹摸摸自己的肚皮，感觉上面软软的触感，胖了不少，腰上有着赘肉，但是始终不见鼓起来。

苏豫听从医生的话，这两年倩茹不能怀孩子，所以他特别小心。有时倩茹故意地挑动他的情绪，想趁他情热之下不防备，说不定，也就怀上了。

可是不行，苏豫总是在最关键的时候还保持着清醒。

或者，倩茹想，自己也不再能使他情动得忘乎所以了吧。

也许他的手比他的眼睛能够更清楚灵敏地感觉到自己略松弛的身体线条，黑暗里，他的眼睛看不见她眼角的细纹与嘴角明显起来的法令纹，但并不代表他的心看不见。

倩茹慢吞吞地起床，收拾一下出门回娘家找妈妈，让妈妈陪着她上妇产医院做检查。

晚上，苏豫回来以后，倩茹趴在他肩上说："苏豫，今天在医院，碰到一个老病友，她以前跟我是一个毛病，后来，她去上海的一家医院治疗，说是吃了一种什么中药，现在，怀孕了呢，今天去做检查，情况好得很呢。她比我还大一岁呢。她给了我那个医院的地址，我想，去上海一趟。"

苏豫听了，也颇高兴，说："真的？可惜，我最近挺忙的，马上还要去西安，没法陪你去上海。要不，等我回来……"

倩茹打断他："不要你陪呀，我妈不是退休在家吗，她说她陪我去。放心，也就是做做检查，拿了药回来，很容易的。现在火车提速了，又不是旅游旺季，来回很方便的。"

苏豫也高兴起来："这样最好了。有孩子就好了，我不在家的时候，他可以陪着你，你也不会那么闷。"

那一晚，他们的感觉特别好，好像变成了新婚那会儿。完了以后，两个人并排躺在床上，汗湿的手相互握着。

倩茹说："苏豫，要是有孩子，叫什么好呢？"

苏豫懒懒的声音在黑暗里传来："随你。"

"我想好了，是男孩儿就叫周如洵，女孩儿就叫周梦妍。"

苏豫吃吃地笑，说："倩茹，你看琼瑶剧看多了吧？"

倩茹也笑："你不帮我想还笑我，我不跟你说了。到时候叫宁颜帮我再想想，她很文艺的。"

倩茹仿佛看到了一个胖胖的小孩子，张着手向她扑过来。

第二天，倩茹就在母亲的陪同下去了上海。

母女二人白天去医院检查，晚上，妈妈陪着倩茹去人民广场散步。

灯光明亮，人群熙攘，有不少小孩子在广场的空地上疯跑，跌跌撞撞的，嘴里发出无意义的尖叫与笑声，染在灯影里，分外地快乐。

有孩子冲着倩茹跑过来，一下子扑在她的腿上。倩茹把他抱起来，让他的胖嘟嘟的小脸对着自己的脸，那孩子一岁多，还不太会说话，只啵啵地吐着口水，然后疯笑起来，在倩茹的手上扭来扭去。

倩茹说："你多漂亮啊，你多漂亮啊！"

孩子笑得更欢，从倩茹手中挣下去，一摇一摆地跑回父母的身边。倩茹痴痴地看着，又小声地自言自语："我的孩子肯定比你还要漂亮。"

倩茹妈看着女儿，不知为什么心头有点儿不安的感觉，过来拉着倩茹，说："女儿，这种事，一半是看医生，一半还得靠缘分。命里有的，终会有的，时候要没到，可也急不得。你可别钻进死胡同里去。"

倩茹似乎没有听到母亲的话。

母女俩从上海回南京时，带回了大包的药，有汤药，也有丸药。

倩茹对苏豫说："以后，每个月都要去上海拿药复查。也许用不了多久，到了秋天，我们就可以带着肚子里的宝宝一起去那边吃大闸蟹。"

"嗯。"从内心来说，苏豫并不太相信这个医院真的可以让他们抱上孩子，可是倩茹执着而坚定地相信着，她的情绪感染了他。

倩茹又笑起来："哦对了，我忘了，怀孩子的人是不能吃螃蟹的，不然小孩子生下来会吐泡泡。"

"其实小孩子都是要吐泡泡的。"苏豫说。

从此，倩茹家里就飘起怪里怪气的中药味来，那味道越来越厚重，渐渐地厚得像有了形体。

然而这中药并没有帮倩茹怀上孩子，却使得她的胃口吓人地好起来，时常刚刚吃完饭便觉得胃又空了，忍不住又要吃东西。倩茹很快地更胖起来，她又陷入了吃与减肥的痛苦而可笑的循环之中。

倩茹新添了一个毛病，她不能看见小孩子，看见了就会下意识地要把他们赶开，甚至对好朋友方宁颜的孩子也是一样。一次，他们夫妻俩一同去宁颜家玩，倩茹看见苏豫亲亲热热地抱着小小的李缓歌在阳台上，缓歌把小脸贴在苏豫的脸上，抓住苏豫的左手拇指起劲儿地吮着，苏豫含笑地看着她，用鼻子去蹭她的脸。

倩茹忽地觉得缓歌的眼睛是这样小，额头是这样窄，她不够洋气，不够漂亮，她是这样一个不起眼的小东西，凭什么苏豫要这样亲热地对她，倩茹几乎想把她从苏豫怀里扒拉下来，搡到一边去。

倩茹被自己心底里恶毒的念头给吓坏了，仓皇地逃离了方宁颜的家。

倩茹不再去上海，也不再吃中药，她把剩下的药全倒进了抽水马桶，冲下去，打开窗通风，在屋里喷洒香水，点上香薰，力图把那股子中药味赶得一点儿也不剩。

她迷上了减肥，重新每天上午到健身馆跳操，结识了一些与她同样是全职太太的人。她们中多半是些年轻妖娆的女子，倩茹明白她们大多是被包养的人，一边在心里鄙薄着她们，一边艳羡着她们丰腴挺拔的胸与细巧的腰。她跟她们学会了泡美容院，每天午饭后长时间地躺在美容院的按摩椅上，沉浸在馥郁的香气里，闭着眼，脑子里空空的，脸上糊着奇奇怪怪的膏状物。她总是幻想着，在这些膏状物洗掉以后，她还是十年前鲜艳明媚的何倩茹。

苏豫的生意越做越好，倩茹眼见着他一点点成熟起来，老道起来。

他现在的业务范围已扩大到山东、北京，以及东北三省，他的公司新近招了好些人，倩茹在无意中发现，那些新招的人当中，出现了一些年轻的女孩子。

倩茹不高兴地问苏豫为什么要招女孩子进来。苏豫说："你不明白，现在出去谈生意，总是要带两个女的业务员，有女的在场，气氛容易和缓一些，有些话也好说些。女性，怎么说呢，在商场上，有时候，就像是润滑液。"

倩茹冷笑起来："噢，你现在是越来越能干了，都学会用交际花帮你拉生意了。"

苏豫生了气："你乱说什么呀，人家年轻的女孩子，这样说要坏人名声的。她们只是我们公司的业务员。"

倩茹忽然说："我也可以帮你的。你以后，不如带我出去。"

苏豫被她这奇怪的念头又给逗笑了："你说什么呀！"

"不行吗？你不能带我出去？我会丢你的面子塌了你的台吗？你是不是嫌我老了？"

"这话从何说起呢？"

"那你下回就带我出场面。"

"倩茹，你听我说，生意上的事，你不懂，我也不想你懂，你只管在家里养好身体。"

"身体养得再好有什么用？我们老也要不上个孩子。苏豫，你觉没觉得我成了一个废人？"

周苏豫被她声音里的绝望无助吓了一跳，转过脸去看她，然后又迅速地收回了眼光。

周苏豫记不清自己有多久没有这样仔细地看自己的妻子了，这一刻，他惊异于这个女子这两三年里老去的速度。悠闲的生活并没有使她精神洋溢，相反，她疲惫颓唐，美容院的美容品只使她的肤色变得更白，却并不滋润水灵，她的眼下挂着青青的阴影，她的身体松软，胖出了一圈不止。苏豫明白他的妻子是出了问题了，却不能明白问题是出在哪里。

倩茹开始时不时地跑到苏豫的公司里去。他的公司新近搬进了新的商务大厦，这里要宽敞得多，新的装修简净明亮，大片通透的玻璃，门口有年轻的女接待员。

倩茹每一次来，总有意无意地用审视的眼光观察这些年轻的女孩子。她们之中，会不会有人对她的丈夫有着非分之想？

她的视线里，渐渐地出现了一个叫作张清露的女孩子的身影。

何倩茹与张清露的第一次碰面就十分不愉快。那个时候，张清露正站在前台低头在看什么东西，她上前就要拉开玻璃门进去，张清露把她叫住了："你干什么？这么随随便便地就往里闯？"

倩茹说："你是新来的吧？"

张清露姣好的脸上浮着鲜明的不屑："你不用关心这个。这里是公司，你什么也不问就直往里闯，你来做什么的？有约吗？"

倩茹说："我来找你们周经理。"

"我们经理不在。"

"那我去他办公室等他。"

倩茹的态度让张清露不快，这个女人依稀斑驳的美丽让她产生了一种优越感，她伸手拦住倩茹："你不能进。"

僵持之中，接待员一路小跑着从洗手间的方向过来，看见倩茹，叫了一声"周太太"，张清露愣了一愣。

年轻的接待员殷勤地拉开门把倩茹让进去。倩茹回头，无意中看见张清露脸上的惊讶与没有来得及掩饰好的轻蔑。

再后来，元旦的时候，倩茹在苏豫的手机上看见张清露发给他的新年贺语。

苏豫说："你不要老是看我的手机，这样不好。"

倩茹说："怎么你的员工都有你的手机号？可以随便给你发短信？"

苏豫说："我们公司的确是发展了，可也不是什么了不得的大公司，老总与下面的员工隔着山隔着水的，一年也见不上一回。我们基本上是一种团队的性质，彼此之间和睦一点儿也便于工作。"

倩茹说："那么说你那里的年轻女孩子个个都有你的手机号码，都可以随便给你发短信啰？"

苏豫沉了脸："干吗这么说？"

倩茹说："我不想以前陈敏的事再发生。"

苏豫唰地抬头看她："我跟陈敏从来就没有什么，这怎么会成了一个话题了呢？倩茹，你以前……不是这样的一个小气的人。"

"是吗？可是人是会变的，性格会变，什么都会变，变老，变胖，变丑。你也在变。"

苏豫叹一口气说："倩茹，陈敏的事，别再提了。你做过的事，我不在意的，我们都别提了。你也别老是疑神疑鬼的，对谁都没好处。"

"我做过的事？"倩茹挑一挑眉，"我只不过是维护我的家庭不受别人的侵犯。"

"并没有人要侵犯我们的家。"

"既然这样，我看你手机你就不必心慌。"

"我并没有心慌，我只是觉得夫妻之间没有信任是一件不大对头的事情。"

"我是信任你，可是你并没有给我足够的可以信任的理由，陈敏的事情就充分地说明了，我们之间是有漏洞的。"

"陈敏跟我没有任何关系！"

周苏豫发觉他与倩茹的对话开始陷入一种不良的循环里。

　　李立平最近一段时间非常忙碌。

　　他突然跟同事们热络起来，下班了常约了一起出去吃饭，也常常有同事应邀到家里来做客。学校相对来说是一个封闭窄小的圈子，抬头低头全是熟人，傍晚时大草坪上总是有一大群人在散步闲聊。原本李立平是不太跟别人混在一处的，宁颜想起以前李立平妈说的"干部气质"，回回想起回回都想笑。

　　可是现在，李立平好像真的有了一种"干部气质"。

　　他的衣着更加整洁讲究。这些天，他反而不太穿西装了，因为按他的话说"过于做作刻意"，他添了几件质地很好的休闲装，并且添了相配的长裤与鞋子，都是颜色传统但是款式新颖的。宁颜有一次无意中在一件待洗的外套里发现了一张发票，就是李立平新添的那件中长风衣，上面的价钱让宁颜吓了一跳，她从来没有意识到，李立平的消费水准在这几年里有了这样长足的进步。他们刚刚买了房子的产权，李立平不是说，十万块对于他们家来说，还是挺大的一个数目吗？

　　宁颜开始怀疑李立平是不是有了那种所谓的"私房钱"。虽有蛛丝马迹，但是宁颜始终没有证实过，她想想，也算了。有私房钱的男人又不只李立平一个，要真论起来，自己不也有一笔"私房钱"？虽然那钱并不是自己刻意存的，总还是瞒着李立平的。

　　她有秘密的积蓄，他也有，这倒也公平。

　　李立平自从前些日子与宁颜的母亲发生冲突之后，轻易不肯去丈母家。周末不得已碰了面，两个人也敷衍得很，脸上都像罩着一层硬壳子面具，宁颜看了都替他们累。

　　这一天下了班，李立平又趴在书房的桌上唰唰地写东西，这几天，他都是这样。

宁颜在客厅里喊他，叫他出来搭把手，缓歌拉完了要擦屁股，她在洗碗，两手又湿又油。

李立平皱着眉走出来，皱着眉头替女儿擦着，皱着眉头把痰盂倒了刷洗干净。缓歌趴在他腿上，他把她拉开，让她坐在小椅子上看动画。

宁颜已经看出，李立平对这个女儿并不很上心，也不是不喜欢，但是那种说不出的遗憾却常常不经意地在他的眉宇间泄露出一点儿半点儿，像风里的烟，尚未成形就被吹散了，然而那一股子淡淡的气味还是在的。

宁颜知道他想要一个儿子，就像他常常有意无意挂在嘴边的一句话：那多么有面子啊。

其实宁颜有时候觉得，李立平与自己的母亲在某种程度上是十分相像的，可偏偏他们相看两厌。也许性格相似的人，就如同磁之同极，是要相互排斥的。

李立平又回到书房写了好一会儿，拿着一沓纸出来了。

李立平对宁颜说："你文笔不错，帮我润色润色。"

宁颜问是什么东西，李立平半是神秘半是得意地说："你看了就知道了。"

宁颜拿过纸来一看，是一份竞职报告。

宁颜微微有点儿讶异："你要竞选你们处处长？"

李立平微笑："是啊，其实这也只不过是个过场，放眼看去，谁能比我更有资格？"

宁颜说："那也不尽然，老陈他们不是资格更老一些？"

李立平哧地又一笑："现在这年代更讲究能力，资格老有什么？资格老只说明他们更为保守。再说，眼见得过个几年他们也该退了，一个单位领导若是频繁地更换，也不利于工作。好太太，你只管替我润色一下，很快你就不是你了。"

"我不是我是谁？"宁颜奇怪地问。

"自然是处长夫人。"

"你倒是信心十足。"

"我也不妨告诉你，王处对我一直很器重，她私下里跟我交过底，她对上头提了我做她的接班人。"

宁颜不想看他那种扬扬得意的样子，低下头去细看他写的东西，一边看一边皱眉头，提起笔来在纸上画着，又添写些东西。

她把缓歌送上床睡觉，又改了约莫半个钟头，把纸交还给李立平。

李立平看了一会儿，从鼻子里哼笑。

"你把我精彩的部分都删掉了。"

"我觉得那部分太华而不实了，你这样许愿，将来做不到怎么对人交代？再说，我觉得……有点儿肉麻。"

李立平又从鼻子里笑，道："别说是一个处长，就是美国总统竞选，他许下的诺言都保证能实现吗？这不过是一种策略，我认为也不是肉麻，是激情，现在要想把官做上去，总要有一点儿煽动性。"

"我还是不喜欢，不够实在。"

李立平转过头去，不再面对宁颜，说："这世上，就你方宁颜是不食人间烟火的，最纯正最实在。"

"你这话是什么意思？是你叫我帮你改的，你要不喜欢，还用你原来的稿子好了。"

李立平不再搭话，只把那几张纸弄得哗啦哗啦地响。

满怀信心的李立平很快被半路杀出的程咬金当头给了一棒。

原本他以为他的竞争者只有老陈一个，而且是不足为惧的，却不料，处里有一个才来了两三年的年轻小家伙居然也报名竞职。那人学历比李立平高，并且学的是热门的社会学，更想不到的是，他居然有极硬的后台。李立平气得一走进家门便板了脸高声地嘲弄批驳起来。

宁颜好半天才听明白是怎么回事，起先还劝两句，是公开竞职，你能竞自然别人也能竞，保持平常心就行了。

李立平"哼"一声道："平常心？真要他上了我没上，这个地方我还怎么待下去？按我的资历水平，居然在一个小毛孩子手底下混饭吃，想想都呕得死人。"

"那么要是你竞上了，老陈他们还不是在你的手底下做事？人家能过你就不能过？"

李立平怒意按捺不住了："我跟他那种胸无大志的人有可比性吗？"

宁颜的语气也生硬起来："你怎么就知道人家胸无大志？再说，当一个处的处长，一个小官僚，有什么志向可言？"

话刚一出口，宁颜就察觉出了不对，连忙补救地加了一句："当然，我的意思是，平平淡淡才是真，当不当得上官无所谓，我们还不是一样过日子。"

可是这补救还是来得迟了，李立平变了脸色："总之，多少年来你还是没有改变看法，总认为我是一个没有出息的小官僚。其实宁颜，当初你就该抱定了决心非科学家实干家不嫁，别说等到三十岁，就是等到四十岁也该坚持这个信念，也免得始终意难平！"

方宁颜的气突突地从心底里往上冒，可是，又好像被什么东西堵在了心当中，上不得下不得，憋得心生痛，却半句话也回不出来。

夫妻两个的讨论不欢而散。

一周以后，就是正式的竞职会，又过了半个月，结果出来了，跌破所有人的眼镜。

当选者既不是李立平也不是那个小年轻，校党委把教育学院的副书记派了来坐这个位置。算是平级调动，但其实谁都清楚，以人事处在学校里的地位，这当然是升了。

而那个小年轻，在之后不久，就调到了留学生部，原来这次他竞职不过是一个幌子。最终只剩下李立平成了一个陪跑的，比照着之前他的志在必得，这一次的失利简直是致命的打击，老陈几个脸上的神情就够他呕得了不得了，更何况，他的妻子方宁颜不仅不站在他的立场与他同仇敌忾，反而表现得非常冷淡。

李立平在家里摔了茶杯，发泄他的不满与愤怒，宁颜的一句"你这是干什么"火上浇油，两个人终于大吵一通。

方宁颜抱着女儿回了娘家，在娘家一住就是两个月。

李立平递了请调报告，可是没有得到批准，不得不屈就在新任领导手下，工作态度十分消极，心境也差到了极点。

李立平在做了长时间的心理建设之后，跑到丈人丈母家接宁颜母女。

有段日子没有跟李立平交流，甚至连他的面都很少见到，宁颜的心境反倒平和安静，她不得不对自己承认，其实，没有李立平这个人，她会更容易有幸福感。每天上班，缓歌也上了小托班，由母亲帮着接送，孩子渐大，变得安静起来，有了十足小女孩的样子，除了喂饭比较麻烦以外，比以前好带多了。晚上，宁颜带着她讲讲故事，教她读读唐诗，母亲带她去睡，宁颜就可以待在自己卧室里看看书。这两个月里，她看了比这两年里还要多的书，心下渐次平静充实。再乍又看到李立平时，方宁颜下意识地就皱了皱眉头。

这小小的表情变化，没有逃过李立平的眼睛。

其实在这两个多月里，方爸爸在里面也做了不少的工作。今天看到李立平来接人，态度倒也诚恳，再加上老伴儿的劝慰，宁颜妈虽然还是不太高兴，仍做了不少的好菜，让女儿一家子吃了再一同回去。

这一晚，女儿睡了以后，李立平便拉着方宁颜往床上去。

他的态度有些急迫，还有一些不同以往的粗鲁，这让宁颜不快，她在他的手下挣扎着，不肯就范。

李立平突然说："你也不用拧，你再怎么看不起我，也总还是我的老婆，陪我睡觉是你的义务。"

这话破空而来，砸在宁颜的心头。以前再怎么吵怎么别扭，两个人总还维持着一种温情的面纱，李立平今晚的这句话，像是把这层面纱狠狠地扯了下来，踩进泥地里。

一念的屈辱让宁颜生出了想象不到的力气来，她与李立平扭到一处，他们的手臂与大腿磕在一起，宁颜明显地察觉出李立平的欲望，这让她更加厌恶，她开始踢他的腿。李立平吃痛，手下一松，宁颜也被他突然松动的劲儿闪了一个趔趄，头重重地撞在身后的橱门上。李立平愣了一愣，宁颜倒好像全无感觉似的，趁着他一愣的当儿冲出他们的卧室，跑到隔壁的书房，锁上了门。

女儿的小床放在书房里，小孩子睡得正香，宁颜挤在女儿的身边，缩成一团，抖得像打摆子。

这一场争斗真是非常地不堪，宁颜都没有办法跟任何一个人去讲述，包括跟她的好友们也没有法子开口。

她也不能再回娘家，她觉得没有办法对父母交代。

她开始与李立平分房，拒绝与他做爱，一直分了有大半年。

时间真快，又是一年过去了。

在这一年的春节里，方宁颜与李立平终于又和好了。

是李立平先示的好。他检讨了自己由于工作上的不顺利而造成的一些不恰当的行为，认为他与宁颜还是有感情基础的，也有了女儿，是应该可以好好地过下去的。

"工作越是不顺，家里越是要过得好，才能堵得悠悠众人之口。"李立平这样对方宁颜说。

宁颜看着女儿仰着面孔，看看她又看看李立平，天真里透出一种战战兢兢，不由得软了心肠。

这一年，李立平提出，贷款在河西买一套新的大套的房子，以便将来将现在的这套住房卖掉然后搬过去。

"离了这块鬼地方！"他这样说，"我不稀罕住师大这个弹丸之地。"

宁颜也同意了，但是坚持房子的首付由他们自己来付，绝不再麻烦自己家里贴钱。李立平也答应了。

在选好了房子交了首付以后，李立平的家人也来了南京，李立平把他们带到新房所在地，虽然那里连地基都还没有，只有一片推倒的旧房子的瓦砾废墟，然而，李立平还是高高兴兴地在这片废墟上指点着即将属于他的那百十来平方米的一片江山。

在过完春节之后，李立平忽然重拾了他的信心。

原来，学校准备在不久的将来从政教系里分出一个思想品德学院来，正在寻找合适的院长与副院长以及书记等人选。李立平觉得这是一个很好的机会，也是他努力的方向。

方宁颜竭力地压抑住自己对他的跃跃欲试的不屑，心头的绝望却一天比一天地加深。

他们离得越来越远，虽然买了新房子，宁颜却本能地觉得，那也挽救不了什么。

有一晚，宁颜做梦，梦到他们终于搬进了新房子，李立平站在屋中间开怀大笑，然后伸手过来拉她。她一惊，醒了。

在黑暗里，她清晰地认识到，她做错了。

何倩茹忧心忡忡，她不断地在老公周苏豫的手机上发现张清露的名字。

各种各样的短信，但是真要较真起来，其实也并没有什么出格的内容，比当年的陈敏倒清淡得多。

倩茹觉得这个女孩子是个厉害的角色。

她觉得苏豫最近的精神状态越发好起来，回家的时间也越来越晚，衣着也更为周正。其实这些年来他的衣物都是倩茹在打理，以前，总是给他什么他就穿什么，现在，他有时也自己挑衣服了，也会拿回来包装得非常精美的高档的领带，他说是客户送的礼品，倩茹抱着姑且信之的态度。

但是渐渐地，她不安了。

她无事时喜欢看一些家庭婚姻的杂志，上面的文章故事中，但凡老公有了外心，莫不是从衣着、短信与小礼物这些蛛丝马迹开始的。

她开始跟踪苏豫。长时间地蛰伏在他的公司门外，看到他出门，有时是一个人，有时带着下属，有男的，大多数时候是女的，也包括那个张清露。

看在倩茹的眼里，他与张清露的态度格外地暧昧一些。两个人离得那样近，胳膊时常挨在一处，女孩子在说着什么，苏豫在笑，女孩子侧过头去看他的笑脸，眼神爱慕而娇嗲。

这情景倩茹看了无比刺心，她痛恨自己的好视力。

她痛恨他们表面上看来那样般配的感觉。

都那么年轻，都那么漂亮。

那是一个美丽的女孩子，即使是倩茹看来，也不得不承认她的靓丽，气质新潮却并不恶俗，她留着长发，细碎的卷子，堆在肩头。

　　倩茹不由得想起自己刚刚结婚时的波浪卷发，可是，因为大病了几次，她剪短了头发，觉得打理容易，就没有再留起。

　　这些日子，她只想着孩子，却忘记了自己。

　　过街的时候，倩茹看见苏豫轻轻地把手搭在女孩子的胳膊上，是扶着护着的意思——这是他的一个习惯，往日里他都是这样对倩茹的。

　　倩茹一直以为，他这种照拂与关爱只对着自己一个人。

　　却原来不是这样，这发现叫她更加心酸与气愤。

　　何倩茹差不多已确认了老公周苏豫有外心了。

　　但是，她本能地又觉得事情还没有发展到不可收拾的地步。

　　她认为自己该做些什么了。

　　既然朋友不能帮她，既然她不能把事情告诉家里，那么，她就该做些什么来自救。

　　苏豫这一个晚上回去又晚了，一进家门，他就发现倩茹用一种非常奇怪的眼光盯着自己。

　　不是怨恨，不是愤怒，不是疑惑，是仿佛洞察了一切似的冷冷的，好像在对自己说：你的一切我都了如指掌，不必再装了。

　　苏豫的背上起了细毛一样不舒服。

　　倩茹的那种眼光一直跟着他，像是舞台上的一束追光，周苏豫觉得自己像是错误地被推上了舞台的演员，被千万双眼睛盯着，而自己却完全不知道往下的戏如何演。

　　苏豫微微有些心慌，仿佛他真有什么秘密被窥破了。

　　今天苏豫带着张清露一起去谈生意。

　　那客人临时有事说是要迟来一会儿，苏豫看时间已近午饭，便说请张清露在附近的饭店吃饭。

　　坐下来没有多久，便有小姑娘上来卖花，殷勤地说：先生，女朋友这么漂亮，买枝玫瑰送她吧。

　　苏豫刚要出声，张清露说：我不喜欢玫瑰，我要百合。

　　小姑娘麻利地送上一枝长茎的花来。

　　花真的很新鲜，有着一种绢的质感。张清露拿过去在手上把玩，抬起眼，微笑着看苏豫。

　　苏豫不得不掏出钱来交给那卖花的小姑娘。

仿佛是坐实了什么事儿似的，苏豫脸红了一红。

张清露却等那小姑娘走了之后说："真有意思。"

"什么？"苏豫问。

"你居然还会红脸。"

苏豫的脸越发红起来。

张清露突然低下头去小声地说："真好。这年头，还有男人，会脸红。"

看着苏豫低头不语，张清露又稍稍提高了声音脆脆地笑："放心哦苏经理，这个不作数的。"她把百合在苏豫的面前轻轻摇晃，带起的风里有清淡的香气。

苏豫回想起那场面，明知道自己并没有那样的心思，可还是起了一点儿慌意。

倩茹像是读到了他心里那因为些微慌张而突重的一下心跳，笑一下，转过头去看电视。忽然说："这男女间的奸情啊，真正那种见了面就天雷地火地上了床的，倒也不可怕了。就是以暧昧开始的，那是真致命的。"

苏豫笑说："那种肥皂剧八点档少看一点儿，胡编乱造的，有污视听。"

倩茹也笑："电视剧嘛，也得来源于生活。生活其实有时候远比电视剧更精彩呢。"

她的语气叫苏豫不舒服："你现在讲的话里全是名堂。"

"无心人听来自然是无心的，有心人听来就是有心的话。"

苏豫微皱皱眉头，没说什么，准备进卫生间。

倩茹被他的无反应式的反应惹得有些按捺不住，微提高了声音问："今天的午饭吃得怎么样？特别受用吧？"

苏豫心里咯噔一下子，转过头来问："你……你跟踪我？"声音里是不能置信的惊异与伤感。

倩茹说："我不跟着你，怎么看好戏呢？怎么了解真情呢？怎么想对策来捍卫我的家庭呢？"

苏豫也不去卫生间了，坐在倩茹对面，也微动了气："既然你都看见了，你总该看到，花是她自己拿的，并不是我有意买了送她的。"

倩茹说："有意无意都藏在各自的肚子里，谁知道呢？"

苏豫还是笑着，说："倩茹，这就有点儿无理取闹了啊！"想一想，又加上一句，"现在的小姑娘，多半是比较大方的。"

倩茹笑着"哟"了一声："别说得老气横秋的，现在的小姑娘？你不跟她们是同龄人吗？"

苏豫说："我的心境比她们成熟许多。"

"你是因为跟老太婆老婆待久了吧。"

"你说什么呢？这话可太没意思了。"苏豫说着站起来。

可是倩茹觉得这话开了头，就有点儿刹不住车了，明知道不该进行下去，可是就是忍不住，话语像是不受自己控制，自己往外倾泻，仿佛她的心，是一个漏了的容器。

"我们言语乏味得很，自然比不得年轻小姑娘解语花似的言谈致趣。"

苏豫道："倩茹，别贬低自己，你并不老。"

"那要看跟谁比，跟我妈比我自然是不老。"

"喂喂喂，倩茹，你这么说可就是有心抬杠了。"

"我不是抬杠，我要是再不提醒提醒，有人就要偏离航向了。"

"你今天可真是有点儿不可理喻！"

"你终于说出这种词了！"

"那也是你逼着我说的。"

"是是是，一切都是我不好。我自作孽，养猫养成了虎。"

苏豫唰地变了脸色，站住了看着倩茹："何倩茹，你这话是什么意思？"

倩茹说："你聪明人你不知道我是什么意思？"

苏豫气得发抖："我告诉你何倩茹，我当初跟你在一起，丝毫也没有要利用你，要沾你们家光的意思！"

倩茹说："有没有那个意思也都沾了光了，这是事实，你否认不了！"

苏豫几步跨进卧室，关上了门，咣的一声巨响。

留下倩茹待在突然而来的寂静里，并没有言语得胜者的兴奋，反而颓败脱力。

然而，这小小的家，谁也躲不过谁去，晚上还是要睡在一张床上。

倩茹试探着去拉苏豫的手，苏豫在黑暗里翻了个身，让开了。

想要不着痕迹，却更露了痕迹。

倩茹觉得，自己的有些话，说重了。

第二天一早，苏豫起来的时候，发现倩茹已做好了早饭在等着他。

他在桌边坐下，替自己与倩茹各盛了一碗粥。

倩茹并没有看他，说："苏豫，我跟你商量个事儿。"

苏豫说："你说。"

"我……我想，去整容。"

苏豫吃惊地抬头："你怎么会有这种念头？"

倩茹说："现在这也算不得什么稀奇事，外头好多人做呢。我打听了，去韩国做，费用并不高，有个三五万的，连路费都在内就可以了。"

"我不是说钱的事儿，家里的钱你自然可以随便用，可是我不同意你去做手术。"

"我也并不是大动干戈，我问得很清楚，像我这种情况，原先的五官并不差，只要把皮肤紧一紧就可以了。"

"我不同意你做，是手术总有三分危险，犯不着冒那个险。"

"其实要是不动手术也是可以的，我听说有一种毒素，稍稍在皮下注射那么一点点儿，整个脸就紧绷起来了，皱纹立马消失不见，对身体也无伤害。"

"毒素？倩茹，这个念头太疯狂了。你……也别一天到晚想着这种事儿，想点儿别的。"

"我能有什么别的好想？要是有个孩子，我给他分了心去，也不至于像现在这样。可是……是我的命不好。"

苏豫放下碗，想对倩茹说，对自己的丈夫说自己命不好，是要引起歧义的，可是想想，这话说出口，更要引发歧义了，便没有说，只是强调，自己是无论如何也不赞成倩茹去整容的。

苏豫想着，找个时间，跟老丈母说一说，叫她劝一劝倩茹，打消这种念头。苏豫对丈母是十分尊敬孝顺的，自从母亲去世了以后，更是把她当自己亲妈，他觉得她是难得的明理的老太太，叫她来劝倩茹，总该是奏效的。虽然现在小禾结了婚有了孩子，老太太帮着带忙得很，可是，为了自己的女儿，总抽得出一点儿时间来的。

可是，倩茹却没有等到他去找人来劝，把心一横，悄没声儿地把手术给做了。

她常去的那家美容店，有个小姑娘，手法不错，人也十分会说话，常在给她做按摩时跟她聊天，虽然谈话的实质多半是想她买她们的产品，但是，因为言语巧妙，倒也不讨人嫌。加上小姑娘面容平常，一张饼子一般的脸，小眼睛，常常有意无意地赞倩茹漂亮，倩茹挺喜欢她的。

听说倩茹想整容，小姑娘说："其实也用不着去韩国那么远，我们店就有从韩国学成回来的美容医生，效果一样，可是费用要便宜一半呢。像何老师你这样，原先五官那么美的，只要把眼角的一点儿细纹做掉，那就很完美了。我们这位美容师的手法很好的，做了好多了，每一例都很成功。"

倩茹不禁动了心："真有这么好？"

小姑娘说："不好我也不敢给何老师介绍呀！你要是真心想做，我替你约他，先让他给你好好地诊断诊断，咱们让他先拿出方案来，这样更有把握。"

于是倩茹真的约了那个医师，真的做了一个方案。

手术就定在三天后。

那天苏豫回到家，看到倩茹脸上的纱布，才省过来她是做了美容手术了。

倩茹那天的态度特别好，因着心里的那一份希望，人也松快了许多，虽然脸上的伤口出乎意料地火辣跳痛，她还是面含微笑，来去身姿也轻盈起来。

苏豫不快，又担心，总觉得自己的妻子往一个他不能控制的方向越走越远了。那地方像是一个黑洞，倩茹走进那个黑洞，那黑洞却在走近自己的生活。

苏豫什么也没有说。

那天晚上，倩茹主动亲近苏豫，但是，他们并没有做爱。

倩茹说，再等等，再等两天，她要还他一个全新的何倩茹。

终于到了拆线的那一天。一拿掉纱布，美容师的脸色就变了一变。但是何倩茹太兴奋了，失了原有的敏感。

她向他们要镜子。

美容师并不马上递过大圆镜子来，却说："效果也是因人而异的，有的人的脸部肌肉，嗯，不一定能够完全体现出手术的效果来。"

倩茹没有理会他，急急地叫拿镜子来。

美容师犹豫一下，还是把镜子递了过来。

何倩茹看到镜中的自己，有点儿陌生，有哪里不对，再细细地看啊看啊，突然失手砸了镜子。

何倩茹捂住脸尖声大叫起来。

第
四
十
四
章

经过一番努力，李立平终于坐上了那个副院长的位置。

正式的任命尚未下达，但是校长已找他谈过话了，基本上，这是一件铁板钉钉的事儿了。校长让他准备一下，新学期一开学，就要过去赴任了。校长拍着他的肩说：这是一个新建的学院，其实大家也都没有经验，万事还需工作中探索，但是，也好，正因为没有人做过，但凡做出一点儿成绩，就具有独特性与前瞻性。

李立平真是踌躇满志，觉得喉咙里痒索索的，恨不能立时把这消息散布给全世界知道。不过，他一向都是沉稳的性子，九个指头捏住的田螺也是有可能丢掉的，李立平不能把笑柄送到别人手里去。

然而，跟自己的老婆是不要紧的，老婆不会笑话你，她应该跟你是一体的，一荣而俱荣，一损而俱损。自己混得好，只有对她有利。

于是他对宁颜说："我前些日子跟你说，你就快要不是你了。现在怎么样？你真的快要不是你了。"

宁颜的反应叫他有点儿奇怪，她不说话，没有反应，抬头静静地看着他，像看着一个陌生人。

李立平按下心头的那一点儿不安，继续说："你就快要成为院长夫人了！"

"院长夫人。"宁颜重复着，仿佛这是四个意义艰涩的字，需要她花大力气来理解一样。

"这是什么反应，是大喜过望吗？"

"李立平，我们离婚吧。"

李立平沉浸在他的世界里继续说："到时候我会有一间独立的办公室，宁颜，你可以现在就帮我想想要怎么布置，你在这方面还是很拿手的，要庄重，要有品位，但又要不张扬，要平易！"

他挥动着胳膊，脸上的表情快乐得近乎天真，眼睛里闪闪的全是光芒。

"李立平，我们离婚吧！"宁颜提高了声音又说了一遍。

这句话如同一块砖，把李立平兜头打了一下，他愣在当下，什么话也说不出来。

"真的，李立平，我觉得，我们还是离了的好。"

"你搞什么？我最近又是哪里对你不好了？"

"没有，你很好。"

"那么你抽的什么风？"李立平的声音尖锐起来。

"你就当我抽风吧，我想离婚。"她抬头直看进他眼睛里去，"我要离婚！"

"你真混账！我真不懂你这个女人是怎么想事情的。"

"你呀你呀，你什么时候懂过？"

"方宁颜，你真自私！你在这个时候提出离婚不是拆我的台吗？"

宁颜哧地笑了一声："你担心会有损你的官威？不要紧的，现在哪个当官的不离婚？这是潮流，大家只会说你李立平是弄潮儿，只会说我这个女人没有福气，无损你干部的气质和形象！"

方宁颜语气里毫不掩饰的嘲弄与轻蔑像一根尖刺一样刺进李立平心中。他不想把这个话题深化，但终究还是忍不住："方宁颜，你一直看不上我对吧？从一开始你就看不起我，觉得我配不上你是不是？"

宁颜还是那样哧地笑了一声："不，是我配不上你，我没有官太太的命！"

"你不要来这套！你以为你很了不起吗？我的学历比不上你？你不就是个自学考试的学士吗？我工作比不上你？你不就是个小学教书匠吗？我拿钱没有你多吗？你摸着良心想想，这个家是谁负担得多？"一时想起方家拿出的买房子的钱，又改口说，"我是说平时的开销，你拿的那几个钱够做什么的？你有什么资格看不上我？唯一比我强的就只有你的家世。那又如何？人可以选择他的出身吗？"

"我并没有嫌弃过你的出身！"

"你没有说你嫌弃我的出身，并不代表你心里不这样想！我告诉你方宁颜，你别狗眼看人低，我李立平终有一天要叫你吃天大的一惊！离婚？离婚怕什么？离就离！我告诉你，过若干年后悔的是你，是你，只有你！"

"我可以告诉你我不会后悔的。你说的，离婚就离婚，那么我们就离婚吧！"

李立平又是一怔，压低了声音，咬着牙说："你休想！方宁颜，你——休——想！"

李立平说方宁颜你休想离婚。

休想！

他不再理宁颜，来来去去眼睛里全看不见她这个人，他也不管孩子了。每天都装扮得十分体面地去上班，微笑着，对每一个遇上的人谦和而饱含优越感地打招呼，在单位更加和善，常和同事们一起吃饭，然后哼着轻快的调子回家洗漱，看报，上床睡觉。

宁颜已经搬到书房里去睡了，可是他并不去叫她回到卧室来，他觉得自己的不理睬是一种极好的对策，然而当他躺到床上，卸下一身严密的装备之后，会感到胜利的疲惫与恐慌。

一直到半夜，李立平都不能入睡，他看着一片黑色，不禁悲从中来。

他对她不够好吗？

他依然可以感受到自己内心深处对她的爱意。

可是她凭什么可以这样地伤害他，这样地无视他的一切？

凭什么？

她凭什么看不上他？

无论他在外面如何风光，都会在这个女人一贯的轻视的目光中败下阵来，变得灰败颓唐。

她到底凭什么？凭什么？凭什么啊！

宁颜几次三番地想跟李立平讨论一下离婚的事儿，但是李立平是这样的一种态度，宁颜先是着急，她从来没有这样急性子过，从来没有这样急着结束一件事，从来没有这样急着结束生命里的一段。

她先是搬进了书房，她以为李立平要沉不住气了也许会愿意跟她谈一谈，哪怕还是说不同意离，但是有交流总有可能。

可是不，她想错了，李立平完全忽视了她。

于是，宁颜收拾了一些自己与孩子的日用品，带着女儿住到了娘家。

李立平这一天回到家时，一进家门，就敏锐地感觉到了与以往的不同。

鞋架上所有宁颜与缓歌的鞋子，都不见了。

门后宁颜的包与总是靠着墙角放着的一个缓歌最喜欢的巨大棕色绒毛熊都不见了。

李立平脸上所有的表情像大地震里的房子，哗，全倒塌下去，他狠狠地把手里的文件包摔在地上。

宁颜已经预料到了母亲是不会同意自己离婚的，所以，当妈妈铁青着脸说"我不同意"时，她并没有慌张。

她低着头替缓歌绑两条麻花辫子，编了拆拆了编，仿佛要编出世上最完美无缺的一对辫子。

父亲又出差了，不在家。

宁颜妈说："离婚光彩还是怎么的？你也赶这个潮流？"

"不光彩，我不赶潮流，我要离婚。"宁颜平静地说。

她的态度叫宁颜妈有点儿疑惑不安："宁颜，你怎么了？是受了什么刺激了吗？是不是……李立平做了什么对不起你的事儿？"

"不是。"

"你们吵架了？李立平那个人，反正就那样，小心眼，但是，宁颜，你听我的，离了这样，其他的，也不过这样。"

宁颜忽然笑起来："其实他快做院长了！"

"什么？"

"我说他快要做院长了。"

"哪个院系的院长？"

"思想品德学院，院长，哦，"宁颜又笑，"副院长。"

妈妈愣了片刻，然后斟酌着词问："那么，是他嫌弃你了？如果是这样的话……"

宁颜打断妈妈的话："不是，他没有嫌弃我，是我嫌弃他。"

宁颜妈说："宁颜，两个人都结婚了，还说什么嫌弃不嫌弃的话？孩子都有了，不为自己也为孩子想想。"

宁颜说："妈，我以前在书上看到'嫁夫如此，不如为娼'的话，我现在就是这个心情。所以我要离婚。"

宁颜妈说："你这话说重了！"

"我知道是重了，可是我现在就是这个心情，我不想跟他过了。"

"你结婚的时候怎么不想想清楚？你们也是自由恋爱，怪不得任何人，到现在要丢人现眼地离婚了。我们家从祖上三辈起，就没有一个离婚的！"妈妈的声音严厉起来。

"那这一辈就出一个吧！"宁颜说着，抱着女儿回屋去了。

一周以后，李立平出现在方家。

宁颜妈给开的门，这一天她的态度倒比以往要缓和一些。倒是李立平，直截了当地问："宁颜在家吧？我是来接她和孩子回去的。"

"在，她在屋里，孩子也在。你们可以好好地商量，这么闹来闹去的，没有意思。"

"我是觉得没有意思，可能你还不太清楚，是宁颜提出要离婚的，我到现在还是茫然得很。"

"你们的事，你们自己去商量。不过，在这里不能吵，这里是方家，不是你李家。"

李立平点点头。

然而，不想商量的是方宁颜。整整两个小时，她除了一句"我要离婚"之外，没有别的话。

李立平觉得他所有的苦心，他所有的不得不放下的自尊，他所有的乐观的想法，在宁颜的沉默面前悲伤地破产，破得他心如刀割。

李立平想，女人要是狠心起来，比男人厉害得多了。

李立平回了家。

他也没有再来求宁颜，只偶尔打一个电话给她，问的都是李缓歌的事儿，女儿到底是姓李的。

他想，只有一个办法，让时间来帮着他解决问题。

许多婚姻与情感的问题无论发生时是多么严重，一样会在时间面前败下阵来。

方宁颜只不过是个女人，又不是块铁，不至于在时间里百炼成钢。

但是很快，他觉得他想错了。

方宁颜给他寄来了一份协议书，上面只列了几条，存款随他处理，房子因为是三个人共有的，如果李立平想要的话，她愿意让出自己和女儿的所有权，首付的钱也不要了。只有一条，女儿要跟着她，女孩子跟着妈妈总方便一些，她也有比较多的时间来教育女儿。

李立平把协议撕成一条条的，抓了那一把细长的碎纸，像儿时游戏时那样扎成一把，像道士的拂尘，甩过来甩过去。

动荡的思绪在童年的游戏里沉静下来，李立平意识到，这个女人，方宁颜，是真的不想跟自己过了。

一周以后，宁颜的爸爸出差回来了，宁颜说想去机场接。宁颜妈说："接什么呢，单位有车接的。你……你别当着外人就急着跟你爸说你的事儿，我在电话里可没告诉他，不是什么光彩的事儿啊！"

宁颜说知道，只是想早一点儿见到爸爸，爸爸在电话里也说想缓歌。

宁颜到飞机场时，发现单位并没有来车接爸爸，但是爸爸也并不是一个人。

他的身边跟着一个女的，宁颜也认识她，是爸爸的助手和学生，姓林。他们一起坐在大厅的椅子上。

宁颜睁大了眼睛看着那位林女士靠在爸爸的肩头哭，而爸爸的手，温柔地在她的背上抚摸。她抬起眼来看他，生离死别似的。

然后他们起身，爸爸搀着她走出去，她上了机场大巴，爸爸却没有上去，她伸出头来给他挥手，车开了，她的脸上突然又流满了泪，隔着车窗玻璃，模糊苍老，哀伤扭曲。

宁颜记得这个女人。在宁颜小的时候，她就跟在父亲的身边，面容娟好秀丽，宁颜记得她是结了婚的，自己还跟父亲一起去吃过她的喜酒。

宁颜一路跟着他们，缓歌老远看见他们的时候叫过一声"公公"，被人声盖住了。宁颜哄女儿："我们跟公公做一个游戏，我们先不叫他，等下吓他一跳好吗？"

小缓歌信了妈妈的话，一声不响地随着妈妈一起跟在公公的身后，直到妈妈说："来，我们吓一吓公公。"

小缓歌用她清脆的嗲嗲的小女孩的童音叫："公公！"

爸爸转过头来。

小缓歌咯咯咯地笑起来。

她觉得妈妈说得真对，公公真的被吓着了。

第
四
十
五
章

宁颜从母亲家里搬出来，搬到魏之芸那里去了。

之芸听她说要离婚，并没有表现出多么意外。

之芸说："那个时候你结婚，不知道为什么，我有点儿迷糊，私下里跟自己说，你到底还是嫁了他了。"

"那个时候，好像一闭眼就嫁了。现在，想睁开眼了。"

"李立平……并不是坏人。"

"他不是坏人，我只是不想跟他做夫妻。你知道吗之芸，我……我连他……碰我，都会觉得难受，你明白吗？"

"我明白。"之芸安慰地拍拍宁颜的手臂。

宁颜的眼泪，只有她自己知道，并不完全是为离婚的事而流的。

那天她跟父亲一起回家，她一句话也没有跟父亲说，第二天就搬了出来。母亲打过电话来，以为她回自己家去了，可是宁颜并没有对她说实话。她了解母亲，母亲是不会主动给李立平打电话求证的。

对母亲而言，面子大过天。

之芸帮着宁颜喂女儿，她做饭的手艺很好，缓歌倒比平时吃得快也吃得多些。她还帮着宁颜一起给缓歌洗澡，麻利地帮缓歌穿衣，新裙子略长，腰身也略大，也是之芸给改好的。

宁颜看着整洁的女儿，说："之芸，其实，你是我们三个之中最该结婚的。你这么能干，这么能干。"

之芸的妈妈在一旁插嘴："能干！小芸明天结婚！"

她比之前更糊涂了，但是浑身上下被之芸收拾得利利索索的，如果不开口，看不出有病的样子。她很喜欢缓歌，一老一小常趴在床上玩在一处。

宁颜说："你现在怎么样？最近有没有人介绍些人呢？"

之芸说："有的，不过是比过去少得多了，呵呵。有两个还不错的，听说了我家有一个生病的妈妈，也打了退堂鼓了。不过也算了，免得将来他们后悔。"

"是你自己告诉他们的？也对啊之芸，有话就要说透，否则后患无穷。"

"我就是这么想的。"之芸说。

宁颜看着好友的侧面，突然觉得非常地羞惭："之芸，说起来，这些年，我只顾着自己，眼里头只有自己的日子，真是很少来关心你。可是一遇到烦难事儿，第一个想到的朋友也就是你！"

之芸笑起来："你呀你呀，你还是那么文艺，成天都想些什么呀。像我，心事少，晚上睡得好，饭吃得香。咱们这个年纪了，哪里还经得起老！"

宁颜摸摸自己干干的脸，也笑起来。

之芸说："来做做面膜吧。"

两个人一人脸上贴了一张面膜，躺在客厅的沙发上看着电视。怕吓着缓歌，要等她睡了，像这会儿，才敢贴这个东西。

两个人说着说着都有点儿犯困，这时候，突然有人敲响了门。

两人忙忙地揭下脸上的面膜，之芸趿了拖鞋跑到门那儿，从猫眼里往外一看，立刻打开了门，一边叫着"叔叔"，一边让进一个人来。

宁颜怔怔地看着他。

宁颜陪着父亲在楼下走着，父亲说，想跟她说说话。

路灯把父女俩的身影拉得长长的，父亲的尤其修长。宁颜这才发现，其实父亲这些日子消瘦了许多许多，人说老年人突然瘦下来可不是什么好事，宁颜的心在一刹那绷紧了。

父亲先开的口："我猜着你没有回去。"

宁颜没有出声。

父亲又说："宁颜，那天的事，我想说一说。你林阿姨，她，提前退休了。她离婚后日子过得不好，她准备回老家去了。那天，她接完我之后，第二天她就坐火车走了。宁颜，我……我并不想替自己辩护，我同她……但也并不是你想象的那样，这一点，你相信爸爸。你妈妈，在生活上，对我们是无微不至的，这么多年……可是，她这个人，有时候……很难……相处。但是我还是想，终归是这么多年的夫妻了，说一句为老不尊的话，我们年轻的时候，是很相爱的。那个时候，你的妈妈，她很可爱。"

父亲的脸上有一种缅怀的神情，无可奈何地苍凉着。

"我跟你林阿姨说，我不能……不要我的家，我的老妻，我的女儿，我的孙女儿。她说她懂，她走了，就……就一辈子不会在我的面前出现了。宁颜，爸爸，没有能给你做好榜样。这些年，我看着你那么矛盾痛苦，却可以说是毫不作为，我真是愧对你！孩子，过不下去，就离了吧，爸爸，赞同你。如果实在你妈那里过不去的话，你就先斩后奏吧。孩子，人一辈子，总得给自己做一回主。"

宁颜听着，慢慢地随着父亲的脚步向前走。

她的父亲，她这一生中唯一深爱过的男人。

虽然不是爱情，但是爱总归是爱。

热烈持久，无比天真，不讲道理。

她的父亲，他说叫她自己给自己做主。

宁颜在一棵大树前停住，伏在树上，哭了起来。

父亲静静地陪着她，并不去打断女儿的哭声。

女儿的哭声伤痛里却有一丝放肆，父亲想：哭完了，我的女儿会自己做自己的主。

方宁颜再一次地给李立平寄了离婚协议书，如果他不能同意，宁颜写，会申请法庭判决离婚。

李立平收到第二封协议之后，通知了家里。

家里，父母和姐妹们都来了。

然后，他们从幼儿园里带走了李缓歌。

魏之芸二十岁进类思，十多年了，没跟人红过脸，就算是出了袁胜寒那档子事儿，大家其实对她的印象还是不错的，可是就这一次，她与那位陈老师当着众多老师的面，大吵了一通。

其实起因非常小，小到吵完了之后，之芸自己都想不起来到底是陈老师的哪一句话刺激到自己，以至于破了多年的好脾气好修养。

之芸自第二次支教过后就一直在带六年级毕业班，她曾经跟学校提出过申请，能不能从中年级开始连着三年带一个班，她已经有好几年没有教中年级了。但是学校没有同意。

这一学期，之芸带的那个班级的调研成绩又是名列前茅，本来这也是在大家意料中的事，却不料这一次却掀起了波澜。

本学期开学，校长就说了，今年六年级若是能拿到全区前五名，会按名次进行一定的物质奖励。除了集体奖之外，按班级再给予一些奖励，如果该班某一学科能够在全区里排到前五名，那么负责该班该门学科的老师会额外拿到一笔奖金。

初听到这个消息时，全年级的语数外老师都很兴奋。

但是，当人民币真真切切地摆到眼皮底下时，兴奋之外，添了点儿别的东西。

名次与奖金挂钩，这大家是可以理解的，关键问题是，差别过大了。

魏之芸所带的两个班，数学成绩一个排在全区第二名，一个排在第五名。

类思这次的集体排名是全区第三。

这么一来，魏之芸拿到手的奖金竟然多达两千元！是一个高级职称的小学老师一个月的工资了！

奖金不是由会计发的，而是由校长亲自发放，每个拿钱的老师要签字的。每一个人在签的时候眼睛都下意识地瞟一瞟他人的金额数。

当时就有两三位老师的脸色阴了一阴。

阴得最厉害的，就是陈老师。

她只拿了基础的集体奖五百元，是之芸的四分之一。

原本她与之芸的关系就不甚好，但是，小知识分子，最是懂得相互敷衍，平时还会点头说个早说个再会。可是这几天，陈老师简直不理魏之芸了，连看都不看她一眼。若是办公室里旁人在场，她便会表现得与别人尤其亲热，买了大包的零食与大家分食，一边笑说："我们家那口子说了，辛苦一学期，就拿那么两个钱，还不如他出一趟诊的，也就够买个小零嘴，所以呀，我存都不屑去存，全买了吃的，吃掉算了。谁叫我们自己没本事，带的班级考不过人家！"

她那大包的零食分给你分给他，连那同办公室里从不吃零嘴的中年男老师手里都被她硬塞了一大包旺旺雪饼，叫带回家给孩子吃，独独不分给魏之芸。魏之芸也并不贪她那点儿吃食，起先并不在意。

那天下了课，之芸回到办公室，还没进去就听见她的亮嗓门儿。

"我看校长现在也是，除了分数什么也不认了！她凭什么拿两千？考得好那是她一个人的功劳吗？没有班主任的配合，她能考好？我就不信了，她真那么有本事的话，叫她带带那种草鞋班试试！拿了那大笔钱，对合作的老师一点儿表示

254

都没有，噢哟，还真是名利双收了！"

魏之芸原本倒是有打算请六年级的老师们在家常菜馆吃一顿的，可是这两天忙着宁颜那头的事儿，也没顾得上，听得这番话，她推门进去，笑了说："我还就是没表示了，怎么着吧？"

她的突然出现，叫陈老师吃了一惊，很快就镇定下来，不对着之芸，却依然对着刚才的谈话对象说："人呢，做人要厚道，团队工作嘛，总要感念人家的付出才对。"

"说得对！做人要厚道些！还要光明正大些，有意见当面提，别成天在背后嘀咕，怎么说也算是知识分子，别把家庭妇女那套拿到办公室里来！"

陈老师暴跳起来，这一回，冲着之芸了："我就是家庭妇女，也不是人人都有福气做家庭妇女的。"

魏之芸也大怒起来："你还是留点儿口德吧，快退休的人了，不要等以后大家提起你，想不起你的鼻子眼睛，只想起你的一张嘴！"

陈老师的脸涨得血红，呼呼地喘着粗气，鼻孔也撑大了。魏之芸看她的样子，心里也暗自后悔，毕竟是上了年纪的人，要是气出个毛病了可不得了，自己也不会安心，所以收了口，在自己座位上坐下来，不再开口。

过了没一会儿，只听得耳畔一声巨大的响声，那是什么重物被用力砸在地上的声音，回头一看，一只不锈钢的保温杯横在地上，一地的水——是陈老师扔的。

有同办公室新来的小老师小心地拿过拖把来拖地，一边偷眼看着僵着的两个人。

陈老师突然尖声叫道："不要欺人太甚！一个品行有污点的人，这么嚣张做什么？"

魏之芸将厚厚一摞书摔在桌上，噌地站起来："你放屁！你才有污点！你以后再敢这么说，我告你诽谤！别以为我不敢！"

早有老师上来相劝，吵成这样，连校长也惊动了。方宁颜也从自己的办公室里跑过来，拉走了魏之芸。

校长的脸色不大好，小学老师以女性居多，不好管理，可是这么大张旗鼓地吵架，弄得全校尽人皆知，还是非常少见的。

这一学期结束的时候，魏之芸发现，她的考评分是合格。

这一年，是她再一次报评高级职称的机会，可是，由于她近三年内的期末考评分均为合格，没有优秀，所以，她没有能评上。

这一次，她的徒弟评上小教高级了。

这一次，区里，将最后一部分由于学历不合格的中老年教师的高级职称问题解决了。

独独漏掉了类思的魏之芸。

下一学期，魏之芸坚决地跟校长争取，教中年级的数学，校长批准了。

魏之芸下了独身一辈子的决心，开始尽心尽意地装修自己的那套房子。

她打算等弄好了，换上一房新家具，买了全新的家电，带着母亲一道搬过去，这边离市区近，生活方便。而她和母亲现在住的这一套，之芸打算卖掉，给母亲治病养老，再支援姐姐一部分。

何倩茹在看到镜中的自己的那一瞬间，脑子里一片真空。

她细细地反复地一寸一寸地检视着镜中自己的五官。

然后，她失手砸了镜子，捂着脸尖厉而断续地叫起来。

美容师和美容小姐统统傻了！

何倩茹的左眼角下垂了。

她，毁了容。

也许并没有那么严重，可是在她看来，她的容颜，是彻底地毁了。

倩茹的哭声持续了许久许久，到最后，连美容院的人都意识到，她的这番痛哭怕不光是因为手术失败那么简单。几个人相对交换一个了然的眼神，知道即将而来的怕是一场官司折腾，又鄙夷地笑。

倩茹记不清自己那天是怎么回家的。她停止了哭泣之后，叫美容院的小姑娘替她现买了一副墨镜来，生平第一回戴上了那个玩意儿。

倩茹的眼睛生得美，她从来没有戴过墨镜，大夏天也没有，她不喜欢那样隔着一片阴暗来看世界。可是现在，她不得不戴，不然，她不知道自己该如何跨出美容院的大门。

周苏豫这一天很晚才回到家，屋子里一片漆黑。

他们搬到这套二百多平方米的跃层已经有两个多月了。

这套房是苏豫的一个朋友做的楼盘，他问苏豫是不是来一套，苏豫想了想，很快决定，付首款买下一套。他想让倩茹换一个环境。再说，这样大的房子，装修总是项大工程，苏豫想让倩茹有点儿事分分神。她对苏豫的紧迫盯人已经让他担忧而害怕起来。

可是事情并没有像苏豫期望的那样发展。何倩茹在充分比较权衡了一下几家有名的装修公司之后，选定了一家，把工程全包给人家，虽然价钱贵一些，可是省心。

何倩茹在整个房子装修的过程中，并没有像苏豫想的那样忙碌充实，她只是偶尔去看看，她的全部心思全部精力还是一如既往地放在了周苏豫的身上，放在了她坚认的捍卫她的家庭与幸福的事业中。

房子装了大半年，又闲置了大半年，好让那气味消散。

两个月前，就是苏豫与倩茹大吵一通之后，苏豫说：倩茹，我们搬家吧。

新的房子楼上楼下，整体厨房，简洁现代，但是倩茹觉得，就是空，客厅空大得几乎可以听见自己脚步的回声。这空落落的感觉让她更慌，她在想，这房子，这一切，是不是只是苏豫的一种补偿，就像她在婚姻家庭杂志上看到的许多许多故事一样？

这更增添了她决定要做美容手术的决心。

苏豫把玄关处的灯打开，低头去换鞋，抬起头来的时候，隐隐约约看见客厅的沙发上坐着一个人。

是倩茹。

苏豫问："这么晚了你还没睡？"

倩茹背对着他，身姿僵硬，没有回答。

苏豫走过来要开灯。倩茹突然尖叫："不要开灯！"

这声音里的凄厉吓了苏豫一跳。

他转过去，在倩茹的脸上看见一个奇怪的东西。

"倩茹，你在屋子里戴墨镜干什么？"

他伸手要拉下那黑黑的眼镜。倩茹跳起来躲开，"啊"地叫了一声。

"你怎么了，倩茹？怎么了？好好好，我不动我不动，你……你抬个头啊。"

何倩茹把头埋进沙发上大而厚软的靠垫中，像是要把自己活活闷死。

苏豫去搬她肩膀，她倔着拧着，苏豫又不好真用劲儿。

忽地想起，今天是倩茹去美容院拆纱布的日子，苏豫的心拎了一下。

苏豫蹲在沙发边和声细语地说："倩茹，是不是你的脸做的效果不太好？没有关系的，来，我看看，没关系的。"

倩茹更深地往沙发里藏一藏。

苏豫干脆席地而坐："倩茹，不要这样，来，我们再来想办法。倩茹，倩茹，我不会在意的。"

苏豫拉开灯，与倩茹几乎僵持了一个小时。倩茹俯首于靠垫中，长长地喘气，似乎下定了老大的决心，慢慢地抬起头，把已经歪在脸上的墨镜拿了下来。

那一刹那间，周苏豫很难说清楚自己心里的感觉。

最早冒出来的念头是：倩茹有点儿夸张。接着，他立刻觉得，其实她并没有夸张，她的脸现在看起来很是怪异。原本喜气的脸上，像是贴上了一层哀怨与冤屈，无声地诉说抱怨。

尽管苏豫竭力地控制住了自己的惊讶，倩茹还是敏感地察觉到了。

倩茹的声音里充满伤痛："苏豫，你看，现在我就是弄成了这个样子。如果你不能接受……"

苏豫打断她的话："别这么说，倩茹。"他突然感到心烦意乱，挣扎着说，"我们这么多年的感情，不会就因为这种事毁了的。"

这话不能说不真心，但是苏豫自己能够感觉到那里面包含的一点点儿遗憾，因为这一点点儿的遗憾，他的话，听起来是这么不真诚。

原本，这些都是可以不必发生的呀，苏豫想。

以后的日子，周苏豫的生活中多了一件必须要做的事情，就是每一天安慰自己因为美容手术不理想而悲痛欲绝、心情灰暗到极点的妻子。宁颜与之芸也帮着一块儿劝，两个人三天两头上门来，后来，宁颜自己家里出了点儿事，只有之芸还常常跑过来。

倩茹足足有两周连家门都没有迈出一步，吃的用的是打电话叫社区的超市送上来的，无论何时何地总戴着那副墨镜。那墨镜当时就挑得匆忙潦草，大而无型，可是，她似乎也无所谓，她所需要的，不是它带来的美，只不过是它带来的用于自欺的那一片暗色。

苏豫劝她出去走走，劝她说其实看惯了也并不是那么严重的，也许伤口还未完全长好，等日子长了，会好的，看起来就自然了。

但是渐渐地，他发现，这些劝说并没有什么用处，倩茹依然固执哀伤地认为自己彻底地毁了容。

她要苏豫找律师，打算与那家美容院打官司。可是她并没有想到那过程是那么复杂与纠缠不休。对方认为手术并不算完全失败，并且提出要求消费者协会做出医学证明，白纸黑字地写明的确是毁容。可是倩茹不肯出门，拒绝去做检查，这一段拉锯战就只有苏豫一次次地跑，一次次地去与美容院扯皮交涉，苏豫吃不消了。

最终，他们没有办法，撤回了起诉。

倩茹大病了一场。

之后，苏豫就发现她更不对劲了。

她终于拿掉了那副墨镜。苏豫有一天下班回来后发现它碎成片，躺在垃圾桶里。但是他的高兴并没有维持多久。

有一天，何倩茹突然在长久地盯着镜中的自己之后对苏豫说："如果当初你答应让我去韩国做手术，就不会弄成这个样子。"

苏豫大吃一惊。他料不到倩茹会这么说，无言以对。

倩茹仿佛总算找到了可以怨怪的对象，她没法拿美容院怎么办，没法拿那个美容师怎么办，然而她总可以抱怨一下自己的老公。

这话说过第一回，便好像成了一个长期的不断重复的祥林嫂式的话题。倩茹一次次地说着，慢慢地，她开始怀疑苏豫不让她去韩国是不是有目的的，于是那个有关张清露的猜疑又浮上了倩茹的心头。

她试探苏豫，盘问苏豫，有意无意地用话来刺一刺苏豫。

苏豫觉得，他的婚姻是出了大问题了。

这一天，张清露久谈不下的一单生意终于成了，她高兴地说要请大家吃饭K歌，特地来找苏豫，请他一块儿去。

苏豫想到自己的家，一个闪念，真的就跟着一块儿去了。

说起来，不到三十岁的苏豫比他们也大不了几岁。

年轻人在一块儿，玩起来是挺疯的，苏豫安静地笑着看着他们。在K歌房时，他听了一会儿他们唱歌，才发现，居然有许多首歌他不知道名字，从未听过。他想起他疲于生活奔波的少年时代，他并没有太多的时间来悠闲地听歌唱歌，他要操心的是，母亲的病会不会再恶化，下一季的医疗费怎么筹，自己的学业怎样维持下去。他走出包厢，站在走廊里看着窗外漆黑一片的夜空。他惊异于自己心头的那种自哀自怜的情绪，居然在这样的一个时候泛滥成灾。

有人轻轻地走过来，站在他的身后。苏豫听到动静转过身来。

是张清露。她今天穿了件小礼服，这入了秋的天气，她光着一双胳膊，暗暗的灯光下一片雪白光润。

"就知道你会跑出来。"她说。

苏隐抱歉地笑："我也不会唱，听呢也不太熟悉。"

"不好听？"

"不是。只是我比较喜欢听那种听过的有熟悉感的歌。"

"那么你是一个念旧的人啰？"张清露今天刻意地没有叫他"苏经理"，却也不叫他的名字，就那么含糊着。

"呵呵……"苏豫也含糊地笑。

"真是的，本来是拿他们一伙人做幌子的，他们玩得倒是真开心。不过还好，我真心想请的人，来了就够了。"张清露垂下头，没头没脑地说。

"啊。"苏豫说。

"要是总是装傻就没意思了！"张清露的声音里突然流露出一点点儿怒气一点点儿娇嗔。

然后，她上前一步，把头枕在苏豫的肩上。只一下就移开了。

年轻女孩子馥郁清新的香气就在周苏豫的耳畔，暖烘烘的，让他不由得想起他曾经的纯真浪漫情怀，他用这样的心情深爱过一个人。

想到心痛想到绝望。

再不会回来了吧，苏豫想。

张清露又细细地看了苏豫一会儿，进去了。

苏豫看着她的裙摆轻轻地一甩，弯出一个美好的弧。

周苏豫不是傻子，他有什么不明白的，也许张清露说得对，他只不过是装傻。只要她不点破，他就装下去。

一行人玩得投入，第二天又是周六，怎么也不肯散。苏豫还是提前走了。

苏豫回到家时，倩茹还没有睡，坐在客厅里看电视。

看见他回来了，她迎上来，站在他近前。

他从她身边走过，一边说："早点儿睡吧。"

何倩茹突然冲着周苏豫倾过脸来。

他们的个头相差不多，苏豫只高倩茹一个头顶，这么看来，好像倩茹想要吻他一下似的。

却不料她只是在他的耳边嗅了一下。

"尼罗河花园。"倩茹说。

"什么？"

"融合了果香、青草香和木香，有一种混合嫩芽和果肉的新鲜。"倩茹含着一种奇怪的笑喃喃地说。

"你在说什么？"

"是一种香水，你最近身上常有的。我找遍了金鹰所有的香水柜台，闻了几十种香水才知道名字的，那小姐，介绍了半天。"

"你在说什么呀？"

"说你呀，你现在身上常有这样的香水味。很好呀，新鲜与肉感，俱全了。"

"我从来不洒香水，你是知道的。也许是办公室里他们用的空气清新剂的味道。"

"你不用，她会用呀。"倩茹有点儿怪腔怪调的。

"谁会用？"

"张，清，露！"

"倩茹，我跟你说了，我们没什么，从来没有！"

"那是我防范得严密，你们还没来得及有什么！"

"你要硬这么说，那就真有点儿什么吧！"苏豫说着走进卧室，重重地关上了门。

李立平把方宁颜要离婚的事儿告诉了家里。

一家子一下就炸了。李父李母连同姐姐妹妹都过来了。

"她凭什么这么欺负人？我们儿子哪点配不上她？从谈恋爱的时候就看不起我们家！离！坚决离！儿子也生不出，家里又借钱压人，离了干净。"李立平妈先沉不住气了。

李父说："离婚到底不是什么好事，你让儿子自己拿主意吧。"

"他有主意？他真有主意就不会告诉家里了！他我还不清楚，把那个老婆呀，捧得要上天！这下子好了吧？他把人家当宝，人家把他当根草！"

"就是，以为是什么美人公主，成天高高在上的样子，谁受得了她那一套。离就离，你现在的身份地位，不怕找不到好的。"姐姐也说。

"我跟你们说，是想大家一起来想办法处理问题的，不是叫你来唠叨是非的。我现在出了麻烦事，不靠家里还靠哪个？如果你们是这个态度，那你们还不如回去，我也不指望你们了。"

李父在里面劝和："就是就是，大家坐下来谈问题。要不，我们去亲家那里打听一下情况再说。"

"要去你去，我是不要见那母女俩的！"

母亲还是忍不住咕哝着。

"我看，现在这个年代，离婚也没有关系，不过，怎么离倒是要紧得很。钱啦，房子啦，孩子啦，怎么分，到了法院怎么判，我们得先拿出个方案来吧。那个方家的老太太，精得很呢，我们不要到时候措手不及的，让我哥吃了亏。"

这么一说，李母想起来了："依我说，我们去把小丫头子抢回来，不给她妈！"

"妈，你不是不喜欢女侠子的吗？"妹妹问。

"喜欢不喜欢，她总姓李！再说，她不是说要孩子吗？就让她要不着！"

于是母子姐弟三人，就到缓歌的幼儿园把孩子接走了。

宁颜要面子，一直没有除了好友之外的任何人知道她现在的情况，最关键的问题是，她没有想到，这样的事会确确实实地落在自己的头上。

当老师告诉她，下午缓歌的爸爸把缓歌接走了，说是爷爷奶奶来了想看孩子时，她的头嗡一下就大了，面色死灰。

之芸不放心她一个人，陪着她一起回到离开有些日子的家。敲门没有人应，宁颜拿钥匙开门，手抖得几次对不上锁孔。

家里没有人。

隔壁的邻居告诉她，李老师一家子刚刚出门了，像是回老家的样子，说是要去长途站赶汽车。

宁颜再也顾不得有没有人在一旁，一屁股坐在冰凉的楼梯上。

之芸把她拉进来，进了屋，倒一杯水给她："你只能这么想，孩子是给她亲父亲亲奶奶带走的，也不是走丢了，没事的，宁颜。我们慢慢来再想办法。"

出乎之芸的意料，宁颜过不一会儿倒平静下来，一口气把杯子里的水喝了个精光。

"从我下决心跟李立平离婚那一刻起，我其实就想好了，不管什么事发生，都要镇定，要面对。之芸，这么多年，我糊糊涂涂的，都做了些什么呀？现在我不想再糊涂下去了。我只是……只是没有想到，李立平他真的会做这样的事。之芸，他……他并不是坏人。"

"他不是，你更不是。不要紧，宁颜，世上没有过不去的火焰山。"

李立平没有想到方宁颜会这样快地赶到他们镇子上，其实他最想不到的，是她是一个人来的。她妈没有陪来，她的朋友们也没有陪来。

没有人理她，只有李父给她倒了杯水，搭讪着要说话，被李母一记眼风又把话给咽了下去。

宁颜在那一片阴凉的目光注视中，心里慌乱得一跳一跳地痛。

她的沉默让李母沉不住气了，说："你来做什么呢？不是说离婚吗？你们是在南京结的婚，要离也自然是去南京离，还是你这两三天都等不及了？放心，李立平过两天就回去了。"

宁颜咬咬牙，面色平和温顺地喊她："妈！"

"你不用叫妈，我也受不起。"

"妈，我是来……是来认错的，是我……是我太任性了。有话，是该好好说的。我……我不离了。"

一直躲在房间里没有出现的李立平清清楚楚地听到了宁颜的话，心里大大地一动，踏出了房门。

两个人许久不照面，猛地一见到，许多情绪涌上心头，却来不及在脸上形成一个确切的表情。

宁颜转开了头。

李母说："离也是你，不离也是你，合着我们一家子老老小小就由得你摆布，你这个任性也过了头了吧？不是读书人家的孩子吗？我们倒是文化低，可是我教育出来的女儿就没有这样的。"

李父突然出声："你少说两句好不好？他们自己的事你让他们自己解决吧。"

李母被李父少见的高声厉语惊了一下，看了老伴儿一眼，想说什么，到底还是忍住了。

谁知宁颜说："是，妈，是我不对。我现在想明白了。"

老太太更加意外了，好好地看了宁颜两眼，没有再说什么。

李父转向宁颜说："小方，你吃了没？有现成的饭菜，给你热一下吧。"

宁颜说："我在路上吃了些东西了，爸，你别忙了。"

却见李立平不声不响地进了厨房，不多一会儿端出了饭菜来。

宁颜略微吃了一点儿，问："缓歌呢？"

李立平说："在她小姑家。一会儿我就把她接来。"

"我跟你一块儿去吧。"

李立平的妹妹家与他母亲家只相隔一条街。李立平的妹妹见了宁颜自然是没有好脸色的，宁颜似乎也不介意。

缓歌看见妈妈，并没有马上扑过来，眼光在父亲、小姑与妈妈之间转过来转过去，征询的，讨好的，怯生生的。这目光比李立平妈和他妹的所有言语与面色加在一块儿都更让宁颜伤心，一刹那间她想起自己平日里心境不好时有意无意地流露出的对女儿的轻视与厌嫌，哪怕并不是真心那样想，可是她小小的女儿，还是受到了深深的伤害。尽管她不漂亮，不出色，她这样平凡，但是她的小心灵依然有着与那些聪明美丽的孩子一样的敏感细腻。

宁颜的眼泪冲了上来，她拿出新买的布娃娃，冲着女儿张开手。缓歌终于扑了过来。

李立平说对妹妹说："我们过那边去了。"

他妹妹没好气地说："晓得啦晓得啦。"

缓歌对小姑说再见，李立平妹妹摸摸她的头，说："再见再见，你当然是要跟你妈妈回大城市里过有水准的日子的，哪会在穷姑姑家待一辈子？"

李立平与方宁颜把孩子接回家。他们并没有太多的交流，各自想着心事。

终于，李立平说："我们在这边过了周末再回去吧，马上走的话，怕老太太又是一大箩筐的话。"

宁颜简短地答："好。"

李立平两口子去他妹妹家接孩子的时候，李父也正在家里劝自己的老伴儿："你就随他们去吧。只要他们还能过下去，就让他们过下去。哪家两口子不吵架，吵得狠了一上火说离婚也是正常的，还真的离了？又不是什么有脸的事儿。"

"我就是咽不下这口气，太欺负平侠子了。"

"你咽不下气有什么？你儿子咽得下就行了。"

李母长叹一声："真是想起这个来我就气，不晓得他为什么那么巴结她，自轻自贱，又不比她矮半截，我们儿子不是马上要做院长了吗？"

"唉，你随他吧随他吧！护着老婆是我们李家男人的传统。你那个时候跟我妈闹成那个样子，我不是护着你？"

"要接着往下过也行，要让她倒茶赔礼！不能说离就离，说不离就接小孩儿走，拿我们一家子当猴子耍！"

"这个是要的，是要的。"

李父果然跟儿子私下里说，要宁颜给他们老两口敬个茶道个歉。李立平原以为宁颜一定拉不下脸来，谁知她想了一想就答应了。

当晚，吃完了饭，那老两口就端端正正地坐在客厅大桌旁，四只眼齐刷刷地望着捧了两杯茶出来的方宁颜。

方宁颜先给李父敬了一杯茶："爸，我不懂事，让你们为我们操心，对不起。"

这一声"爸"，方宁颜叫得诚心诚意，毕竟，从头到现在，他对她不错，没有半句重话，她记得他的这份关照。

转过来，面对着李立平的母亲，方宁颜原以为自己会很难开口说对不起，可是望着那张板着的脸，纵横着皱纹，不屑里有着悲伤，轻蔑里混着疲乏，她活得不见得比自己轻松。

"妈，是我不懂事，一直让您不开心，请您原谅，以后不会了。"宁颜说。

李立平妈看了她一会儿，慢慢地接过茶，又放到桌上，开口："安安生生过日子是最要紧的，我们可经不起折腾。平侠子在学校里也算是大干部了，要顾到他的脸面！"说完端了杯子喝茶。

宁颜到李家是周五，她在李家住了两个晚上，李立平说好，周日下午坐车回去。缓歌跟他们一起睡，夹在爸爸与妈妈中间，小孩儿满足地一会儿翻过来冲着这个，一会儿翻过去冲着那个。每天夜半，宁颜按往常一样，叫缓歌起夜。

周六这天晚上，宁颜照例把缓歌抱起来。李立平转了个身，又睡了。

孩子迷迷糊糊地没有醒。这个晚上，宁颜刻意地让她少喝水，连水果都没有给她吃。

她抱着孩子，从床底下摸出一个大包，打开房门看看，走了出去。

到了卫生间，宁颜把女儿放下来，让她坐靠在抽水马桶上。然后迅速地打开大包，拉出孩子的衣服，那是她偷偷准备好的。

她的手抖得几次把衣服掉在了地上，手指僵直得不灵活，好容易给女儿穿好了。自己的长羽绒服她是挂在客厅一角的挂衣钩上的，她出来穿上羽绒服，连鞋子都是事先想好的，没有襻儿没有带子的，蹬上就行。

这所有的一切，都是她一个人自己想出来的，自己设计的。

她得先自救，老天才能救她，方宁颜想。

衣服穿着并不妥帖，可是宁颜顾不得了。抱了熟睡中的孩子，向门口走去。

突然，李父李母的卧室门开了，李父走了出来，开了客厅的小灯，也向卫生间这边走来。

看到宁颜与孩子，他一下子定住了，不可置信地无措地站在那儿。

宁颜的心几乎停止了跳动，她绝望地望着李父，像一只刑台上的牲畜。

李父看了她好一会儿，脸上是一片波涛翻滚。

最终，他无声地长出一口气，走过宁颜身边，拉开卫生间的门，走了进去。

宁颜飞速地拉开大门，走到屋外一片寒凉中去，轻轻地带上身后的门。

宁颜在街上疾走。

天很冷，可是她也感觉不到，耳边呼呼的风声，是那样恐怖，她像是走在黑暗的山谷里，但是走出去，也许还是有日头的。

街上没有出租车，小县城的晚上是打不到车的，宁颜步行了一个多小时，走到早早打电话订好房间的饭店，那是她和李立平结婚时住过的饭店。

她要在这里待到明天中午，跟饭店约定好，他们会帮她叫好车。

宁颜以为自己一定会一夜不能睡，事实上并不是，她睡得很好。

慌乱的心在陌生的房间里安定下来，女儿熟睡在身边，她捏着女儿小而暖的手，很踏实地一觉睡到了第二天的早上八点半。

缓歌醒来叫妈妈，她茫然地看着四周。突然的变化，叫孩子惊恐不安。

宁颜很认真地告诉她，妈妈现在要带你回南京去。

缓歌问：爸爸不去吗？

宁颜说：爸爸暂时不去。爸爸会出差一阵子，到一个挺远的地方，他怕你会哭，所以没有告诉你。你会跟妈妈一个人过一阵子。

缓歌说：爸爸会不会回来？

会，他会。

那么我们可不可以跟魏阿姨和魏奶奶再住在一起？

是，不过我们也许会搬出来。

为什么？

因为那是别人家，人不能一辈子住在别人家。以后妈妈会带着你到一个新家里去住，但是我们还是会常常到魏阿姨魏奶奶家去玩，你要想在那里住两天也是可以的。

为什么我们不回自己的家里呢？

哦，那个房子卖给别人了，我们要住新的房子。

哦。爸爸呢，他去不去魏阿姨家？

他不去。

我晓得了，爸爸是男的，我们都是女的。男的跟男的玩，女的跟女的玩。

是这样。

宁颜在中午的时候带着女儿直接从饭店上的车。缓歌在车刚刚启动时突然叫："我的新布娃娃，丢在爷爷奶奶家了！"

宁颜说："不要紧，妈妈回南京再给你买一个。"

缓歌终于哭了，糊了满脸的眼泪鼻涕，像一只悲伤的小猫仔。

宁颜说："不要紧的，妈妈也丢了东西，我们都不要伤心。"

车开了。

宁颜拿出面包给女儿吃，自己也快速地往嘴里塞。

其实她一点儿也不饿，可是她知道必须得吃，空着肚子坐这么长时间的车，她会晕车，到时候没人照顾她的女儿。

　　奇迹般的，有着重度晕车症的宁颜，一路平安地到了南京。她另换了一辆出租车，朝魏之芸母亲家而去。

　　之芸的大舅突然去世，之芸带着母亲回老家奔丧，走前把家里的钥匙留给了宁颜。李立平并不知道这个地点。

　　之芸并不知道宁颜这个疯狂大胆的计划。

　　宁颜带着女儿上超市买吃的，要给自己和女儿做点儿新鲜东西吃，然后好好休息，明天，她还要上班。女儿她打算带到自己学校去。这几天不让孩子上幼儿园了，好在缓歌安静，几本小画书一盒彩笔就可以坐上半天。然后再慢慢想办法。

　　母亲那里，是不能送的。因为她也不知道宁颜的打算。

　　宁颜买了不少东西，一手抱着女儿，一手还拎着一个沉甸甸的篮子，往自动扶梯上走。

　　缓歌的小脑袋挡住了她的视线，她一脚踩空了，在扶梯上摔倒，幸而她反应够快，丢了篮子一把抓住扶手。她前面站着的一位男士听到动静，反身一下扶住她，她才没有带着女儿一块儿掉下去。

　　缓歌立刻吓哭了。

　　篮子骨碌碌滚下去，里面的东西撒了一路。

　　宁颜抱着女儿，一屁股坐在扶梯上，扶梯带着她缓缓下降下降，就像她的人生，一步走错，便一路往下往下。

　　宁颜在明亮的、人群涌动的超市里失声痛哭！

第四十八章

"方宁颜，你好狠！你居然连这一招也使得出来！"

"我是跟你们学的。"

"好！好！你好！你这两年学得这样的本事了。倒是看不出来！"

"我只想要孩子，其他的你都可以拿走！"

李立平说："你不想跟我过为什么不早点儿告诉我，啊？为什么不早点儿告诉我！拖了这么久，拖得有了孩子，忽然有一天你就说不想过了，你想过我的损失没有？男人的青春就不是青春吗？"

"你的青春损失费，我赔给你，存款、房子，都归你。"

"你听着，你这个恶毒的女人，我不会离的，耗死你！我耗——死——你！"

李立平在电话里的声音愤怒得无以复加，带着微弱的哭音。

宁颜挂上电话，也许李家人会上自己家去闹，那是最坏的情形，然而现在，比最坏只好那么一点点儿。

然而事态的发展出乎宁颜的意料，李家人并没有上方家去。

他们一直沉默着，直到一个月后，李立平也给方宁颜寄来了一份协议书，要求方宁颜放弃所有的财产、房子，以及女儿，否则不会离。如果不同意，那么只好上法院判，不过那样的话呢，女儿也是一定会判给他的，李立平写，无论从经济还是其他方面考虑，他比方宁颜总有着优势。况且，李立平又写，他颇有几个当律师的朋友。

方宁颜回了封信，说什么都行，就只女儿，她一定要的。

李立平又回信：休想！

方宁颜说：那就拖着吧。耗死了我也一样耗老了你。

他们信来信去的，宁颜想，由信开始，也由信结束。非常戏剧，一个不圆满的圆。

之后，他们就断了联系。

宁颜给女儿转了个幼儿园，之芸给帮的忙，她的一个高中同学在那里当副主任。条件还不错，因为是私立的，费用稍贵了一些，但是宁颜觉得还可以负担。

两个月之后的一天，宁颜接到一个电话。

是李立平他们学校打来的，问是不是李副院长的爱人，李副院长遇车祸了。

宁颜赶到医院，李立平已经被送到了病房。

他并没有受太重的伤。他走出学校大门刚拐弯时，一辆车向他冲过来，他让了，那辆车刹得也及时，只带住他的衣服让他跌了一跤，脚扭了，有点儿皮外伤。一半是痛一半是吓坏了，李立平晕了。

宁颜进去的时候他正在睡着。

他瘦了一点儿，头发也长了，搭在椅背上的外套宁颜从未看他穿过，想必是新买的，可是蹭了灰。学校有陪床的人在，宁颜谢了他们，请他们回去，自己守着。

李立平醒的时候看见宁颜，呆愣愣地看着她，那是他脸上从未出现过的一种表情，呆的，天真的，傻傻的。

宁颜说："医生说你的伤不重，观察两天就可以出院了，所以我没有通知你家里，白叫他们担心。如果你想通知他们，我马上去打电话。"

李立平说："不用了。"

吞下了后面的话：你可知道他们现在有多恨你，听到你的声音立刻会暴跳起来的。

宁颜说："那么今晚我陪你吧。"

"你在这里，缓歌怎么办？"

宁颜停了一下答："她很好，有人看着。"

李立平明确地体味到宁颜话语中的提防，坐起来拥着被不看她，说："你不说我也知道，不过就是你的那两个好朋友家。我是不想深究而已。"

"我们今天不谈这个。你早点儿休息吧。"

李立平没想到方宁颜会不接自己的话头，他其实是很想和宁颜谈一谈的。

因为是学校的附属医院，他现在住的是一间单人病房。

宁颜支了张躺椅睡在一边。原本，李立平想说，其实用不着陪床的，可是终究没有说。

这个女人没有睡在他身边，有多久了？久到他对她的呼吸都开始陌生了。他一直弄不明白，这么一个依赖性极强的、有点儿娇气的软弱的女子，她是哪里来的勇气哪里来的头脑，居然骗了他们一家子？正如他一直没有想明白，她为什么咬死了要跟自己离婚一样。

为什么呢，尤其在自己往上走的这个时候？

李立平下了床，在黑暗里盯着宁颜身体的轮廓，看了一会儿。她还是那么苗条细巧，也老了些，眼角有细纹。她当年是多么年轻，第一次看见她的时候，以为认错了人，像个大学女生。

那久远的记忆翻腾上来，带着咸湿的气味，在黑夜里弥漫。

宁颜第二天下了班以后又过来了，打了水替李立平擦洗。

李立平在温热的毛巾下突然轻轻地捏住她的手指，可是宁颜挣开了，把水拿去倒掉。

她不过是出于人情来照顾他两天，无关爱情。

李立平看着站在窗前望着楼下的宁颜，这样想着。

自己跟方宁颜的这场戏是真散了，他独自赖在黑暗的舞台上，眼前还有一些光的碎影、声的片段，然而那又有什么意思呢？

李立平的伤本就没什么，很快地出了院。

又足足拖了半年的时间，快到夏天时，李立平与方宁颜终于协议离婚。

女儿缓歌给了宁颜，可是，李立平拿走了家里全部的积蓄与房子的产权。产权转让证明已在前一天办好，宁颜签得很爽快。

出了法院的门，李立平叫了一辆车，问宁颜要不要一块儿坐了走。宁颜说不用了。李立平说，下学期，他开始可以使用公家的轿车了。宁颜笑了一笑，说，那很好呀。

不知为什么，李立平唰地红了脸。

他们在街角分了手。李立平临走时，下周他想看看缓歌可不可以。宁颜答应了他会把缓歌带来给他看。

宁颜没有想到在第二天，李立平又约了她在一家茶社里见面。宁颜很犹豫，但是李立平说有重要的事跟她说。

原来，李立平所说的重要的事，是想给宁颜一笔钱。

他拿了张银行卡，说里面有八万块钱，还是给宁颜的好。

宁颜说谢谢你，我不要，真的。不要。

"女儿上学吃穿什么的是很费钱的，不是说马上还要让她学古筝吗？一堂课又是不少钱。不过你放心，我答应的赡养费每月是不会少给的，这个是另外的钱。"

宁颜说："我不要。赡养费我要，可是这个，不必了。"

"说起来，其实这原本是你们家的钱。"

"别提这个了。"

李立平看宁颜态度坚决，把银行卡重收回皮夹："那么，我就用缓歌的名字存起来，她随时可以用。"

本来，李立平是想请宁颜吃饭的，可是到这个时候，又不想开口了。不想宁颜反倒提出来请他吃饭。两个人选了一家门面大些的菜馆，李立平替宁颜布菜，宁颜也吃下去。

两个人默默地吃完饭，宁颜说要回去了，缓歌在家等她。

李立平本想问她你现在住哪儿，到底还是没有问。

在各自回家前，李立平突然对宁颜说："我曾经以为你是我的天使。"

宁颜略微惊讶地看向他。

李立平接着说："是把我从沉闷无光的生活里解救出来的天使。可是现在我才明白，谁都不是谁的天使。"

宁颜说："我从来就不是天使。"

两人互道了再见，各自转身走。

李立平却又停住了，对着宁颜的背影喊："宁颜，你有没有……"

这灯光明亮的大街上，那半句话再没有出口。

李立平一边走一边想，自己的秘书，那个男孩子，在女友提出与他分手的时候，一遍一遍地在电话里追问：你到底有没有真正爱过我？

有没有？你说，有没有有没有有没有？

李立平却已没有了这样任性的勇气。

宁颜也往之芸家方向走，路过一家音像店，店里传来歌声：我不是你的天使，也不懂你的天堂，当月光变成你的目光，我不看你过往。宁颜突然明白了李立平想要问的有没有究竟是什么。

不过现在宁颜觉得，有或是没有，不要紧了。

现在方宁颜唯一担心的事就是，自己离婚的事，该如何去对母亲说。这件事，宁颜真的是先斩后奏了。

母亲至今蒙在鼓里，以为他们只是分居。

这是方宁颜三十多年来，第一次瞒着母亲做的一件对她而言几乎可算得上是惊天动地的事。

宁颜对之芸说想搬出去住，之芸不答应，她怕宁颜在这种时候一个人住着，难免东想西想，入了死胡同里，只说自己的老妈舍不得缓歌，叫宁颜好歹再多住些日子，等自己那边的房子装修好了，那气味也散尽了，这边的房子横竖是要卖掉的，那时候再搬也不迟。

这一年，方宁颜离了婚。

而何倩茹则觉得她的婚姻被下了咒，不得不扭曲不得不变形，不得不面目全非。

会不会有一天，有一个机会携希望而来，解了这个咒呢？

周苏豫现在常常很晚才回家，对何倩茹反复的紧迫的审讯式的提问充耳不闻。而何倩茹则对他的这种故作的冷漠抱以冷笑，谓之：心中有鬼，故作镇定。

他们渐渐地像两只小兽，相互仇视，咬住了对方的一块皮肉，辗转撕磨，都痛，可是都不肯松口。

这一天下班后，苏豫在办公室磨蹭到快十点，才收拾了东西要走，忽地接到张清露的一个电话，约他在一家咖啡馆里见面，说有一件重要的事想找他商量一下。

周苏豫犹豫了一下，答应了。

他很难判断自己答应赴约的原因究竟是什么，唯一肯定的是，他去咖啡馆，所看到的，会是一张如花的微笑的脸，轻言细语，娓娓而谈。

他到了约定的咖啡馆时，张清露已经到了，苏豫先没有过去，站在隐秘的一角看了她一会儿。

张清露换下了白天上班时的套装，穿了羊毛的连衣裙，深灰，椅背上搭了件黑色的大衣，在如此低调的颜色包围中，她像一枝挂了露的百合。

她正在打电话，脸上带着笃定的、自在的微笑。

苏豫走过去，脱下羽绒大衣，在她的对面坐下，问她："什么重要的事儿？工作上的？"

张清露并没有回答，却伸过手来，轻轻地捏掉苏豫肩上的一根羽绒细毛。

"呃，看来不是什么重要的事儿。"

"难道除了工作上的事，我们之间就不能谈一点儿别的事吗？"

"别的事儿？"

"比如，感情方面的？"

张清露说完这句话，又低下头，在苏豫的沉默中捏着自己细长的手指。

面前这个男人，有一些钱，但也不是赚得满坑满谷，可是如果有一天落到一无所有了，她相信他依然可以东山再起，因为他原本就是白手起家。难得的是，在他的财产之外，他还保持着一种男人的正直与纯真，他依然会脸红，他温文和气，谁都说他好，在他的内心，有足够的聪明可以感受到自己的示好，可是，说他装傻也好，说他故作姿态也好，他把他自己把持得很好，想必他今后也一样会这样地把持着他自己。比他有钱的，比他学历家世好的男人，张清露见得多了，可是，她总觉得他们滑得如同一尾鱼，肥则肥矣，然而，是随时可以从自己的手掌中溜走的。

可是周苏豫，他应该不会。

周苏豫是一株植物，他要扎在一方土里，扎下来，便不会轻易地移动。

张清露想把这样的一株植物移到自己的这方土里来。

张清露开口："我妈，叫我去见一个人。美国回来的，经济学博士，说是人长得好，父亲是市里的干部。"

"哦，那不是很好？"

"可是我不想去见。"

"啊。"

"你除了这句话不会说别的吗？你不问问我为什么这样的条件不能让我动心呢？"

"你总有自己的道理。清露，其实，你知道，我在这方面，是比较简单的，我第一次恋爱的对象，就是我现在的太太，我并没有丰富的经验可以供你参考。"

"你不需要有，我也不想叫你帮我参谋，我只想让你知道，我为什么不去相亲的原因。"

张清露抬起头，眼神清澈而热烈："我心里头已经有了个人。别的人，再好也没有用了。"

"清露……"苏豫觉得口干得很，舌头粘在上颚上，阻碍他把话说得流畅，他端起面前已冷掉的咖啡，大大地喝了一口，"你知道，我跟我太太，是一起共过艰苦的。我……是爱她的。"

张清露扑哧笑了一下。苏豫错愕地看着她。

"男人们都会对人说，他的太太如何如何不了解自己，可是你却是个例外。我只问你，你现在还爱不爱她？"

没有等到苏豫回答，苏豫也没有机会再来回答这个问题了。

因为，何倩茹冲了过来，带着一大股冷冷的风，如从天而降，站在他们面前。

第
四
十
九
章

晚上十点多了，何情茹没有等回周苏豫，却等到了一通电话。里面是一个略沙哑的女人的声音，自称是一个抱不平者，想要给蒙在鼓里的可怜人一个信息。

电话里的女人告诉她，她的老公周苏豫今晚跟一个年轻的女子在某某咖啡馆里约会，时间就是此刻，这个年轻的女的就是周苏豫他们公司的，而她自己也是他们的同事，打这个电话纯粹是出于同病相怜，她自己也刚刚经历了这种事情。

也许世界上所有的妻子在捉自己老公的奸情的那一刻面目都是相像的，周苏豫觉得，他突然地，不认识面前这个何情茹了。

她头发飞散，面色赤红，呼呼地从鼻子里喷着气，怒气使她的身姿膨胀而强悍。一刹那间，周苏豫心生畏惧，往后退了半步。

何情茹盯着面前的两个人，盯完了这个盯那个，盯完了那个再盯这个。她知道现在店里从店员到客人，所有的目光都看着他们，可是，她顾不得了。

"你们终于暴露了啊，好，好，好，好得很。"

"情茹，你听我说……"

"说什么？说你们是如何如何清白无辜？还是说你们正在商量公司里的什么大事？那个词叫什么来着？"情茹笑，"纯聊天？"

"周太太，你听我说……"

下一秒，何情茹扑了过去，抓住张清露的一缕头发，她甚至还在心里想，好一把油光水滑的头发，不容易抓呢。

周苏豫转身过去，拦腰抱住她。他们三个呈一种古怪的姿势定格了几秒钟。这几秒钟，已足够张清露从何情茹的手里挣脱出来。何情茹看看手中抓着的几丝头发，看了两秒，再一次扑上去。

心里头有个小小的声音在说："这样太蠢了太蠢了。"可是没有办法，她控制不了她自己。

"倩茹！"苏豫努力压低着声音叫，"我们回去说！回去我跟你说清楚！"

"周，苏，豫！你说不清了！省一省吧！"

这当儿，张清露缩到了墙角去，她的整个姿态是卑微的、冤屈的，只比出何倩茹的可笑与不讲理。

周苏豫使出全身的气力，把何倩茹拉出了店门，招手打了辆车，两个人打架一般地上了车。车子在夜色里扬起一阵尘土，开走了。

张清露慢慢地从角落里走出来，重新坐回到桌边，叫来服务生，换了一杯热咖啡，从从容容地喝。

所有的目光交织在她的身上，可是她并不在意，她知道他们在想什么，她也知道很快这消息会在公司传得尽人皆知。

但是，跟得到这个男人相比，跟给自己寻一个安分的生活相比，这一点点儿的名声，算不了什么。

现在这个时代，人人为自己谋利，跟红顶白，谁会去介意名声这种事情。

何倩茹对周苏豫提出了一个奇怪的要求。

她要求周苏豫和张清露跟她一起去参加电视台的一档节目。

这是一档现场直播的节目，都是些家庭纠纷夫妻矛盾闹到不可开交走投无路时，来到直播间，请求主持人主持公道，把自己所有的一切隐私暴露在大众面前，有一种决绝的剜肉疗疮的惨烈。

倩茹自与苏豫的关系日渐恶劣之后，成了这个节目的忠实观众，看到这个城市里有这么多与她一样不如意的人，在各自的烦恼中挣扎，这让她心里得到了一点儿安慰。

倩茹的这个提议让苏豫惊得目瞪口呆，他实在不明白她为什么要把这个事情闹得这样大，这样一点儿退路都没有。

可是倩茹说：这叫破釜沉舟，置之死地而后生。

"让全市人民来评评这个理，看看破坏别人家庭的人是怎样的一副嘴脸。"

倩茹还说，如果苏豫不答应去电视台，那么保不准她还有更加激烈的做法。

苏豫几乎是哀求了："不要这样，这样爸妈他们看到了也会很伤心的。"

倩茹也哀伤地说："你以为他们还不清楚我们之间的情况吗？我妈都跟我说

了，自己要有心理准备。他们也有心理准备的。"

准备什么？苏豫问。

倩茹脸上绷紧的表情一瞬间全塌下来："周苏豫啊周苏豫，我其实真想跟你白头到老的。可是，要是真不能，我又能怎么办？"

苏豫终于答应了倩茹去参加节目，多少也抱了一点儿随她去吧这样自暴自弃的心态。可是，怎么跟张清露提这个要求呢？

谁知道，张清露思考了半天，居然答应了，就只说，她不想在电视上露面。

进演播室之后，周苏豫发现，偌大的地方，相对摆了两张一模一样的长沙发，中央则是同一套的单人沙发，前面与侧面都架着一台摄像机，摄影师正在调机位。在一角，拉了一道屏风，后面，摆着一张椅子，张清露将会坐在那道屏风的后面，只出声音不露脸。

几乎在跨进去的那一刻，周苏豫就想转身逃走，他也真的转身逃了，却被编辑与主持人拉住了。他们小声地劝着，都是口才极好的人物，这种场面也见得多了，现成的说辞一套一套的。苏豫却没有真听进去多少，他只觉得荒唐只觉得无比羞耻。

而何倩茹的态度比他从容得多了，她甚至专门选了衣服，唇上也有淡的颜色，但是，她戴了一副遮住了半个脸的大墨镜。

周苏豫再也没有了逃跑的机会，因为直播已正式开始。

灯光唰地打得雪亮，苏豫的脸在灯光下死人似的惨白。

主持人是一位年轻的女孩子，以前做过娱乐类节目，现在转而做这档节目，穿着套装，脸上是一种稍稍造作的悲天悯人的神情。

她缓缓地开了口，另有背景音乐，低低地凄凄地传来。

"爱情，是那样美好；婚姻，是那样美好。每一对真心相爱的人，在结婚的那一天，要真正成为一家人的那一天，莫不怀着美妙的、坚定的信念，要一生一世，要白头相伴，而前面的路，看起来是那样光明，我们都曾怀着快乐的坚决的心踏上这一条道路。"

主持人的声音优美轻缓，将编辑写好的稿子背得声情并茂。

"可是，谁又能想得到，在这一条路上，除了玫瑰与星光，还有坎坷风霜，还有许许多多料想不到的激流险滩在等待着考验着相爱的人们。我们今天的当事人，就是在这样的险滩上搁浅了的一对曾经深爱的人。我们姑且称他们为 Z 先生与 Z 太太。"

周苏豫呆呆地坐着，何倩茹倒微微地对着主持人欠了欠身。

主持人于是开始了她的现场采访，一切，从最初说起。

何倩茹起先的声音有点儿干涩，渐渐地，她的讲述入了境，变得顺畅起来。她讲着他们如何相识，如何相恋，讲到他们清贫简单的婚礼，讲到婚后并不太平然而还是心心相印的日子。

事情的每一个细节，苏豫都是熟悉的，可是这个讲着如此熟悉的他的过往日子的女子，却是周苏豫不认识的。

何倩茹滔滔地诉说着，像是她的灵魂脱离了坐在沙发上的这个肉身，灵魂管不了肉体，由得它放纵由得它丢人现眼。

她盯着主持人一截白皙线条优美的小腿肚，她曾经也有那样的小腿，可是现在的这个肉身没有，这个肉身什么也没有。

周苏豫成了一尾离了水的、被钉在电视台这个明亮的演播室的这张沙发上的鱼，一点点儿地在现场与屏幕上的无数目光中干枯衰竭。

终于谈到了婚外情的问题。

张清露被请上了场，她的身影投在屏风上。

何倩茹在看到她的瞬间一下子站立起来，几乎要扑上前去，可是还是坐了下来。

她们开始对质。倩茹在厉声地指责质问，张清露在解释在恳求，她恳求倩茹，不要猜疑，Z 先生真的是好人，他们是清白的。

倩茹终于怒了，站起身来冲过去。主持人拉住她。张清露起身从边上的小门跑了出去。

摄影师兴奋地拍着，这期真的很精彩，很精彩。他的耳机里有编辑低声的急促的提示，抓，快抓，好镜头啊！啊，快快拍那个男的！

周苏豫在流泪。

他看着她的妻子，冲动的失常的女人，眼泪在他的脸上疯狂地汹涌地无声地流着，仿佛没有停止的一刻。

摄影师把镜头往前推往前推再往前推。

所有的坐在自家电视机前看着这档节目的人，都看见这样的特写，这个年轻的、英俊的男人，悲痛欲绝的脸，脸上奔涌着的泪水。

无数的短信与电话传进导播室，网上的同步转播，无数的帖子潮水一样地涌上来。

无一不在谴责、谩骂，指责着那个失去了理智的失控的女人。无数的同情都给了那个默默流泪的男人。

　　然而这不是周苏豫想要的。

　　他站起来，慢慢地走到倩茹的身边，扶住她的胳膊：我们走，我们走吧，我们走。

　　他的态度并不是那种成熟的理智，倒有一种孩子一样的哀求。整个现场一片安静，周苏豫把倩茹拉出了演播室。

　　当事人走光了，台上只剩下主持人，还有现场的两排观众。但是女主持人有足够的机智，她请出专家来进行分析，这个冷场并不使她惊慌，因为她知道，今晚的节目足够精彩了。

　　苏豫拉着倩茹站在走廊上，这里的走廊长而弯曲，像迷宫一样，他们不知何去何从，绕来绕去的。

　　然后他们看到女主持人走了出来，她的脸上没有了那种伪装的真诚与理性，变得不大一样了，年轻略有些轻浮。

　　苏豫与倩茹听见她跟身边的人说："今天那个老女人真是疯了！我的天哪！"

　　何倩茹有好一会儿才明白过来，她说的老女人就是自己。

　　苏豫拉着她的手："我们走吧，从那边走，也许出得去。"

　　倩茹抬头看着他泪痕狼藉的脸，上面有着多年以前她刚刚认识他时那种惶恐不安的表情，何倩茹的灵魂一点点一寸寸地回到她的躯体里。

　　何倩茹为自己对这个男人的爱感到绝望，她已经面目全非，然而还是这样地爱着他，灵魂躲在苍老不堪的躯壳里，卑微固执地爱着，一如既往。

　　周苏豫也看着她，这个失了常性的女人，不再优雅不再知性，他的曾经美丽的妻子，亦姐亦母，亦师亦友。

　　他们两个像因为迷路而惊慌失措的小孩儿，被人遗忘了，没有人来领他们走到大门，走出这里。他们手拉着手，在狭长的通道里转来转去。苏豫说，我们刚才在哪个拐弯口走错了呢？

　　倩茹说：不晓得呀，是不是刚才那个挂着总主任室牌子的地方？

　　他们终于转了出来，这是电视台的侧门，不是他们刚才进来的那个门，但是隔着一道矮的电闸门，可以看见街道了。

　　倩茹抱住了苏豫，苏豫也轻轻地搂住了她。

　　苏豫这些年还是那样消瘦，那种感觉跟多年前差不多，然而还是有许多东西都不一样了。

倩茹靠着他的胳膊，说：苏豫呀，我们分开吧。

倩茹丢下苏豫走出去。

夜空很是晴朗，何倩茹看着饱满得像是一块蓝汪汪的宝石一样的天空，想起了她的朋友们。

离了婚的宁颜，不如意的之芸。

还有她。

她们这都是怎么啦？

倩茹想，怎么回事呢？

我们忠于真理，真理背叛我们。

我们忠于爱情，爱情毁灭我们。

倩茹和苏豫分居了。

原本倩茹说自己要搬出新房子去，可是苏豫坚决不同意，他说他可以搬回原先的房子里去。

苏豫搬家的那天，下了一天的雨。倩茹看天那样坏，说苏豫你改天再搬吧。

苏豫说：反正也没有多少东西，我开了车来的。

苏豫只拿走了日常的换洗衣服，他觉得他得快快地离开，不然，就会走不了。

他的心软弱不堪，只要倩茹再开口留，他就一定会留下来，他们两个人就又会陷入那种折磨人的纠缠中，但是离开，他们总还有着一点儿生机。

倩茹说：我记起来了，老屋那里还有一盆仙人掌呢，早两年开过花的，兴许还在。

苏豫说：一定还在，仙人掌这东西，耐旱得很呢。

苏豫走出家门的时候，回头看了一下，看见倩茹站在落地窗前看着自己。

她已经不再戴墨镜了。

苏豫想起来，其实自己并没有给过她多少好日子。

倩茹一家人很快地知道了消息。先跳起来的是小禾，要去找周苏豫的麻烦。

倩茹妈厉声把他喝住了："轮不到你来管你姐的事儿，你老爸老妈还在呢！"

小禾气坏了："当初我姐结婚的时候你们是怎么说的？要是有一天他敢对不起我姐，叫我们弟兄几个统统跳出来找他论公正的。现在拦在里头的也是你！反正你就是看周苏豫这个女婿横好竖也好，比我这个亲儿子还要好！就算我不如他，我姐是你们最爱的亲女儿，你们就看她白受委屈？"

倩茹妈说："我告诉你，夫妻两个人的事儿，只有他们自个儿最清楚，也最有发言权，他们不是还没离吗？就是真要离，也没有你插嘴的份儿！"

小禾气得摔了杯子要走人："你就惯着吧，总有一天周苏豫那个白眼儿狼把我姐害了！"

一直不出声的倩茹爸爸此时大声地喝道："何禾你给我闭嘴，你懂得什么？你这不是帮你姐，是给你姐添乱呢！你不跳出来，他们还有机会的！"

小禾气过了头却又乐了："听这话，你们还打算认这个女婿啰？啊呀啊呀，天底下的好男人都死光了吗？就认死了周苏豫了？"

何爸爸叹一口气说："你呀你呀，你要是再多两个心眼儿，我们老两口死了那眼也能闭上了。"

话说到这样，何禾不作声了，想想心里到底是不甘，心里头还是打了主意要给周苏豫一点儿教训。

之芸听到宁颜离了，连倩茹也和苏豫分了居，就约上了宁颜一起跑过来看倩茹。

倩茹给她们开门。之芸看到她，微微地吸了一口凉气。

倩茹胡乱地穿着一件大毛衣，一点儿腰身也没有，图案也很糊涂零乱，下面穿了条大红色的旧裙子，里面套的是一双黑色的羊毛袜。

之芸想，完了，她放弃自己了。

无限的伤感升上心头。

三个好友聚在一起，没有往日的高谈阔论，只埋了头做吃的，然后举案大嚼。

心是空的，好像胃口倒大了，三人开了一瓶红酒，也没在意呢，就喝光了。倩茹说，要下楼再去买一瓶，之芸量是好的。之芸拦住了她。宁颜早就有点儿迷糊了，之芸把她弄上床叫她睡一会儿。小缓歌有点儿吓住了，抱着布娃娃缩在墙角，之芸把她抱在手上，小姑娘软软的脸颊贴在之芸的手臂上，似睡非睡。

之芸对倩茹说："你可得挺下去。你跟宁颜不同，她跟李立平原本就有问题在，现在才会支撑不下去。可是你跟苏豫，是有感情的，也没真离婚，总还是有希望的。"

她伸手摸摸倩茹微微下垂的左眼角："好像好得多了。放心，倩茹，所有的伤口都有收口的一天。今天我带来的那包中药，是人家给我的方子，用清水加一个蛋清和了涂脸，对付斑啊伤口啊是最有效的。"

"我现在，也不在意那些了。"

"为什么不可以在意？我也在用呢，我叫宁颜也在用。我们感情上不顺，总还是有资格美一下的。这个……"她拉拉倩茹的大毛衣，"也别再穿了，你的那些漂亮衣服呢？穿起来吧，就算真的到了最坏的一步，我们也不该由得自己一个劲儿地往下走！"

倩茹说："之芸，说起来，你一直是我们三个当中最坚强的。"

之芸想，自己的放弃又何尝不是一种软弱。

然而不这样，又能怎么样呢？

也许生命不过是一个巨大的伤口，要用一辈子那样长的时间来忍受，然后，忍受了再忍受。

方宁颜离婚的事情，终于被母亲知道了。

缓歌过生日，宁颜妈说叫李立平过来吃饭，女儿的生日，你们两个就不要再这样不对付了，各自都借这个台阶下了吧。

宁颜说："他会另找时间给缓歌过生日。他跟我说好了明天接女儿过去。"

宁颜妈警觉地问："这是怎么个意思？"

宁颜咬咬牙说："妈，其实，我们已经……已经离了。"

咣的一声，母亲手里的一大瓶可乐没有拿稳，落在地上，瓶子口没盖好，流了一地的汽水。宁颜转身拿来拖把拖地。母亲叫："你放着那个吧，到底是什么时候的事儿，你给我说明白！"

宁颜说："有些日子了。"

"你……你居然商量都不跟我商量，就自作主张把事情办了？你眼睛里现在还有没有父母！"

方爸爸说："你不要怪宁颜，这事儿，我也有份在里头。"

母亲意外极了，眼睛睁得大大的，完全的不能置信："这么说，老方，你是知情的？你也瞒着我？你们就瞒着我一个人？"

方爸爸说："女儿自己的事儿，你就让她自己做一回主吧！"

母亲敏感地盯了父亲问："你这么说，是指我从来不给她自主啰？"

宁颜说："过去的事儿，不提它了。这回这件事儿，是我先斩后奏，但是我不后悔。"

"后悔不后悔现在说还太早。你三十多了，现在这样拖着个孩子，将来能找到什么样的好人物？李立平再不好，他是原配，现在也还有发展。这么轻率地做了决定，以后真后悔了怎么办？"

"我不会后悔！"

"女儿，你也不用现在跟我嘴硬。往后的日子，还长得很呢！"

"我真的不后悔，就算退一万步，我后悔了，我也打落牙往肚里咽，决不在您的面前说，行不行？"

母亲抖了声音说："好！好！好！你真是长本事了，很好很好！从此以后，我要是再管你的事儿，我不是人！我不是人！"

宁颜痛苦中失了所有的忍耐的本性，尖声地说："你不管是最好的，我的一辈子，就是毁在你的手里！就毁在你的手里！"

这句话就如同一个炸弹，呼啸而来，带着与空气摩擦的火热的气体，在母亲耳畔停了两秒，然后轰然炸响！

好半天，她没有任何回答，又过了半天，她转头进了自己卧室，再也没有出来。

一桌子的菜全冷在了桌上，有两盘荤菜凝了一层白的油脂，停在桌上，兀自美味，谁又会来顾及它们。

母亲的房门半掩，她睡在床上。父亲说，先让她休息一下，进去替她盖好了被子。一直到晚饭时，他进去叫她起来吃点儿东西时，才发现，她不是睡着了，而是昏迷了。

之芸与倩茹她们接到宁颜的电话赶到医院时，宁颜妈还在抢救中，宁颜的爸爸去找医生了，宁颜一个人呆呆地坐在长椅上。看到奔过来的两个人，宁颜说："麻烦你们，把缓歌带走，帮我看两天。"

那小姑娘这些日子里，实在是受到了太大的惊吓，小脸黄瘦黄瘦的，眼神也呆了。

之芸抱起她来。宁颜却又把孩子抱回来，笑着对女儿说："跟着魏阿姨几天好不好？妈妈很快回来。"

"婆婆为什么要睡觉睡得不起来？"缓歌小心地问。

"因为婆婆太累了，等睡两天起来了，妈妈和婆婆公公一起来接你好不好？"

缓歌捏着妈妈的手指，半天才放开。

之芸说："我先把她送到一个妥当地方去，连我妈一起送过去，我回头再来。"

"多谢你，之芸，多谢你们。"

"行了，不说这些。"

之芸想到，有一个地方可以让这一老一小先待上一段时间。

袁胜寒的小姨。

这两年，之芸跟那老人已走成了亲戚似的，逢年过节，她总会接了老太太过来。

这也是她跟胜寒唯一的联系了。

倩茹与宁颜坐在一起，安慰地搂住她的肩。

宁颜说："这些年，我是有点儿怨她的，可是，我从来没有想让她这样，从来没有！我小时候，身体不好，难带得很，我们家又没有老人帮衬，爸爸工作也忙，是我妈一手把我拉扯大的。我从来没有恨过她，从来没有！"

倩茹说："没有人说你恨她，有谁会恨自己的妈？这事儿不是你的错，也不是她的错。"

"那么是谁的错呢？我到现在也想不明白，我们，一个个的，到底是哪里错了呢？"

倩茹叹息一样地说："是啊，我们到底是哪里错了呢？"

母亲终于从急救室里出来了，人还没有清醒。

医生说，这次中风还算好，原来的身体底子好，算是扛过去了，可是恢复得怎么样就难说了，要看她自身，还有照顾的程度。

倩茹说回去做点儿吃的送过来。方爸爸与宁颜守在病床前。

妈妈无知无觉地躺在病床上，嘴角略有些歪。宁颜拿过毛巾，替她擦掉流出来的口水。她精明一世利落一世的母亲啊。

宁颜叫父亲在躺椅上歇一下，自己坐在椅子上看着，以便有情况随时找医生来。

倩茹送了东西来叫他们吃，方爸爸一口也吃不下去。

倩茹悄悄拉了宁颜说："这样可不行，你爸也不能老叫他在这儿守着，万一再倒下一个来，就不得了了。"

宁颜说："现在他是肯定不肯回家去的，等我妈醒了我就叫他回去。我一个人可以的。"

"你还有女儿，学校能请下假来吗？"

"我打了电话给校长，我想，后面，有课我就去，没课就到这儿来，我跟他说，该怎么扣工资或是奖金都照规矩来，校长那头基本也答应了。"

倩茹想了一想说："你一个人也不成，累倒了，女儿怎么办？这样，我来吧，我帮你。"

宁颜感激地说："怎么好累你……"

倩茹说："我也不过是个闲人，也好，省得我在家东想西想的不安生。"

宁颜拉紧她的手："不知道为什么，我妈这一倒下来，我的心倒静下来，沉下来。要是我再垮了，我女儿怎么办？我老爸怎么办？你也要这样想，你也不能垮，我们都不要垮，慢慢挨过去，总会走出去的，走出去，就好了。"

宁颜的妈妈是在两天后醒来的，神志还算清醒，话说得不大流利，好像也不大记得起那天发生的事儿，眼睛里有一种孩子的无知与惧怕。

宁颜现在忙得恨不得有分身术，她跟搭班的老师们商量了，把课都调到上午，下午她不坐班，到医院陪母亲，换爸爸换回家休息。之芸会替她接了女儿送到方爸爸那儿，倩茹会来换她回去吃饭陪一会儿女儿。有时干脆就叫她不要再回来，倩茹会替她陪床。

宁颜回到家，方爸爸早把饭做好了。他多年来第一回下厨房，起先做出来的饭不是夹生了就是糊了，菜也多半少盐寡油，但是，很快就上手了，半个月下来，他居然连红烧牛肉都做了出来。

方爸爸给女儿的碗里夹了一大块牛肉还有好几个鹌鹑蛋，笑说："不晓得有没有你妈做出来的好吃。"

宁颜看着父亲脸上的笑容还有他头顶与两鬓突然冒出的大片的白发，像头上落了一层白灰似的，宁颜大口地吃着父亲做的饭菜，吃完了一碗，站起来又添了一碗。

父亲吃惊地看着她，宁颜回头看见爸爸的表情，听得爸爸说："从你小时候自己会吃饭开始，我就从来没有看过你添过饭！"

宁颜低头看看自己手里装得满满的饭碗，也笑起来，低头一边自己大口地吃着，一边给女儿喂饭。

她是真饿，医院、家里、学校三处跑，她需要精力需要力气，她要像一个老树根子那样强劲结实。

方爸爸默默地放下碗，接过女儿手里的小勺给孙女喂饭，一边说："你妈十来岁的时候，跟你过去一样，一顿饭只吃一点点儿，还要合口的小菜才行。可是下放几年，挑了那么些日子的担子，忽然有一天，一顿饭能吃下三大碗糙米饭，后来年成不好，什么都没得吃，回城来，一次吃过五个大馒头。日子好过了，她的胃口就又小下来了。"

　　宁颜听着父亲的话，想象着年轻的母亲，少年时的受苦，年轻时的艰难和老来的操心受累，心里所有的怨在这一切面前如同暖炉前的冰块一点点儿地融化，化了满心温暖的水。

　　宁颜每天都会去陪妈妈，知道妈妈爱干净，宁颜给她洗脸擦身，给她念书。一个月后，母亲可以下地了，宁颜就扶着她在楼下慢慢地走。妈妈的眼睛，会偷偷地观察审视着女儿，却不与女儿对视。宁颜倒是有说有笑，还鼓励妈妈："妈，要多多说话，说得越多，语言功能就恢复得越快。"

　　妈妈诧异地望着女儿，还是那个样子，还是那个声音，可是，有什么不一样了。她总以为自己是家里的顶梁柱，是女儿的主心骨，可是事实好像不是那么回事。这种认知让她有一点儿宽慰又有一点儿心酸，像个小孩子在大人面前那样，一次又一次地偷眼看着，一次又一次地确认，这个镇定自若、缓缓而谈的女子，是不是真的是自己的女儿。有一刻看着像，有一会儿看着又不大像，她渐渐地在这样的一个游戏里找到了一种简单而丰富的乐趣。她开始絮絮叨叨地跟女儿说话，说女儿小时候的事情，有点儿含混不清，有点儿颠三倒四，有时候还把缓歌身上的事儿错安到了女儿身上，可就是不去说不去问女儿离婚的事儿。

　　有一天，方爸爸陪床的时候，宁颜妈突然问老伴儿："老方，你说，宁颜心里头，是不是多少有一点儿恨我？"

　　方爸爸这才明白，原来她什么都记得的。

第五十一章

　　宁颜妈问宁颜爸：你说，宁颜会不会心底里是恨着我的？

　　今天，同病房的那个老太太被女儿接回家去洗澡，只剩下宁颜爸妈两个人。

　　宁颜妈说话还是有些含混，但是比起早些日子来好得多了。唔唔噜噜的话音里，少了平日里的利落与精明，多了一些怯意和不安。

　　宁颜爸说："说哪里的话，天底下哪有恨自己妈的孩子，有也是糊涂孩子。"

　　宁颜妈过了一会儿，长长地叹了一口气："你说呀，她怎么就那么大的胆子，说离就离了呢？快四十了呀，拖了个孩子，将来怎么办啊？还能找到什么好的呀？"

　　"将来的事儿谁也说不准，走一步看一步。"

　　"我其实也不过是想让她将来有个依靠，李立平再不好，也还算个正经人，总是个依靠呀。她又没个姐妹兄弟的，将来我们两个一死，她怎么办？"

　　"她还有一个人可以依靠。"

　　"哪个？缓歌啊？儿女怎么能指望得上呢？"

　　"不是缓歌，她还可以靠她自己啊！"

　　"她自己？她在家的时候，哪次不是我们替她拿主意？考学校，找工作单位，相亲谈对象，在家她连块手绢都没有洗过呀。"

　　"可是你看她这次多么能干！带女儿，上班，洗衣做饭，侍候你，联系医生，给你换病房，哪样不是她在做？"

　　宁颜妈不作声，想到女儿这些日子以来吃的苦，眼圈渐渐地红起来。

　　宁颜爸接着说："不是这次你病了，连我都不知道我们女儿这么能干，可能她自己都不知道呢。再说，她还有她的好朋友们帮着，倩茹、之芸，都是多少年的朋友了，她们总能相互扶持的。"

"说起来呀，她们都是好孩子，可是你说说，为什么好女人都找不到好男人呢？啊？你说那个倩茹，早些年多漂亮！还有之芸，多能干多正派的女孩子。"

宁颜爸笑起来："都会好的，世上哪有剩男剩女？将来都会找到合适的人的。我们女儿也是。"

宁颜爸握了宁颜妈的手，给她按摩手指，一边说："淑慧，放手吧，孩子大了，该是放手的时候了，放手了，你好，我好，女儿也好。我们一家子，都好了。"

"老方，我一直想问你，女儿，是不是，心里在埋怨我，在容忍我？"

"女儿的心思，其实我们都不太了解啊！宁颜的心太重了，装了好多东西。"

宁颜妈想了好一会儿，又叹一口气："我真是，真是想女儿好的。"

"哪有妈不想儿女好的呢？"

"可是怎么办呢？我女儿，她到底还不到四十，前头的路还长，她总得再找个人吧，不能一辈子这么孤下去。"

"听我说，淑慧，人呀，鬼门关里走一趟，总要学个乖。这么多年，你总是把孩子把家放在最前面，现在也该轮到把自己放在前面好好关怀一下了。"

宁颜妈隔一会儿，犹豫地又问："老方，你呢？"

"什么？"

"你是不是也在容忍我？"

宁颜爸爸给老妻披了件衣服，把窗子推开一道缝来透气："其他的我不知道，我也说不好，我只知道，容忍不是爱，但是如果没有爱，不会容忍。"

他把手盖到宁颜妈的手背上："淑慧，你、我、女儿，我们是一家人，血脉相连，骨肉难离。什么事儿在这个面前，也是算不得事儿的。"

三个月以后，宁颜妈终于出院了。

方宁颜坚持由她付母亲的医药费，要等母亲原单位的报销也不知等到哪一天。宁颜爸不同意，说原本他们老两口也想到了这一点，留了一笔看病的钱。宁颜说，这次妈妈病，多半自己也是有责任的，由自己来付钱，心里也好过些。宁颜爸想了想，也随了宁颜的意了。

宁颜妈这次连抢救带治疗，用了五万多。宁颜把结婚时母亲给的压箱底的八万元存款拿了出来，付了母亲的医药费与住院费。

宁颜说："爸，你可别跟妈说，省得她又担心。"

宁颜爸说："我知道。可是宁颜，你……"

宁颜打断爸爸的话："我不还剩下三万呢嘛，再说，我每个月还有工资、奖金，够用。"

"如果有困难，就对爸爸说，一家子人，用不着说什么面子气节的傻话。爸爸还有两个钱。对了，你不是说缓歌要学古筝的吗？琴公公给买吧，学费也公公给付。"

宁颜笑起来："爸，你放心，我以前算过命，这辈子，不缺钱。"

宁颜妈的身体机能恢复得不错，就只说话不那么利落了，人倒是长胖了些，显出一点儿老年人的富态来。

宁颜和爸爸一起接她出的院，家里有之芸和倩茹帮着做饭。宁颜妈回到家后才发现，她们按宁颜的意思把她和老伴儿的卧室搬到朝南的大间去了，原本那里一直是给宁颜留着的。

宁颜跟之芸说，她跟女儿，以后，不在之芸那里住了。

之芸问她是不是打算搬回母亲家住。宁颜说，现在母亲还需要人照顾，再过些日子，等母亲身体更好一些，父亲也退下来，她准备搬出母亲家，带着女儿自己过。之芸微微有点儿吃惊，仔细地看了看宁颜。

宁颜说："怎么，我脸上长东西了？"

之芸笑："你也不用说，我也明白你的心思了。也对，宁颜。"

宁颜也笑，说："我想起来，长这么大，在家靠爸妈，结婚后，也一直是李立平在管钱，我好像，从来没有真正地自己生活过。我老是想，是别人没有给我自由，现在我才明白，自由这个东西，哪里能由别人来给呢？得自己给自己才行！"

宁颜私下里和父亲说了自己的想法，父亲沉吟一会儿说："宁颜，你还是搬回家来住吧。我跟你妈，我们要离开一段日子。"

宁颜大吃一惊："你们去哪里？"

宁颜妈这边亲戚少，都在南京，父亲是没有什么亲人的，宁颜不知道他们打算去哪里。

父亲笑起来："别担心，我们只是想出去旅游一下。"

"去哪里？现在妈这个样子，身体吃得消吗？"

"并不是马上走，再等一两个月。而且，我们不是跟旅行团走。你知道吗宁颜，现在很多老年人退休以后，两个人在旅游胜地租一套房子，一个地方待上半年几个月的，慢慢地玩，看看当地的风土人情，然后再换地方。我已经托了在丽江的老朋友，就是以前我帮他们做过项目的那个李叔，给我在那里打听着，租上一套，我带你妈去。你要是放了假，带了缓歌也过来，省得逃难似的玩，你看好不好呢？"

宁颜问："爸，你真的要全退下来？不是说留用你？"

"我推辞了。人年纪大了，老占着那个位置，挡了年轻人的发展，也不好。再说，我跟你妈，三十多年了，就待在南京没动过地方，也真是想出去走走。"

两个月之后，宁颜的爸妈终于动身了。

出发之前的那个晚上，宁颜妈还在犹豫："老方，要不，我们过两年再去？宁颜现在一个人，带着孩子，我真不放心。"

"放心吧放心吧，她也不是孩子了，她能应付的。对了，你还记不记得，我们刚结婚时去北京的事儿？"

宁颜妈歪头想了一会儿，那记忆很久远了，有些模糊，有些黯淡，有些陈旧，好半天，她笑起来："可不是？我想起来了。那个时候，我们条件不好，好容易借着结婚一个人做了一件新衣服，舍不得在路上穿，两个人都是一身旧衣服，大包小包，灰头土脸的，弄得那个乘警盘问我们老半天。结婚证、工作证、单位介绍信，查了个遍。为了省钱，那么远的路，那么慢的车，我们舍不得买卧铺，买了硬座，来来去去，那个时候年轻啊，也不觉着累。"

"不光是年轻，那个时候也是因为快活吧，真是没觉着累。不过我们这一次，要体体面面地出门，东西也别带多，足足地带上钱，缺什么到了再买。软卧舒服得很，睡一觉就到地方了。"

走之前，宁颜其实也挺不放心的，絮絮地跟爸爸说了半天的话，叫一定要带齐药，估摸着快吃完了，就打电话来，她再上医院开了寄过去。

爸爸说："真是长大了，一下子的工夫。你妈的这场病，算没有白生啊。"

宁颜看着爸爸的笑脸，他老了许多，也不过是半年的工夫，但是他还是英俊的，温和的，仿佛什么事情也不会叫他生气，也不会叫他为难，什么事情都可以交给他，你只管跟着他一直走，一直走，走到生命的最终点。

可是，他是妈妈的福气，不是我的，宁颜想。

宁颜说："爸，我这辈子，为什么没有遇到你这样的男人？"

爸爸过来，亲热地搂住女儿的肩膀："小姑娘，你的一辈子，还长着呢！"

第二天是周末，宁颜怕女儿舍不得公公婆婆会哭闹，把孩子托给倩茹，送父母去火车站。

母亲穿了件墨绿色的外套，很新的样式，显得她年轻了好几岁，爸爸也穿了新衣服，只带了两只箱子，宁颜把他们在车厢里安顿好。车厢内果然干净舒服，维持着恒温，并不是旅游旺季，人不太多。

宁颜又跟他们说了会儿话，母亲再三地催，她才下了车。

隔着火车窗玻璃，宁颜看着母亲的脸，那脸上带着久不出门的人特有的微微的兴奋与浅浅的不安。

宁颜忽然不舍，冲上去拍着窗户，想叫妈没叫出来。

母亲转头看见了，想要拉开窗的样子，但是又想起这是封闭着的。没奈何间，车开动了。

宁颜站在站台上，手机在响，她接，是妈妈焦急的声音："宁颜，有什么事儿啊？急成那样？"

宁颜说："没事儿，就想问问你有没有带好身份证。"

妈妈的声音轻快起来："带了带了。你有事儿随时打电话过来啊，别一个人硬撑。我们是出去玩，不是办什么重要事儿，什么时候都可以回来的。"

应了一声，收了线，宁颜的眼泪直落下来。

宁颜才接了孩子走，倩茹就接到了爸爸打来的电话，老爷子在电话里微喘，像是出了什么急事儿。

倩茹爸说："你快点儿回原先的房子一趟。小禾，不声不响地，去找苏豫了，我怕他会动拳脚，你快过去，你那边离得近。我跟你妈马上也过去！"

倩茹丢下电话就跑下楼，刚下楼就想起旧屋子的钥匙没有带，又返回楼上去拿，然后打了车。不过片刻工夫，就到了老屋子。

打开门进去的时候，就看见一地的碎玻璃，小禾拉了苏豫的衣领，两个人正扭在一处，人高马大的小禾明显地占了上风。

倩茹冲上去要拉开他们，小禾劲儿实在是大，拉了两次没有拉动，倩茹干脆把身子横进两个人之间。小禾怕失手伤着姐姐，只好放手，又不甘心，借着劲儿把苏豫用力一搡。苏豫倒退着撞在客厅的一个装饰柜上，上面的一个花瓶跌下来，擦着他的头砸到地上，摔了个粉碎。

倩茹吓了一跳，冲过去看苏豫伤着了没有。小禾看到了，那气越发升上来，一把把倩茹拉过来，一脚对着苏豫就踢了过去。苏豫略让一下没让过，被那一脚踢在腰上，立刻就矮下了身。

小禾也愣了一下。倩茹叫："小禾你住手你住手！你别伤着苏豫。"

小禾呼呼地喘粗气："姐，你到现在还护着他？你也太没出息了你！"

"你随我去吧，小禾！我就是不让你伤他。"

"天底下的男人都死光啦？你非得在姓周的这一棵树上吊死自己？你……你是不是有点儿……有点儿犯贱啊！"

"小禾，分手是我提出来的，是我提的！"

刚刚挣扎间，苏豫的牙齿咬破了舌头，这时才发现齿唇间全是血，他用手抹掉，把倩茹拉到一边："倩茹，我跟小禾两个男人有男人的解决方法……"

"说得好，周苏豫，那我们就来较量较量，到时候你可别光说不练，又躲到妇孺的身后去。"

"你想干什么呀！啊？你要跟你姐夫较量什么？"倩茹爸妈老两口赶来了。

倩茹妈一个巴掌拍在儿子的头上："混账糊涂小子！你也是三十好几的人了，怎么这么没有分寸？"

小禾说："我也不跟你们讲，你们的心是偏到胳肢窝里的。我只跟周苏豫说，你等着吧，还有你的好果子吃呢！"

"我告诉你何禾，你要是敢在里头再作怪……"

"妈！你别说小禾，该我承担的我不能退缩，要不，别说小禾，连我自己都看不起自己。"

倩茹妈叹一口气："叫倩茹陪你上医院看看吧。我也真是不明白你们年轻人，好好的，怎么就这样了呢？"

周苏豫坐在办公室里，看着面前一杯冒着热气的咖啡。

不是速溶的那种，是研磨的。他们这儿有个小厨房，平时大家在那里烧水，有时饿了也做点儿吃的，或是用微波炉热东西。

前些日子，张清露带过来一台咖啡研磨机，每天一到办公室第一件事就是用那个东西嗡嗡地磨咖啡豆，冲出一屋子的香气。

然后，她会端着这香气馥郁的咖啡，送到苏豫的办公室去。

中午大家一起叫外卖，她会替苏豫做主，叫一份糖醋排骨饭，或是一份全素餐。晚上下班时，她会打一通电话给苏豫，叫他早一点儿走，好好休息。

她做这些事并不露骨肉麻，反倒像是由来已久就是如此，一切水到渠成。

这一天，像前些天一样，张清露款款地端着咖啡往周苏豫办公室走，四周有各样的眼神，她看到了也装作看不到，目不斜视一路向前。她在乎他们的眼神做什么？她只管顺着她的方向走路，其余的，她犯不着在意。

张清露很小的时候，父亲就跟母亲离了婚，母亲带着她住在外婆家，她的记忆里，最深刻的就是城南旧的小巷阴湿的地面，屋前屋里满满地堆着的旧杂物。

外婆家人多嘴杂，姨妈、舅舅都住在一块儿，一个个都有一个本领：在家里再吵再闹，穿着破的睡衣在并不宽敞的家里来来去去，磕磕绊绊，掐尖算小账，可是一出门总还是体面的，嘴里的方言一下子就换成了流利的普通话，衣柜里总有一件熨得齐齐整整的衣服，床下总放着一双擦得干净的皮鞋。

他们无一不在替自己寻着一个更好一点儿的机会。

张清露很早就学会了两件事，一是看人眼色，二是替自己打算。

她认真地读书，妈妈说，多读点儿书可以有机会遇见好一点儿的男人。现在的男人，除了看女孩子面孔周正漂亮外，也要讲究一点儿气质风度，带出去的时候，可以谈一谈音乐啦、文学啦、抽象画啦之类的，夹两句英文。那真正只要女孩子漂亮就成的男人，多半是暴发户，跟了这样的男人，好日子也就是年轻水灵的那么几年。

张清露在母亲传授的经验下又总结了自己的一条，她得找一个自己能拿捏的人。

现在眼前就有一个机会。

周苏豫已经跟老婆分居了，那个快四十的老女人那一晚在电视台上演的闹剧，唯一的功用怕就是将苏豫推得更远。

现在只差一个手续的问题。

张清露想，她为什么不抓紧这个机会？

她也不能白担了第三者这个名声。

张清露在周苏豫的办公室前停了片刻，轻轻地在门上叩了两下，心里多少是有些忐忑的。他跟他老婆分居有些日子了，可是他对她却并无表示。这些天，张清露才发现，过去自己对他的看法并不全面，这个男人，温和的，淡淡的，你觉得好像离他近的时候，却发现他又是远的，她开始怀疑自己是否真的可以拿捏得了他。

张清露听到周苏豫的一声"请进"，推了门进去，把咖啡放在他的桌上。

周苏豫看了那杯咖啡好一会儿，说了声"谢谢"。

张清露看着他，也不作声，苏豫抬起眼看她的时候，她丢了一个略带幽怨的眼风。

周苏豫说："张清露，晚上有空吗？我想请你吃个饭。"

终于来了吧。张清露在心里缓缓地舒了一口气，面上却并无变化，想了一想才答："好吧，嗯，七点半吧，我得回家换件衣服。"

他们约在一家新开的西餐馆。进去的时候人不多，苏豫订了位子，他先到的。等了有一刻钟，张清露来了，她换了件并不太张扬的长衬衣，灰色的长裤，颈间挂了一把长长的珠串，映得那素色的衣裤立刻有了光辉。

苏豫请她自己叫吃的。张清露拿了菜单慢慢地看。

苏豫说："张小姐，不好意思，也不知道你爱不爱吃西餐，我就定了这里，是因为比较安静，便于说话。"

张清露听他说话的语气里的生分，心里冷一下子，像是有人兜头给了她一盆凉水，可她还是不动声色，说："很好啊，我还是比较喜欢西餐的。"

苏豫笑笑："年轻女孩子可能多半比较喜欢吧。"

听这口气又好像不那么生了，张清露觉得自己的一颗心被他提起来又放下去。她不喜欢这种感觉，她喜欢自己把他提起来放下去。

她略略有些冷淡地说："那么你要跟我说些什么呢？"

苏豫说："前一阵子的事儿，我想，先跟你道个歉，我们夫妻之间的事儿，不该影响你的。"

"这也没什么。何女士可能是，嗯，有点儿更年期吧，我是可以谅解的。"

苏豫看看她，低下头想一会儿，好像在酝酿着语句，好一会儿突然问："张清露，你觉得我是一个傻瓜吗？"

"什么？"张清露有一点点儿疑惑，有一点点儿知觉，可是不太愿意往那上面去想。

"还是你觉得我是好糊弄的？"

张清露攥紧了手中的餐巾。

"张清露，那个电话，是你叫人打的吧？"

苏豫看着张清露脸上的表情，把语气放和缓了。到底，也不该让人太难堪的，他想，虽然有些话，是得说清楚的。

"张清露，我一直认为，感情这个事儿，只要不跟阴谋掺和在一起，再怎么一败涂地，也还会有出头的一日。"

张清露抬起头，盯着周苏豫，微微一笑："你不用说了，我也明白了，你还是想跟你太太过下去的，对吧？你这是什么样的心态呢？惯性？还是雏鸟心态？"

"张清露，我长这么大，只爱过两个女人，一个是我妈，还有一个就是我太太，她们俩是我生命的一部分，像是与生俱来。也许你说得不错，我是雏鸟心态。你知道吗？我在外面跟人谈生意，打交道，其实我心里是紧张的、怕的，只有回到家，在她们的面前，我才觉得，是放松的，不需要算计，不需要城府，越是在外面干得久，越是舍不得这种感觉。"

张清露这一回轻轻地笑出声："你不如干脆说，你还爱她。可是这是不是真话呢？怕只有你自己才知道。"

周苏豫看着她，这是个美丽的女孩子，年轻、鲜艳、饱满而诱惑，然而，她不是能让他感到血脉相连的人，他得打起精神应对她。

"男人跟女人哪，有时候，就是一个距离的问题。最初的时候，隔得远，觉得是爱情，浓得化不开，结了婚，一起过了许多年，距离近了，觉得爱情变成了亲情，可是，退一步再看，其实还是爱的，藏在亲情下面，没看见，可是还在。我不是学不会爱别的人，是我不想，你明白吗？"

"是，我明白了。是我白费了心。不过，还好，并没有陷得深。"张清露说，"不过以后，你们也要注意，你们自己尽管闹腾，耍花枪，再别带累别人。"

"是，我再一次道歉，也替我太太道歉。"

"你的道歉我接受，她的嘛，不。"

"好的。你慢慢吃，是我向你赔礼，还有，谢谢你看得起我。"

周苏豫先走了。张清露一个人坐在桌边，看着送上来的菜，慢慢地吃起来。

为什么不呢？这家馆子的菜真不错。

周苏豫这个男人，不错，可是，可惜不属于她。

她会找到更好的，也许找到的比他差远了，可是谁知道呢？人哪里能看得到未来呢？

一周以后，张清露向周苏豫提出辞职，她说："我手头的那几个客户，我交代给小吴了，我不会带走。你说得对，感情这个事，不该跟阴谋掺和。我学了个乖，谢谢你周苏豫。"

苏豫看着她走出去。

她说她学了个乖，苏豫想，自己好像也学了个乖。

学会不在意，学会原谅。

也许在倩茹从电视台出来时抱着他说"分开吧"的那一瞬间，在她合身扑过来护着他的那一瞬间，就学会了这个乖。

苏豫慢慢捏着手里的笔，那是倩茹送他的三十岁的礼物，那么贵的东西，她舍得，好像为了他，她也没有什么舍不得的东西。

他回想起他们在一起的好日子，倩茹对他说你不要去游泳一辈子不要去游泳；他们刚结婚时，每天下班约了一块儿走；倩茹第二次流产时他在家陪着她，过的那段近乎与世隔绝的日子，那么安静那么周全，他只有她，她也只有他，他们小小的、无害的世界，单纯而丰富。

午后的阳光照进来，像是一下子把屋子点亮了，从窗子望出去，树梢的叶子已经开始落了。

同样的一片阳光里，何倩茹正陪着一个老太太在晒太阳。

老太太衣着整洁，头发有些乱蓬蓬，白而多皱的脸上一片平静，舒服地半闭着眼。

她是何倩茹新近认识的朋友，算是忘年交，原先也是个老师，姓江，说起来，她也在类思教过多年的书，倩茹分进来的前两年才调走的，现在，她住在养老院里。

这家养老院里住的大多是教育系统的教职员工，倩茹在医院里陪宁颜妈妈时，邻床住的一位老太太告诉她这个地方的。倩茹现在无事时就会跑过来帮忙。大家都是当老师的，倩茹与他们相处得挺不错，她帮他们做做零碎的事儿，给眼睛不方便的老师读读书报，甚至教他们玩电脑。其中，她与江老师走得最近。

江老太太并没有看着倩茹，这时候却笑起来，对倩茹说："干吗呀大姑娘，天天愁眉苦脸的？来，跟阿姨说说。"

"也没什么。"

"你不说我也猜得到，不过就是感情的一些事情。我也年轻过，我懂。年轻的时候啊，呵呵，我长得也还算是周正。"

"您现在也很漂亮。"

江老师转过头来对着倩茹："你才漂亮。看看，多么年轻，多么好！"

倩茹诧异地看着她。

"年轻？漂亮？"

江老师招手叫她蹲下来，用手摸摸她依然厚实的头发："多好的头发，又浓又密又黑。你看我……"

"您的头发也很好。"

江老师大笑起来，在自己头顶上一抹："这里……是假发呀。都掉得差不多秃了。人家跟我说，半真半假的头发比一整个儿的发套要自然，我一试，果然。下一回，我还要买一个挑染过的，那种更漂亮。"

倩茹笑起来："嗯，下个星期，我陪您去挑。"

"这就对了，多笑一笑，人才能更漂亮。我年轻的时候，人家都说，这张脸长得还不错，可惜，就是不能笑，笑起来有副苦相，还不如不笑好看。可我不在乎，照笑我的，管他甜的苦的。"说完，老太太又笑。

倩茹说："说起来，我婆婆跟您是一个病，可是她的心思重，就不像您这么乐观，所以，她治病的效果就不如您。"

"其实我的命还不如你婆婆。我嫁过两个人，都不太如意。有过一个女儿，给你看照片。"

江老师说着，从贴身的衣袋里拿出一个小小的夹子，展开，里面有一个十一二岁的小女孩子的照片，雪白皮肤，美丽的眼睛，小小的嘴，乌黑的短发，拿了一个小风车，笑着。

倩茹拿着照片，叹息着说："真是，天使什么样，她就什么样。有没有她长大些的照片？"

"没有。这是她最后一张照片。"

倩茹吃惊地看着江老师。

"她十二岁那年，车祸，不在了。走的时候，我给她买了一条公主裙，以前她一直要，我们条件不好，没有能给她买。"

倩茹缓缓地把照片交还到江老师手里。

"那个时候，真是黑暗啊，以为再也挺不过去的，可还是挺过去了。哪有过不去的火焰山啊。心里想着过不去，脚还是过去了。"

倩茹笑起来。

周苏豫的公司在这个时候，出现了前所未有的困难。

何倩茹的舅舅从公司里撤资了，接着，连着几个订单都出现了问题，资金开始周转不灵。

何倩茹是在母亲那里听到这个消息的。

倩茹一直把自己与苏豫的事瞒着舅舅，这一回，怕是小禾告诉了舅舅，这大约就是他说的，要给苏豫吃的好果子了。倩茹想了大半天，带上东西，去找舅舅。

舅舅如今搬了新房子，成天带着他的宝贝孙子大街小巷地去逛。倩茹在家里等了他半天才见到他。

倩茹也不问什么，从包里拿出一堆东西放在舅舅眼前。

舅舅问："丫头，你这是干什么？"

倩茹说："这个是我结婚时您给我的嫁妆，那套房子的房产证土地证，这个是我现在住的这套房子的房产证土地证，我统统押给您，向您借笔钱。"

舅舅看着面前的这一堆证件，半天叹一口气："我说小禾那个傻瓜蛋是吃咸盐操淡心吧，可是丫头啊，你可想好啦？我可是真要把这些证件都收起来的！"

倩茹说："您尽管收下，我想好了。"

舅舅说："好好好，丫头，你是个有情的，周苏豫也算是有义的，你的房子算押在我这里，以后还可以赎回去，不过要叫周苏豫来赎。"

倩茹不作声。

舅舅又说："我不过是叫他吃点儿教训，也就三五个月的工夫。你呀你呀，你这个丫头，连这么短日子的苦头都舍不得给他吃？"

倩茹脸红了。

舅舅说："苏豫前两天也来找过我，他说要是你来找我，叫我什么也不要答应你，他说他自己可以扛过去。"

倩茹微微惊讶地抬头看舅舅。

"我说你们俩，到底闹的是什么呢？我跟你妈一样，老朽了，不懂得你们年轻人了。可是倩茹啊，走出来了，就不要急着再回头，各人想想清爽，再好的感情也经不起再三再四地折腾。"

倩茹点头："我知道。"

苏豫是在隔了一周的周末晚上打电话给倩茹约她出去的。

倩茹突然觉得很慌张。他们分居以来，只在那天苏豫与小禾冲突时匆匆见过一次，没来由地，想见，但是怕。

磨磨蹭蹭的一直到时间快要到了，才换了件衣服出门了。

到饭店的时候，也不敢马上上前去，暗地里看苏豫一个人坐在那里等，居然也换了件新衣服，一张报纸给翻得卷了边儿。

倩茹鼓起勇气走过去。他抬头看见，打一个愣，慢慢地露出笑容。

那笑容是暖的，隔了许久没有看见过，又熟悉又新鲜，竟然叫人心酸。

苏豫给她拉开椅子，帮她叫了吃的，等上菜的空当，两个人的目光相互躲着。饭店里的灯光是这样亮，亮得人所有的表情与心思无处躲无处藏的，慌里慌张，碟子和勺子轻轻磕在一起，细碎的声响。

还是苏豫先开的口："这里重新装修过了，咱们结婚的时候，中午是在这里吃的暖房酒。"

倩茹向四周看看："可不是？我记得这排灯笼。装修换了，这灯笼倒还在。"

苏豫也抬头看头顶上轻纱仿古的灯笼，旧是旧了，真的还是当年的那些，他认得上面的一句诗：一枝一叶总关情。

"听伙计说好像那是老板花了大价钱从安徽买来的旧东西，有年头了，自然舍不得丢掉。"

"我还是喜欢原先的装修。"

"风格是变了些，可是菜好像还是老味道。"

"总还是有东西变了啊。"

"可总还是有东西留下来了。"

吃完饭，两个人沿着路慢慢地往回走。这条路，不是往倩茹住的地方去的，也不是往苏豫现在住的老屋子去的，两个人都没在意。

苏豫说："倩茹，公司的事儿，是你在舅舅跟前说的情吧？"

倩茹一时不知该如何回答。

苏豫接着说："我跟小禾说过，我自己扛过去，可是，还是你们帮了我。"

"这种事情，也不是能逞强的。我妈说的，到底还是一家子。"倩茹忽又加上一句，"就算……就算以后有什么事了，真不在一块儿了，到底还是做过一家人的，有着家人的情分在。"

"是。爸妈，真的是好，就是亲生父母，也不过如此了。"

"你放心，小禾以后不会再找你麻烦了，其实他也就是雷声大雨点小，再出格一点儿的事，他也做不出来。"

"小禾也是好人。"

倩茹听见苏豫低低地笑，不解地侧过头去。

苏豫说："小禾在我面前跳着脚说，你再敢对不起我姐，啊你再敢对不起我姐！像个小孩子。"

倩茹也笑："小禾比我小好几岁，但是从小到大，一直是他护着我多。"

前面有一段路没有装路灯，一片暗影，两个人朝着那里走过去。

倩茹看着那片越来越近的暗影，心里的紧张越来越厚重。

有些话，她只能躲在那暗影里说，走进去的时候，她就要说了。

在亮处，她说不出来。

暗影笼罩在两个人的身上，倩茹停下脚步。苏豫也停下来，他不知她要做什么。

倩茹缓缓地吐出一口长气来，轻声地一迭声地说："苏豫，对不起对不起对不起对不起。"

"干什么要这么说？倩茹……"

倩茹没有等他说下去，如果不一连声地把话说完，她不一定有勇气再说下去了。

"那个时候，我像是鬼附了体，一门心思只想着，只有这一个办法了只有这一个办法了，只有这一个办法了。那个时候，我居然想不到这是出怪露丑的，也想不到有多少双眼睛会看着，想不到那么做会让你一个大男人多丢面子，也……也丢光了自己的脸。你不知道，我妈，骂死我了！"

"别这么说。我跟你说呀，你知道吗？那天以后，我是足有两天不敢在公司里出现，第三天终于鼓足了勇气跨进办公室的门，可是大家似是全然没有这回事似的，只有一个人对我提起，你猜他说了什么？"

听不到倩茹的回答，苏豫伸手拍拍她的胳膊："他说，哎，你真上镜。"

苏豫的语气里含着笑意。

其实不是真的，倩茹是明白的，不是真的。苏豫是如何面对那么多的各色眼光的，她没看见，但并不是不懂得。

倩茹借着黑暗的掩护让忍了多时的眼泪流下来。

听得苏豫又说："这世上的人哪，谁都有糟心的事儿，只不过有人让人知道了，有人没有。我想开了，就觉得一片坦然了。倩茹，你也要想开，知不知道？"

"知道了。我新近，学了一句话，说给你听：心里想着过不去，可是脚却能过去。"

"嗯，有理。"

"苏豫，我想，重新出去工作。"

两个人走出那片暗影，重走回到路灯下。

"这样好啊，还回类思吗？"

"类思，是回不去了。他们不要辞职再回去的。我认识一个江老师，她有一个学生，现在办了一个私立学校，其实是私立公助性质的，现在正在招人。江老师替我报了个名，过两天就去面试了。"

面试是三天以后，倩茹收拾停当出门，找到了地方，发现有不少的人在等，多半是非常年轻的孩子，像她这样的，也有一两个。

倩茹多少是有些慌的，离开学校有几年了，她自己也不知道能不能再站到那三尺讲台上去。

倩茹看着，再有三四个人，就轮到自己了。这个时候，走廊那头，有人急急地走过来，头转来转去的，像是找人。

不是周苏豫是哪个？

苏豫看到了倩茹，走过来坐在她身边，他额上还有赶路赶出来的汗，倩茹拿了纸巾递过去，苏豫拉拉她的手。你可别紧张，他对她说。

何倩茹在这所私立学校应聘成功，成了这所学校的一名数学教师。

方宁颜送走了爸妈，正式地开始了独立的生活。

她先是推辞了以往的周六的补习班，因为她要陪着女儿，不能老是麻烦之芸她们。她把母亲当年给她的那笔钱剩下的部分存了定期。

李立平自离婚后并没有遵照协议每月按时把女儿的生活费给宁颜，宁颜心里也有数，多半是李家人恨毒了自己，不叫李立平给的吧。他也有他的难处，宁颜也不去向他要钱。

她买来了许多杂志报纸，铺在地板上，趁女儿睡着的时候，一本一本细细地研究。

周末，她带着女儿上布料城，买了一大块米色的粗布，送到之芸家，托之芸给做了一个上面有许多小口袋的壁挂式的东西，挂在书房的墙上，还在上面贴上一个个小标签，标签上是不同杂志与报纸的名字。

每天晚上等女儿睡着后，她用父亲的电脑写稿子，打印出来，按照她对各类杂志报纸的研究，分门别类地插到那个粗布壁挂的小口袋里，每个星期天集中起来发一次。有时，她也用电子邮件投稿。

一开始多半是石沉大海。三个月后，她的第一篇文章在本地的一家报纸上登了出来，接着是一家杂志上登出了她的一些随笔，后来是一个中篇小说。她还会写一些阅读啊练习啦之类的零碎东西寄给专为小学生办的英语杂志与报纸。慢慢地，她开始每月都有稿费可拿。

这个月，李立平给她打来了电话，说想见一见女儿。

宁颜答应了，给女儿换了新衣服，打扮得秀秀气气地带出了门。

缓歌一路上问妈妈：爸爸是出差回来了吗？

宁颜说：是呀，可是爸爸还要走。不过还是会回来看你的。

缓歌又说：就像我们幼儿园里的仔仔小朋友，他爸爸也是在别的地方工作，然后回来看他。

宁颜笑说：是呀。

到了约好的地方，宁颜把女儿交给李立平，说好等下午五点的时候再来接她。

李立平忽然说："宁颜，我们不能一起吃个饭吗？"

宁颜想想也答应了。

缓歌高兴得什么似的，连声说想吃肯德基。

这个时候，肯德基里连坐的地方都没有，好容易在一个角落里等到一个位置，李立平买了吃的端过来。缓歌小口地吃着——她的胃口还是那么小，一边还玩着儿童餐附送的小玩具。

李立平问："怎么样，现在还好吧？"

"很好。"宁颜说。

"啊，那好。我也不错。学院里的工作还算顺，前些天刚做了干部评议，我的口碑还是相当不错的。忙是比过去忙得多了。"

李立平淡淡地说着："现在做领导，也是不容易，管理是一方面，还要创收，钱上面稍稍比别的学院差一点儿，一个个都是要跳起来的，知识分子现在也没工夫装清高了，钱嘛，大家都是喜欢的。我们学院，这一两年还算可以，一开始大家都觉得思品学院没什么戏好唱，可是我说呢，要想唱好戏，总还是有办法的，看各人的本事了。"

宁颜安安静静地听着他说，奇怪，她现在并不觉得他的话有多么刺耳了。

因为他不再跟她有实质性的关系，除了女儿这一层，他不再与她及她的生活有关联，她就可以选择对他的缺点视而不见。而视而不见是一种宽容，这样的宽容来自解脱，无关爱情。

李立平也细细打量着方宁颜，心里的奇怪像水底泛起的气泡，一串一串，不能成形，可是，细微地，咕咕咕地在心头响着。

这个女人离了他并没有憔悴凄婉，甚至她身上原本的那种小女人气都少了不少，看上去笃笃定定的。他有意无意间透露给她的那些话似乎对她也没有什么影响，她不嗤笑不批评，只一味安静，偶尔笑一下，却也不是过去的那种像尖刺一样的笑了。

李立平觉得，方宁颜，不一样了。

半年以后，李立平再婚了，听说娶的是他们学院里新来的一个讲师，小他十五岁。

有一次缓歌见了父亲回来，突然对宁颜说，爸爸那里的那位新阿姨，肚子里有宝宝了，奶奶说，一定是个小弟弟，一定是。

宁颜想的是，应该对女儿说真话了。

以为孩子不明白，其实，小孩子是以他们自己的方式在明白着吧，宁颜想。

于是，宁颜对女儿说："缓歌，爸爸家有新阿姨，马上还有小弟弟，你知道是怎么回事吗？"

缓歌低头想了一会儿说："那个是爸爸的新太太。"

宁颜说："是这样的。因为爸爸跟妈妈，对许多问题的看法不一样，所以决定不在一起了，但是妈妈还是妈妈，当然爸爸也还是爸爸。"

缓歌问："那么爸爸跟新阿姨看法一样吗？"

宁颜说："这个我就不知道了。"

隔了许久，缓歌说：那么妈妈，咱们俩一辈子看法一样吧。

宁颜说：好。

第五十四章

　　方宁颜还是每个月带女儿去见李立平一次，让孩子跟他过一个周末。周日晚上李立平会送回女儿，偶尔，他也跟她商量着把孩子接回去多住几天，他的新妻子待孩子并不刻薄。宁颜渐渐地觉得，在那痛苦纠缠的几年里，其实自己也错得很多，她在不爱他的时候选择婚姻，选择嫁给他，本身就是一个害人害己的错误。在以后的许多年里，她没有好好地待他，李立平说得对，他也何尝不是一个可怜的人。

　　过了些日子，李缓歌告诉妈妈，爸爸家里多了一个小妹妹。

　　李立平又生了一个女儿，在他的年轻妻子坐月子的这段时间，他很少有时间来看缓歌。这一天，他打电话给宁颜，说想见见女儿。

　　见面后宁颜向他道喜，一瞬间他的脸上有一种非常薄脆的窘意一掠而过，然而下一秒钟他还是笑着说："多谢。小孩子很好，生下来有七斤重，雪白的皮肤，头发乌黑的，才两个多月，眼神就会跟着大人转，灵得很。缓歌，以后，你可以经常同你小妹妹玩。"

　　缓歌没有出声，过了一会儿忽然说："我想我快要没有时间陪小妹妹了，我要上一年级了。"

　　李立平说："呃，是啊，缓歌要做一年级的小学生了，是在妈妈的学校上吗？那是个好学校。"

　　李立平想带缓歌去玩一会儿，这一回，不知为什么，缓歌不肯去。她说，她要回家练古筝，明天要到老师那里去上课的。小姑娘贴着妈妈一步也不肯离开，李立平拉了两回都给她挣开了去。宁颜只好说，下一回再叫他带孩子出去吧。

　　宁颜带着女儿回家。李立平站在那里一直没动，看着母女俩远走。

拐过一个弯时，宁颜看见他还呆站在那里，隔得远，看不清他脸上的表情。

宁颜想，不管怎么样，她总还是希望他在她看得到的地方快乐幸福着。而在她看不到的地方，发生在他身上所有的事，就与她无关了。

小缓歌学古筝一年多了，这孩子其实并不十分聪明，奇怪的是，她对古筝有着异常的兴趣，认谱极快，手法也好，能一连一两个钟头坐在那里安静地弹奏。宁颜对这种乐器也十分有兴趣，跟着女儿一起学。母女俩有时你弹一曲我弹一曲，简单得近乎单调的曲子里，有着无比的宁静。

老师住得离她们家挺远，可是宁颜还是坚持选了这位老师，觉得她有耐心，尤其懂得赏识孩子的点滴进步。每周一一下班，宁颜就会带着女儿在街上随便先吃一点儿东西，然后赶到老师家里去上一个半小时的课，再坐了车回来。这一个周一也不例外。

今天有一点儿小雨，楼道里有一点儿滑，宁颜一个不防，滑了一下，人向前一冲，跌了下去，膝盖正好磕在台阶上，好半天才爬起来。

回到家，宁颜卷起裤腿，看见膝盖上磕破了一个口子，血糊糊的一片。缓歌吓坏了，抱来了小药箱。宁颜自己用温水把伤口洗净，涂上药，用纱布包好，一边还跟女儿闲话："你看啊，妈妈包得好不好？这个呀，是我们学校卫生室的严老师教我的，她是红十字会员，等你上了三年级，她也会教你们包扎伤口。"

听着妈妈从从容容的语气，缓歌也不怕了。宁颜打发女儿去写拼音，她在一边陪着，看书。膝盖上火辣辣地跳着痛。

宁颜看着女儿的侧脸，她认真的时候，会微微嘟着嘴，替她平凡的面孔增添了一些俏皮，显得很可爱。缓歌的头发很好，又软又顺，宁颜给她梳了两根松松的麻花辫子，谁看了都说好，很适合她，并且，现在这个年代，真的很少有小姑娘梳这种辫子了，看起来倒十分别致。

宁颜微笑起来。

宁颜想，女人在渴望爱的时候，总是格外脆弱，风吹草动间都会觉得委屈。

委屈，何尝不是一种惰性？

宁颜想，她可不委屈。

摔了就摔了吧，就算伤筋动骨又如何？接吧接吧还照用。现在的她，有一份固定的高尚工作，业余时间亦可挣些外快，并且满足自己的爱好，自做自吃，养活自己，孝敬父母，培养女儿，与父母亲近平和，相处十分愉快，女儿乖巧懂事。并且，她有大把可供自由安排的时间，有两个很要好的能帮得上忙的朋友，也不用费力敷衍任何人，她委屈什么呢？

不，她不委屈。

一点儿也不。

缓歌转过头来看着妈妈："妈妈，你在笑什么？腿痛还笑吗？"

宁颜说："腿痛，但是妈妈想到一些好事了，所以在笑。你快快做。"

女儿睡了以后，宁颜开始做自己的事。

她开始写长篇一点儿的小说。

她编着一个一个故事，给故事中的主人公们名字，给他们个性，给他们经历，也给他们结局。

好像他们替她活了一种又一种人生。

这感觉真好。

心胸开阔了，眉眼舒展了，宁颜竟然长胖了一些，年轻了许多。

倩茹在新学校的工作并不很顺利，这一天，校长请她去一趟，倩茹坐在校长的对面，有一点儿不安。

校长说："何老师，是这样的，你带的班级上有些家长最近跟学校反映，好像，你的教学方法有一点儿问题。呃，怎么说呢，也不是说不好，就是呢，显得有些陈旧，不太符合现在新的教学理念。还有些孩子也反映，你给他们补充的一些习题，题型也比较旧了。你知道的，何老师，我们学校虽然是公助，到底是私立的，也算是一种产业经营，如果不能给学生提供最好的教育与服务的话，我们的学校有可能办不下去的。"

倩茹说："您放心，校长，我明白了，我会改进。"

校长说："当然，何老师，你也算是老教师了，又是类思那种好学校里出来的，我是相信你的。我们学校一向是一学年签一次聘任合同的……"

"我明白，校长，您再给我一学期的时间。不行，您随时可以解聘我。"

走出校长办公室的时候，倩茹接到电话。

是苏豫打来的，他说他在附近办事儿，要不要一起吃午饭。

倩茹说好呀。

最近苏豫常常约她一起吃午饭，总是说顺路。可是倩茹他们学校因为是私立，设在离市中心颇远的地方，倩茹听他说正巧到这里来，也不点破他。

苏豫问："下午还有没有课？"

倩茹说："没有，不过我想去听听人家的课，回头吃完饭就跟人家说说，应该是会同意的吧。"

"怎么？"

倩茹呼一口气："山中方一日，世上已千年。"

苏豫笑出声来："我是外行，可是我懂了。这也没什么，何老师总会有办法。"

吃完饭，苏豫送倩茹回学校。有车子直冲过来，速度很快，苏豫一下子拉住倩茹往身后带，然后，就一直拉着她的手没有松开。

两个人手牵着手走着，这种怪幼稚的姿势，半是亲近半是试探的，有片刻叫人觉得对方远，也有片刻叫人觉得对方很近，这种感觉很是奇妙。

到学校门前松开手的时候，苏豫觉得自己的手心里湿漉漉的，全是汗，也许是紧张，可是，紧张个什么劲儿呢？

渐渐地，他们都爱上了中午在一起吃饭，只要有空，苏豫就会过来找倩茹。

苏豫也爱上了拉着倩茹的手走路。有两回，学校里的同事看见他们拉着手过来，会暗笑，问倩茹："何老师，你跟你老公是不是学喜旺哥喜旺嫂子，先结婚后恋爱？"

倩茹想，恋爱吗？是不是呢？倩茹出了神。

倩茹扔掉了当年从类思辞下来时带出来的所有的参考书与试卷集，她开始好言地甚至有些低声下气地与同事商量，去别人的班上听课。也有些老师断然地拒绝她的请求，倩茹也想得通，私立学校，饭碗都捧得不牢靠，谁都会防着别人两手的。她在班里搞了个调查，请学生写一写，对数学课还有什么意见建议与要求。孩子们交上来的字条，看得倩茹身上一层冷汗一层热汗的。她把他们的意见与要求一条条分门别类地列出来，又买了大量的新参考书与试卷，从中精选了一些，自编了一本习题册，开始在自己教的两个班里试用。

期末考试的时候，倩茹教的两个班在全年级一个排名第一，一个与另一个班并列第二。

倩茹拿到了聘书。她请苏豫吃饭。

周苏豫当然是替她高兴的，可是心底里，有点儿小算盘，想着要问倩茹一句话，快过年了，打算在哪里过呢？在爸妈那边，还是……

终究还是没有问出口。

年一天天地近了，何倩茹也是很想问一问苏豫打算在哪里过年的。

可是，她又想起舅舅说过的话：走出来了，就不要急着再回头，各人想想清爽，再好的感情也经不起再三再四地折腾。

到底，她也没有问出口。

之芸的房子装修好有一段时日了，可是她怕气味污染，一直也没有搬过去，最近，她终于搬家了。赶在年前搬，因为按这里的规矩，正月里，是不作兴搬家的。

之芸把父母原来住的那套房子卖了，钱一部分以老妈的名义存了起来，一部分汇给了姐姐，姐姐姐夫用这笔钱开了一家小小的饭店，生意还不错。

之芸把倩茹与宁颜请到家里来做客。

她们兴致勃勃地参观之芸的新装修。果然，她弄了一个榻榻米式的房间，缓歌喜欢得不得了，在上面翻滚着，跟之芸妈妈抱在一块儿玩闹。

怪的是，之芸并没有添置多少新东西，连床也是旧的，家电什么的也没有换新的，可是原本听她说是要全换过的。宁颜与倩茹心里多少有点儿奇怪，但也没问出来，兴许这些东西她要慢慢地添起来吧。

三个人闲谈，之芸问倩茹："你，你们，年打算怎么过？"

倩茹说："还没想好。"

之芸说："没两天了，快快想好，不然苏豫要一个人过年了，多孤单。你们分开也快一年了吧。"

倩茹说："嗯，我爸妈，总会叫他回去吃饭的吧。哎，说起来，宁颜，你爸妈过年回不回来？"

宁颜说："不回来，他们现在在凤凰，叫我们过年过去呢。我托学生家长早早地订了火车票，放了假我们就走。"

之芸笑道："这老两口现在真是想得开，居然又换了一处地方去玩。"

"是，两个人都白白胖胖的。就是我妈有时候打电话过来，还是有许多的说道，还是不放心得很。"

倩茹说："宁颜，说起来，你也离了有两年多了，李立平的孩子都又生了一个，你也可以替自己打算打算了。"

宁颜笑着摇头："我不想考虑这个问题。"

"为什么不考虑？如果有机会，也是可以试一试的。"

宁颜说："罢了罢了。哪那么容易就有好机会？那些有钱的条件好的男人，都要找年轻美貌的小姑娘，恨不得带出去像侄女外甥女才好，他不会找我我也不敢找他。那些跟我年纪相当的，条件略差一点儿的，一个个都是热油锅里滚过几遭的老油条，有那结婚早的，过两年好抱孙子做爷爷了，我嫁过去不久就要做后奶奶，亏大了。"

说得之芸与倩茹都笑了，连那一老一小其实并没有听明白的，也呵呵地笑起来。

倩茹好好地看了宁颜两眼，与之芸交换了一个眼神。

这个宁颜，还是那副模样，可是与过去太不一样了。

方宁颜的婚姻让她蒙尘，现在她的生命却好似吹尽黄沙，熠熠生辉起来。

也许婚姻并不是每一个人的必经之路。

也许成家也并不是一个放之四海皆准的真理。

宁颜接着说："有的时候，我会想，也许，女人最好的状态，就是做一个单身母亲，当然，前提是，必须有相对安稳的生活。比如我现在，有地方住，工作也不错，业余码码字也能挣不少，给女儿学古筝，一个礼拜送她去学一次，我也跟着学。"

之芸与倩茹微笑着听着她说。

之芸说："还记得那时候，宁颜最爱读张爱玲，总是把张爱玲的话挂在嘴边。女人应该有安定的生活和一颗不安定的心。是这么说的吧？"

"是这么说的。"

之芸犹豫了一会儿，说："其实，我也有事儿要告诉你们。"

"什么？"

之芸停了一会儿，说："我……嗯，过年，要结婚了。"

倩茹与宁颜都大吃了一惊。

一屋子的静，就只听之芸妈拍着巴掌说："结婚结婚，都来喝喜酒！那个叫什么的呀，来打麻将啊！"

第五十五章

魏之芸说，她就要结婚了。

这消息未免太突如其来了，方宁颜与何倩茹惊得半天回不过味来。好一会儿，宁颜才找回自己的声音说："是什么人呢？你什么时候认识的？都不跟我们说一下。"

倩茹也说："真是的，我们一个个自己弄得焦头烂额的，都忘了关心你的事儿了。"

"哪能怪你们，那段时间你们自己也是难处多多，再说，是我自己说要独身的。也是真没想到，到这个年纪了，这个情况，还会有机会。"

这个机会来得的确有些戏剧性。之芸去参加市里的一个教研活动，她的一篇论文得了个奖，会后，有个外区的老师拉住她，之芸跟对方并不熟。

那老师说："虽然有点儿冒昧可是还是想问下，魏老师是不是还没有对象？"

之芸多少有点儿诧异，点点头。

那老师高兴地一拍巴掌："呀，真是，我这里正好有个人，想介绍给你呢。你给我留个联系电话，等过两天他来的时候，我打电话给你。"

之芸留了电话，随即就把这事儿给忘了个精光。

那老师的电话打来时，之芸正在给母亲剪发洗头，涂了满手的泡沫，两个指头捏了话筒来，那老师急急的大嗓门儿传过来："魏老师吗？上次我跟你说过的那个事，那个人他来了，你来见一见好不好？"

之芸一时想不起来是什么事儿，有点儿发蒙。

那老师听她不答，更急了："哎呀，他因为只有周末才有时间过来，就见一下嘛，行不行都不要紧。"

之芸说："呀，因为太突然，我妈我还没安排好，我不能留她一个人在家。"

那老师说："要不这样，我替你照看一会儿你妈妈。来吧来吧，你告诉我地址，我来替你。"

之芸想了想，便告诉了她地址，没一会儿，那老师真的过来了。

之芸换了件衣服，要出门时，那老师又拉住她："对了，我忘了说清楚，这位周老师呀，他不在南京市，在下面的一个县里，可是，现在来回是十分方便的，也不过是两个小时的车程。而且他现在已经是特级了，刚给他奖励了一大套房子。反正你去见一下，成不成的，给我个回话就成。"

之芸听到她说的那个县城名，心里倒微微动了一下。

那正是她两次支教的那个县。

之芸赶到约好的地点，一眼就看见了树下站着的那个人。

那个人背对着她，异常地高大魁梧，一身半旧的衣服。

之芸走过去问他："请问，是周老师吗？"

那人面容平常，一双眼睛倒是非常地亮，显得精神头儿很足，下巴与脸颊刮得青青的，胡子若长出来，想必很可观。那位介绍人说，他今年四十二岁，并不显老，可也并不显年轻，似乎是那种年龄可以在身上停驻的男人。

他笑起来，声音厚厚的："魏老师是吧？周厚德。"一口非常标准的普通话，十分郑重地与之芸握了握手。

之芸笑起来："魏之芸。"

周厚德从口袋里掏出一样东西来，快活地说："今天来这儿做了个讲座，他们给了这些书票，呵呵，一起去买？"

"好呀。"之芸答得也很爽快。

两个人果然去了大众书局。周厚德说："小魏老师，喜欢什么书尽管挑，别客气。"

于是两人分头去挑书，约好了一个钟头后在一楼的收银台碰面。

时间到时，之芸捧了书过来，周厚德也笑眯眯地下了楼。两个对了账，发现还多出五十块钱来，周厚德叫之芸等一会儿，又跑上楼去，一会儿拿了套书过来了。之芸一看，原来是一套梅子涵的戴小桥系列童书。

周厚德笑："你喜不喜欢这个？嘿嘿，我每次看都觉得好玩得很。送给你。"

快分手的时候，周厚德问之芸要电话。之芸说："有件事我不晓得你清楚不清楚，我有一个老妈，她……"

周厚德打断了她的话："我晓得我晓得。我父母也都健在。"

之芸说："我妈的情况，有点儿特别。"

周厚德还是那样笑着，大力地点着大脑袋，说："我晓得的。"

这次约会，之芸觉得挺轻松的，两个人相互留了联系方式。

之芸回去跟那介绍人老师说了下，老师高兴地说："看看，有希望啊有希望。"

看着手边一摞书，想到周厚德那种厚笃笃的笑声，之芸笑起来，自己都没有发觉的一种好心情笼罩了过来。

这之后，两个人开始不紧不慢地交往起来，周厚德每到周末就会坐车过来，一般他是下午到，因为他上午还有补习。周六他在南京这边住一晚，星期天会约了之芸出去，星期天的下午再坐车回去，说是晚上还有学生的自习课。

周厚德第三次过来的时候，带来了一样奇怪的东西。

是一辆改造过的自行车，车侧挂了一个轮椅，后座上加焊了一个座位。他笑着跟之芸说："我自己改造的。今天正好有学生家长的顺路车，就运过来了。"

之芸一时有点儿想不明白这个车子是做什么用的。

周厚德说："叫伯母一块儿出去玩。"

之芸有点儿吃惊地扬了扬眉毛。

周厚德真的叫之芸把妈妈带了出来，叫老太太坐在那个轮椅上，叫之芸坐在后座上。之芸忍住笑问："你带得了两个人？"

周厚德搓着大手掌，说："绝对没有问题。"

这一辆怪模怪样的充满了喜剧感的车子，就这么向着东郊风景区行进，一路上吸引无数路人的目光。

那一天，母亲特别高兴，拉着周厚德，非要拉他回家吃晚饭。周厚德看看之芸，之芸笑着没有反对，周厚德就上了她们家。

晚饭是周厚德做的，他围着之芸的花围裙，太小，吊在肚子上。之芸站在厨房门口看着他忙碌，这个身躯庞大的人物如同凌空而降，之芸非常地恍惚，恍惚里生出一种快乐来。

周厚德的饭菜做得很好，好得有点儿不可思议。之芸在他的询问下评价说：就是那种不当老师的话开饭店也会很挣钱的水平。

周厚德大笑。

他很喜欢笑，笑起来嗡嗡的，让人觉得，他真是高兴啊，于是也跟着高兴起来。

"不过，"周厚德说，"这辈子，不会不当老师的。"

"我也是奇怪，你一个清华的毕业生，怎么会想到去教书？"

周厚德又笑："我喜欢。"

"这么简单？"

"本来就是很简单的事。"

周厚德做的那个车子，从此就停在之芸家的小车棚里，占了老大一块地方。

之芸第一次过去看他，是带着妈妈一块儿去的。

周厚德在车站等着接她们，手里握了一大把野花，看见之芸下来，就递给她，张开的手掌上染了绿汁。

那野花有一种很浓郁的香味。周厚德说，其实那是一种作料，可以用来腌肉。他说他腌了一些，冬天的时候可以送给之芸吃。

周厚德的父母并不跟他一起住，这一次，之芸也并没有去见他的父母。周厚德住在县教委分给他的一大套房子里，还没有装修，到处都是书，有一间屋子里放着课桌椅。周厚德说，那是给偶尔来请教功课的孩子们预备的。

他的新房在一楼。周厚德说，当时想的是，等以后爸妈过来的时候，住着方便。老人都恋着自己的老房子呢，只偶尔来住个两三天。可是，等以后年纪再大些，总还是要接过来的。

门前有一大块空地，周厚德种了许多蔬菜，一片绿油油的，只有最东面的那块地是空的，新翻的地，有泥土的咸湿气。

他指着那空地对之芸说："那里，你想种点儿什么都可以。"

之芸转头看看他，他的脸上渐渐地晕出红色来。之芸微笑，但是并没有作答。

下一个星期，周厚德过来看她。这一周天天都下雨，他来的时候，倒放晴了，地上还有大块的水坑，到处都是湿漉漉的。

两个人走在街边，突然有车子从水洼里开过，溅起的水柱足有半人高，之芸被周厚德护在里面，可是他自己的裤子全糊上了泥点子，一直到腰际。

周厚德拉着之芸在街边的打折小店里，花了三十块钱买了条裤子，全无样式，连裤缝都是歪的，他照样爽快地穿在身上，自如得很，还真是一点儿也不难看。

之芸看他，个头高大，厚实的肩背，微显富态，但绝不臃肿，全因着骨架宽大。

那一刹那，之芸的心里噗地燃起一小朵的火苗，她想：得了，就是他了吧。

这朵小火苗慢慢地，在之芸心里头燃成一堆红红的蓬勃的热的火堆。

之芸给周厚德打电话："那块地，种向日葵好不好？"

周厚德快活的声音传来："好！"

他们俩的事儿定下来后，周厚德的父母到南京来，算是替儿子提亲。

之芸看到他们时，非常惊讶。这样一对身材瘦小的父母，怎么会生出周厚德那样大块头的儿子来？

老两口都是之芸的同行，在县城与乡村里教了一辈子的书，非常地和善，略有些拘谨。

之芸招呼他们周伯伯周妈妈好的时候，老两口稍稍愣了一下。

周家妈妈把一个碧绿的玉镯子套在之芸的手腕上，说算是给她的聘礼，叫她不要嫌弃。

他们还说，要是之芸放心的话，他们可以把之芸妈妈接走，反正他们退休在家也没事，之芸这些年也累得很，可以歇一下。之芸当然是推辞了一番，谁知没过两天，周厚德和爸妈一同来了，真的把之芸妈给接走了。

那一晚，之芸第一次不用替妈妈洗手洗脸洗脚，不用提心吊胆地睡，不用半夜起来摸进妈妈的屋子看她有没有掀开被子，不用担心她有没有因为起来上厕所找不到卧室门而躲在家里的某一个角落，也不用担心妈妈睡到半夜会突然想起要吃点儿什么所以摸进客厅里点起火来。

可是奇怪的是，却怎么也睡不着。脑子里纷至沓来的都是些零碎的不成形的记忆，这些年日子里的点点滴滴，仿佛挑了重担走了很远的路的人，放落担子，面对突来的轻松，不知所措。

又过了一周，之芸下乡去看妈妈，发现妈妈气色好极了，跟周家老两口坐在家门口的太阳地里打扑克，玩着最简单的争上游。之芸看着妈妈胡乱地出着牌，周家妈妈替她重新发牌，周家爸爸也笑着摆出两张牌，三个人玩得乐呵呵的。

之芸这次来，除了看妈妈，还想把那个玉手镯还给周妈妈。

因为她碰到一个初中同学，那同学的老爸是玩玉的行家，这位同学耳濡目染，也颇会看玉，她一眼便看出之芸手腕上的玉很不错，非叫她上自己家去叫老爸鉴赏下。那老头儿看了连连称赞，说是很好的老坑玻璃绿，难得的是没有瑕疵啊，又问之芸愿意不愿意割爱，他出这个价。

他报出的数字叫之芸大吃一惊。

之芸把手镯退下手腕双手捧了还给周家妈妈，说实在是太贵重了，不能收。

周妈妈也不说什么，接过手镯去，突然说："小魏，有件事儿，得说给你听啊。我呢，姓徐，我老伴儿姓陈的。厚德，其实，并不是我们的儿子。我们，是一点儿血缘关系也没有的。"

之芸呆了。

"我跟我老伴儿，没有孩子的。后来，我们抱养了一个弃婴，是个女儿。养到二十来岁，有人给介绍了个对象，那小伙子，刚从大学毕业，回到这里来教书，说是爹妈死得早，吃百家饭长大，所以读完了书还想回来。这个小伙子，就是厚德。他们两个人啊，谈了约莫有一年，可是觉得性格不相投，就分了手。当时我们老两口真是觉得可惜呀，这孩子我们都喜欢得不得了。没过多久，我们的养女，亲妈找上门来了，说是当年年轻无知，以为养不活孩子，才丢了的，现在年纪大了，想把孩子领回去。那姑娘就跟着亲娘走了，这一走，就没了音讯了。那一年夏天，正发大水，我跟老伴儿病在家里，差一点儿淹死，是厚德过来把我们给救了，接到自己家里。那时候，他住一间半房，硬是腾了一大间给我们，自己窝在小半间里，我们一住就是大半年。后来，他索性就认了爸妈，一下子就照顾我们这么多年。有好多次人家给他介绍对象，都是因为我们没有成，他也不在意，就这么耽误了下来。我跟你伯伯，都觉得怪对不起他的。小魏呀，我跟你伯伯，一辈子在小地方教书，没有见过大世面，也不敢说会看人，可是，厚德这孩子，人如其名。小魏呀，你是有福气的。相信我，厚德找到你，也是有福气的。"

周妈妈说着，拿过手镯重新给之芸戴上："贵不贵重其实我也不懂，是祖上留下来的一点儿东西，我们除了厚德也没有别的孩子，不给厚德媳妇给哪个？他一个大男人家家的，戴起来也不像个样子啊！"说着就笑。

之芸也笑起来。

这次来，她还去了小刘夫妇的家。

小杨听到周厚德的名字，拍着巴掌大叫："呀呀呀，就是这个人呀，就是我那年说要介绍给你的。教物理的准特级啊，现在人家真的是特级了啊！"回头又拍打自己老公，"都怪你！要不然，他们早就结婚了，孩子都要齐腰高了！要是周老师找了别人结婚了，我可得替之芸屈死！"

"人家这不是碰上了吗？这叫什么呀，缘分哪！"小刘傻笑。

之芸想，可也是，就好像这么多年来，他就专为等着她，而她，也好像是专为等着遇着他似的。

倩茹听了之芸说完，也喃喃道："缘分哪，真是缘分。绕了一圈子，总算是给你找到合适的人了。"

宁颜说："要我说，世上有些事儿，是定好的，不由得你不信啊。"

宁颜却又说："之芸，那……他知道你要结婚的事儿吗？"

之芸说："我……走之前，是想见一见他的。"

之芸是在三天后打电话给袁胜寒的。

这么多年，胜寒说到做到，他的电话号码，一直没有变过。

他们是在一个小公园里见的。

之芸先到了半小时。

胜寒还是像从前那样，喜欢提早十分钟到。之芸并没有等他很久。

胜寒穿了一件长风衣，深色，衣角在风里被掀起来，在身畔扑打着。

跟多年前他初到类思时穿的一件衣服很像。

当然，不可能是十年前的那件。

之芸看着他走过来。

我这样地爱过你，她想，这样地爱过你。

隔着爱情，隔着岁月，看着你，还像第一次见时那样好。

胜寒走过来，看着之芸，脸上是一如既往的笑意。

胜寒问："天这么冷，你穿这么少，冷不冷？"

"不冷。"

"我们找个背风的地方说话。"

胜寒买了热热的红茶来，递一杯给之芸，自己咕嘟嘟一气儿喝了。

之芸笑他："你也不怕烫！"

胜寒捏着那纸杯，低头笑。忽然说："要结婚了吧，之芸？"

"嗯。"

"之芸，恭喜你。"胜寒说，"要幸福。"

"好！"之芸说。

胜寒站起来，之芸也站起来。

胜寒过来把之芸搂在怀里。

之芸贴着他，还是那么暖。

这是十年以来他们之间最亲密的动作。

却只不过是为了道别。

之芸说："胜寒，有小肚子啰。"

胜寒轻轻地笑，之芸可以感到他胸膛轻微的颤动。

胜寒说："老啰！"

之芸在他的背上拍了一巴掌："你才不老。"

永远不。

之芸说：再见了胜寒，再见！

胜寒的下巴磕在她的头顶，之芸听得他说：再见了，我的两千分之一。

尾声

　　快过年了，之芸过年要带着母亲下乡。因为要凑着宁颜从凤凰赶回来，她的婚礼定在了正月十六，之芸说，他们也不会大办，就只两家父母，还请几个亲近的朋友。周厚德的学生们倒是兴头十足，说是要给周老师周师母办一个大大的热闹的派对。

　　三个人过年时不会在同一个城市，所以商量着，年前先聚一次，算是替之芸送行，宁颜也要带女儿上爸妈那儿去了。

　　三个人聚在之芸家里。

　　都穿了新衣服。之芸是一件黑毛衣配宽摆的长呢裙，墨绿里夹着橙色。宁颜身材小巧，穿了条连身的羊毛裙。倩茹一身中式的打扮，玫瑰紫的小袄，宽脚裤，长发编成一根粗粗的大辫子。

　　她们互相化妆打扮。

　　宁颜替之芸上粉。

　　之芸脸上的皮肤还算紧绷，只是有点儿干涩，不似年轻时的光滑蜜润，有点儿不抓粉了。

　　年轻的面孔，一般的百十来块钱的粉擦上去，立刻与皮肤融为一体，光滑水嫩。

　　不像现在，稍差一点儿的货色用上去，马上现了原形，粉是粉脸是脸，全无干系似的。

　　好在，我们有高级货。

　　好的粉可以修补皮肤的缺陷，就如同好的婚姻，可以修补爱情的伤痛。

　　倩茹替宁颜把新洗的头发吹干，吹风机的声嗡嗡地响着，微微的伤感的节奏。

她们三个，只是朋友，但是比姐妹更亲近，比夫妻更厚密，多少年来她们相互扶持，相互抚慰伤口，从来没有分离过。

而如今，有一个要远走了。过了寒假，之芸会正式调到曾支教过的那所小学去。

之芸给了倩茹与宁颜一人一把自家房子的钥匙，叫她们遇到事儿，有个退步的地方。

倩茹说："之芸，好好过日子。"

宁颜也说："是啊，之芸，多想想如何举案齐眉、白头到老，别想意难平，别想！"

之芸忽然就湿了眼睛："我知道的。"

三个人躺在厚厚的地毯上，手拉着手。宁颜缓缓地说："我们三个，都要好好地过，人也不算太老吧？"

之芸说："当然不老。"

"也不算太难看吧？"宁颜问。

倩茹说："当然不难看。"

"那还来得及吧？"

"来得及。"

好在，还来得及。

倩茹的手机响了一下，打开一看，是苏豫的短信，只几个字："倩茹，下雪了。"

倩茹叫："下雪了！"

三个人拥到阳台上，冷风一下子扑过来，清冽的，混着微腥的雪气。大片大片鹅毛般的雪花轻轻地落下来，那雪片实在是大，真少见，在空中无声地绽开，缓缓落下，地上已是一层白，那白色一点点儿厚起来，一点点儿饱满起来。

然后，她们看见，楼下的树下，站着一个人。

是苏豫。

树上落了雪，好像开了一树的花。

—end—